仕途与女人

车家智 著

加拿大国际出版社

书名：仕途与女人
作者：车家智
出版：加拿大国际出版社
印刷版国际书号ISBN：978-1-998479-31-3
电子书ISBN:978-1-998479-32-0
2025年3月加拿大第一版
2025年3月第一次印刷

Book Title: Political positions and Women
Written by: Jiazhi Che
Published by: Canada International Press
ISBN: 978-1-998479-31-3
E-book ISBN: 978-1-998479-32-0
First Edition in Canada, Mar. 2025
First Printing, Mar. 2025

内容简介

　　《仕途与女人》，是一部官场爱情小说。主人公袁正生出身农民，与女友孙玉莲从小青梅竹马感情深厚。袁正生大学毕业分配在清水县教育局工作。为了仕途发展，他抛弃了孙玉莲，与县委副书记詹友光的女儿詹小红结婚。但对孙玉莲的感情仍难割舍，愧疚自责的心情一直伴随着他。

　　在岳父詹友光的帮助下，袁正生从县教育局调入县委组织部，由于工作努力，得到组织部长曹守谦的信任，不久当上了办公室主任。这期间与曹守谦的女儿曹慧建立了情人关系。詹友光退居二线，曹守谦调走，袁正生受到冷落，被下派到边远乡镇当党委副书记。

　　曹守谦升任市委组织部副部长、部长。在曹慧的帮助下，袁正生调中江市共青团市委工作，几年后担任团市委书记，又下派到清水县担任县长，书记。这期间，袁正生锐意改革，招商引资，扎实苦干，短短几年把一个国家级贫困县建设成一个经济强县。城乡面貌为之一新，得到干部群众的好评。但由于急于求成，打了政策的"擦边球"；坚持原则，得罪了一些人，受到政治对手的攻击。

　　曹守谦车祸身亡，袁正生失去靠山。为求自保，他通过女友——省电视台节目主持人王小美的关系，结识了省长晋国云，由晋省长的力荐，袁正生升任中江市常务副市长、市长。但因晋国云和王小美腐败下狱，袁正生受到牵连，加之政治对手的陷害，被判刑五年，妻子詹小红与他离婚。

　　袁正生出狱后幻想着与孙玉莲重归于好，但孙玉莲已远嫁国外。袁正生二十年奋斗又回到了原点，却失去了爱情，失去了工作，失去了他向往的前程。他把这一切归咎为自己抛弃爱情，攀附权贵，品行有亏，所得到的应有报应，心中充满着自责和悔恨。他万念俱灰投湖自尽，被人救起。在大和尚释圣远的帮助下，他在佛祖面前沉痛忏悔，使灵魂得到救赎，决心重新做人，重新开始，离开家乡去远方打工。

本书是一部大学生仕途奋斗史，一部爱情人生的忏悔录。

——看过了，别有一番滋味在心头。

作者简介

车家智，安徽省巢湖市人。1950年出生，当过农民、军人、机关干部。退休后从事文学创作，著有长篇官场小说《税官》（后改成电视连续剧《税务局长》在中央电视台播出）、抗战小说《后盾》（上下卷）、历史小说《大明抗倭主帅胡宗宪》、历史人物评论《大汉丞相车千秋和他的家世源流》、科幻小说《天旅心程》、官场爱情小说《仕途与女人》、中短篇小说集《人生一叹》、回忆录《昨天》共八部九卷。晚年居芜湖。

　　袁正生从清水县教育局大楼上下来，一步两个台阶，身轻似燕，他的心情也象长了翅膀飞起来了。今天是他最愉快、最有成就感的一天，十二年的基础学习，三年的大学深造，他终于跳出了农门，领来了一张吃商品粮的餐券，成了县教育局一名机关干部。

　　三年前他参加文革后第一次全国高考，达到录取分数线时，哥哥袁正清建议他填报江东师范大学中文系，毕业后当一名人民教师。袁正清本人就是中学教师，一个老实本份循规蹈矩的知识分子。但是袁正生并不在意从事什么工作，他只想成为一个靠工资吃饭的公职人员，改变那个世世代代低头翻土的农民身份。

　　这座由钢筋混凝土浇铸的两千五百平米四层米黄色教育局大楼，寄托着他的人生理想和未来希望。当年为了查询高考分数，哥哥带他来过一次。他除了感受大楼外观的雄伟和庄严之外，大楼内部又使他见识到了尊贵、优越和舒适：高大的门厅，宽阔的楼梯，雪白的走廊。办公室里巨大的玻璃窗通天透亮，地面铺着雪白的瓷砖。微风从窗外的绿树荫下吹进来，从另一面门窗飘出去，带来了阵阵清凉和花香。这里的人们过着与工人农民完全不同的生活。他们长年坐在办公桌前，看文件、写字、喝茶，不经风不见雨，不愁种不愁收，到月拿工资，何等的舒服，何等的惬意！他们个个大权在握，含威不露，一举一动，一颦一笑，都决定着老百姓的前途命运。当时他就暗下宏愿，一定要成为教育局机关干部中的一员。三年后当他接到县人事局的通知，心情是多么兴奋，他的初步理想实现了，这座大楼里终于有了他的一席之地。

　　按照通知要求，他到县教育局报到，说明来意后，递上了随身携带的薄薄的个人档案袋。办公室主任王文森公事公办地接过，转身去了人事股，把档案袋交到那里，回来坐下和袁正生说话。王文森长得白白净净，清清秀秀，是那种长年不晒太阳的面孔。他说话慢条细理，谨慎稳重，给人一个成熟的机关干部形象。袁正生看着王文森，兴奋地想："我将来坐公办室久了，大概就成了他这个样子。"

　　王文森说："你被分配到教研室。今天教研室的同志下乡去了。"他看看办公桌上的台历："今天是九月二十八日。你先回家休息几天，我给你安排住房，国庆节后来上班。"又补充说："床、桌、椅、棉被，这些大的东西公家给配置。你自带一些生活日用品，比如脸盆、热水瓶、打饭吃的饭盒什么的。听明白了吗？"

　　袁正生连连点头："明白了。"又说了声："谢谢。"

　　王文森离开椅子站起来，那是送客的意思。袁正生有些失望，他今天早晨五点钟起床（昨晚激动得没有睡好），六点钟出门，骑自行车赶三十公里，兴冲冲地前来报到，被办公室主任两句话打发了，连板凳也没沾上屁股。袁正生多么希望王文森多说几句，哪怕说一些闲话也好。但他知道对方已说完了要说的话，自己该下楼回家了。于是学着机关干部的样子，与王文森握了一下手，转身朝楼梯那边走去。

　　刚走到楼梯口，王文森在后面叫住了他："小袁，回来！"袁正生迅即回转。王文森指着一个办公室说："孔局长在办公室，我带你见见领导吧。"

　　王文森主动带他去见局长，足见对他是重视的。袁正生又惊喜又紧张，脚不听使唤地随着王文森来到局长办公室。局长叫孔祥水，他刚从外面回来，开着办公室的门，正埋头批阅文件。孔祥水的办公室比王文森的大一倍，里面有一个跟床一样大的办公桌，桌上堆着两大摞文件，孔祥水戴着眼镜的脑袋正埋在两摞文件中间。办公室靠门边这面墙上，有一个很大的书柜，里面有许多大部头的书籍。靠窗子这边，是一组沙发茶几。孔祥水身后墙上正中有一幅行书大字："改革开放，教育先行"，落款是"祥水书"。孔祥水不仅是个官员，还是个书法家。当然，袁正生此时来不及研究这些，他只把目光投注在局长的身上。

王文森说："孔局长，新来的大学生报到了。"

孔祥水抬起头，把老光眼镜摘下来放到桌上，很亲切地上下打量着袁正生。孔祥水年过半百，是个胖子，一张富态的脸，慈眉善目，象一尊弥勒佛。

袁正生喊了一声"孔局长"，并向他鞠了一个躬，虽然有点不伦不类，近似巴结的味道，但当时他想不出更好的举动来表达对这个命运主宰的敬畏。

孔祥水脸上泛起了笑意，多肉的脸上皱纹荡漾开去，嘴里说："不错不错！"

王文森汇报说："住房正在安排，过了国庆节来上班。"

孔祥水点点头，伸手拿起了老光眼镜，继续看起了文件。

王文森带着袁正生退了出来。在走廊里，王文森说："你回家吧。"

袁正生兴奋地下楼去了。

"不错不错！"袁正生脑子里一直响着孔祥水的那句话。不错在哪里？是大学学历（当年大学生很少），是鞠躬（懂礼貌），还是长得帅气（他一米七八的个子，五官端正，眉清目秀，英气勃勃，人们总是叫他帅哥）？袁正生想，不管怎样，第一次给领导有个不错的印象，是个好的开端；今天是九月二十八，又是个好日子。这样一想，袁正生心花怒放，脚下生风，单肩背着挎包，飞也似地飘下教育局大楼。

现在是上午九点多钟，阳光明媚，空气清爽，清水县城周边的山峦，清翠幽蓝，风景如画。昨天下了一场透雨，把大地清洗了一下，消除了暑气，迎来了秋凉，平时飘灰扬尘的清水县城也干净了许多。天气好，人的心情也好，袁正生报到上班工作落实，心情好上加好。时间还早，是立马回家呢，还是在清水城里溜达一下？他一边想一边去教育局大楼门前的停车棚里，取出了那辆破旧的自行车。他是骑这辆车来县城的。他家在乌山镇袁家村，是个边远的乡村，经济比较贫困。当年农村不是家家都有自行车，袁正生的这辆车是借他哥哥袁正清的。正清在乌山中学当教师，离家五公里，经常回家帮助妻子做农活，所以买了自行车，骑了多年，已经破旧不堪了。

袁正生拖出自行车，把肩上的挎包绑在后座上。正要上车，突然一个女孩子的声音在背后喊："正生哥！"袁正生回头一看，见一个二十来岁的农村姑娘站在教育局门口，穿着蓝色的夹克衫和黑色长裤，娇好的身材亭亭玉立，明眸皓齿秀色夺人。她扎着两根小辫，脸上被太阳晒得红扑扑的，肩上挑着毛竹扁担，挂着两只大竹篮， 竹篮是空的，在扁担上直晃悠。姑娘叫孙玉莲，是袁正生同村人，哥哥袁正清的姨妹，自己少年时期的小伙伴。

"玉莲，你么时来的？" 袁正生问。

"我大早跟长途汽车来卖菜。菜卖完了，准备去家。汽车下午两点才有，我没么事，正着急呢！"玉莲说："正生哥，你是来教育局上班的吧？我听姐姐说的。你要是自行车不急用，让我骑回去。"

"我也要回去，我们一起走吧。"袁正生说。

"你不是上班吗？怎么刚来就走？"

"我到局里报了到。领导叫我国庆节后上班，现在没么事了。"

"那太好了，走吧！"

　　俩人出了教育局大门，袁正生把孙玉莲的扁担、篮子绑在车后座，让她横坐在大杠上，他跨上了自行车。孙玉莲背靠着袁正生握着车把的右臂，手扶着他握着车把的左臂，半依半靠地坐在袁正生的怀里。袁正生闻着孙玉莲身上淡淡的体香，心情愉悦，浑身有劲，自行车飞快地驶出清水县城，上了乡间公路。

　　袁正生和孙玉莲从小青梅竹马，一块儿长大，关系非同一般。小时候袁正生和哥哥袁正清，常与孙玉莲和她的姐姐孙玉荷在一起玩耍。每天，双方父母早起下地劳动，常把四个小孩放在一张大床上，让他们互相照顾。孩子们睡好觉之后，就从床上爬下，在屋子里玩，一直等到双方父母回来把他们领回去。稍大一点，他们一起上山拾柴，采野菜，挖竹笋。夏天，村子里的孩子们，不分男女，一律光着屁股在小河里洗澡。这样两小无猜地厮混了十来年，袁正生和哥哥袁正清先后到乌山镇上中学去了，孙玉莲和姐姐孙玉荷由于重男轻女的原因，在本村读完小学就辍了学。从此他们在一起的时间少了。每当学校放假，他们还是在一起劳动、一起玩耍。现在袁正清已经和孙玉荷结了婚，并且有了三个小孩。袁正生和孙玉莲虽未明确恋爱关系，但早已心心相映，割舍不开。双方父母以及村里的人们，早就把他俩当作未来的两口子。

　　袁正生和孙玉莲以兄妹相处，在一起时他们没有性别的概念，没有男女授受之大忌。只要袁正生回到村里，人们总是看到他俩在一起，同出同进，无话不谈，无情不诉。他们根本不在乎人们异样的目光，不在乎人们开他们的玩笑。他们甚至觉得开玩笑的人看低了他们，他们兄妹情深，比起一般的恋人关系更牢固、更真挚、更纯洁、更高尚。

　　俩人就是这样互倚互靠地坐在自行车上。但是这毕竟不是十年前的两个小孩子了，而是正值青春期的一对男女。袁正生宽阔的胸膛和两条有力的胳膊使孙玉莲感到男性的强健。而孙玉莲白晰圆润，富有弹性的肌体，也使袁正生感到女性的柔美，两人因为靠得太近，都有了新鲜异样的感触，这是过去不曾有过的。

二

清水县城到乌山镇先是一条窄窄的柏油路，在平展的田野里向前延伸。十几公里后到了山边，就成了沙石路。沙石路沿着山边绕行，一会儿上坡，一会儿下坡。上坡时俩人下车步行；下坡时俩人重新骑上。此时天气炎热，路上看不见车辆和行人，在烈日的照晒下，山坳里热气蒸腾，偶尔有一阵山风吹过来，扬起袁正生白色的确凉衬衫（这是他唯一出客的衬衫，平时舍不得穿），远远望去象一只白色的天鹅在展翅飞翔。

他们一边骑车一边说话。孙玉莲问袁正生到教育局报到的情况，袁正生兴奋地作了回答。孙玉莲很是羡慕，亦为他高兴。她感叹地说："正生哥，你现在是城里人了。"

"应该是吧？"袁正生很得意，但他随即又说："算不上完全的城里人，我的家还在农村嘛。"

孙玉莲说："你将来在城里讨了马马（媳妇），成了家，还不算完全的城里人吗？"

这话从孙玉莲口中说出，使袁正生有些意外，明显包含着试探的意思。袁正生知道孙玉莲在想什么，他觉得他应该表明自己的心思，好让孙玉莲不要有其他的想法，因为他觉得自己喜欢（按照城里人的说法就是爱）孙玉莲，今生今世不会和她分开，他从未想讨个孙玉莲以外的妻子，也绝不会让孙玉莲成为别人的老婆。于是他开玩笑说："说么话？我在城里讨马马？你不是我的马马吗？"

　　"胡说。"孙玉莲羞红了脸，笑着打了他一下。过了一会她又说："正生哥，你现在身份变了，我能和你在一起吗？你是国家干部，我是一个农民。你应该和城里姑娘结婚。我呢，只能嫁给农民了。"

　　"哪能那么想？"袁正生责备道："干部和农民就不能结婚，不能在一起生活吗？我哥哥和你姐姐不是结婚了吗？我们兄弟俩娶了你们姐妹俩，亲上加亲，不是很好吗？"

　　"你真是这样想的，正生哥？"孙玉莲歪头看着他："可是，你要是讨了我，你们单位的人不会笑话你？我在农村，将来不会拖累你？到那个时候，你不会后悔，不会嫌弃我吗？"

　　"怎么会呢？你不知道我对你的感情有多深（袁正生学着城里人的腔调）。我能离开你吗？除非你不随我。"袁正生故意不高兴地说。

　　"哎呀，正生哥，瞧你说的，我么事不随你呢？我从小把你当亲人，你是我的主心骨。我是怕高攀不上，给你添罪受累呢！"

　　"不会的。"袁正生说："我们相亲相爱，互相帮助，谈不上受累，再苦也甜！"

　　一句话说得孙玉莲心里暖融融美滋滋的，姑娘的脸红得更持久了。但是她的心里还有个理性的障碍："也许你现在这样想的。"她说："但不管今后么样，我听了你的话，心里好舒坦哩！正生哥，你地位变了，心没变哩！"说着充满感情地往袁正生身上靠了靠。

　　俩人今天总算正式提到婚姻大事，正式把心思敞明，关系敲定。话头是孙玉莲挑起的，因为她认为命运的变化，到了该表明心思的时候了。心思表明私定终身之后，两个年轻人的心情都很激动。自行车骑得更轻快了，几十里的山路很快被抛在身后。

　　然而，尽管袁正生对孙玉莲情有独钟，忠心不渝，但孙玉莲的一番话也不能不引起他的思考。他不得不承认孙玉莲说的很有道理。从当前的社会现实来看，一个机关干部和一个农民组成家庭，确有许多不便，哥哥嫂嫂就是前辙之鉴。他们结婚七年了，哥哥在乌山中学当教师，嫂嫂在家里种地，两人相隔五公里路。哥哥每天晚上赶回家，帮助嫂嫂做农活，做家务，带孩子，一大早赶回学校上班。工作压力大，家庭拖累重，哥哥比他的同龄人明显老了许多。而嫂嫂更是辛苦，家里家外，灶上田间，老人小孩，已经把她折磨得筋疲力尽，耗尽了她的青春。不到三十岁的人，看起来就象个老妇女了。孙玉莲之所以说出拖累的话，不是没有根据的。

但是，要袁正生离开孙玉莲，他本能地感到不可接受。换句话说，他从来没有想过没有孙玉莲的小家庭生活，没有孙玉莲相伴的未来。他到哪里找到孙玉莲这样的好姑娘？孙玉莲不仅和袁正生从小一起长大，兄妹情深，知心知肺，而且她本身也很优秀，是公认的袁家村最美的姑娘，即使在乌山镇选美，她也不会输于别人。更重要的是她性格开朗，对人友善，勤劳能干，苦乐不避，遇事有主见，大大咧咧，不计较鸡毛蒜皮。袁正生就是喜欢这样很阳光、很宽厚、很随和的性格。到目前为止，袁正生还没有遇到象孙玉莲这样称心顺意的女人。他绝对不愿失去孙玉莲，更不堪想象让孙玉莲投入别的男人的怀抱！

自行车在飞驰，这时他们骑到了抵达乌山镇最后一个长长的下坡。下坡时，由于路上不见行人，袁正生没有刹车，自行车在重力作用下加速飞奔，速度越来越快。车胎在沙石路上唰唰作响，沙石被扎得向两边飞射，公路左右的岩石和树木扑面而来，又飞逝而过，他们的耳边卷起了狂风。

孙玉莲连声说："慢点，慢点，正生哥，别骑得太快。"

但是袁正生见公路上空旷无人，就玩起了恶作剧，任由自行车象脱缰的野马向下方冲去，越冲越快，已经到了无法控制的地步。就在自行车到达坡底的那一刹那，在一座小山的拐弯处，一辆手扶拖拉机突然出现在前面，横在路中。眼看自行车要和拖拉机迎面相撞，拖拉机上的几个农民惊叫起来，一个个脸色煞白，口瞪目呆。此时孙玉莲已经恐怖地闭上了眼睛，等待着灾难降到他们的头上。

就在这千钧一发之际，袁正生急中生智，突然扭转方向，朝路边的苞谷地里冲了过去。一人多高的密集的苞谷秸减缓了自行车的冲击力，自行车翻倒在地里，袁正生和孙玉莲被抛得老远，在地上打了几个滚，倒在苞谷丛中。农民们看到一场大祸得以幸免，都哈哈大笑地开着拖拉机离去了。

袁正生和孙玉莲丢魂失魄。俩人躺在苞谷地里恍惚了一刻，才感觉到彼此仍然活着，只是脸上手臂上到处都是苞谷叶片划破的血痕。苞谷秸救了他们，真是万幸。孙玉莲用拳头击打着袁正生的胸脯说：“你呀，疯吧！差一点送走了两条人命。”

袁正生嘿嘿地笑着说：“谁让你说那些不中听的话？吓你一下，让你好受！”于是俩人又笑。

突然，孙玉莲推了推袁正生的手臂说：“正生哥，你看你手放在么地方？快挪开！”

可不是吗？尽管打了几个滚，袁正生仍旧把孙玉莲搂在怀里，他的左手正好放在孙玉莲的乳房上面，自己还没有觉察呢。经孙玉莲一提醒，袁正生顿时感觉手下有些异样，隔着夹克衫的两个乳房向上坚挺着，软软的温温的。袁正生从来没有摸过姑娘的乳房，更没有注意到孙玉莲也长了这么两个茶碗大的东西。袁正生本应立刻将手从那上面挪开，但他心念一转，故意停留在上面不动，甚至还轻轻地压了一下说：“有什么大惊小怪的，这东西不是我的吗？”

“没羞！”孙玉莲推开他的手坐了起来，整理一下衣服，用手理了理两条散乱的短辫。一面说：“就是今后是你的，现在也不是你的。因为我们还没结婚。”

袁正生不以为然的说："结婚怎样？不结婚又怎样？何必那么界限分明。"

"自然要界限分明了。"孙玉莲说："要不，领结婚证，举行婚礼，做么事？"

"嗨，那只不过一个形式。"袁正生耍起了油腔："其实那些谈恋爱的青年男女，早就过起夫妻生活了。"

"你怎么晓得？"孙玉莲质问："看来你也想结婚前就滚到一堆了？"

"嗯！"袁正生故意点点头。

"皮真厚，不知么样说你！"孙玉莲笑着站了起来。

袁正生也站起身，说："玉莲，你现在变了样了，变成了一个大姑娘了。我以前怎么没有发觉啊！"一面说，一面眼睛瞅着那对乳房。

"你咋会发觉？"孙玉莲也笑了："你这几年一心用在书本上。哪有眼睛顾我呀！不过顾不顾都不要紧，只要你心不变，是你的东西今后还是你的，我且给你留着。眼下你要好好工作，不许动歪心思！"

"那不中！"袁正生故作娇情。他看看周围密集的苞谷秸，象墙一样把他们围在里面，形成了一个极其稳秘而又温馨的二人世界。这是男女谈情说爱的极佳环境，多少爱情故事在苞谷地里上演。袁正生的浪漫情绪开始萌动。他故意逗她说："我已经到了动歪心思的年龄，只是后悔歪心思动得晚了。"他看着孙玉莲迷惑不解的样子，低声说："当年我们睡在一个床上的时候，怎么就不晓得动一动歪心思呢。真后悔啊！"说着他把孙玉莲往怀里搂了搂。

孙玉莲推开他，笑着用手指戳他的额头道："那时你才七八岁，就晓得动歪心思？你是人精啊！"

　　袁正生将嘴附到孙玉莲的耳边说："我想我哥哥那时候一定动了歪心思。你想想，他和你姐常在床上打架，我哥哥扒在你姐姐身上使劲地压她，你姐姐嚷着要我们帮着拉开！那时候我们真傻，以为我哥哥欺侮你姐姐，拼命把他往下拉，其实他们是在做'游戏'呢！"

　　"我咋没印象？"孙玉莲歪头看着袁正生，好像在回忆："那时他们小哩，懂么事？再说，他们现在是夫妻，就是有点那个，有么话好说的？"她拨开他的双臂说："正生哥 ，你变坏了。"说罢走出了苞谷地。

　　袁正生找到了自行车，把散落在苞谷地里的篮子，背包等物件一一找齐，重新绑好，推上了大路，俩人再次上车，向乌山镇骑去。到了乌山镇，袁正生请孙玉莲吃餐便饭。在一家饭店的小包厢里，两人喝了一瓶啤酒，推杯换盏之间，有了小两口过日子的感觉，心情都很兴奋。下午孙玉莲在镇上办点儿事，之后俩人重新上车，向袁家村骑去。

三

　　袁家村坐落在乌山山麓，是个风景秀丽的地方。据说两百年前袁家村的袁氏祖先来到这里，爱上了这里的山形水势，自然景色，认定是个风水宝地，就把家安置在这里。从此子孙繁衍，有了袁家村。袁家村背靠大山，一条清澈的小河从村前流过。袁家村人在小河两边围造了一块块水田，在山坡上开垦了一块块旱地。水田里种着水稻、莲藕、荸荠等其它水生作物，旱地里种着小麦、苞谷、黄豆、山芋等旱粮。袁家村现有四十几户人家，由于通婚的关系，迁走了一些人，也容纳了其他姓氏，于是就有了孙、王、李、张等姓。目前袁家村袁姓只有十几户，总量不到半数，袁家村已经名存实亡了。令人费解的是，袁家村的袁姓不仅人口逐渐减少，生活境况也越来越差。凡是袁姓人家，一个比一个穷困，房屋又破旧又矮小。相反，那些外来姓氏，日子过得很兴旺，房屋又新整又高大。当地人说："袁家村风水转了，袁姓不兴旺了。"但也有人不信，说："要是风水不利袁家，那袁明德（袁正生的父亲）的两个儿子怎么都考上大学呢？"

袁正生到家已是傍晚。山里太阳落得早，山坳里暮色苍茫。袁正生家那两间破旧矮小的旧屋，门是关的。这两间旧屋与哥哥正清家那三间高些齐整些的房屋连在一处，显得寒碜和委屈，就象一位老人伛偻着腰倚在儿子的身边。本来哥哥家那三间房屋是祖传的老屋，正清结婚的时候，父亲把老屋给了他，将旁边的两间牛棚改造了一下，安个旧木门窗，老两口带着小儿子正生住了进去。这一住就是七八年。袁明德也曾郑重地承诺，要给正生盖三间房屋，以示对两个儿子一碗水端平。但因为钱未凑齐，至今没有实现。

袁正生推开家门，屋里黑洞洞的。在昏暗的光线下，蚊子正在做市，嗡嗡的吵声一片。他知道父母在承包地里，现在是秋收时节，庄稼地里活儿多，家家忙得饭顾不得吃，觉顾不得睡。他关上门往承包地走去。

承包地在山坡上，有两公里山路，弯弯曲曲的绕过几处石磴、灌木丛和松树林。一路上，袁正生看到袁家村男男女女在地里忙着。收割苞谷、黄豆，刨山芋，翻土平地。太阳绕到乌山的背后，山峰巨大的阴影遮盖着山谷。虽然天空明亮，霞光满天，但山坳里光线已显昏暗，夜晚的凉气开始滋生。这一切在告诉人们，夜幕即将降临。袁正生赶到承包地，见父亲手握铁耙在刨山芋，他把铁耙砸进土里，用力一撬，泥土松开来，山芋就显露出来了。母亲弯腰低头捡拾，将山芋放在身后堆起来。晚霞散去，天色暗下来了，山坳里黑糊糊一片，看不清人的面孔。袁正生见两位老人低头弯腰，屁股撅得比头还高，那身影就象两头野猪在土里拱食，不禁心中生出恻隐之疼。

袁正生叫一声"大"。父母很诧异地抬起头。

父亲问："咋回来了？"

"领导叫我国庆节后上班。"

"还没吃饭吧？"母亲说："我回去做饭。"说着直起腰来，拍拍身上的泥土，拿过一个筐子，拾满一筐山芋背了回去。

父亲说："我和你妈想摸黑把这几垅山芋收了，明早借人家牛，翻过地，赶时节种下麦子。"

袁正生一看，五垅的山芋地，藤子割了，堆在地边；山芋刨了三垅，两垅没刨。按照袁正生估算，眼前的工作量，父母忙到半夜也难完成。袁正生接过父亲手里的铁耙。

父亲说："山芋刨起来要挑回去，堆在地里晚上有人偷，野猪也会来吃。山芋藤也要挑回去，喂猪的好饲料哩。天要是下雨，就会烂在地里。"

袁正生和父亲在黑乎乎的地里刨着。由于天黑，山芋和土块难以分清，完全凭感觉。好不容易把山芋垅刨完，已是十点多钟，袁正生肚子饿得直叫唤。

"饿吧？"父亲问：

"不饿。"。

"挑山芋吧。"

父亲把山芋筐装满，袁正生一担一担地往回挑。来回挑了六七趟，山芋挑完了，再挑山芋藤，也挑了三四趟。到最后，父亲也挑了几趟。袁正生算了一下，别说负重，单就他们来来回回的路程，少说也走了二十几公里。如果他今天不回来，父母不知忙到什么时候。父亲做事总是紧打硬算，乡里人叫恨事拼命。收工时已十一点多钟。

母亲回来做好了饭，喂好了猪和鸡，烧好了洗澡水。一家人先吃饭，然后洗澡，直到十二点多钟才停息下来。父亲问儿子到单位报到的情况，正生作了回答，父亲见没有什么差错，放心地睡去了。

第二天一大早，袁正生醒了，家里没人，父母已经上山去了。袁正生起床洗了脸，见母亲留了一碗粥，煮了半锅山芋。袁正生把粥吃了，带了两个山芋，边走边啃。

刚出门，见父亲挑着两筐山芋回来了，花白的头发上冒着汗气，说："早上我去地里，把昨晚丢失的山芋捡回来，落了不少哩！幸亏野猪没撞见。"

袁正生问今天有么活计，父亲说："我借了牛翻地。你妈剥苞谷去了，你去剥苞谷吧。找一副箩筐，带上围兜。"

袁正生腰系围兜，肩着扁担箩筐上了山。爬到山腰的责任田里，见母亲正在一人多高的苞谷地里剥苞谷，花白的头发乱蓬蓬的，上面落满了苞谷花粉，有些伛偻的背脊上汗水把衣服湿了一大片。母亲腰间的围兜已装满苞谷棒子，地头的一担箩筐已经装满。袁正生钻进了苞谷地，开始剥起来。

中午，为了节省来回的时间，母亲回去把早晨煮好的山芋用篮子装着带到地里，还带了一壶茶水。一家三口就着茶水吃几个山芋继续劳动。天黑之前苞谷棒子剥完了，之后是砍苞谷秸。苞谷秸砍下来，用苞谷叶子拧成绳，一扎扎的捆好，背到地边靠起来。父亲那边地犁好了，也过来帮忙。这一天又忙到半夜。

第三天的工作是砍黄豆，砍过之后从地里挑回来。同样是月亮升上山顶才收工。古代文人说农民"日出而作，日落而息"。其实不是那么回事，在农忙季节，披星戴月亮在地里劳动是常有的事。

袁正生十几岁上中学，后来上大学，十多年来，坐课堂的时间多，下地的时间少。只是星期天、寒暑假，下地帮助父母做点活。上高中时，为了集中精力考大学，住在学校里，回来劳动少了。因为劳动少，身体就娇气，做一点儿活就感觉累。母亲疼爱他，不让他做重活，只做一些边脚事，重活都是父亲的。现在父亲年纪大了，而他已经长成大人，再不能把重活给父亲做。所以袁正生就接过来，或者和父亲一起做。这几天挑山芋，挑苞谷，挑黄豆，袁正生接过父亲的担子，父亲觉得轻松多了。但是象犁地这样的技术活，虽然很累，袁正生还是接不下来。三天的劳动，袁正生的身体象是散了架，手也破了，脚也破了，肩也肿了。脸上、胳膊上、腿上，被庄稼叶子划出一道道的血痕。还有蚊虫的叮咬，山蚂蟥的偷袭。这山蚂蟥不知什么时候爬到他的身上，吸饱了血就溜走了。直到发现身上流血他才知道，经常被咬得鲜血淋漓。

父亲说："山蚂蟥欺生哩！"

母亲心疼他，叫他在家歇歇，但正生见父母都在劳动，自己一个大小伙子，能歇得往吗？只好咬牙坚持着。

第四天劳动轻松一些，是打场。把黄豆秸晒到场上，父亲用牛拖着石滚来回碾压。袁正生则负责翻晒。午后，黄豆秸碾压好了，把豆秸堆到场边，黄豆扫到一起，开始扬场，也就是利用风的力量，把黄豆粒与豆壳、灰尘分离开来。今天是国庆节假期，哥哥正清回来了。两家打谷场相连，父亲叫正清也把黄豆秸晒了，就着借来的牛和石滚，一起碾，一起扬。父亲带着两个儿子一起做活。母亲和大儿媳玉荷做后勤。农忙季节正清都是下班后赶回来，趁着夜色收割庄稼，早上骑自行去上班。玉荷没日没夜在地里忙，三个小孩在地里爬着。

下午扬场的时候，孙玉莲来了。玉莲家里也很忙，一直没得空过来，今天抽半天时间来帮忙。扬场之后的重要工作是筛豆。就是把黄豆里的土块、灰尘和没有脱壳的黄豆角分离出来。这个活既吃脏又吃重，掌筛又是个技术活，除了袁明德老人，两个儿子都不内行，只有孙玉莲能顶上去。袁正生看着孙玉莲和父亲一样筛豆，动作利索、老练，十分钦佩她的聪明能干。由于孙玉莲的加入，天黑之前早早收了场。孙玉荷在家做了饭，在婆婆的帮助下做了几个菜，大家在一起吃晚饭。

吃饭时，袁明德招呼俩儿子喝了一瓶山芋干酒。孙玉荷看着袁正生疲惫的样子，问："正生累了几天，吃得消吗？"

袁正生嘴里说："还好。"

孙玉莲说："吃不消也得吃，谁叫他是农村伢呢。"说着朝袁正生亲切地一笑。

袁正清看着正生和玉莲眉来眼去，亲亲热热的样子，没有象以往那样说两句凑趣的话，只顾自己想着心思，眉梢里有忧郁之色。大家只当他疲劳了，没有在意。

袁正清长得和袁正生相象，只是皮肤稍黑一些，个头稍矮一些，也算是一个帅哥，才三十岁的人，已经失去了年轻人的风采，老成持重中又增添了疲惫萎顿之态。

饭桌上说到袁正生到单位报到的事。袁明德免不了吩咐几句："到单位要听领导的话，做事别怕吃苦，为人要和气，多交朋友。"又嘱咐："你表哥士明在县里工作多年，你瞅空到他那里请教请教。"

表哥万士明在县档案局当局长。袁正生答应着。

母亲说："明早煮些山芋嫩苞谷去单位，分给大家尝尝。"

孙玉莲接上来说："我已经煮好了。"足见她是个有心人。

袁正清却冷冷地说："城里人谁稀罕吃这些东西？"

饭后，孙玉莲悄悄对袁正生说："我回去一下，等会儿老槐树下见。"

四

　　袁正生洗过澡换了衣，出门来到老槐树下。老槐树是村头最高大的树，树冠象巨伞一样遮了一大片地面，几公里以外都能看到，是袁家村的地标和象征。据说此树是袁家老祖宗亲植，有两百多年树龄。村里的人们对老槐树很有感情，视它为神物。老槐树是村民乘凉议事和聚会的场所。站在老槐树下，可以俯瞰袁家村的全貌。几十户人家，依着山麓，傍着小河，高高低低，错落排列。乌山静静地立在村后，象一道屏幛，保护着袁家村。村前的小河是清水河一个支流，乘竹筏一天即到清水县。

　　袁正生在树下等了一会儿，孙玉莲到了，她已洗了澡，换了一套宽宽松松的休闲服装，头发扎在后脑勺上，更添一番风韵。虽然整天晒着太阳，但洗了澡后的她，皮肤仍然白生生的。她手里提着一个小竹篮，见到袁正生，把竹篮塞到他手里。袁正生感觉沉沉的，说："这么多!"

　　孙玉莲说："不多。你自己吃些,再分给同事吃。"

　　俩人在老槐树下的石板上坐下。现在是秋天，又是农忙季节，到老槐树下休闲的人没有了。城里人白天上班，做脑力劳动，下班后喜欢出去散步，松松筋骨，换换脑子。农村人没有这个习惯，也没有这个必要。所以老槐树下这个时候就冷清了。袁正生和孙玉莲并肩坐在石板上，正生把玉莲揽在怀里。两颗年轻的心嘭嘭地跳着，既体味着爱情的甜蜜，又萌发着对未来的憧憬。夜风一阵阵地吹来，树叶发出沙沙的声响。月亮升起来了，尽管袁家村被大山的影子笼罩着，但也不是漆黑一片，已经有了一些稀微光亮。此时已是十一点多钟，村庄一片寂静，偶尔听到一两声狗叫。乌山静静地立着，小河潺潺地流着，深秋的谷物和泥土的混合香味阵阵飘来，朦胧的月色把他们带到如诗如梦的境界。

　　坐了一会儿，感觉有些凉，袁正生和孙玉莲依偎得更紧了。闲着也是闲着，袁正生的一只手已经从孙玉莲的领口伸下去，握住了他心仪已久的那两只热馍。玉莲开始推拒了几下，最后顺从了，任由正生的手摩挲着。此时语言是多余的，两人就这么默默地相拥相倚。眼前的景物模糊了，时光仿佛停滞，世界只剩下他们俩个人。

坐了一会儿，孙玉莲说："不早了，回去吧。"

于是俩人站起来，袁正生把孙玉莲紧紧地抱了一下，并学着城里人样子和她接了吻。自从明确了恋爱关系，俩人在一起心情就不一样了，都有一种依依不舍的感觉。

正要分手，一道白炽的灯光照射过来，又滑了过去，接着听到汽车发动机的声音。一辆小四轮从身边驶过。孙玉莲说："玉康哥进货回来了。我们去帮他一下吧。"于是袁正生提着篮子，俩人便朝汽车行驶的方向走去。

开小四轮的男人叫孙玉康，是孙玉莲的堂哥，今年四十几岁，是个高大壮实面目黧黑的汉子，乌山乡远近闻名的能人。村中那幢最高最大的两层楼房就是他的家。清水县城里有他的土特产门市店，在村里也开着小店。他是最早经商的一批农民，已经过上了小康生活。孙玉康今天进城为他的小店进货。他跳下车把一箱一箱的商品往屋里搬，袁正生放下篮子和孙玉莲过去帮忙。

孙玉康问："正生回来了？"

袁正生嗯了一声。

"听说你到县里上班了？"

"上班了，今天是节假日。"

"在哪个单位？"

"教育局。"

孙玉康以熟谙江湖的口气说："教育局好。"

"有个单位工作而已。" 袁正生谦虚地说。

搬完了货物，孙玉康邀他们进屋坐坐。

袁正生问生意怎么样？

孙玉康说："做土特产生意赚不了大钱，只能过个小日子。现在想开个小煤矿。"

"找到矿床了？"

"乌山煤是有的，只是埋得深些，挖下去一百米就出煤。"

"打一口矿井要很多钱哩！"

"我找人贷了二十万。"

坐了一会儿，袁正生起身告辞。

在门口，孙玉莲把篮子捡起来递到袁正生手里说："你明天走，我不送你了。我要起早上山。"

袁正生说："不用送，我又不是出远门。"

第二天一早，袁正生独自一人离开了袁家村。他走的时候父母上山去了。他吃了两个山芋，把昨天孙玉莲送的山芋苞谷塞进背包里，离家到乌山镇坐长途汽车。

回首遥望袁家村及村后的山坡上，村民们劳动的身影远远近近地分布在山岗，就象大山这棵巨树上悬挂的一颗颗果子，与大山融为一体。那当中有他的父母、嫂嫂，还有孙玉莲。

突然，他看到一个穿红衣服的人向他挥手，那是孙玉莲。袁正生不禁心头一热，也用背包使劲地挥舞起来。万绿丛中一点红，有了孙玉莲，整个乌山鲜活了，灵动了，温馨了。

别过孙玉莲，袁正生暗暗下定决心，一定要努力工作，争取有个出息，为了父母，也为了孙玉莲。

五

袁正生来到教育局，王文森把他带到教研室，对室主任孟庆年说："孟主任，这是新来的大学生，叫袁正生，我把他交给您了。"

教研室的门牌叫"教育科学研究室"。里面有三张桌子，两个人。室主任孟庆年五十来岁，瘦瘦的身子，黑黑的脸膛，穿着白衬衫，黑裤子，衬衫的下摆扎在腰间皮带里。他不像王文森那样的白面书生，象是受过艰难困苦的老知识分子。后来袁正生才知道，孟庆年在县教育局是老资格了，他六十年代大学毕业分到县教育局工作，文革中下放农村劳动，种了八年庄稼。文革后在农村当了几年中学教师。落实知识分子政策后，他才得以调回教育局。因为他学历高，资历深，成了县教育局的业务骨干，连局长孔祥水也敬他几分。另一个是二十几岁的办事员詹小红，是个女同志，理着齐耳短发，穿着白色小翻领衬衫，蓝色制服裤。她正在低头写着什么，只看见素白的颈项、手臂和嫩葱一样握圆珠笔的手指。 还有一个空着的桌子，袁正生在那个桌边站住。

孟庆年说："欢迎小袁，给研究室增加力量。那就是你的办公桌。下午参加政治学习。"

袁正生点点头。觑看詹小红，她只稍稍抬一下头，与袁正生的目光打个照面，又低头写她的东西。袁正生发现这个女子容貌端庄，是个女干部的形象，所不足的是态度比较矜持、冷傲，喜怒不形于色，眉宇之间缺少些年轻女性的妩媚和喜性。

王文森说："小袁，我带你去看宿舍。"

袁正生别过孟庆年和詹小红，提着行李跟王文森下了楼。

王文森在教育局机关宿舍区给袁正生安排了一个房间。这是个多层的旧楼房。上了二楼，用钥匙捅开门，里面两张单人床，两套被褥，一张靠窗小条桌和两把椅子。房间大约十几个平方，没有卫生间。王文森告诉袁正生，由于机关住房紧张，暂且安排两个人同住。同住的是单位司机钱国庆，他是城里人，平常住在家里，之所以给他安排，一是体现对职工一视同仁，二是特殊情况下让司机住这里，领导用车方便。虽然是两个人的房间，实际上只袁正生一人住。袁正生把随身带来的行李放到其中一张床上。王文森交待他到机关食堂买点饭菜票，中午可以在食堂用餐了。并且告诉他，由于他是九月二十八日来机关报到，可以领取半个月的工资。　袁正生听了十分欢喜，谢了王文森。

王文森走后，袁正生打开行李包，把书籍、洗换衣服、毛巾等取出来。书籍放到条桌上，衣服放到条桌的抽屉里。想了想，还需要找两根铁钉，一条细绳，在墙角挂毛巾。又少不了买几只衣架，晾晒换洗的衣服。还有脸盆牙膏牙刷肥皂和卫生纸一类，都需要齐备。于是锁好门，下楼到附近的商店去买了来，顺便到教育局食堂买点饭菜票。吃住问题解决了，袁正生的心安定了。

下午政治学习，袁正生带了几根苞谷棒和几个山芋到办公室，送给孟庆年和詹小红吃。两人说吃不了这么多，袁正生便送一些到其他办公室。大家都知道局里来了个大学生，凡吃到东西的都来照个面，说声谢谢。

吃了零食之后孟庆年宣布学习开始。他首先来个自我介绍，詹小红也学着他的样子说了两句。轮到袁正生时，他介绍自己的一般情况后，还表了个态，表示今后在孟主任的领导和小詹同志的帮助下，好好学习，努力工作，并请主任和小詹同志多多批评指教。孟庆年说大家在一起工作是个缘分，要搞好团结，互相帮助。詹小红见袁正生尊重她，这才报以礼貌的一笑。

孟主任从自己的抽屉里摸出一串钥匙，让袁正生打开办公桌的抽屉。同时还给了他一些应该看的书籍和文件，对他说："机关业务书籍都放在公共书架上，可以抽下来看，人手一份的书籍自己保存，不是保密的材料放在桌面上的文件夹里，随时翻阅。需要保密的放到抽屉里，下班时抽屉锁起来。工作笔记本，书写纸，圆珠笔，墨水瓶自己到办公室去领。其他东西自己带。"

孟庆年还交待："办公室的卫生由各股室自己负责。机关大楼过道、公共厕所的卫生，由办公室安排，各股室轮流打扫。早晨到开水站打开水，谁先来谁去打。"袁正生是聪明人，一听就知道自己要多担负一些。一个是老主任，一个是女同志，他是义不容辞的。

孟庆年简要介绍教研室的工作，主要是负责全县教育情况的调查研究，为领导决策服务。再就是担负教育局综合性文字材料的起草，特别要为领导写讲话稿，写工作总结、报告。他强调："教研工作很重要，政策性强，文字工作要求高，任务很重。"

接下来孟庆年带领学习中央文件，读报纸杂志上的社论。这些文件和社论袁正生在报纸上看过，广播上听过，感觉不甚新鲜，就没有往心里去。学习结束谈工作，算是学用结合。孟庆年说最近打算到乡里搞个调研，要袁正生有个思想准备。

上了几天班，无非是看文件材料，熟悉工作。这天司机钱国庆主动来到研究室，一进门就大着嗓门叫："新来的大学生呢？"

袁正生抬起头，见一个胖胖的大块头，有一颗硕大的脑袋，一个蒜头鼻，两片招风耳，一个很圆很突出的大肚子，裤腰带系在肚子下面。

只见他大声说："我来和同居见个面。大学生，我们俩住一个房间哩！我们认识认识，不然抢房间打起来，就误会了。"说着哈哈大笑，并主动和袁正生握手。

袁正生说："不好意思，住到您那里，打搅了。"

"那里的话？都是单位安排的。"钱国庆说："我不怎么住那里，大多数时间让你一个人住。我那里有床有被子，你要是家里来人，也可以用，只是用过后，帮我晒晒，脏了就洗洗。"

"那太感谢您了。"袁正生表态："我一定把你的东西保管好，让您的被子始终保持干净整洁。"

钱国庆临走时问："你有女朋友吗？"

袁正生说："没有。"

"快找个女朋友！"钱国庆大声说："那房间里谈恋爱方便，没有人干扰。如果你有情况，就把门从里面插起来，我心里就有数了，不会打扰你们哟。哈哈哈！"

钱国庆的话当着孟庆年、詹小红的面说，把袁正生的脸都说红了。袁正生觉得钱国庆是个很有意思的人，性格豪爽、风趣、不拘小节，见人就熟，应该是好打交道的。

几天后的一个中午，孙玉莲来了，站在教育局楼下。袁正生先带她到机关食堂吃饭，然后带她去宿舍。孙玉莲见袁正生安定下来了，很是为他高兴。她看到袁正生床上的被套、床单和枕巾，上面都印着通红的大字："清水县委招待所"。问怎么回事，袁正生告诉她："这些都是公家发的。大概教育局没有，就从县委招待所拿来的吧？招待所也是公家的嘛。"

孙玉莲笑着说："正生哥，公家人就是不一样啊，连床上被子都发给你们。我们农民谁管过我们啊！"

孙玉莲的到来，使室内充满了温馨的气氛。虽然她不讲究穿戴，不刻意打扮，但她一举一动，一言一笑，尽显女性的风韵，使袁正生为之迷恋，甚至有了肌肤相亲的冲动。单身宿舍提供了这种氛围，确如钱国庆所说，是个谈情说爱的好地方。袁正生想，既然俩人定了终身，不久要做夫妻，何必那么拘谨呢。加上在苞谷地里、老槐树下两次亲昵的举动，使他们的心贴得更近了。于是袁正生就把门插起来，将孙玉莲拥在怀里，俩人坐在床上，紧紧地搂抱在一起。

过了一会儿，孙玉莲说她要回去了。袁正生不想让她离去，劝她说："你要是感觉累，今晚就别回去，在城里住一宿，逛逛夜市，买买东西。也不愁没有地方住，急着回去做么事？"

孙玉莲看看袁正生问："我能住你这里？你真能想啊！"

"么事不能住啊？两张床么。"

"废话，要是你夜里不老实，我咋办？"

袁正生把她搂紧说："这还不好办，做个顺水人情嘛。"

孙玉莲用手指捺了捺他的鼻子说："你呀，真的变坏了，不是以前那个老实的正生哥了。"

袁正生用一只手按着她的胸部说："人都是要就变的嘛．你都变了，我么事不变呢？"

"我变么事？"孙玉莲惊诧地问。

袁正生的右手从她的外衣底下伸进去，拨开乳罩捏着乳房说："你看，它是不是变(大)了？"

孙玉莲想把袁正生的手推开，无奈她的两只手早被他的左手箍着，不能动弹，只好仍其所为。心想，男人丢不了这般念想，既然在老槐树下让他开了头，就随他了。

袁正生揉了一会儿还不满足，要把孙玉莲的衬衫扣子解开。

孙玉莲说："摸一下就够了，怎么解衣服？你这么不知足，象馋猫似的，下次我就不来了。"

袁正生涎着脸皮说："我想和它俩见个面嘛，求求你了。"一面说一面解她的衣扣。

孙玉莲无可奈何地说："正生哥，念着今后是夫妻，我真不好拦阻你。想看就看吧，有么好看的？"说话间衬衣扣被解开，两个乳房就弹了出来。

袁正生把它们握在手里，细细地摩挲一会儿。孙玉莲推开他说："够了，馋鬼，你把我摸痒死了。"说着站起身来，扣好衣服。说："我家里有很多事，要坐两点钟汽车回去。"

袁正生只好送她到楼下。

临走时，袁正生依依不舍地向她送了一个飞吻。孙玉莲朝他诡秘地一笑，用手指在脸上一划，羞他一下，走了。

六

早晨，袁正生来到办公室，先去开水站打了两瓶开水，然后把办公室的地板拖一下，正在擦桌子，孟庆年和詹小红先后来了。大家接着擦桌子，擦窗子。这一切做好之后，各人泡了一杯茶。

孟庆年对袁正生说："刚才我跟局长汇报了，今天我俩下去搞调研，小詹留守办公室，准备动身吧。"

袁正生把笔记本和笔放到挎包里，锁好抽屉，背上挎包。

孟庆年说："小袁，你现在是机关干部，下去调研背着挎包不大象。来，我给你一个公文包。"说着在橱柜里找了一个公文包递过来。

袁正生说："主任，我怎么要您的包？给您钱吧。"

"给什么钱？"孟庆年说："这包不是买的，是开会发的。我家里还有几个。"

这样说，袁正生就情领了。

孟庆年又问袁正生有没有水杯，袁正生说没有。孟庆年要他出门带个水杯，喝水方便。说着，把自己的水杯拿出来给袁正生看，说："这是最近流行的水杯，你以后也要搞个这样的杯子。"

袁正生看孟庆年手里是个加厚的玻璃杯，上面的盖子是不锈钢的，锃亮锃亮。为了不至于烫手，还套了个彩色尼龙套子。正如人们说的"玻璃杯子不锈钢盖，外面加上尼龙袋，"袁正生一边答应搞这样一个杯子，一面想，到哪里搞这种杯子？街上玻璃杯有卖的，可是没有加厚，更没有玻璃钢盖子。入乡随俗，今后无论如何也要搞一个，把机关干部的行头配齐了。

孟庆年和袁正生每人骑一辆公用自行车离开了县城。这次孟庆年调研的课题是："中学生德智体全面发展问题"。地点选在袁正生的家乡乌山中学。两人你追我赶地骑了两个小时，到了乌山镇。

　　乌山中学坐落在山边，青山侧立，绿树环绕，门前还有一条小溪，空气清新，风景优美。校党委书记朱本山和校长许业民听说老主任来了，热情迎了出来。

　　在小会议室，朱本山主持会议，许业民汇报情况。许业民讲了乌山中学贯彻县教育局德智体全面发展的文件精神，在搞好智育的同时，重视德育和体育工作。政治思想教育常抓不懈，文明创建活动丰富多彩，体育活动时间和经费都有保障等等。孟庆年听了很是赞赏，叫袁正生认真记录，并向许业民要了一份汇报材料。许业民汇报后，孟庆年要求请几个教师来开座谈会。不一会来了五六个中学教师，为了让教师们畅所欲言，朱本山和许业民回避了。

　　教师中也有袁正清。正清瞅个机会跟弟弟说："正生，中午你到我那里去一下，我有个事跟你说。"袁正生答应着。看哥哥那神态，好像要说的事情很重要，不知什么事，心里不免嘀咕起来。

　　教师座谈的情况与许业民的汇报有较大的出入，主要是反映应试教学任务重，德育和体育往往被冲击。教师们说，只要以分数高低论英雄，以考上重点大学多少比政绩，德育、体育，乃至减轻学生负担，都是一句空话。只要秤一秤学生书包的重量，看一看学生戴眼镜的数量就清楚了。

　　座谈结束后，学校办公室主任汪小平通知吃饭。孟庆年和袁正生被带到学校食堂旁边的包厢，丰盛的酒菜已摆上桌，朱本山，许业民已在恭候，接下来就是喝酒。孟庆年的酒量不小，全县教育系统人所共知，但袁正生能不能喝酒，尚未经过检验。为了确保战之能胜，朱本山、许业民和汪小平还怕不够，又找来两位能喝酒的老师，一个姓张，一个姓王，都很年轻。他们计划由朱、许、汪对付孟庆年，张、王对付袁正生。先是每人打一次通关，然后开始重点进攻。

　　朱本山首先欢迎孟庆年来检查指导工作，敬上一杯；继而叙旧情，称老朋友，再敬一杯；再请孟庆年今后对乌山中学多关心，敬第三杯。孟庆年有求必应，手端着杯子到嘴边，嗞溜酒就下去了。袁正生暗暗称奇，真是好酒量。

　　许业民、汪小平也如法炮治，一杯杯地敬孟庆年。孟庆年说，你们不能搞车轮战啊。许、汪说，朱书记敬酒我们不敬也不对，朱书记敬酒您喝，我们敬酒您不喝也不对，除非您嫌我们官小档次低？这样一说，孟庆年就统统喝下去了。

　　那边张老师和王老师也是一样，口口声声称袁正生为"袁领导"，又是同乡，校友，哥哥的同事等等。要想敬酒，何患无辞？袁正生喝了几杯，感觉自己新参加工作，如果下基层喝醉了，名誉不大好，就赖着不接招。张、两位施尽了激将法，说了许多令人难堪的话，硬逼着袁正生喝了个八九成。

　　孟庆年已经醉了，脸红得象关公，连眼珠子都红了。朱本山见差不多了，说："一个是老主任，一个是新同志，不能太过分，适可而止，鸣金收兵吧。"

　　饭后，朱本山问孟庆年能不能打牌。孟庆年撑劲说："没问题"。问袁正生，袁正生说中午有事。

　　袁正生来到教师宿舍。教师宿舍在学校的后面，靠近山边，是一排简易的平房，凡是在学校住宿的教师，每人安排一间宿舍，门前加个小厨房，安装个自来水龙头，这就成了他们临时的家。学校里也有女教师。女教师宿舍在五十米开外。哥哥住的地方袁正生来过，他在乌山中学上学时也住过。但大多数时间还是回家住，学校离家五公里，一会儿就走到了。

　　哥哥已经吃过饭，在宿舍里等他。宿舍里很简陋，基本没有一件像样的家具，只有一张简陋的木床，两把竹椅子，一个小方桌，一个临时装衣服的小木箱。哥哥不常住这里，晚上回家的多，中午在这里休息一下。看到袁正生进来，袁正林拖过一把小竹椅让弟弟坐下。又为他倒了一杯茶水，兄弟俩坐在竹椅上，隔着小方桌说话。

袁正清说："正生，听你嫂嫂说，你跟玉莲订婚了？"

袁正生一听哥哥的口气，知道他一定有些想法，就嗫嚅一声："嗯。开玩笑说过。"

"没有正式提？"

"没有。"袁正生应一声，不敢照实说。

"没有正式提就好。开玩笑嘛，算不得事。"袁正清放心地说："正生，你今后少和玉莲在一起，更不能和她处对象。你知道，你现在完全可以在城里找对象，彻底离开农村。玉莲是个好姑娘，可是她命不好，生在农村，家里又没让她读书。你如果娶了她，一个城市，一个农村，一心挂两头，工作做不好，家里顾不了。就是生了伢，按照国家政策，户口随着娘，也是农村人。你不仅苦了自己，还苦了孩子。你要好好想想。哥就是为这事，特地跟你打个招呼。"

袁正生为难了，一时不好回答。在哥哥那里，是个简单的事情；在他这里，却是个很难抉择的大问题。沉默了一刻，他说："哥，这事我也想过，但我和玉莲从小一块儿长大，象亲兄妹一样，感情很深。如果我抛弃了她，不仅她的感情受不了，我感情上也受不了，我们都会痛苦一辈子的。"

袁正清知道弟弟的心思，他说："正生，感情这个东西不是永恒不变的。你如果和玉莲结婚，两人不常在一起生活，工作做不好，老婆孩子顾不了，常年累月下去，两人的感情就会起变化，到时候你会后悔，玉莲也会埋怨。我当年也是重感情，不听别人的劝告，跟玉荷走到一起。我们现在的生活比起在城里的同学，差距越拉越大。说起感情，我们的感情不如当年了，吵嘴是常有的事，为了几个孩子，两人凑合过着。你难道还想走我的路？"

　　哥哥讲的是实情，但仅仅这几句话不能动摇袁正生。他说："哥，人生一张脸，树生一张皮，我如今有了工作，抛弃了青梅竹马的伙伴，今后有什么脸回家乡，有什么脸见玉莲，有什么脸见袁家村的乡亲父老？父母亲在乡里也抬不起头，做不起人。这不是为家里增光，是给家里人脸上抹黑呀！"

　　"没有那么严重。"袁正清宽慰他说："你和玉莲兄妹感情是不错，但不一定非要结婚。你们又没有正式建立恋爱关系，又没有领结婚证书，就是建立了恋爱关系，领了证书，中途变化的也很多，很正常，婚姻自由嘛。当然玉莲和孙家的人一时有意见，等到玉莲今后出嫁了，这事就过去了。乡亲们可能议论一阵子。关键是你在城里能够一心一意地工作，有了出息，有了进步，乡亲们就另眼相看，父母脸上才有光。不象我这样，窝窝囊囊的，在城里，人家看我是乡巴佬；在乡里，人家看我是个无用的书生，谁瞧得起咱，父母脸上有什么光？"

　　看看弟弟没有说话，正清说："我现在连身带口，自顾不暇，父母养育了我，花钱给我读书，我人长大了，书读好了，工作有了，对父母亲有什么回报？将来父母老了，谁给他们养老送终？我是力不从心了。前年父亲生了一场大病，我拿不出钱来，向同事借了五千块，你嫂子跟我大吵一场，说日子没法过了。父亲知道我的难处，竟想寻死了之。那时你在上大学，为了不影响你，没有告诉你。想一想这些，我心里就很难过。我是个没出息的，如果你再跟我一样，父母亲老了，不能劳动了，生病了，还能指望谁？"说着抹了一把眼泪。

　　袁正生听哥哥说到这里，心里也不好受，就不再说什么了。最后说："哥，我知道你为我好，我回去想想。"就离开了。

七

袁正生来到学校食堂，孟庆年他们还在打牌。见到袁正生，孟庆年说："小袁，汪主任给你搞了一个水杯。"

汪小平递过来，袁正生一看，与孟主任那只杯子一模一样，不锈钢盖子和尼龙袋齐全。盖子上面还刻着"袁正生"三个字哩。

袁正生说："谢谢汪主任。这要多麻烦呀！"

"不麻烦。我们镇上有小厂，叫他们做一个，不费事。"

打了一会儿牌，孟庆年起身告辞。汪小平说，吃晚饭再走。孟庆年说，怕天黑，走山路不方便。朱、许两位校领导将他们送到门口，彼此说了一些客气话，俩人骑自行车上路。

路上，孟庆年交待袁正生，回去要写个调研报告。袁正生想了想说："许校长的汇报和教师座谈会上的发言，说法上不尽相同，情况反映也不一样，都写进去呢，还是有所取舍，报告的观点怎么拿？"

孟庆年说："那当然不能都写进去，要有所取舍，观点应该是正面的，以许校长的材料为准，肯定工作成绩，最后带一点教师反映的问题，轻轻点一下，供领导参考。"孟庆年又说："其实这些都是老生常谈，下面的情况领导都知道。有些问题是解决不了的。但我们要调查，要反映。这是我们的工作。"

回到县城，正是机关下班的时候。袁正生放下自行车，去食堂吃了饭，回到宿舍，洗了一把澡，天就黑了。袁正生打开灯，准备写调查报告。但是哥哥中午说的话在他心中掀起了波澜，使他定不下心来。他坐在椅子上，陷入沉思。

突然有人敲门，袁正生以为同住的钱国庆来了，起身开门，令他意想不到的是，孙玉莲站在门口，朝他诡谲地笑着。袁正生一怔，两眼呆看着她。

孙玉莲奇怪地问："楞着干么事，想么心思？"

袁正生自觉失态，赶紧掩饰说："看看我的玉莲有多美。你把身体转一下。"

孙玉莲半转身体，看着袁正生。

袁正生上前一把抱住了她，说："真的很美。我的玉莲是个大美女。"

孙玉莲问："你现在才看出来？"

孙玉莲的到来，使袁正生蕴藏在心底对孙玉莲的感情迸发出来，孙玉莲的美貌又成了这种感情催化剂。俩人情不自禁地狂吻起来。在炽热的爱情火焰之中，哥哥的话迅即化为灰烬。

两人吻累了，坐下来休息。袁正生问孙玉莲怎么没回去。孙玉莲说："今天卖完菜，去了表姐家，刚才在表姐家吃了晚饭就来了。"

袁正生问："没听说你城里有表姐呀？"

"是远亲，过去我来得少，所以你不知道。"

"你表姐知道你到我这里来了？"

"是呀。不告诉她我到哪里，她怎么会放心呢？"

"你到我这里她就放心了？"袁正生坏笑着说。

"坏死了！"孙玉莲打他一掌。

俩人又拥抱了一会，因为室内闷热，孙玉莲就建议到外面走走。俩人出门来到清水河边。

清水河穿越县城，清水县由此得名。那年清水县城还没有象样的公园，人们休闲都到清水河边。河边有一条小路，穿过断断续续的树林，算是清水县的一个风景点了。袁正生和孙玉莲沿着河边朝前走。河面上停着许多小船，一条条的缆绳牵到河堤上，末端下着锚，走路时要特别小心，不能给锚缆绊着。有些城市居民带着凳子坐在河堤上聊天，手里摇着芭蕉扇。还有一些人在河沿上散步，享受着下班后的清闲。袁正生看到城里人生活的安详和满足，想到乡下人现在还在田里劳动，不到天黑不回家。回家之后要做饭，喂猪喂鸡，忙到深夜才能停下来。城里的老人，六十岁以后不用劳动，有退休金养老；农村的老人，再老也要劳动，自己养活自己，或者靠子女赡养。这就是城乡的差别。中午哥哥对他说了那些话，他心中确实有所触动，答应回来好好想一想。但是不知怎么，一见到孙玉莲，他的一切想法都没有了。

他爱孙玉莲，他不能没有她。别说他抛弃她，就是她离开他，他也接受不了。他只觉得和孙玉莲在一起，才是他正常的人生，否则他的生活将会失去意义。城乡差别算什么，生活困难算什么，只要和孙玉莲在一起，苦就是甜，困难就是动力，他什么都不怕，什么都能克服。孙玉莲及时来到他的身边，坚定了他娶孙玉莲的决心。

在清水河的转弯处，有一座七层古塔叫镇河塔，相传是清朝时的建筑，镇河塔是清水县一景，也是清水县城的标誌。但由于古塔年久失修，破旧不堪，很少有人光顾。塔内原有的木梯已经腐朽，最近才由县政府出资，把木梯换成了水泥阶梯。塔内供奉的佛像已经在文革时期毁坏殆尽，只剩下一个个神龛。塔里面没有灯，只靠外面的路灯和月光映射一点儿光亮。袁正生和孙玉莲出于好奇，沿着陡峭的梯子登上古塔。他们发现塔内很是逼窄，除了过道之外，很少有容身的地方。塔内也很少有人，偶尔遇见一对情侣，相偎在角落里。袁正生和孙玉莲一直走到顶层。顶层风很大，俩人站了一会儿，孙玉莲嫌凉，不愿多呆。于是他们一层层向下，到了第三层时，风小了，这才停住了脚步，靠在小窗边休息。

在幽暗的过道里，他们相拥在一起，静得只听到彼此的呼吸。袁正生看着小窗外的景色，想到哥哥跟他说的话，想到河岸上乘凉的城里人，想到此时还在地里刨土的农民，思绪又乱起来了。刚才见到孙玉莲时自己短暂的愣神，暴露出情意不专的苗头，虽然一时蒙混过去，但此时象捺进水底的鹅毛，又浮上了水面。

孙玉莲感觉到袁正生的异样。在这个时候，这种场合，他本应该把自己搂得紧紧的，他那不规矩的手，应该不会闲着。可是今天怎么了，有么心思？是工作上的，还是生活上的。凭她女人的直觉，应该是生活上的，是爱情上的。一定是城里人给他介绍一个漂亮的姑娘，他见弃思迁了；或者有人劝他不要娶农村姑娘，他思想动摇了。这是完全有可能的。于是她问他："你今天咋啦，想么心思？"

"没，没想么事。"

"没想么事?你一定在想事，别瞒我！"

袁正生说："是想事情来着。你看，这清水河多么美啊!"

"胡说，你一定不是想这个。"孙玉莲说："你一定是看中了哪个城里的姑娘，是不是？"

"不是，不是"袁正生连忙否认。"

孙玉莲说："你想在城里讨个马马也很正常。正生哥，你如果为这事为难不必要。我跟你说过，你想在城里找，我也不反对，我们仍然是兄妹。城里人有城里人的好处，农村人也有农村人的好处，两者都有不足，甘蔗没有两头甜。你自己拿主意。"

孙玉莲这样大度，使袁正生深深的感动了，他为自己的移情别恋感到惭愧，感到对不起她。他连忙说："不会，不会，我不会抛弃你的，相信我对你的感情。再说你对我这么好，这样通情达理，我去哪里找到象你这样的人呢？"

袁正生把孙玉莲抱在怀里说："今后再也不说了，你是我的人，我是你的人，我们永远不会分离。"俩人紧紧地拥抱在一起，没命地亲吻起来。孙玉莲知道袁正生对自己的感情是深厚的，他说的话是出自内心的。人的感情波动很正常，但她相信袁正生不会负于她，正如自己不会负于他一样。他们用拥抱、亲吻和相互抚摸表达感情的真诚和炽烈。用这种方式证明对方属于自己，自己也属于对方。

　　袁正生的手象过去一样，游进了孙玉莲的胸部，抓住了那对温软突起的东西。一阵揉捏之后，还不解渴，又向孙玉莲的小腹游去，几经逡巡，突破裤带的防线，把手伸进她的三角区。孙玉莲的裤带是弹性的，袁正生冷不防突袭，就越过了界线，前锋直逼要害，终于到达了两腿之间。孙玉莲一愣，本能地把两腿紧紧地夹着，可是没有坚持多久，也就松开了。袁正生的手就登堂入室，进入了那片神秘的地方。袁正生的身体立即起了强烈的反应，它的武器直抵孙玉莲的臀部。孙玉莲感觉到之后，把手伸过来，隔着裤子把它捏住。袁正生立刻予以配合，把拉链扯开，那个东西就直挺挺地露了出来。

　　孙玉莲用手握了一下就放下了。

　　袁正生逗她：“我难受极了，怎么办？”

　　“忍一下吧。”

　　“忍不了，太难受了！”

　　“几十年都过来了，还等不得几天吗？”

　　“实在等不得呀，玉莲，帮帮我吧！”袁正生装出可怜兮兮的样子。

　　玉莲问怎么帮，袁正生要她用手撸撸。孙玉莲只好照办，开始生生涩涩，手法不得要领，但她很快按照袁正生的要求，熟练地操作起来。不一会儿岩浆喷涌而出 ，袁正生一声干号，完事了。

　　看到袁正生没有其他要求，两人整理好衣服下塔。孙玉莲说：“没想到你把我引到这里来就干这种事，丢人啊！”又说：“原来男人只要把那点汁水挤出来就没事了，容易得很，又何必费那么多心思和周折呢。下一次你要是不老实，我就把你的汁水挤出来。”

下了古塔，孙玉莲说时间不早，要去表姐家了。袁正生送她，一直到表姐家的楼下，孙玉莲给袁正生一个吻就上去了。袁正生听到孙玉莲进门讲话的声音才转身回去。

回到宿舍，袁正生继续写乌山中学调查报告。现在他心思已定，可以安心静意地写材料了。他曾在大学里下基层实习，写过调查报告，还给报纸写过通讯稿，加上这次材料不多，要求也不高，他很快就写好了。写好之后，他还不觉睏，于是靠在窗边，看着城市夜景沉思。刚才和孙玉莲在古塔里的一幕，让他仍然处于兴奋之中。他想他不会离开孙玉莲，因为他爱她，不想失去她。哥哥的劝告是为他好，从理性上说，他应该听哥哥的话。但是理性归理性，爱情没有理性，只凭感觉，他感觉孙玉莲好，不想分开，就这么回事。

八

第二天上班，袁正生把写好的调查材料交给了孟庆年，孟庆年看了一遍说："很好，不愧是大学生哪！"孟庆年说这话的时候，詹小红把头抬起来看了看袁正生。孟庆年把材料放到抽屉里，他不急于送给局长看，这类材料他送得多了，局长也不急于要。送早了局长会忘记，要用时却找不到。他只是备在这里，局长要时再送去。

平时不下基层，研究室几个人就在办公室里看报纸、文件和业务书籍。研究室一个重要任务，就是起草全局性的大材料，实际上起着秘书班子的作用。这就要求研究室的干部眼观全局，熟悉机关每个股室的工作，要看各股室的业务书籍、材料，与各股室沟通情况。最重要的是要了解上级的会议精神，当前工作重点，领导的指示等等。研究室的工作搞得好坏，影响全局。研究室人员的水平，代表着局机关和局领导的水平。所以，孟庆年要求袁正生和詹小红好好操练，不断提高自己。他说"研究室是锻炼干部的地方，你们在研究室工作好了，就具备了当局长的水平。"

这天孟庆年参加了局务会议，回来对袁正生和詹小红传达说，局务会议研究决定，全县教育工作会议在十一月份召开。我们研究室要做好领导报告的起草工作。孟庆年安排，会议的开幕词由詹小红起草，闭幕词自己起草，孔祥水局长的主题报告由袁正生起草。孟庆年说会议还有一个表彰活动，这方面材料由人事干部股承担，其他会务材料由局办公室负责。孟庆年为了使袁正生了解领导报告的基本写法，把历年的局长报告从档案里取出来，供袁正生参考，还让他到各股室了解一年来的工作情况，成绩和问题。最后亲自带着袁正生到局长室，征求孔局长对报告写作的要求。做好这一切之后，袁正生就在宿舍里闭门造车了。第一次报告起草得很不顺利，修修改改，几上几下。关键是材料取舍问题。各个股室都觉得自己工作重要，成绩很多，要求多写一点，突出一点；但局长要求材料不能太长，内容要压缩。压缩哪些，保留哪些，放弃什么，突出什么，都要征求意见，弄不好就得罪人；再一个是语言表达，也有个分寸问题。孔局长民主作风好，总是交给下面协商，各股室就争得厉害。好在有孟庆年主任协调，他的老资格老面子发挥了作用，但背后不少人对孟庆年不满。

经过一个星期的辛苦，袁正生的材料总算定了稿，交给办公室打印，然后校对印刷出来，袁正生没事了。开大会那几天，袁正生准时参加会议，带两个耳朵一张嘴，听会和吃饭，十分轻松。分组讨论的时候，与会者发言中异口同声地赞扬孔局长的报告讲得好，是一个有思想、有水平、鼓舞人心，激发斗志的报告。袁正生心里有了一些慰藉。

会议期间，袁正生和驾驶员钱国庆住一个房间。钱国庆性格开朗，整天笑嘻嘻的，好像总是遇上什么喜事。一有空，他便穿着蓝色工作服侍弄他的桑特纳轿车，有时候还兼管办公室的工作。比如会议联系宾馆，安排会议室，制作和悬挂会标，摆放席卡，准备茶水，调试音响，发放材料和会议纪念品，接送领导等等，他都做得有条不紊。他做事利索、精干又老道，确实是个人才。王文森依赖他，局长也信任他。办公室的事情，他能做很大一部分的主。他又是局长身边的人，有时以局长的名义说话，弄得大家不知道是局长的意思还是他的意思。时间长了，钱国庆就被称为"二局长"。虽然身份是驾驶员，但他从不自卑，甚至还很骄傲，一般人他看不起。他能主动与袁正生接近，是出于对大学生的尊重。袁正生知道钱国庆在机关的强势，加上他与孔局长的特殊关系，因此对他恭敬有加。俩人很快成了好朋友。

两天的会议很快结束了，机关一切恢复了正常。

这天下午下班后，袁正生遵照父亲的要求，去拜访表哥万士明。下午他给表哥打了一个电话，表哥要他晚上去吃饭，袁正生就买了一些水果，进了县政府机关宿舍区，上了档案局的那幢宿舍楼。当年机关干部住房由公家分配，楼房一般是六层，最好的楼层是三层和四层，有"金三银四"之说。万士明作为局长，自然住在三层，房子面积七十几平方，已经很好了。袁正生上楼找到了门牌，万士明开门迎他进去。万士明五十多岁，身材不高，头发稀疏，额头发亮，他的妻子是五金厂工人，穿着工作服，很朴实。两个小孩，一男一女。女孩万敏在文具厂工作，男孩在中学读书。万士明和袁正生家来往不多，袁正生记得小时候来过他家。那时万士明不是局长，住着一间破旧的平房，同住的还有他的母亲。三代人十分拥挤。现在他母亲已去世，万士明地位升迁，条件比过去好多了。万士明听说表弟大学毕业，分在县教育局工作，算是有出息的，所以对他较为看重，邀他来吃饭。万敏比袁正生小两岁，万士明让她喊表叔，她就大大方方地叫"表叔"，闹得袁正生不好意思。吃饭的时候，万士明问袁正生喝不喝酒，袁正生说不喝，万士明就叫上饭。万士明的妻子和小孩都不上桌，只用筷了夹点菜走了，一家人保持着农民的生活习惯。万士明家教极严，妻子勤俭贤惠，两个小孩也很懂礼貌。

吃饭的时候，万士明询问袁正生在局里工作情况，袁正生一一作答。万士明说，研究室工作能锻炼人，写材料虽然辛苦，但这是机关干部的基本功，不能写材料的人，将来发展受限制。写一手好材料，大有用场。袁正生点头领教。问到家里情况和个人的问题时，万士明说，不要急于找马马。他说："农村有一个风俗，都是早早地为儿女订下亲事，似乎只有这样，才完成了父母的一份心愿。"万士明问袁正生父母有没有为他定亲。袁正生心想这不过是表哥随便问问，表示关心，便说"没有"。万士明说"没有就好，定了以后很麻烦"。又说："我不是瞧不起农村人，我本身也是农村来的。但是我们国家实行低工资多就业政策，男人那点工资养不了老婆孩子。老婆没工作，家里日子就难过。老婆在农村挣工分，比在城里拿工资要差些。夫妻不在一起， 互相得不到照顾，还有小孩子教育，一系列的问题。所以这件事我要提醒你。"

袁正生点点头。

万士明说："当然，城里生活也很拮据，我和你表嫂两个人工作，带两个小孩，一点工资算着用，日子也很苦，假如你表嫂在农村，就更苦了。"

表嫂插话说："表叔工作单位好，又是一表人才，在城里好找对象。如果有困难，叫你侄女给你物色。小敏她们单位，女孩子很多，都长得漂漂亮亮，经常到我家来玩呢。"

袁正生说："谢谢表嫂关心。只是我现在一无所有，还不急于找对象。"

表嫂说："一无所有也能找呀。我们那年结婚，你表哥有么些？两张单人床凑到一起，就算结婚了。"

晚上回到宿舍，想到表哥的话，袁正生心里又是一番斗争。不仅如此，袁正生在机关时间长了，人也熟了，有些年长的干部说起这件事，都提醒袁正生，不要在农村找马马，这几乎成了一面倒的舆论，袁正生心理压力越来越大了。

九

表嫂说到做到，不几天，她果然叫万敏给袁正生介绍一个女孩子。那天袁正生在办公室，万敏打来电话，要他下班在宿舍等她。袁正生在食堂吃了晚饭，回到宿舍等到七点钟，万敏带着女孩子来了。二十几岁，穿着蓝色工作服（那个年代穿工作服很时髦，这种蓝色的工作服是单位统一发的，说明有工作，是身份的象征），身材适中，皮肤白净，相貌中等。

万敏介绍说："她叫王小丽。在县文具厂工作，和我在一起，我们关系很好。"进屋坐了一会儿，说些闲话，万敏说："我今晚还有事，先回去了。"袁正生送她出门。万敏小声对袁正生说："这个女孩老实本份，家庭条件也不错，表叔你要好好谈啊！"

袁正生回来，俩人一个坐床上，一个坐椅子上。姑娘虽长得不如孙玉莲灵秀，但自有城里人的气质。工作服洗得干净，穿得合身，显得精神，身上散发着淡淡的香水味。袁正生心里很矛盾，不想向姑娘献殷勤，俩人不尴不尬地说了几句话。王小丽嫌屋里闷，袁正生陪她出去。俩人来到清水河边，沿着河堤往前走，一路上也没有多话。走到镇河塔下，袁正生问要不要上塔，王小丽说天黑，怪怕人的，不想上去。俩人又从河沿上走回来。王小丽说时间不早，该回去了。袁正生送她一程，到了十字路口，她不让再送，俩人就分手了。

第二天在办公室，万敏打电话问："表叔，昨晚谈得怎么样？"袁正生把情况原原本本地说了。万敏说："我再找她谈谈，问问她的想法，做点思想工作吧。"又说："表叔，您要主动找话说。您不说话，人家怎么好意思说？要捡好听的说，姑娘家是要哄的。"

过了一个多星期，没有消息。袁正生感觉可能泡汤了。泡汤是袁正生希望的最好结果，表哥的劝告，表嫂的热心，袁正生不好抹他们的面子，事情谈不成，袁正生才有退路，不会得罪表哥表嫂。不料这天万敏打电话来说："表叔，小丽父母想见您，要您今晚去她家吃饭。您早点下班在宿舍等，小丽会去叫您。"

袁正生推脱说："吃么饭？我不去！"

万敏以为他害羞，道："为么事不去？人家要您去嘛。女婿总是要见丈母娘的。怕么事？"

袁正生放下电话，心里犯了愁：不去吧，说不出理由；去吧，他实在不想事成。他后悔当时没跟表哥表嫂说清楚，弄得眼下左右为难了。但他又想，去一下也不一定能成，到时候找个理由推掉她，也好向表哥表嫂交待。走一步看一步。如果现在不去，表哥表嫂会说我莫名其妙，狗肉不上秤，让他们看不起。他只好决定去，但心里仍然坚持一个底线，那就是决不背弃孙玉莲。

袁正生早点下班洗了一把澡，换上干净衣服，坐在宿舍里一边看书一边等。六点钟左右，王小丽来了。今天王小丽不穿工作服，而是穿着白衬衫花格子套裙，头发烫了个自然卷，脸比上次更白了些，好像化了淡妆。这让袁正生眼前一亮，觉得来了个美人儿。袁正生就站起来跟着王小丽走。王小丽家离此不远，就在县城的老街区。他们走了十几分钟，来到一幢砖木结构的三层楼房前。王小丽前面带路，袁正生随后，踏上了昏暗的木楼梯。上了二楼，穿过一条长长的走廊。袁正生发现走廊两边都是门，门上贴着对联，说明每扇门内住着一户人家。王小丽的家在走廊的尽头。尽头有一扇窗子，是照亮走廊的唯一光源。窗子下面堆着杂物。右边一扇门开着，门前站着一个中年妇女，穿着大花套衫，烫着头发，脸上敷着粉，画着眉毛，嘴唇上点了胭脂。体形有点胖，但不显臃肿，似觉个头矮一点。她的这种打扮在街上很难见到，袁正生在电影中见到过，是资本家太太和地主婆娘的形象。

王小丽说："这是我妈。"

袁正生叫一声"王妈"。这是乡下人的叫法。

王小丽母亲纠正说："叫张阿姨。"

袁正生复叫一声"张阿姨。"

张阿姨上下打量了袁正生一眼，就退回屋里说："进来吧。"

袁正生刚要跨进门去，张阿姨连忙叫道："小丽，给小袁拿一双拖鞋！"

王小丽就从橱柜里抽出了一双绣着碎花的布拖鞋。袁正生连忙止住脚，这才发现室内漆着红漆的木地板，擦得光洁照人。张阿姨和王小丽都穿上了绣花拖鞋。出门的鞋子都放在门口。袁正生只好脱了解放鞋，套上了绣花拖鞋，觉得很是不适。幸好今天洗了澡，穿了袜子。要是在平时，袁正生不穿袜子，脱下鞋，两张臭脚片子，就叫人难堪了。

穿上拖鞋，王小丽指引他坐到阳台边的一个小方桌边。阳台有一个偏门，这时从偏门进来一个五十几岁的老头。

王小丽说："这是我爸。"

袁正生连忙起身叫王叔叔。看他瘦瘦的，高高的个子，像个机关的会计。

后来袁正生知道，王小丽的母亲叫张士莉，在五金站当出纳；父亲叫王泽岚，在银行当会计，工作都不错。

　　王泽岚朝袁正生笑了笑。朝他按按手说："你坐，你坐！"又回到阳台上忙着，他只是来照个面，把接待客人的任务交给了张士莉。

　　张士莉走过来坐到袁正生对面的椅子上，点着了一支烟，问袁正生抽不抽。袁正生说不抽，她就径自抽起来，动作熟练老道。手指夹着烟卷举在耳朵旁，烟从她的鼻孔里喷出来，袅袅地飘向空中，有一种女强人的风度，袁正生暗暗纳罕。

　　张士莉一口普通话，问了袁正生的情况，问得很细：家在哪里，离城多远，家里几口人，各人的年纪和身体情况，哥哥家生活情况。袁正生逐项回答，觉得象回答派出所的查询，心里有些别扭。

　　当问到袁正生拿多少工资时，袁正生回答："每月四十三块"。张士莉问他怎么开销。袁正生说："自己每月生活费控制在十元，二十元贴父母(这是打算)，还有十元作机动，主要是买书和人情往来的花费。"袁正生故意把贴父母的话说出来，就是想为难张士莉。

　　果然张士莉脸色有些变，说："那不是太紧了吗？你将来找对象，结婚，这点钱够吗？"

　　袁正生微微一笑说："现在还想不到那么远哩。"袁正生看到张士莉脸色阴了下来，没有再说话。

　　王小丽有一个妹妹叫王小美，十四五岁，在里屋做作业，这时出来笑着对王小丽说："姐姐，这就是你给我找的姐夫吗？"

　　张士莉连忙斥责她："多嘴，这是小袁哥哥。"

　　王小美叫一声"小袁哥哥"，吐一下舌头进屋去了。

　　袁正生感觉王小美很活泼，一双大眼睛很灵动，像个小精怪。

　　张士莉说吃饭吧。于是王小丽把菜端上桌，招呼他爸爸进来吃饭。王泽岚洗手进来了，找个地方坐下，问喝不喝酒，袁正生说不喝。张士莉就让小丽上饭。袁正生看着桌上，一共上了六个菜，一盘红烧小鱼，一盘干笋烧肉丁，一盘炒鸡蛋，一盘小青菜，一盘黄豆牙，一盘麻辣豆腐，都是小盘小碟，十分的精致。上来的饭碗也很小，袁正生握在手心里，看看至多一两饭罢了。要是在食堂里，袁正生只一口就吞下肚。但他现在必须吃慢一点，斯文一点。他觑看其他人，都吃得很精细，进度很慢，于是袁正生只好一粒粒地数着米，慢慢咀嚼。吃菜就吃小青菜和黄豆芽。张士莉劝他吃荤菜，他想小鱼有刺，吃起来不雅，只好吃一块干笋。张士莉再劝，他就吃一小块炒鸡蛋。第一碗饭吃完，准备放碗，张士莉劝他再吃一点，说年轻人嘛，怎么吃那一点点呢？王小丽就给他再装一碗。两碗下肚，袁正生仅仅半饱，但他不好意思再吃，放下了筷子。

饭后，碗筷菜盘撤了，王小丽端上茶水。袁正生喝点水，聊充未饱之腹。

王泽岚对袁正生说一声："你喝茶。"又到阳台上去了。

袁正生看王泽岚在阳台上做煤球。他把煤灰放在铁桶里，放些水搅拌好，再用小铲子铲出来，一团团地放到木板上，最后把木板架到阳台的栏杆上晾晒。由于阳台的空间有限，所以这项工作要十分细心，既要在小小的木板上多放几个煤球，又不能让煤球掉到楼下去。

袁正生曾听说城里的女婿做家务的事，出于礼貌，他虚虚地说一声："王叔叔，我来做。"

张士莉说："天黑了，不做了。"

这时王小美走过来对袁正生说："小袁哥哥，你今后多来啊，我家做煤球的事就交给你了。"

袁正生随口答道："没问题。"

张士莉笑着说："小袁哥哥是客人，哪能让客人做事呢！"

离开的时候，王小丽送他到楼下，说一声"今后来玩啊。"没有随他出来散步。

　　袁正生觉得像遇到了大赦，深深吐了一口气。心想，与其做这家人的女婿，倒不如不结婚的好。这个家庭的空气令人窒息，丈母娘绝对霸道，是难侍候的主。哪有我在孙玉莲家自由？罢了罢了。他匆匆回到宿舍，什么也不想，哪儿也不去，上床睡觉了。

＋

　　当天晚上，空气闷热，到了半夜，突然天降暴雨。雷电之声把袁正生惊醒，他起身关好被风吹得左右摇摆的窗扇。阵阵雷电划破夜空，照亮天地间被大雨肆虐的万物。雷电过后，一片漆黑，只听得天地间一片哗哗的雨声。袁正生想着父母住的两间小茅屋，雨大了免不了漏雨，风大了会不会吹垮，心上焦虑不安。哥哥家的三间屋虽然盖着瓦，可以防漏，但墙是土墙，结构也不牢固，雨下大了也不保险。袁正生早想着工作以后，攒点钱把父母住的房子翻修一下，盖上瓦，让二位老人过上风雨无忧的日子。但这是一笔不小的资金，还得慢慢积攒。联想到王小丽的母亲，听说他每月要支援父母，脸色阴了下去。心想，难道父母把我养大，工作了，就不顾父母吗？岂有此理。城里人的父母都有工作，有国家养老，没有这份负担，许多年轻人还指望父母资助，这就是城乡差别。生为农村的孩子，不能脱离这个现实。谈恋爱是需要的，建立小家庭也是需要的，但父母不能不要。王小丽这样的对象谈不成也是好事。孙玉莲不会嫌他穷，不会反对他支援父母，她能理解自己的想法，她能与他共同面对各种困难。拿孙玉莲与王小丽的比较，他更感到孙玉莲可亲、可爱和可贵。

好不容易挨到天亮，雨下小了。袁正生打着一把伞到食堂吃饭，就听人们议论纷纷，说是昨晚大雨，哪里闹了水灾，哪里山体塌方，哪里公路被洪水冲垮。袁正生问乌山那边的情况，人们说乌山镇那边没有消息，估计问题不大。袁正生的心放了一半。到了办公室，局里通知召开紧急会议，大家知道问题严重了。

在会议室里，孔祥水说："昨天夜里三点钟，县政府就招集科局长以上干部开会，我是冒着雷雨到县政府会议室，衣服都湿透了。"他说："云林乡出现了山体塌方，埋掉了一个村庄，五十多口人，只爬出来十几个，我们要紧急救援去。第一批救援队昨天夜里已经走了。我们宣传口是第二批，局里抽五个人，自己主动报名。其他人在家里做好后勤，随时补充替换。散会后立刻到楼下停车棚前集合。"

这真是教育局成立以来为数不多的一次短会。袁正生从会议室出来，往自己办公室走，见孟庆年的眼睛就没有离开过他。不要孟主任开口，袁正生主动报了名。回到办公室整理一下文件，锁上抽屉，就奔楼下。其他人已经到了，都是年轻人，一色的男性。这时钱国庆开着局长的桑特纳，从街上回来。王文森下车，从后备箱里取出劳动工具，铁锹，铁镐，土筐，雨衣，水壶，草帽，解放鞋等等。为防止没吃的，每人发两盒饼干。各人把东西领了后，汽车公司一辆大客车开来了，上面坐着宣传口其他单位的同志。由宣传部办公室副主任李世刚带队，大家上车出发。

汽车行了四十多公里，一路上发现多处山石落下的印迹，被当地干部群众清除了。有些地方沙石较多，道路不能畅通，李世刚叫大家下车帮助修路人员铲沙子，抬石头。一辆挖土机和一辆推土机也开到了，只是地方太窄，施展不开。道路两头停着很多车辆，有的是来救灾的，有的是过路的，都堵在那里。不一会儿警车鸣着汽笛开到，警察下来指挥交通。好一阵折腾，机关的客车才险险地通过泥泞的窄道，继续前进。像这样难以通过的路段不下五六次。直至前路不通，大家只得背上劳动工具下车走路。原来他们要救灾的地方，不通公路，只有一条沿着小溪旁的山间小道。昨夜涨水，小溪变成了小河，道路被水冲毁了不少，弄得他们走一段路，爬一段坡，蹚一段水。鞋子裤管都水淋淋的，走起路来滑唧滑唧的十分难受。到了下午两点，他们才赶到目的地，见大山塌了一大块，石头泥土活生生地把一个小村庄压在下面，只留了几处屋顶。已经有很多人在作业，干部、群众、解放军，医生都有。空中还一架直升飞机。大家奋力从泥石底下掏人，工具不济，就用手刨。掏出来的人像泥猴子一样，被抬到一边检查抢救，但多数人已经死了，工地上哭声一片。看到这种情形，谁还顾得上休息吃东西，不由得跟着挖起来。这样一直掏到天黑，有人抬来了一台柴油发电机，点亮了几盏大灯泡，大家继续掏着。其实谁都清楚，掏出来的人十有八九是尸体。但是在老百姓心情悲痛的情况下，谁也不敢怠慢。到了夜里，李世刚与现场指挥救灾的陈峰副县长一商量，决定分两班，一班休息，一班工作，铲车，挖泥机换人不换机，昼夜不停。袁正生好不容易下来吃了一点饼干，喝了一点水，靠在杂草上休息一会儿。感觉蚊子和小虫特别多，简直把人体当作大餐，咬得遍身奇痒。稍事休息，就去换人，一夜换了两三次，终于熬到了天亮。第二天情况好一些，虽然被埋的人还没有完全挖出，但大家都知道没有存活的了。老百姓的情绪开始趋于冷静。中午有人送饭来了，大家吃上饭，感觉好受些了。

　　袁正生在这里一连挖了三天，这三天，他人瘦了一圈，脸黑了一层，手上是血泡、伤痕，身上被虫子叮得满身红肿。第四天，局里派人来换班。孟庆年来了，他看到袁正生那副狼狈相，知道他吃了大苦，受了大罪。但比起受灾的老百姓来说，又算得了什么？

回到县城，袁正生立刻打电话到袁家村孙玉康家，询问村里是否受灾，灾情如何？袁家村只有孙玉康家有电话。孙玉康告诉他，袁家村有些小灾，灾情不重。你父母那座房子漏雨是不必说了，有一个墙角坍塌了，现在修好了。袁正生把自己刚刚救灾回来的情况告诉了孙玉康。孙玉康说，你安心工作，家里的事你放心，有我们呢。袁正生说了声感谢。

救灾过后，孟庆年鉴于袁正生在这次救灾中的表现，提出对他进行表扬，并要求袁正生写一份入党申请书。孟庆年是党小组长，这事由他操办。袁正生说他在大学里写过入党申请书。孟庆年查了一下档案，确有其事，评语还不错，已被列入培养对象。孟庆年说："你怎么不早说？"吩咐袁正生再写一份入党申请书，表明一下态度。

詹小红告诉袁正生，他下乡救灾时，有一个女孩子打来电话，说是他的侄女，要他回来到她家去一下。袁正生知道是万敏，晚饭后就去了。

在万士明家，万敏问："表叔下乡之后，有没有给王小丽打电话？"

袁正生说："救灾现场，哪有电话？"又补充说："我想这事算了。没么事好说的。"

万敏问："表叔是不是看不上？"

"谈不到看上看不上。"袁正生说："只觉得不合适。"

"怎么不合适？"万敏说："小丽是个不错的姑娘，您和她多接触，就会了解她。"

"倒不是王小丽，她的那个家庭，我看不惯。"于是说到对张士莉的印象。

表嫂说："张士莉当过演员，穿衣打扮很在行，涂脂抹粉习惯了。她爸爸王泽岚是个老实人，家里大小事都是张士莉做主。她家经济条件比较好，生活比较讲究。不象我们这些人家，马马虎虎的。"

袁正生说："我看不惯她家进门要脱鞋。她妈妈和人说话，嘴里叼着一根烟。吃饭么，小锅小灶，小碗小盏的，让人难受。"

表嫂笑着说："她们家是老市民，老市民的生活特点是过日子比较精细，与我们农村来的不一样，你可以慢慢适应。"

袁正生还是摇摇头。

万敏不知道袁正生的心事，说："表叔，我觉得你们两个很般配，前进一步就成了，半途而退很可惜"。

万士明也想促成此事。他说："这里面可能有误解。正生，你要正确对待和尊重城里人的生活习惯，你结婚毕竟是和王小丽过日子，不必在意张士莉。张士莉此人比较现实，算小账，也是城里人的普遍现象。我听说张士莉问你工资多少，怎么花，问得很细。你大概为这事心里不愉快吧？"

"也不是完全为这个。"

表嫂补充说："表叔说每月拿二十元赡养父母，张士莉听了心里不爽。"

袁正生说："我当时就察觉她的脸色阴了下来。这是实话，她问我，我不能不讲。"

表嫂笑了，说："话是实话，但是现在城里面，姑娘找朋友都在比条件，讲究"两有两无"：有工作，有房子，无兄弟姐妹，无父母。你那么直楞楞地说，张士莉面子上挂不住，好像你在开条件，她家姑娘非嫁你不可似的。"

一家人都笑了。

万士明说："有点小误会，问题不大。你（指妻子）遇到张士莉，再解释解释。小敏跟小丽多做思想工作，要多讲表叔'大学生，一表人才，将来有发展'。农村人怎么啦？我们不是农村人吗？现在生活也不比城里人差。"

袁正生说："表哥，这事不谈了。我知道他们看不起农村人，我还看不起他们呢！"

万士明说："正生也不要回得这样绝。毕竟在城里找一个对象不容易。如果王小丽去找你，就谈；不找你，就冷几天再说。我们也不问，让张士莉有一个考虑的时间，好不好？"

从万士明家回来，袁正生心情轻松了不少，像是卸下了一个思想包袱。他做出决定，不再去找王小丽，更不去王小丽的家。他知道，按照城里人的习惯，男方不主动上门，这事十有八九是不成的。

十一

第二天，袁正生本来打算回家看看，听说父母的房子被雨水冲塌了一角，孙玉康帮助修了，修得怎样，付了工钱没有。但未曾动身先病了，头昏，发低烧，浑身酸疼。他想生病的原因，可能是下乡救灾受了风寒，或者蚊虫叮咬，染上毒气。再加上没有休息好，饮食营养没有跟上。为了节省点钱支援父母，以及自己将来成家立业，他总是一分钱掰成两瓣花。在食堂里吃饭，他拣最便宜的菜买，咸菜是他的当家菜。他很少吃荤菜，连五分钱的汤也舍不得买，菜吃完了，碗底有点汁，倒点开水就算一碗汤了。正因为这样，他身体一直很瘦，很虚弱，经不得一点劳累。他经常头昏发烧，以为得了头昏病。母亲常上山挖天麻给他治头昏，可就是治不好（后来他当了领导干部，饮食好了，这种头昏病再也没有了）。下午，袁正生头脑昏昏地坐在办公桌前，什么也不想做，什么也不能做。孟庆年见他脸色不大好，就劝他早点回去休息，他想了想，锁上抽屉提前下了班。

回到宿舍就躺下，晚饭时也不想起来去食堂，昏昏沉沉地睡到八点多钟。忽然有人敲门，他以为是王小丽，睡着不想开门。敲门声持续不断，他只好懒懒地起身，开了门又睡下了。进来的不是王小丽，而是孙玉莲。这使他喜出望外，心情顿时大好。孙玉莲来的正是时候，袁正生此刻最需要人关心和帮助。

孙玉莲发现袁正生睡在床上，感到很意外，她是从表姐家来的，本以为袁正生不在房间里看书，定是出去了，正准备离去，却不料门开了，袁正生在床上睡着。便问："你怎么啦，不舒服吗？"

"头有点昏。"

"吃晚饭没有？"

"没有。"

孙玉莲坐到床边，用手摸了摸他的头，说："有点热，你病了。"

袁正生说："我头痛脑热是老毛病，没关系，睡一下就好了。"

"可能是累的。"孙玉莲说："听说你下乡救灾去了，回来又没有好好的休息。"她想了想说："我给你弄点吃的来，你不吃饭，就更难恢复了。"说着转身上了街。不一会儿，孙玉莲从街上买来一大碗排骨面，热腾腾地端到袁正生面前说："起来吃点，吃了再睡。"孙玉莲的关心和照顾使他感受到夫妻的恩爱，家庭的温暖。此刻他肚子正饿，吃过了之后，感觉好多了。孙玉莲叫他再睡，他不想睡，就靠在床上说话。

袁正生问她为什么今天来了。孙玉莲眼里透着温情说："想你呀。好几天没有消息，我到你们单位问，才知道你下乡救灾。估计这两天要回来了，我就留在城里没回去。怎么样，我来得正是时候吧？"

　　“是时候。”袁正生说：“我也在想你呢！”

　　“真的？你也晓得想别人了？”孙玉莲高兴地俯下身来，亲了袁正生一口。袁正生就势把她抱住，俩人就滚到床上。袁正生的手就不老实了。孙玉莲用手制止他说：“你身体不舒服，要好好休息。不能累着。”

　　袁正生说：“没关系。你现在不让我累，我天天想着还是累。”孙玉莲心疼他，手就松了。袁正生先把两个乳房安抚了一番，手就探到裤腰带下面。孙玉莲因为上次已经放行过，此时就不再拒绝了。袁正生探到纵深处，上下前后巡抚几个来回，为了更加方便，干脆把她的裤子脱了。袁正生侧身靠在孙玉莲身边，一只手抚摸着乳房，一只手侍弄那肥沃温润的芳草地，直拨弄得孙玉莲连声叫唤：“好痒，好痒！”

　　袁正生说：“知道痒了吧？还有更痒的呢！”

　　“怎么还有更痒的？”

　　“我自然有办法叫你更痒啦。”

　　孙玉莲知道他的意思，就伸手去摸袁正生的那个东西。袁正生本来穿着短裤，孙玉莲先隔着裤子捏了捏，然后拉下了短裤，让那个不安份的家伙脱颖而出，全部呈现在孙玉莲的眼前。孙玉莲照着在古塔上取得的经验，用手轻轻地帮助他抽撸起来。但袁正生已经不满足这种方式，他拨开孙玉莲的手，翻身把她压在身下，很明显，他要达到他的最终目的。

　　孙玉莲用手护住要地说：“正生哥，不能这样，我们还没结婚。”

　　袁正生说：“我们现在就结婚嘛！”

　　“没领结婚证能算结婚吗？”

　　“结婚证只是一个手续。”

　　“要是我妈知道了，会骂我的。”

　　“你妈怎么知道？”

孙玉莲想了想说："正生哥，你说，我们是不是夫妻？"

"是夫妻。"

"你决定娶我了？"

"决定娶你，不决定娶你，怎么能做这事？"

"你要是看中了城里姑娘，不想娶我怎么办？"

"我不会啦。"袁正生表态说："我想好了，今生今世只有和你在一起。只有你才配做我的老婆。"

"你不怕城里人笑话你？"

"不怕。"

"你不怕我拖你的后腿？"

"不怕。"

"你不会象你哥哥一样和我姐姐吵架吧？"

"我们永远相爱，永远不会吵架。"

"呀，正生哥！"孙玉莲感动地说："我是多么高兴啊！我也和你一样，今生今世只想和你在一起。只有你才配做我的丈夫。"说着把袁正生抱紧了。袁正生趁机进攻，大功告成。

事过之后，孙玉莲说："正生哥，你一直要做这种事，现在目的达到了，你该心满意足了吧？"

"心满意足了。"

"我说话算数，那天在镇河塔上，我答应过些天给你，没有骗你吧？"

"没有骗我。"

"你说话也要算数，不会在城里找马马吧？"

"我说话算数，绝不会在城里找马马。"

"这个东西只属于我一个人。"孙玉莲拨弄着袁正生的物件说："不允许别的女人碰它。"

"是啊。"袁正生说："你这个东西也只属于我一个人。"谁也别想沾边，连看也不充许看一下。"

“对，只给你一个人！”

袁正生心里想："去她的王小丽，去她的张士莉，我再也不会踏进你们家的门。我有孙玉莲就够了，我的孙玉莲不比王小丽强？"

夜里十二点，袁正生把孙玉莲送到她表姐家的楼下。

十二

几天之后，袁正生身体康复，局里又安排他下乡。

这次下乡的名义是"清水县农村工作队"，任务是帮助农村搞"社会主义教育和经济建设"，时间三年。

孟庆年说："这是孔局长亲自点的将，目的是让你在农村经受锻炼，增长才干。"

组织农村工作队，是省委省政府统一部署，又叫"全省万名干部下乡活动"。县教育局分了一个名额，局党组会议研究：老同志要照顾，女同志要照顾，家里有小孩的要照顾，只有在没有结婚的年轻男性中挑选。各个单位抽调下乡的，基本上是没有结婚的年轻小伙子，也有少数工作不太忙，子女大了，家务事少的老同志，当然不排除有锻炼培养干部的目的。

这天，宣传系统五名下乡干部集中在宣传部会议室，带队的是李世刚。李世刚五十几岁，个子不高，黑黑的脸，粗硬的头发，浓浓的眉毛。袁正生看看在座的五个人，除了自己和李世刚之外，还有体育局的周志平，文化局的邓建才，文联的王业生。五个人当中，袁正生和周志平是大学同学，其他人都不熟悉。

会上，李世刚讲了这次下乡的任务：宣传党的农村政策，发展农村经济奔小康。他说这次不像往年那样，与农民同吃同住，而是在乡政府食堂吃饭，在镇上住宿。宣传口承包平原乡，李世刚本人参加乡党委领导班子，其他人分到行政村，每村一人，早出晚归。他要求大家利用一天时间做好准备，后天集中出发。

当天下午，袁正生回到袁家村，看看家里的情况。

父亲告诉他："暴雨把山墙淋塌了，风吹进来，水灌进来，加上屋顶上漏雨，家里被子和家具都湿透了。我和你娘几天没地方睡，你哥哥又不在家。雨一停，你玉康哥帮助修好墙，三四个人忙了一整天，连饭也不吃。你去跟玉康哥谢一声。"

袁正生问田里庄稼怎么样？父亲说："庄稼地被山洪冲毁了不少，好在庄稼都收上来了，当年没么损失。"

袁正生到孙玉莲家，孙玉莲父母下田去了，孙玉莲正好回来磨刀，见到袁正生问："身体好了？"

袁正生说："好了。"孙玉莲问有没有吃药。袁正生说："不用吃药，你一去就把我治好了。"

孙玉莲不好意思地敲了他一拳。

俩人来到孙玉康家。袁正生就修墙的事向他表示感谢，问需要多钱，我来付。孙玉康说："付么钱？这是我们应该做的。你在外里工作，伯父伯母在家里，我们当侄儿的理当照顾。以后有事尽管说，不用客气。"

袁正生问煤矿的事怎么样？孙玉康说："煤矿投产了。"袁正生又问山洪有没有影响。孙玉康说："矿井在山坡上，没有影响。"

告别孙玉康来到孙玉莲家，孙玉莲倒了一杯凉茶给袁正生喝了。袁正生说要到地里看看。孙玉莲说，我也要下地。两人拥抱了一下，就分手了，约定了晚上在村头老槐树下见面。

袁正生来到自家的地里，见父母在地里整理被雨水冲毁的土地。袁正生接过母亲手里的锄头，母亲回去做饭去。袁正生和父亲一直忙到天黑才回去。

吃过晚饭，袁正生说出去转转，就朝老槐树下走去。天很黑，山风呼呼地吹，野外寂无一人。袁正生正在寻找孙玉莲，忽然一个人从身后抱住了他，他知道是玉莲，转过身把他搂进怀里，俩人一阵狂吻，算是履行了特殊的见面礼。风大，天气有点凉，坐在石板上不舒服，孙玉莲提议走一走。俩人手牵手在山边大路上散步，路上很少行人，黑幽幽的大山竖在面前，一丛丛的树林、草窠，一块块的巨石，黑影幢幢，山风吹着发出各种各样的怪声。

孙玉莲说："不走了，怪怕人的。"

袁正生说："找一个地方休息一下。"

他们看到一个草堆，袁正生说："就在草堆边坐一会儿。那里没有风。"两人从草堆上拔了一些干草，垫在地上，靠着草堆坐下，互相偎倚在一起，默默地享受着二人世界。刚坐几分钟，孙玉莲急忙站起来说："不中，地上是湿的。"她不停地拍着臀部。袁正生也感觉到了。原来大雨过后没有几天，地还没有干，表面上干了，人坐下去湿气就泅过来了。

孙玉莲说："到我家去吧？"

他们来到孙玉莲家，玉莲父母刚刚做完了家务，坐在堂间休息。袁正生问候了伯父伯母，坐下来与他们唠起了家常。无非是大雨、庄稼和袁正生父母房屋墙倒与重修的事，袁正生表示了对孙玉康的感激。孙玉莲父母还问了袁正生工作情况，在城里生活情况。袁正生一一回答，还告诉他们自己将下乡三年。

孙玉莲父母是老实厚道的农民，由于两家走得近，又是亲家，孙玉莲父母一直把袁正生当作自己的孩子看待。孙家的条件比袁家好些，因为他们只养两个女儿，又没让她们读大学，经济负担轻些。孙家的房子比袁家的好多了。砖墙瓦顶，里外砌得严严实实，能抗一定的风雨。

彼此说了一些闲话，孙玉莲说："大、妈休息吧，我们到房间坐坐。"就带着袁正生进了她的闺房。

袁正生自从上中学之后，六七年没有进过孙玉莲的闺房。以前那是孙玉莲姐妹俩的卧室，自从孙玉荷出嫁后，这个房间只剩孙玉莲一人，随着孙玉莲年龄长大，这个房间才称得上是个闺房了。房间里陈设简单朴素，但干净整洁。一张单人床，一张条桌，一把椅子，还有一个小收录机。墙上贴着孙玉莲的玉照，和电影明星的广告照片。案头有一些书籍，主要是科学种田方面的，还有一些文艺杂志。说明孙玉莲爱看书，感情生活比较丰富。

进了房间，孙玉莲把房门一关，袁正生就迫不及待地把她抱起，放到床上。无奈小小的单人床经不住两个人的重量，发出吱吱呀呀的声音。

孙玉莲停下来说："不中，大、妈就在隔壁，声音大了他们会听到。"说着推开袁正生坐了起来，整了整衣服。袁正生感到很失望，也坐起来。俩人只好靠在床边，互相抚摸着。由于心思放在手指上和感觉上，两人都没有说话，闺房里静得象没有人一样，只听到呼吸之声。

待袁正生释放了之后，孙玉莲用卫生纸擦拭了一下，俩人整理好衣服重新坐着。孙玉莲告诉他："我大、妈说，如果我们结婚，新房就设在我家。你就象个上门女婿了，中吗？"

袁正生看着孙家的房子说："中啊！我们俩家成一家，分什么上门不上门的。"

孙玉莲高兴地把袁正生吻了一下。

袁正生心想："这样也好，我爸妈不要为我张罗新房发愁了，既少麻烦又省钱，何乐而不为？"

坐了一会儿，袁正生起身告辞，孙玉莲突然命令说："别动，把眼睛闭起来！"

袁正生感到奇怪，不知道玉莲玩什么花招，只好把双眼闭上。突然，他感到手上一凉，一个铁的东西放到他的手里。睁眼一看，原来是一只锃亮崭新的手表。他惊喜地将它送到灯下，是一只全自动瑞士机械表。

袁正生惊问："这手表要多少钱？"

"两百八十块。"

袁正生责备说："买这么贵的手表做么事？你哪来这么多钱？"

孙玉莲说："这是我妈送给她二女婿的。她存了十多年的私访钱，连我大都不晓得，这次拿出来了。喜欢吗？"

袁正生一时不知说什么好。两百八十块钱，是当时一个工人近一年的工资，更何况在农村，要多少年的积攒。袁正生为此深深地感动了。

孙玉莲说："本来我妈想等到结婚时送给你，现在你要下乡，没有手表不中，就让我拿出来了。"

袁正生一句话说不出来，只有紧紧地抱着孙玉莲，代替了他的千言万语。

第二天袁正生打算在家劳动一天，帮助父母把田里的话做完。母亲见他消瘦的样子，心疼说："你回单位去吧。田里的事永远做不完，靠你做一天两天也不中啊！"

袁正生只得动身回城。临走时到嫂嫂那边看了看。又去了孙玉莲家。

孙玉莲说："下乡后写封信来，注上地址，我好去看你。"

十三

袁正生回到单位，随着下乡工作队到了平原乡。

这个乡和他的名字一样，是个平原地区。清水河从山里面流出来，经过平原乡，打了几个湾，流向清水县城。平原乡是清水县的水稻产地，同时也是蔬菜产地。这个乡的优势是离县城近，经济比较活络，农产品可以及时运到城里换钱。不足的是工业企业少，除了一个酒厂稍大一点外，只有几家小作坊，没有大的经济支柱。还有个年年困绕的问题——洪水。只要山里面下了半天雨，清水河就要泛滥，洪水会冲破围埂，淹没庄稼。所以每年冬季要动员老百姓修河堤，大大消耗了农民的精力和财力。这个乡有两万人口，占全县人口的十分之一，是县属十八个乡镇人口最多的。乡政府所在地平原镇，离县城只有十五公里，来去方便，县城里一有动静，乡里都知道，时髦的东西学得快，市面比较繁华。

工作队进驻后，乡党委开了一个党委会议，迎接工作队。会上，党委书记吴志伟淡淡地说了一番欢迎的话，乡长郑开兴简单介绍了乡里当前的工作。袁正生感觉气氛不冷不热，有一种应付的态度。工作队长李世刚发了言，介绍了每个工作队员，说明了下乡的工作任务，强调在乡党委的领导下开展工作，紧密依靠干部群众。最后副书记冯连云汇报了对工作队的食宿安排，吃饭在乡干部食堂，住宿在平原旅馆，两个人一个房间，工作队长住单间。会议结束后，冯连云就带着大家去看住处，把行李放好后，回到乡政府食堂吃饭。

饭后，工作队员回到旅馆。李世刚召集大家在他的房间里开了一个会。李世刚说："这些年工作队派得多了，干部群众有些烦，不欢迎我们，态度冷淡是正常的，大家不要计较，我们只要求面子上过得去就中。"他强调工作中注意事项："少说话，少表态。能做的事就做，不能做的事别管。把上面交办的任务完成就中了。"他说："平原乡这个地方干部之间不团结，人事关系比较复杂，政治观念淡薄，传统意识浓厚，经济发展不好。我们受县委派遣，担负着宣传党的政策，发展农村经济的任务。对于各级领导班子，我们也有考察考核向县委汇报的任务。但我们对乡一级领导班子，只掌握情况不表态；对村一级领导班子，确实有问题的，可以协助乡党委进行整顿。有人会向我们反映问题，我们听了听了，一般不表态，不介入。过去有的工作队涉入太深，处理了一些干部，工作队撤出时，被处分的干部要讨说法，揪着不让走，结果狼狈而逃。这些事我见得多了，大家要小心点。我们把精力放在发展生产上，为农民做点实事。不指望工作队来了能改变面貌，但口号要提，劲要鼓。"

第二天全乡召开三级干部大会，开到村民组组长。大会堂里站满了人（没有座位），照例是吴志伟书记讲话，把工作队李队长介绍给大家。然后是乡长郑开兴做工作报告。最后李世刚队长讲话，把这次工作队的任务大致说了一下。为了稳定人心，李世刚把平原乡的工作给予了充分的肯定，对广大农民战天斗地的精神予以高度赞扬。会议结束后，就在大会堂里摆开了几十桌酒席（不摆酒席很多村干部不愿来），进行会餐。餐桌上大家互相敬酒，猜拳行令，直闹得几个村干部发了酒疯结束。

袁正生和周志平住一个房间。晚上两人靠在床上看书，忽然有人敲门。袁正生开门一看，是邓建才。邓建才三十几岁，在机关工作十来年，虽然年轻，也算是个老同志。他与李世刚过去就熟，所以晚饭后去李世刚房间聊天。李世刚酒喝多了，兴奋起来睡不着，要邓建才喊人打牌。袁、周二人只好来见李世刚。

李世刚靠在椅子上，满脸通红，眼睛看人滞滞的。对袁、周二人说："年轻人，这么早就睡了？"

袁正生说："没有睡，在看书呢。"

李世刚拿起一副扑克牌说："打牌，咱们来点刺激的，谁输了谁请客。"

四个人坐下来，李世刚用手洗牌，由于酒醉，洗了几次洗不好，就交给邓建才。邓建才洗好牌问打什么。李世刚说："斗地主。"

　　打牌时，李世刚头脑不做主，又喜欢当地主，所以总是输。邓建才要他拿钱买香烟，李世刚不愿意，邓建才就从他口袋里掏，并且散给大家。一会儿烟掏得差不多了，李世刚感觉吃了亏，放下牌说："你们几个小子坑我。不打了。"

　　邓建才道："坑你什么，不就吃你几根香烟吗？你主任工资高，斗你这个地主也是应当的。"

　　李世刚翻翻眼说："我工资高？我工作三十多年，才拿八十来块，能算高吗？熬到今天，才混个正股级副主任。当年和我一起参加工作的，现在当乡长、书记、局长的多了。我是机关一个老板凳，歪脖子树。你们不要学我，学我就没指望了。"

　　过了一会儿李世刚又说："我是老工作队员，三十年来，下乡不止十次了。三年、两年、一年、几个月的都有。全县哪一个乡镇我没去过？那一个领导我不认识？我是看着他们上来的。我是清水县五朝元老，老同志，老资格，就是老不进步。下乡下乡，锻炼培养，可是只锻炼不培养。告诉你们，小子们，领导要你下乡就是不重视你，重视你就不会让你下乡。你一下乡，工作业务生疏了，机关同志感情生疏了，领导对你了解少了，哪里会培养到你呢？所以你们不要相信那种下乡锻炼的鬼话。"

　　他眼睛盯着袁正生和周志平说："你们俩个大学生给我听着：千万不能太老实，只要下乡几次，你们在单位就算废了——象我这样。我现在明白过来，已经晚了，老了苗了。你们要想办法回去，脸皮厚点就找领导，拉不下脸皮，就请别人帮你们说。"

　　袁正生和周志平点着头假装领教。

　　李世刚打开了话匣子，说了县机关许多奇闻佚事，官场秘史，谁靠谁上去的，谁走了谁的路子升官的，使得袁正生和周志平大开眼界。袁正生知道再下去，怕李世刚又要说出许多不得体的话来，传出去影响不好，就和周志平互递一下眼色，告辞回房间睡觉了。

　　躺在床上，袁正生心里也不平静，虽然李世刚醉后说酒话，不可当真，但联系到自己的现状，确实心里有些同感。要说下乡锻炼，自己从小在乡下长大，还要到乡里锻炼吗？要锻炼也该到工厂锻炼，况且机关里还没有锻炼好哩。这样一想，心里就有些窝囊和委屈。但转念一想，省委号召万名干部下乡，这是工作的需要，既然是工作，总该有人去实行。自己是年轻干部，没有家属小孩拖累，下乡这类事情，理应走到前面。何况要求入党，也应该有所表现。县级就是基层，干部下乡是正常的，没有下过乡的干部极少。至于下乡不被领导重视，长期以往就废了，也不见得那么严重。孔局长和孟主任对自己还是不错的。李世刚的老不进步，怕也有其他方面原因。这样一想，心事顺了，思想通了。只是觉得下乡三年，时间确是长了点，能早点回机关当然更好。

　　第二天早饭后，副书记冯连云来旅馆和工作队员开会，研究分工。冯连云是乡党委与工作队的日常联系人。会上确定袁正生分到水湾行政村。会后，冯连云、李世刚带着工作队员到各村走一遍，让工作队员与村干部见面。

　　水湾村是全乡最大的村，人口六千，主要农作物水稻、小麦和油菜。两个村办企业：一个碾米厂，一个油坊，所得的利润供行政村的活动经费。还有一个制笔厂，一个竹木加工厂，都是私人企业。

　　村党支部书记叫黄承水，村长董寿金，民兵营长徐玉贵，妇女主任林巧珍。在冯连云的介绍下，袁正生和他们见了面，握了手，算是到了村里了。在村部办公室，李世刚介绍了工作队的几项任务，冯连云对村班子配合工作队工作提出要求。袁正生表态和大家一起工作，向大家学习。黄承水介绍了村里大致情况。结束后已经是中午。黄承水留大家吃午饭。

　　吃饭前，大家说些闲话。袁正生看看行政村办公室，三间平房，两间做会议室，中间两张破桌子并一起，六条长板凳，地面是土的，长期没整理，凹凸不平，还开着裂缝。桌子和长凳都放不稳，放稳了也歪着，坐凳子要特别小心，防止翻倒。屋是瓦顶、土墙。墙上刷了石灰，上面贴着"党员活动情况表"、"党费缴纳情况表"、"村干部值班表"，还有"水湾村生产发展进度表"和"计划生育进度表"。前一张表箭头朝上，表明生产蓬勃发展；后一张表箭头朝下，表明出生率逐年下降。房间尽头有一间屋隔成两间，分别是村支书和村长办公室，其他村干部没有固定的办公室。房子边上还有一个庇厦，是村干部用餐的厨房。有一个中年妇女在里面忙着，饭菜的香味正从那里飘出来。

中午的饭菜就在办公桌上摆开。黄承水问要不要喝酒。冯连云礼貌性地征求李世刚的意见，他知道李世刚好喝一杯酒。但李世刚现在酒醒了，知道在村里喝酒影响不好，就推辞了。于是林巧珍帮助大家装饭。主菜是猪肉烧萝卜，一个小脸盆装着，边上配几样素菜。虽然饭菜很简单，因为饿了，吃起来很香，每个人吃了两大碗，还加了一片锅巴，吃了个满饱。饭后有烟瘾的抽了一支烟，说几句闲话就告辞了。

十四

从此以后，袁正生一个人到水湾村开展工作。首先是带领农民学习中央文件和报纸社论。事先和村支书黄承水说好了，某天某日开会学习文件。一般安排在下午，因为农民上午事情多，家里田里离不开。第一次开会到了三十来个人，男男女女坐满了会议室，几个村干部都到了，没有凳子就从附近农民家里借来。袁正生把中央关于农村改革的文件和人民日报上最近的社论读完了，要求大家讨论一下。农民们你推我让地不想说。最后还是黄承水结合村里的工作，说了几句，学习就结束了。

黄承水瘦瘦黑黑的，个子不高，表面看起来没啥出奇，甚至有些木呐，但人很精明，鬼点子不少。他对政治学习很有经验，要求民兵营长徐玉贵认真做会议记录，说："玉贵，要多记，记好啊，上面要来检查的。"

学习会开了三五次，就进行不下去了。来参加会议的人越来越少，黄承水派人一次次地催。本来规定下午两点，时间过了一个多小时，才喊来七八个人，多数是妇女，坐在那里纳鞋底，打毛线。黄承水解释说，有人上街去了，有人家里来了人，有人田里有事走不开。袁正生也不为难大家，学习照样进行。黄承水要求徐玉贵在会议记录簿上多记一些人数，讨论发言也由徐玉贵编几条写上。最后连支书黄承水也不能按时来了。说好了某天下午开会，可是袁正生来到会议室，一个人也没有。问人，都说不知道。袁正生只得自己去找，最后在田里找到了他。

袁正生不无责备地说："黄书记，今天下午政治学习，您忘记了？"

"我正叫人催来着。" 黄承水不正面回答。

到了会议室，黄承水让袁正生坐着喝水，自己到村子里叫人，用袁正生听不懂的当地话，连劝带拉的喊来了三五个妇女，袁正生见状，削减了学习内容，文件很快就读完了。袁正生请大家讨论时，妇女们七嘴八舌的，没有多少正话。最后竟然问袁正生有没有"讨马马"，如果没有，就在本村姑娘中给他挑个最漂亮的。袁正生说已经"讨了马马"，这才终止了这个话题。

袁正生知道农民对学习不感兴趣，参加学习只是碍于工作队的面子。此后袁正生也懈怠了。黄承水看出袁正生的难处，对他说："小袁同志，不碍事的，我叫玉贵隔几天做一次会议记录，上面来检查，我们有东西就中了。"袁正生哭笑不得。

接下来是搞党的农村政策宣传，要求做到"口号上墙，文件内容上墙，学习园地上墙。人人参与讨论，个个了解精神。"为此，袁正生亲自拟了几条标语口号，用大字写好，张贴在村头显目的墙上，大致是："加强农村改革，发展农村经济。""加强乡村自治，建立法治社会。""奋斗二十年，全面奔小康。""坚持计划生育，提高人口质量。"等等。在行政村会议室，袁正生把当前中央文件的要点写在墙上。还开劈了一个"学习园地"，上面由村干部带头，加上一些农民骨干，写一些学习中央文件的心得体会。经过一个多星期的努力，总算把上墙的东西都编齐了。可叹的是，所有的文字都是袁正生一个人的手笔，甚至连村干部的学习体会也委托袁正生一人代劳。本来这些东西是不允许代笔的，但袁正生左催右催，就是催不上来，一是农民文化水平有限，二是他们整天想着农活，不愿动文字的脑筋。有的农民家里甚至连一支笔，一张纸都很难找到，你要他们写，也真是为难他们。为了应付上面的检查，不得己，袁正生只好代庖。

再就是发展生产，搞活经济。学习过了，认识到了，干劲有了，经济发展应是题中之意。但是要想在短时间内把一个落后村庄的经济搞上去，谈何容易？虽然是难，但也不能说工作队没有作为。县委有这个要求，发展经济是当前的中心工作，经济没发展，你宣传再好，学习再好，体会再深，也是空的。县委有个简报，经常报道某工作队下乡，短时间内改变乡村面貌、促进经济发展的典型。这使袁正生十分着急。

水湾村的碾米厂，榨油厂，是个微利企业，人员素质不高，设备陈旧老化，村干部三天两头去揩油，厂长监守自盗，已经亏损严重，资不抵债，你想让他大发展，简直是异想天开。竹木加工厂是个私人企业，虽然有些微利，但产品技术含量低，销路已经饱和，算是个夕阳产业，不仅银行不愿贷款，就是给它投入，也扶不起来。要想有新发展，新突破，必须有新项目，新投入，但是村级经济是个空壳，连农业税都收不起来，哪里有钱投入？

袁正生和村干部在一起讨论了多次，想法很多，但一提到钱就泄气了。眼看到了年底，上面催着报成绩，袁正生十分无奈。

还是富有经验的支书黄承水想出个救急的办法，他说："我们养猪，养羊，养鱼。"养猪，养羊，养鱼一次性投入少，虽然一时难见成效，但可以写进汇报材料，展开想象，不至于成为经济发展的空白点。袁正生想了想没有办法，就同意了。

袁正生问养多少猪。黄承水说："过去我们每户养一头猪，现在我们下达任务，每户养两头，全村两千多户，就多养了两千多头，一头肥猪以两百元计算，就增加农民收入四十万元；每户增养两只羊，一只羊以一百元计算，两只羊可增加收入两百元，全村又增加四十万元收入。再说养鱼，村里有个大水库，可投放鱼苗七万尾，每条鱼到年底长到两斤重，两元一斤，一条鱼四元，就是二十八万元。猪、羊、鱼收入加起来计一百多万元收入，每户年底可增收五百多元。"

袁正生觉得如果真能实现，可以算是一个大的成功，也可以向上面交待了。可是仔细一想，觉得还是空中楼阁。养猪、养羊，养鱼不付成本吗？买猪仔谁出钱，饲料怎么解决。农村吃粮都很紧张，哪有多余的粮食喂猪？水湾村是水稻产区，没有那么大的草场，羊吃什么？还有养鱼要买鱼苗，买鱼饲料等等，哪一项不要花钱？正是因为付不起成本，农民才不能多养牲畜，多养鱼呀。

但黄承水对袁正生说，有个计划比没有计划强，到时候上面来检查工作，至少有个说法。袁正生没有其它办法，只好同意黄承水的计划。于是一篇"水湾村发展养猪、养羊、养鱼致富"的报告给了工作队长李世刚，李世刚也急于抓成绩，很快转报到"县委农村工作办公室"。

不料县委农村工作办公室将袁正生的材料转发全县，引得不少工作队员前来取经，县委竟组织了一个检查组，来水湾村开起了现场会。这一下袁正生慌了手脚。急忙与黄承水商量对策。黄承水是"老运动员"，早已胸有成竹。他探知县委检查组来的那天，通知农民把家里养的猪，羊，都送到沿公路边的几个村庄农户家寄养，确保每户有两头猪三只羊。并安排一个农民在水库边巡逻，戴上红袖套，装作看管鱼苗的样子。

县委检查组在李世刚的陪同下来到水湾村，转了一圈，吃了顿农家饭，赞口不绝地回去了。事后李世刚对袁正生说："县检查组对你的工作十分满意。看到农民家里的猪羊比过去多了。水库里养了鱼，水面利用起来了。都说工作队为农民做了实事，进驻前后大不一样啊！"

不几天，袁正生从简报上得知，进驻其他乡的工作队员，为村里捐了大量的图书，办起了农民读书室，丰富了农村文化生活。袁正生想，机关干部家里有不少的藏书，何不让他们捐出一部分。他回到单位向孔祥水局长汇报，得到支持。县教育局机关全部动员捐书，局图书室也拿了不少，一下子凑了两千多册。送书下乡那天，局办公室，人教股都去了人，坐着卡车，装着书，敲锣打鼓到了水湾村。村干部和村民们象过节一样迎在村办公室门前。乡党委，政府也来了人。事后在乡里吃了便饭。饭前，工作队员还与乡干部搞了场篮球友谊赛。

袁正生的工作有声有色，村干部十分配合，关系相处不错。按照工作要求，工作队员沉下去与农民一起劳动，同甘共苦。当时开展冬季兴修水利，疏浚河道，加固堤坝。袁正生就和农民一起出工，由于自己是农村出身，干起活来不太外行，得到农民的称赞。

一天袁正生又要去村里劳动，李世刚说："小袁，我们工作队员不是仅仅劳动，还要为农村解决实际困难。仅靠你一个人劳动，能把整个水湾村经济搞上去吗？"

袁正生问李世刚有什么要求。李世刚说："目前农村最缺是钱和物资，我们工作队要想办法为农村贷到款，搞一点计划物资。

至于工作队员参加劳动，只是一个方面。"李世刚还说："其他
乡镇的驻村工作队，搞了不少计划内钢材、水泥、木材，还为村
里贷了款。我们乡在这方面动静不大，乡里对我们已有看法了，
说我们宣传口的人'没名堂'，'只有嘴上功夫'，你听到了吗？。"

事后袁正生打听到，那些为驻点村搞了钢材、水泥和木材的，
是县物资局、工业局和林业局的干部、贷到款的是银行干部。当
时经济双轨制，谁能搞到计划内物资，转手就是钱。县教育局除
了几本书外，这些东西统统没有，袁正生处于十分尴尬的境地。

十五

晚上，袁正生与周志平一起讨论这件事，周志平也叹苦连天，
他说："我驻点的那个村，村长已明确向我提出搞计划物资的要
求。我说我也想搞呀，可是没有那个能力。我们体委有什么？有
篮球，羽毛球。我曾答应为村里竖一对篮球架，但村里不要。农
民当面笑我是'李莲英讨马马——有想法，拿不出东西'。你说
磕人不磕人？"

袁正生愤然说："这事不公平。物资局、工业局、林业局有
权利卖平价钢材、水泥、木材，我们应该也去要。这些都是国家
计划物资，不是某个部门的私产。"

周志平说："有道理。我们回去找县委'农村工作办公室'
反映。"

第二天两人回到县里，一打听，驻其他乡镇的工作队也提出
同样的要求。由于反映强烈，县委做出决定：给每一个工作队员
五吨计划内钢材，二十吨计划内水泥，两个立方米的计划内木材。
袁正生大喜，回到水湾村把消息告诉了黄承水、董寿金。村里借

了两辆卡车，带着村委会的介绍信，经县'农村工作办公室'批转，到县物资局、工业局、林业局仓库提了货，运回到水湾村。

买到了计划内物资，袁正生在水湾村的威信提高了。再加上开展农民读书活动，增进了与农民的了解，人们背地里再也不议论工作队"没名堂"了。而称袁正生是"有能力、会办事的年轻干部"。有的农民甚至建议，让县里把袁正生留在平原乡当干部，直接领导水湾村。袁正生赶紧制止农民的说法："要不得，要不得，我没那个能力"。他想，如果县委真把自己调到乡里来，那他就是哥哥袁正清第二，永远别想上去了。

一晃过了三个月，春节临近。这天，袁正生正和农民一起挑土筑坝，忽然有人来报："袁同志，你爱人来了"。袁正生一惊，心想，定是孙玉莲了。当他走到乡政府，果然见到了孙玉莲。

袁正生问："你怎么来了？"

孙玉莲红着脸说："多久不见，想你呗！"

袁正生把她带到自己的住处。

孙玉莲说："我找袁正生，他们问，你是袁同志的爱人吧？我怕人家说闲话，只好答应说是。"

袁正生说："答应得对，你就是我爱人嘛！""爱人"这个词用在他们身上，既新鲜，又温馨。为了"爱人"的光荣称号，他们拥抱在一起，相互祝贺。

吃饭的时候，周志平回来了。一见孙玉莲，惊喜地说："嫂嫂来了。"孙玉莲红着脸答应着。他们一起去食堂吃饭。在饭堂里，乡干部都来打招呼，袁正生和孙玉莲夫唱妻随，配合默契，别人看不出一点破绽。

下午，袁正生带着孙玉莲在乡里和村里转了转。乡干部和村干部都对孙玉莲赞口不绝。水湾村村民说："袁同志的马马真漂亮，把咱村的姑娘们比下去了！"

晚饭后，周志平说他回城里去，让嫂嫂在乡里住一宿。袁正生说："我们已经有地方了。"袁正生在另一家旅馆开了房间。俨然老夫老妻地住了下来。

久别似新婚，他们恨不得饭后立马上床。但是，这样做显得有些性急，容易引起非议，他们只得到李世刚那里串个门，和工作队员们说几句话。稍微坐了一会，不待袁正生开口说辞，李世刚就催说："你们早点休息去吧。"袁正生如遇大赦，急忙和孙玉莲回到旅馆，关上房门。

这一次他们不急于上阵，他们有的是时间，可以从容不迫，按部就班，就象一对合法夫妻在洞房里那样。两人打水净了身，脱掉身上衣服，光溜溜地钻进了被窝，立刻如胶似漆地粘在一起。

那天晚上，他们很少睡眠，一夜交锋数次，真到天亮才昏昏入睡。

第二天，孙玉莲恋恋不舍地走了。袁正生很想留她，但人在江湖身不由己，只得送她上了长途汽车。看着汽车把孙玉莲载走，袁正生心里空落落的，他用古人的诗句安慰自己说："俩情若是长久时，又岂在朝朝暮暮。"

春节期间，袁正生回到袁家村，在家里过年，其间也常去孙玉莲家，瞅着空档，免不了在孙玉莲的闺房里，互相抚慰一下。哥哥袁正清私下里提醒袁正生几次，叫他不要到孙玉莲家去，袁正生不听。他说："我的马马就是她了，我不想改变。"哥哥只好作罢。

春节过后，袁正生回到平原乡，李世刚告诉他："周志平回单位上班去了，体委说换一个人，却没有来。"

袁正生深感意外。

李世刚说："周志平一定在春节期间找了人。他回体委没几天，就调到宣传部当干事，算是高升了。"

　　袁正生心里一下子沮丧起来，他怨自己只知道春节期间在家与孙玉莲缠绵，却想不到去县里找找关系。难道真的在这里呆三年吗？但他又想，自己生长在农村，清水县里能找到谁呢？表哥万士明虽是个局级干部，但他向来按章办事，不会通融。遇事指望不上。"

　　从此袁正生一个人睡觉。他写信告诉了孙玉莲，孙玉莲来了两次，俩人就在房间里住下，不需要在外面开房。工作队员、乡里、村里，上上下下都熟悉袁正生的老婆孙玉莲。

　　李世刚好喝一杯酒，乡政府不能天天招待他，只是偶尔约他出去加个餐。如果乡里来客人，就邀他相陪。更多的时间，他自己买一点花生米，打二两散装白酒，晚上独自一个人坐在房间里喝。如果有人进来，他就邀请一起喝。邓建才是那里的常客。有时袁正生也去，带点花生米，酒不够就打点酒。李世刚不吃好酒，只喝一块钱一斤的散装酒。当然参加宴会，酒是越贵越好。他抽烟，也是几角钱一包的劣质烟，如果有人敬他烟，他会把好烟夹在耳朵边上，人走之后收起来，晚上好好享受。他夫妻俩三个孩子，生活紧巴，好酒好烟他吃不起。

　　喝过了酒，抽足了烟，大家天南海北地聊，打牌。晚上的时间大都这么过。有一天聊到周志平的事，李世刚对袁正生说："小袁，你和我们这样耗着不是事，要想办法回单位。三年时间太长了。到时候你回单位，人家都认不识你了。你要回城里找找人，不要跟我们在这里混。人的进步就那么几年，上得去就上去了，上不去就上不去了。你看现在乡长、书记，三十几岁的好几个，县长、书记，四十来岁的也不少。所以你要抓紧。不能象我一样老了苗。"

　　袁正生嘴里说："我也不是当官的料。"但心里确实有些着急了。

这天，袁正生回到单位，向孟庆年汇报下乡工作的情况。本来下乡的事，局里是不管的，统归县委农村工作办公室管。但作为教育局派出的干部，向单位领导汇报也是应当的。袁正生以汇报为借口，打探局里的情况。袁正生的直接领导是孟庆年，当然先向孟庆年汇报。孟庆年绕有兴趣地听着，对袁正生的工作夸奖了几句。

袁正生问局里工作忙不忙？孟庆年说："哪里不忙？自从你下乡后，写大材料的事就落上我肩上。我写了一辈子材料，也写厌了。希望你早点回来。"

袁正生说："如果需要我回来，我就回来嘛。"

孟庆年说："你现在归县委农村工作领导组管，我们管不了。县委开会强调，任何单位不得以任何借口，把工作队员从乡下抽回来。我们毫无办法。"

袁正生到表哥万士明办公室坐了一会儿，提到想早点回机关的想法，但苦于找不到人。万士明说："要求回来的人不少，有的单位，领导亲自到农村工作办公室要人，说家里人手紧，工作转不开，都不行。县委重申下乡纪律，任何单位不得以任何借口要人。现在正在风头上，想回机关，完全没有可能。"袁正生深感无奈。

十六

袁正生回到自己的宿舍，用钥匙开门，开了几次开不了，发觉门从里面锁着。想到钱国庆也住这个房间，一定是钱国庆在里面有事，就离开了。一时间不知到哪里去，考虑了一下，决定去看周志平。

在县委宣传部办公室见到周志平，袁正生责备说："好个周志平，不声不响地回来了，高升了，也不告诉老同学，太不够义气了。老同学进步了，我也高兴呀！"

周志平连忙说："哪里什么进步，还不是一样的办事员！"

袁正生说："办事员与办事员可不一样，一个在领导身边，一个在农民身边。"

周志平说："春节你回家，我又见不着你，所以没有告诉你，赔罪赔罪！"说着给袁正生倒茶。

聊了一会儿。袁正生说："老同学，你在宣传部，跟领导混熟了，让他们把我弄回来吧。"

周志平说："这个事情要等机会。有机会我一定帮你说。"又说："你在乡下干得不错，农村工作办公室还有你的事迹材料哩！找机会我让他们给你鼓吹鼓吹。"

"谢谢老同学的关照。"

从周志平办公室出来，袁正生心里感慨万千：本来周志平和我一样，一个初入社会的大学生，既没有根基，又没有多少社会经验。俩人的水平也是半斤八两，不分仲伯。下乡搞工作队，周志平也没有显得比我能干。何以一到县委宣传部，就能呼风唤雨？看他刚才说话的口气："我让他们给你鼓吹鼓吹。"居高临下，说话管用了。相比之下，自己仍然处于卑微无助的状态。

袁正生一边想，一边朝自己的宿舍走去，心想，钱国庆应该走了吧。快到宿舍楼前，忽然发现一男一女两个人影从楼边一闪过去。男的是钱国庆，女的是谁？这个身影，这套服装，是那样的熟悉。对，是王小丽，一定是王小丽。难道自己下乡六个月，王小丽和钱国庆谈上了，刚才他们在宿舍里锁着门，是不是……袁正生不敢想下去，无心再回宿舍，转身去乘长途汽车，下乡去了。

几天以后，钱国庆主动找上门来。钱国庆瞅着孔局长到外地开会，没有带车，就私自开车到山里打猎，回来顺道平原乡，看看袁正生。那天袁正生回城，钱国庆在宿舍里正和王小丽亲热，锁了门袁正生不得进。钱国庆知道是袁正生，很不好意思，这次来和袁正生解释一下，顺便把自己谈上女朋友的喜悦和袁正生分享。钱国庆是个爽快人，心里不藏事，喜欢一吐为快。

袁正生接待了他。两人中午在乡干部食堂吃了饭，回到袁正生宿舍，靠在床上聊天。钱国庆对袁正生说："小袁，真不好意思，那天你回城进不了宿舍，让你空跑了一趟。我正谈女朋友来着。当时我俩粘着不便分开，不好开门，得罪了得罪了。"说着拱拱手。

袁正生说："正常现象，我要是谈女朋友，不也有这类事情？理解理解。"

"理解万岁！"钱国庆问。"你谈了女朋友没有？"

"谈是谈了，没有定下来。"

"在哪个单位？"

"在乡下。"

钱国庆认真地说："千万别在乡下谈，既然没有定下来就吹了算了。"又说："我谈这个女朋友叫王小丽，在县文具厂工作，人长得可以，是我满意的那种。他家庭条件也好。父亲在银行工作，母亲在五金公司工作。还有一个妹妹在读书。"

袁正生问他怎么谈上的。钱国庆答是朋友介绍。

袁正生说："城里姑娘不好谈，讲究多。你是怎么俘获她的芳心？还有他的母亲、父亲？说说经验。"

钱国庆说："第一次见面我就看上了，看上了就盯着不放。我天天到她家里去，帮助做煤球，擦地板，洗衣服。"

"还洗衣服？"袁正生有些意外。

　　"当然要洗衣服。"钱国庆说："这个时候不表现不中。要勤劳，会做事，还要搞小恩小惠。每次出差下乡，我都要买点土特产(当驾驶员就这点方便)，哄得小丽妈喜笑颜开。再说，我家里条件也不错，我爸是厂干部，我妈也有工作，我是独生子。我在单位虽然不是官，但从实际收入来看，比股长、主任都强，相当于副局长待遇。我基本不在家里吃饭，还领出差补贴。买东西比别人便宜，人家买不到的东西我能买到。在一个小县城，混到我这样，算是可以了，你说是不是？"

　　袁正生连连点头。

　　钱国庆说："王小丽妈就看中了我父母有工作，又是独生子，能买到便宜货，人也勤快。过日子嘛，这就是现实，不承认不中。"

　　袁正生问："看样子你已经上手了？"

　　"上手了！"钱国庆爽快地回答，两眼放出得意的光："女孩子就是这样，你要会缠她，软硬兼施。谁都有感情的弱点，找准机会，该下手时就下手。第一次冲破了界线，第二次她就不设防了。她妈还想把女儿那块处女地守着，跟我讨价还价。她哪里知道，在我这里，它已经被我耕成熟地了，哈哈！"

　　袁正生听了钱国庆的话，想到自己和孙玉莲在一起，不也是靠死打蛮缠得手的吗？和女孩子打交道，道理是一样的。想到王小丽被钱国庆上了手，心里不是滋味，有点酸溜溜的。但转念一想，去她的王小丽，反正我也不想要她，她与我没有关系了。

　　周志平说到做到，一天，他带着几个新闻记者来到水湾村。肩上扛着摄像机，手里提着麦克风，说是来采访袁正生的。袁正生一点准备都没有，不知道怎么摆弄。周志平说："先拍几个镜头。"他们先到一个农户家，拍下他家的猪圈，猪圈里两头肥猪，正在拼命抢食；又去一个羊圈，拍了几只食草的羊；又去水库边拍了水上风景，最后拍了水湾村村部办公室墙上的支部活动园地，还有图书室。拍了村外墙上的宣传标语，算是把袁正生所做的几项工作都点到了。一边拍摄，年轻的记者一边用普通话讲解，最后让袁正生和几个农民在河堤上挑土，搞兴修水利。袁正生挑了几担土后，记者把话筒递到他面前，要他讲话，根据记者的要求，袁正生说了这样一段话：

"水湾村是一个后进村，经济基础薄弱，干部群众思想比较保守，前进的步子一直迈得不大。我们下乡工作队进村后，和村党支部一起，带领农民共同学习党的富民政策。解放思想，开拓思路，研究制定了'一二七发展规划'，即增养一千头猪，两千只羊，七万尾鱼苗，力争年底实现增收一百多万元，平均每户增收五百多元。明年将在这个基础上扩大规模，再上一个台阶。与此同时，村里将大力发展村办企业，壮大村级集体经济，用工业的发展来反哺农业，促进农业发展，力争农民收入三年翻一番，五年翻两番，早日进入小康社会。"

当天晚上，这段采访录像在中江市电视台新闻节目中播出（当年还没有县级电视台），立刻引起了县领导和全县各界的重视，袁正生一时成了新闻人物，仿佛是农村工作队员的代表了。几天后，驻其他乡镇的工作队员纷纷到水湾村学习取经，弄得袁正生很不好意思，好生忙碌了一阵。他既高兴又担心，高兴的是，终于有人关注他了；担心的是，怕被来访者看出破绽。但他的担心是多余的，那些声称前来学习的人们，其兴趣并不在于袁正生这里有多少经验可供汲取，他们最感兴趣的是搞个一日游，吃一餐农家饭。这就苦了水湾村乃至平原乡政府，特别是平原乡政府，招待费花了不老少。遇到科级以上干部来访，乡领导还得作陪。这样热闹了半个多月，才算平静了下来。

十七

　　真所谓雁过留声，蛇过留痕，袁正生在电视里一露面，引起了一个人的注意，他就是詹小红的父亲，县委付书记詹友光。詹友光见袁正生是个大学生，电视上的形象相当帅气，心里很是喜欢。他近来最烦心的是女儿詹小红的婚事，女儿不小了，至今没有谈到合适的男朋友。詹友光选女婿的条件：一是大学生，二是机关干部，三是共产党员，四要长相帅气。至于家庭条件如何，倒还不太讲究。县委政府机关这么一点大的地方，年轻的没有结婚的干部很少，能让詹友光看得上眼的，更是少之又少。当见到电视上侃侃而谈的袁正生，詹友光眼前一亮，这不正是我想要找的女婿吗？晚上吃饭时，詹友光从侧面向女儿打听袁正生的情况，知道他是农村伢子，大学本科毕业，虽然不是党员，但机关正在培养中，没有结婚，至于有没有女朋友，不大清楚。话只说到这里，詹小红明白了父亲的意思，父女俩不需把话挑明。

　　詹友光开劈了另一条了解情况的渠道，他和教育局长孔祥水关系不错，从他那里了解袁正生的思想品德，工作表现，工作能力等情况，并要孔祥水为他女儿的事关心和把关。孔祥水哪有不尽力之理，他对袁正生给予了高度评价，满口答应把这件好事办好。

　　至于詹小红自己，对袁正生的印象不算坏。当然也没有达到一见钟情的地步。詹小红一向为人谨慎，男女之间严守界限，对婚姻之事总是理性大于感性。她与袁正生以同事关系相处，有时遇到袁正生热情的目光（袁正生的热情是出于搞好同事关系），她都以庄颜正色回应，不掺任何男女私念。在她看来，袁正生虽然是个不错的青年，但自己的条件更为优越。如果袁正生真心追求自己，倒可以考虑屈就；如果要自己去追男方，那是绝对不可以的。更重要的是，他认为婚姻大事应听从父母之命，服从组织安排。詹小红在干部家庭长大，对任何事情都本着理性思维。

这天袁正生在水湾村带领农民学习文件，忽然李世刚从乡里赶来。他等到袁正生学习结束，把他拉到一边说："大学生，县委农村工作办公室通知你回单位上班，你们单位将换一个人来接替你。"

袁正生一时竟不相信这是真的。自己梦寐以求早点回机关，但苦于没有路子，只能望天兴叹。现在突然通知他回去，岂不是天上掉下馅饼？他不知道哪个环节起了作用。

李世刚悄悄问他："你是找人的吧？是谁帮了你的忙？"

袁正生说："我没有找人，也不知道是怎么回事。"

李世刚摇摇头："假话，你不找人能提前回去？县委一再严令不允许中途换人。"

"我真的没有找人。我也不认识任何人。"袁正生诚实地说。

"你不告诉我就算了。我祝贺你。今晚我们工作队聚一下。"

本来李世刚打算由工作队员"抬石头"，招待一下袁正生，喝个告别酒。但乡党委书记吴志伟说："袁同志回去，我们乡里要欢送。"吴志伟的这个决定，算是对袁正生高看一眼了。晚上乡干部食堂安排了一桌。上了丰盛的酒菜，书记吴志伟、乡长郑开兴、副书记冯连云等乡党委委员全都出席。桌上气氛热烈，大家频频向袁正生敬酒。吴志伟请袁正生今后多来平原乡指导工作，李世刚祝袁正生一路高升，工作队员要求袁正生不要忘了仍在乡下的难兄难弟。袁正生为了应付场面，喝了不少酒。大家本来准备把袁正生灌醉，但结果李世刚率先醉了。他咕咕哝哝地说了许多话，对袁正生提出了同志式的希望，就自己的怀才不遇，又发出了一通牢骚。

会餐结束后，袁正生在乡政府打电话到袁家村，请孙玉康转告孙玉莲，说他明天回县城，要孙玉莲去宿舍帮助他洗洗被子，打扫一下房间。

第二天，袁正生一早坐汽车回到县城，孙玉莲已经到了，房间已经打扫好，正在洗被子（这之前孙玉莲配了门钥匙）。见到袁正生，她叫他到澡堂里洗把澡，把脏衣服换了，带回来洗。袁正生洗好澡回来，孙玉莲已把被子洗好。袁正生把脏衣交给孙玉莲，自己躺在床上，一身轻松，心情愉快。孙玉莲三下两下把衣服洗好，出去到楼下院子里晒去。袁正生就想着孙玉莲回来，自己怎样和她亲热，以解相思之渴和生理之需，毕竟俩人有些日子没在一起了。正想着，孙玉莲回来，见袁正生躺着，就坐到他的床边。

袁正生说："玉莲，好些天没见到你，我在乡下很辛苦，天天想你。今天你该怎么慰劳我呀？"

孙玉莲说："给你做好吃的吧。"

"昨天晚上乡政府欢送我，我吃得够多的了，今天不想吃么东西？"

"不想吃，我怎么慰劳你呢？"

"当个慰安妇吧。"袁正生坏笑着说。

孙玉莲打了他一下说："我来给你当慰安妇？你把我当么人？"

袁正生抱着她的腰说："要不，我给你当慰安夫好了。"

于是俩人滚倒在床上。这一次玉莲配合主动，俩人琴瑟和鸣，酣畅淋漓。事成之后，袁正生说：

"太好了，你应当评为优秀慰安妇。"

"只要你高兴，叫我么样都中。"

休息了一会儿，孙玉莲忧心忡忡地说："正生哥，我担心会怀孕的。"

"怀孕怕么事，我们结婚就是了。"

"结婚，我们么事都没准备。"

袁正生说："先领张结婚证书，然后你回去把房间布置一下，我给你钱，换一张床，买几床被子，你自己到商店扯几尺布，做一套花衣服，到时候请乡亲们吃顿酒。我们家经济条件差，你是知道的，我不能因为结婚给大、妈添多大的负担，只能这样简单点。你如果有什么遗憾，结婚以后补偿你。"

孙玉莲说："我没有么要求。双人床我自己买，新被子我家里准备了，衣服我也不缺，但当一回新娘，你给我做一套花衣服就中了。你家里生活苦，我也不忍心向你大、妈要什么，我也不想为结婚借债，借债还是我们还，没有必要。"

袁正生抱着她说："你这样体谅我，真是我的好马马。"

孙玉莲也抱着他说："你也是我的好老公，我这一辈子就想和你在一起，再苦无怨言，再累也心甘。"

俩人紧紧地抱着，动情地亲吻。

当天下午两点，孙玉莲乘车回乌山。临行前两人约定：由孙玉莲在乌山乡政府开证明到县城里来。袁正生在单位开个证明，就可以到民政局领取结婚证。

孙玉莲高高兴兴地回家准备去了。

十八

第二天上午，袁正生来到办公室，向孟庆年汇报了下乡以来的情况。孟庆年夸奖他工作做得好，还上了电视。孟庆年介绍了研究室半年来的工作，说你不在家，许多事情我就叫小詹做，小詹很辛苦。袁正生看看詹小红，见她抬头笑了一下，没有说话，又低头写着什么。袁正生回到自己的座位上，开始翻阅堆在桌上的文件简报，投入到研究室的日常工作中。

坐了一会儿，孔祥水局长从研究室门前经过，把头往里面一探，看着袁正生问："小袁回来啦？"

袁正生站起来回答："局长，我回来了"。

孔局长手一招："你到我办公室里来一下。"

袁正生跟着孔祥水进了局长办公室。孔祥水让袁正生在办公桌对面的椅子上坐下，给袁正生倒了一杯白开水。孔局长这样客气，袁正生十分意外，简直诚惶诚恐，连忙站起来把水接住。俩人重新坐好后，孔局长喝了一口水，问：

"在乡下怎么样？工作还顺利吗？"

"很好，很顺利。局里也给了我不小的支持。"

"那是局里应该做的。你在乡下很辛苦嘛。"

"我本是农村人，吃点苦算不了什么。"

孔祥水说："年轻人吃点苦好，是个锻炼。我刚参加工作时，也被派到乡下搞工作队，一去就是几年。那时候农村的条件比现在差多了，苦是吃了不少。现在想起来，对自己的成长很有必要。"

袁正生点头赞同，觉得孔局长以他一局之尊，和自己这个年轻的下属推心置腹地交谈，确实不同寻常，他有点受宠若惊。

孔祥水换了话题，问："小袁今年多大啦？"

好象明知故问。袁正生诧异地看着局长，回答："二十三啦。"

"谈了女朋友吗？"

"没有。"袁正生觉得孔局长不过随便问问，客气而已，没有必要说许多话。谈女朋友的事，以后向他汇报不迟。

不料孔祥水说："你们农村的伢子，往往在很小的时候，家长就张罗着给他们说马马，这不是什么好事。既然你父母没有给你说马马，你也没有谈女朋友，这就很好。你要知道，你现在在城里工作，如果找个老婆在农村，将来就很麻烦，毕竟城乡是有差别的。我们乌山中学有一个教师，很有能力，人也很好，就是娶了个农村马马，一心挂两头，生活无规律，经济很困难，本人很无奈，单位也受拖累。"

袁正生知道说的是哥哥袁正清，脸腾地红了，不禁问："单位怎么受拖累呢？"

孔祥水说："这个教师有三个孩子，一家五口，负担重，加上农村收入少，旱涝灾害不稳定，家庭经济一直翻不了身。每年单位职工困难补助资金，基本上都是给他了，弄得大家都有意见。更为不堪的是：他老婆经常来学校闹事，找他要钱，要他回去干活。说田里活没人做，小孩没人管。夫妻俩经常深更半夜吵架，弄得学校议论纷纷，影响很是不好。想一想他的老婆，一个女人在乡下，又要种地，又要带孩子，确实很可怜。但我们那位教师，教学任务也重，工作也不能落后呀！两人都没有错，错就错在城乡差别，错就错在当年走错了一步路啊！"

孔祥水说着，眼睛注视着袁正生的反应。袁正生红着脸只有听的份。他心里隐隐地感觉，孔局长知道那位教师就是自己的哥哥，也知道自己正在谈女朋友了。

孔局长接着说："小袁呀，你既然还没有女朋友，我给你介绍一个怎么样？"

"这——"，袁正生一时不好回答。

孔祥水说："就是你们办公室的詹小红，你看怎样？工作不错，人长得也标致，很本份、很优秀。"

袁正生连忙说："不中啊！孔局长。"

"怎么不中？"孔祥水有些意外。

袁正生说："我是个农村人，跟他不般配呀，生活习惯也不同。"

"那有什么？生活习惯可以改变嘛。我们机关里许多农村出生的干部，他们在城里找了对象结了婚，生活不是很习惯、很好吗？这个问题不是问题。"孔祥水有些武断地说："小袁，实话告诉你吧。我这个媒人哪，也是个吃现成酒的，走走形式而已。其实呢，是詹小红的爸爸——县委副书记詹友光同志看上了你，向我了解你的情况。我把你的情况向他汇报，他很满意，就把做媒人的任务交给了我。领导有交待，我当然是要全力以赴啦。我一想，詹书记看上了你，这是好事呀！他们家条件那么好，詹小红又是个优秀的姑娘，这是你的福气呀。许多人想攀还攀不上呢！你如果和小詹结婚，么事都不要你费神，钱不要你花，事不要你办，做个甩手先生，就等着进洞房好了！今后你在清水县，有詹书记关照，谁不高看你一眼，你的前途一片光明，知道吧？"

孔祥水这边说，袁正生那边头脑里在打架，一会儿是孙玉莲，一会儿是詹小红。两下比较，两下斗争，忽而孙玉莲占了上风，忽而詹小红占了上风，弄得他不知如何是好。

只听孔祥水说："机不可失，时不再来，你要抓住机遇。詹小红可不是一般的姑娘，她是抢手货，想娶她的人成打成打的。清水县城里，多少人眼睛盯着她。但詹小红目无旁顾，一切听父母的，多么纯朴的姑娘。在几十个县领导干部的家里，也难找到象詹小红这样老实本份的好姑娘！"

看着袁正生没有做声，孔祥水说："今天我老孔给你做个主。这事就这么定了。我知道你和詹小红同志接触不多，相处时间不长。为了使你们进一步接触，局里把你从乡里抽回来，决定让你和詹小红结伴出个差，到北京市大兴县教育局学习取经。主要学习他们搞好教育科研的经验，局里已经跟那边联系好了。为了出门住宿方面，我建议你们把结婚证领了，这样，出去就不拘谨了，思想就放松了。你们可以借这个机会，搞个旅行结婚，看看祖国首都嘛。古人说：'登泰山而小天下'。你们到了北京，见着大地方，眼界就不一样了，心胸就不一样了，过去的该丢就丢，展望未来，迎接新的生活。"

袁正生不知怎么从孔局长那里退出来，回到办公室，他瞥一眼詹小红，见她低着头划着什么，没有抬头看他。孟庆年见袁正生脸色有些异样，也不好问孔局长和他谈些什么。三个人就这样沉闷地坐到下班。

下午，孔祥水一上班就去詹友光的办公室。他表功说："老领导呀，你交给我的任务完成了。上午我跟小袁谈了，小袁没有意见。我要他与你女儿领了结婚证，一起出差到北京去，名义上是学习调研，实际上是旅行结婚。公私兼顾，一举两得。回来补办婚宴，搞个革命化的婚礼就中了。"

詹友光问："这么快就领结婚证，办婚礼，是不是急了点？"

孔祥水说："要趁热打铁呀，老领导。据我了解，小袁在乡下有个女朋友，是个农村姑娘，还到城里来过。当然与你家小红、与你们家庭，是不能相比的。但年轻人的事很难说。我的想法，让小袁和你女儿早领结婚证。证件一领，婚礼一办，就是板上钉钉了，防止夜长梦多。"

詹友光沉吟了一会儿，点了点头说："这样也好，结婚之后谈恋爱，也不是不可以的。我们这辈子人不都是这么过来的吗？领导介绍，组织决定，革命的小家庭就建立起来了。"于是两人谈了一些嫁娶方面的细节。最后詹友光感叹说："养儿女都不容易呀，养儿子要为他娶媳妇，养女儿也要为她找女婿。我这个女儿什么都好，就是有点古板，自己不好意思去找，人家追她她又不放心。再说，这清水县城里可选择的范围也小。好在她听父母的话，我们做父母也很难，这事只好拜托孔局长费心了。"

孔祥水谦虚地说："我费什么心哟！还不是你詹书记惠眼识人，英明决策吗？袁正生这小伙子确实不错，长得帅气，大学生，人很能干，只是家在农村，经济条件差些。"

詹友光说："只要人正派，能干，家庭条件差一点，我是不大讲究的。"

　　孔祥水连忙说："他确实是个好苗子。文字材料写得好，下乡搞工作队做得有声有色，是个不可多得的人才哩！将来詹书记注意培养，必然大有前途。"

　　詹友光说："我培养什么？还是靠你来培养，靠党来培养嘛。"

十九

　　中午，袁正生在食堂吃过饭回到宿舍，觉也不想睡，书也看不进，思想乱得一团糟，耳朵里一直响着孔祥水局长的谈话，眼前是他那弥勒佛一样的笑脸。这张笑脸表面十分和蔼，但骨子里藏着威严。他是教育局一把手，是决定着他的命运的人，他的话你能不听吗？何况他看得起你，为你做媒，为你好。拒绝他的好意，不听领导的话，后果是严重的。何况他说的不是一般人家，是清水县第三把手，县委副书记詹友光。他的女儿詹小红，大专毕业生，正正当当的机关干部，一个容貌上乘，品行端方的好姑娘。答应了这门亲事，自己在清水县就有了靠山，从此步入了清水县上流社会，前途光明。与詹小红结婚，经济上减轻了负担，将来回报父母就有了条件与可能，诸多的好处都是明摆着的事。

　　但是，孙玉莲怎么办？我能丢下她吗？我们商量好了结婚的事，我许诺和她一生一世在一起的誓言不算了吗？这将把孙玉莲置于何等尴尬和痛苦的境地。她能接受这个突然的变化吗？自己怎么面对她，怎么面对乡亲们？怎么在袁家村、在乌山乡、在清水县做人？人格一钱不值，名誉臭不可闻，良心将受到谴责，精神将永远痛苦。不能，不能！孙玉莲是我的爱，我不能丢下孙玉莲，我不能做这么不道德的事，我不能成为当代的陈世美。他下了决心，下午一上班就去见孔局长，向他说明自己的想法，谢绝他的好意。孔局长生气也罢，詹友光不高兴也罢，詹小红难堪也罢，我顾不得这些。我要爱情，我要良心。我是一个农村人，我有农村人的生活习惯，农村人的质朴情感。我不想高攀权贵，不想过那种寄人篱下的日子。生活苦一点我不怕，进步慢一点也不要紧，大不了象李世刚，做个老了苗的长不大的歪脖子树。那有什么，快快乐乐，坦坦荡荡，人前无愧于心，人后无人嚼舌头。

　　下午，袁正生来到办公室，办公室静静的，孟庆年和詹小红专心致志在看着文件，通向局长室的走廊传来干部们匆匆的脚步声，他们去向局长汇报工作，领受指示。一种严肃，紧张，等级森严，充满功利性的官场气氛扑面而来。袁正生想起他第一次到教育局大楼时，感受到的就是这种气氛。这是制约着每个人，驱使着每个人，裹挟着每个人，决定着每个人命运的气氛。在这个大楼里，谁也不能自行其是，谁也不能违背领导的意图——尽管这位领导有着弥勒佛一样的笑脸。这就是规矩，这就是权威，这就是凝聚力。联想到自己的婚事，袁正生想起孔局长的话："就这么定了！"你能在领导面前说："不，你说了不算？"你能让孔局长在詹书记面前丢面子，敬酒不吃吃罚酒，成为领导不喜欢的人？你真想成为李世刚第二，庸庸碌碌窝窝囊囊一辈子，同事取笑，人见人嫌，破罐子破摔？不能，绝对不能。他还有"兼济天下"的理想，"悬壶救世"的抱负，想干一番光宗耀祖、轰轰烈烈的事业。哪能因婚姻问题得罪领导，使前途受阻，成长夭折？应该抓住机遇，乘势而上。权衡利弊，袁正生犹豫了、畏怯了，他不敢去见孔局长。

　　时间一分一秒地过去，袁正生的头脑里一片空白，他不知道一个下午是怎么过去的。终于听到了下班的铃声，他发现孟庆年早已走了，只有詹小红坐在他的桌子对面，低着头写着什么。就在袁正生准备离开的时候，詹小红站起身走到他的身边，声音低低地说："我爸要你晚上到我家吃饭。"看到袁正生抬头看她，表明已经听清楚了之后，她又说："我在大门口等你。"说着转身走了。

袁正生望着詹小红的背影，头脑里激烈地斗争。去，还是不去？面前两条道路，走哪一条？他要迅速做出抉择。他心慌意乱，惶恐不安。在短暂的踌躇之后，他带着无奈的心情，顺从地随着詹小红去了。因为他知道这是机遇在叩门，是命运在召唤。他毕竟是个懦弱的人，同时还是个抱有某种人生理想和生活欲望的人，他不敢与命运过不去。

詹小红的家住在县委大院领导干部小区。一堵院墙和一个大园门把它与普通干部的住宅区隔开。进了院门，眼前是清波荡漾的小湖，湖面上有一条曲曲折折的栈桥和一座小巧玲珑的小亭。湖的北面是一排排平房。前面两排是副县级干部的住宅，后面一排是正县级干部的住宅。詹友光虽然是副书记，但因为资格老，享受正县级待遇，住着最后一排。再往后是一道高高的围墙，围墙外面是一座小山，山上古树参天。这个地方依山面水，是清水县城里的风水宝地，相当于北京的中南海。古时候的县衙门原址在这里，还曾有一座夫子庙，只可惜"文革"时"破四旧"全给拆了。现在这地方换了新主人，仍然主宰着全县老百姓的命运。

詹小红带着袁正生回到家，她家的那扇院门早已洞开。詹友光站在小院子里迎接。袁正生经常在电视上看到詹友光，他个子不高，但很魁梧，眼睛里透着威严，开全县干部大会时他常坐在主席台上。进了门，袁正生叫了声"詹书记"。詹友光把他带到客厅。这时詹小红的母亲出来，高高的个子，瘦长的脸。袁正生感觉詹小红象她父亲多一些。詹小红做了介绍，袁正生本来想叫詹妈，但鉴于在王小丽家的经验，就叫了一声阿姨。詹小红母亲满脸笑容，样子十分亲热，吩咐詹小红泡茶。詹友光让袁正生坐到沙发上说话。

　　近距离观察詹友光，觉得脸上皱纹多些，白发也多些，显得有些老相，但态度十分和蔼，说话不带官腔，这与袁正生拉近了距离。

　　詹友光说："我听小红说，你在单位工作不错，文字材料也写得好，下乡搞工作队，做得也很出色。"

　　袁正生连忙说："不中，水平有限，又没有经验。"

　　"已经很好了。"詹友光肯定说。"当然，水平有个学习提高的过程，经验也有个实践积累的过程。只要肯学习、多思考，水平和经验都会来的，不要急。"

　　袁正生点头表示领教。

　　詹友光说："你和小红在一起工作，要互相帮助，共同进步。"又说："祥水同志跟我说了你的情况，他很热心地向我推荐了你。我也同意让你和小红谈谈。如果你们能谈得来，我是不反对的。"

　　袁正生点点头。

　　詹友光说："今天我们请你来，就是把你当家里人看，如果你和小红能走到一起，那就是一家人了。"

　　袁正生连忙说："谢谢詹书记的关心。我会和詹小红谈得来的。"

　　詹友光说："有什么困难，可以跟我说，我尽可能的帮助你们。"又问袁正生家庭情况，父母年纪多大，身体好不好，靠什么收入生活等等。又顺带问了袁正生哥哥的情况。袁正生一一作答。这时詹小红母亲催他们上桌吃饭。吃饭的时候，詹友光问他喝不喝酒，袁正生说不喝，问抽不抽烟，袁正生说没有抽烟的习惯。

　　詹小红母亲夸奖说："年轻人不吃酒，不抽烟是个好习惯。我就不喜欢又喝酒又抽烟的，既不卫生，又伤身体。"

　　菜上了不少，袁正生第一次来做客，当然要装点斯文，但詹小红的母亲往他的碗里夹了不少菜，他只得勉强把它们吃下去，弄得斯文也装不成了。詹小红在一边看着他，生怕他吃相难看，让父母看不起。袁正生知道詹小红的意思，他不敢大快朵颐狼吞虎咽，只得慢慢地咀嚼，结果是他最后一个吃完，也够尴尬的了。饭后喝了几口茶，说了一些闲话，袁正生起身告辞。詹友光让詹小红送他。俩人在大院门外的街道上走了一段路。也没有多少话可说，袁正生就让詹小红早点回去。临别时，俩人约好明天上午去领结婚证，然后一道出差去。詹小红走后，袁正生一个人在清水河边散步。

<h1 style="text-align:center">二十</h1>

晚饭吃得早，又没有喝酒，所以时间不太晚，初夏的白天渐渐长了，天还没有完全暗下来，河沿上的人三三两两地在散步。袁正生走了一会儿，意外地遇见了表哥万士明。万士明问袁正生从哪里来，袁正生就把到詹友光家吃饭的事告诉他。

万士明一听连忙说："这是好事呀！你攀上高枝了。"

袁正生却说："好是好，詹书记和他爱人对我也不错，但是我总觉得，与詹小红没有那种感觉，我们俩人在一起，不象是谈恋爱，象是两个机关干部谈工作。"

万士明笑着说："那说明你们俩人天天在一起办公，太熟悉了，出现了审美疲劳。这不要紧，夫妻俩人在一起，同样有审美疲劳。俗话说：'新婚夫妻三天新'就是这个道理。那是次要的，重要的是在一起过日子。詹小红这女孩子我知道，人长得不丑，文文静静的，机关多少人想追她，她看不上。你得着这个机会是你的福气。你和他结婚，婚礼花费省了，经济负担轻了，詹书记就这么一个宝贝女儿，他的财产不就是女儿的吗？关键是你要对他女儿好，让他怎么为你们付出都高兴。所以你不能三心二意，一定要把詹小红抓住，把她的父母抓住。你和詹小红结婚，成了詹友光的女婿，在清水县的身份就不一样了，今后前途就有人为你考虑了。朝中无人不做官，有了詹书记这个靠山，你等于上天有了梯子，前途不可估量啊！"

与万士明谈话后，从当前的现实和今后的前途考虑，袁正生头脑里的天平倾斜了，倾斜到了詹小红这边。但是孙玉莲怎么办，怎么向她说？说我不爱你了，我在城里和别人结婚了。她能承受吗？她会哭泣吗？她会寻死觅活吗？一想到孙玉莲，想到自己对她的承诺，袁正生的理就亏了，心就软了，碎了。不能和她说这种话，这类话他说不出口。但是不说又怎么办？又不能拖下去。明天要和詹小红领结婚证，要旅行结婚，这真是太快了，连自己都没有思想准备。孙玉莲回家一定正忙着结婚的事，她可能已经从乡里开了结婚证明，明天就要过来。怎么办？坏就坏在当时没有一口回绝孔祥水，可是他敢回绝吗？事情走到这个地步，他更不敢回头了。唯一的办法就是委屈孙玉莲，给她丢一封信，然后和詹小红一走了之。但信中怎么说？他为难了。

当天晚上，袁正生心潮起伏，怎么也睡不下去，他坐在桌前给孙玉莲写信，写了一遍又一遍，写好了撕掉，撕掉了再写，心里很痛苦，眼泪不自觉地落下来。一直到了天亮才形成了以下几行文字：

玉莲：我想跟你说几句话，但不知道怎么开口，只好给你写一封信。我对不起你，我要和别人结婚了。

我知道你读信后一定很震惊和痛苦。你会指责我忘恩负义，指责我卑鄙无耻，指责我是当代的陈世美，骂我电打五雷轰不得好死。你有理由这么做，我应该受到这样的诅咒。此时我的心里同样很痛苦，我同样鄙视自己，痛恨自己。

我们从小在一起长大，亲如兄妹，我本不想和你分手，愿意和你一生一世长相厮守，白头到老。你在我心中的份量任何人不能代替，我们之间的爱情任何人不能相比。但是我现在却做出了一个与自己的感情和意愿相反的决定。我疯狂地打碎了人生最美好的东西，放任地跳进了情感上万劫不复的深渊，我连自己也不敢面对这一切。这是为什么——我问自己。

其深层的原因，我是一个在命运面前低头屈膝的懦夫，一个在现实面前趋炎附势的小人，一个品质低劣不配做你丈夫的人。我不值得你信任，不值得你爱。你把我忘记吧，就象擦掉鞋上的一点灰尘。

作为一个伤害过你的人，我还想说一句没有资格说的话：我真心地希望你今后幸福。

正生，于不眠之夜

写好之后，天已大亮，袁正生简单躺了一下就起床洗漱，收拾好行李。临行前他把信再看一遍，然后装进信封，封面写上"孙玉莲收"，放在桌子中间，同时把孙玉莲送给他的手表放到信封上面压着，以示还给孙玉莲。这只手表承载着孙玉莲母女对他的深情厚意，象征着孙玉莲一生一世的重托，是金玉不换的无价之宝。袁正生意识到丢弃了它，也就丢弃了孙玉莲，丢弃了人间最美好的东西。袁正生心在颤抖、在滴血，眼泪夺眶而出，他真想大哭一场。他知道孙玉莲很快就会到城里找他，她会到他的房间里来，会看到他给她的绝别信和还给她的手表。她的心也会颤抖、也会滴血，也会大哭一场的。

上班后袁正生和詹小红到办公室和孟庆年照了个面，便一起到民政局领取了结婚证，然后辞别詹小红父母，开始了出差兼旅行结婚的行程。

袁正生和詹小红走后，县教育局便忙着为他俩操持婚事。当年机关干部的住房是由所在单位分配，教育局紧急腾出了一套五十几平方米的宿舍，粉饰一新，还帮他们添置了简单的家具。更为特殊的是，还安装了炉灶和抽水马桶，这些都是看在詹友光副书记的份上。这样一来，袁正生和詹小红结婚基本上不需操心。旅行回来，新房会有人布置好了，红囍字会贴上了，只要撒一把喜糖，这婚就结成了。袁正生给父母写了一封信，说明自己旅行结婚，媳妇是单位的同事，回来后把媳妇带给二老看。他相信二位老人一定会惊愕万分，又忧喜交集。

由于清水县当年不通火车，袁正生和詹小红乘汽车到省城，再由省城坐火车到北京，第一天晚上他们在火车的硬座上度过，一路上没有多少话。与其说他们是新婚夫妇，倒不如说他们是两个同事。他们对面而坐，多数时间是看着窗外。到了吃饭的时候，袁正生买两份盒饭，递一份给詹小红，他们各自吃着。要是说话，大都也是工作上的事情。语言谨慎，相敬如宾。

第二天下午到了北京，为了安全起见，他们谢绝了小旅馆的拉客，找了一个单位的招待所。在服务台，袁正生亮出结婚证书，俩人住进了一个房间。放下行李，先到楼下餐厅吃饭。这次袁正生买了几个菜，要了两瓶啤酒。

詹小红说她不喝酒，并问袁正生："你不是不喝酒吗？"

袁正生笑着说："我是不大喝酒，但有时会应一下景。今天是我们的新婚，喝点酒庆贺庆贺。"

詹小红脸红了一下，没有表示意见。袁正生为她倒了一杯，自己也倒了一杯。

詹小红说："我喝不了那么多。"

"喝多少算多少。"

"菜也点多了，浪费！"詹小红看看袁正生说："听说你家里经济条件不很好，但我看你花钱也很大方嘛。"

袁正生哭笑不得，心想，真是个不解风情的女人，便说："今天是特殊情况。如果太抠了，岂不亏待了夫人。"

　　詹小红嗔了他一下，笑着说："别油嘴滑舌的。"

　　袁正生终于看到詹小红的笑容，觉得她笑起来也很好看，眼睛和眉毛弯弯的，女性特征就出来了。再看看她的身体，完完全全一个女性形象，齐耳短发衬着圆圆的脸，细细的眉毛，红红的嘴唇。肩膀的线条柔美，胸部不大，但坚挺的有致，腰身也不错。如果在马路上看，应该是一个让人心动的美人。但是自己和她一起工作大半年，却从未把她当女人看待，更没有注意到她的美处。究其原因，是自己觉得和她不是一个阶级，不是一个类型，根本拢不到一块，没有朝那方面想过。现在才发现，原来詹小红也是个女人，而且是个不错的女人。她具备女人的一切要素，凡女人有的，她一样不缺。

　　饭后，他们乘车去王府井大街，看看首都夜市。王府井大街上灯红酒绿，人声鼎沸，很是热闹，多数是外地的旅客。商店门大开，里面亮如白昼，有迎宾小姐在门口招揽顾客。

　　俩人走不多远，看到一幢楼上灯光闪烁，外面挂着一个很大的"舞"字，知道是个舞厅。袁正生提议上去看看。因为当年跳交谊舞时髦，许多单位都把会议室改装成舞厅。袁正生刚刚学了几步，所以很有些技痒。俩人买了门票进到里面。见一个很大的舞池，约有四五十对舞伴在旋转。舞厅四周，站着准备上场或从场上下来休息的舞侣。女性们都衣衫艳丽，有的还化了妆，这使袁正生开了眼界。舞厅里混合着浓烈的香水味和汗腥味。詹小红皱着眉头，站在舞池边。袁正生劝她下池跳一曲，说既然买了门票，不跳一下未免可惜。詹小红就下了舞池，俩人跳起了简单的四步。袁正生舞步还不熟练，詹小红只会跟着走路，俩人就这样跳了一曲。詹小红嫌声音太大，空气不好，转身出了门，袁正生只好跟着出来。

　　路过一个很大的金店，詹小红走了进去。袁正生只好随后进入。看到那些美丽而昂贵的金银饰物，袁正生很想给詹小红买一件作为结婚礼物，但他囊中羞涩，不敢开口。眼看詹小红花了三百元买了一个金戒指戴在手上，离开了金店。袁正生心想，詹小红在这个时候买金戒指，分明是给自己难堪，心中惴惴不安。

二十一

回到招待所时间已经不早，俩人准备休息。招待所的条件还算不错，有浴盆也有热水。袁正生让詹小红先洗，詹小红没说什么，脱了外套，穿着内衣进了浴室，袁正生听到浴室门咔嚓一下上了锁，知道詹小红洗澡不让别人打扰，心中暗暗好笑。一阵哗哗的水声之后，詹小红从里面出来，头上乱蓬蓬的，脸上红扑扑的，内衣半遮半掩，娇躯柔美而性感。袁正生看得呆了，象一个饥饿的人见到了一份大餐，早已忍不住垂涎，急于要大快朵颐了。他急忙脱掉外衣进了澡室，三下两下洗完澡，从浴室出来。见詹小红已经睡在床上，他就在她的身边躺下。詹小红见他过来，往旁边移了移，给他一个后背。袁正生靠在她身边躺下后，闻着她身上清馨的体香，心襟便荡漾起来，手很自然地向她身上搭过去。但是詹小红把肩膀一抖，用手生硬地把他的手臂挡了回去。

"老实点！"她命令说。

袁正生的手只好尴尬地缩回来。睡了一会儿，他再次试着探过去，同样被挡了回来。袁正生试了三次，三次都被挡回来，而且力度丝毫没有减弱的迹象。袁正生知道詹小红今晚存心不让他近身。是不是因为他没给她买戒指？或者詹小红过于羞涩，需要有适应新生活的过程？好在既已结婚，来日方长。想到这里，他放弃了与詹小红亲热的念头，静心地睡觉了。

一夜无话。第二天他们来到大兴县教育局，递上介绍信说明来意。他们到大兴学习的理由，是大兴县教育局在《中国教育》

杂志上面发表了一篇文章《教育调研工作的做法和思考》。大兴县教育局热情接待了他们，并且安排了调研室的同志做了经验介绍，双方就两地教育工作的情况进行了交流。袁正生向他们索要了一些文字材料，半天时间，学习取经结束了。中午大兴县教育局招待他们一餐饭。临行，袁正生邀请他们到清水做客，说我们那里虽然是个小地方，但山清水秀，值得一游。大兴方面愉快地接受了邀请。

当天下午，他们坐公共汽车来到天安门广场，在广场上走了走。广场很大，走走就累了，找个地方坐坐，坐下来就不想再走了。詹小红提议回招待所休息，因为计划第三天去八达岭，第四天去西山，这些都是要攀爬消耗体力的。晚上，袁正生洗完澡上床，詹小红仍然给他一个后背，袁正生心知肚明，所以没有做出亲热的举动，两人相安无事。

第三天爬长城并不觉得累，但第四天爬西山却有些累了。他们上了西山顶峰，在山上远眺北京市景色，饱览了西山风光。但下山的时候，詹小红的脚被皮鞋（她没有穿高跟鞋）磨破了，走起路来十分疼痛。袁正生只好揽着她一步一步地往山下蹭。好不容易回到招待所，袁正生放水让詹小红泡了脚，一看詹小红的脚皮起了几个大泡，有的泡磨破了，流出了血。袁正生转身出去买了创口贴。詹小红洗过澡，袁正生回来帮她把脚包扎起来。詹小红舒服多了，躺在床上看电视。袁正生洗完澡，坐在她身边陪她。他看到詹小红脸红扑扑的，态度比前几天晚上和蔼多了

到十一点钟，詹小红说休息吧。于是关掉电视，两人躺下睡觉。袁正生发觉詹小红平躺在床上，没有象前几天那样背对着他。袁正生就贴在她的身边躺下，很体贴地把手放在詹小红的胳膊上，感觉詹小红没有推拒，就小心翼翼地把手移到她的胸前。詹小红抓住他的手，轻轻一拨，力量使得很弱，并没有把它拨开，有半推半就的意思。袁正生于是大胆地把手移到她的乳房上面，

感觉她没有反抗，就把乳房握住，轻轻地摩挲起来。詹小红的乳房不大，比孙玉莲的小一号，象一对刚出笼的白面馒头，乳头硬硬的很坚挺。袁正生知道詹小红没有做过体力劳动，所以乳房发育不大，但很精制，加之皮肤细腻，玉一般温润嫩滑，确实是一对好乳房。摩挲了一会儿，袁正生听到詹小红轻轻地咽了一次口水，根据经验，袁正生知道詹小红有了生理反应。詹小红的生理反应比较慢，他知道这是适时下探的时候了。于是他的手离开了乳房，顺着腹部慢慢向下移动。在大腹和小腹上面逡巡了几分钟，作为一个过渡，最后探向三角区。詹小红似乎一惊，抓住他的手，象征性地阻挡了一下，就放行了。袁正生轻轻的搓揉一会儿，感觉詹小红的情绪被调动上来了，为了配合即将展开的进攻，他把自己的内衣脱下，揪出了早已昂首以待的武器。为使詹小红有个精神准备，袁正生把詹小红的手拉过来，放到他的武器上面。詹小红象碰到了一个烫手物体，迅即把手移开。袁正生再次抓住她的手，将自己的武器殷勤地送到她的手里。詹小红这次没有移开，她用两根手指把它夹住，轻轻地捏了捏，体会一下它的形状、体积和硬度。再后，她的手下移，一直探到根部，还握了握两个附件。在全面勘测了这个武器的各个部件之后，把手挪开了。这时袁正生已脱下了詹小红的内衣，一个赤赤裸裸的身体就毫无遮掩的躺在他的身边。袁正生抓住时机，拨开她的双腿，翻身上马，这一动手如此熟练，准确，以至于詹小红没有反映过来，就已经探囊入室。但是刚刚入巷，詹小红就大叫起来，连声喊停。袁正生正在兴头上，哪能就停，便用力压住对方，不让其挣脱。詹小红十分生气，连打袁正生两个耳光，把他掀了下来。骂道："畜牲，流氓！我今天总算看到了你的真实嘴脸。你只顾着自己快活，却不会疼惜别人。给我滚一边去！"说着抓起内衣，到洗澡间冲洗去了。袁正生半途落马，沮丧地坐在那里发呆。等到詹小红洗了澡回来睡觉时，袁正生才在一旁躺下。詹小红依旧给他一个后背，这就等于宣告今晚活动到此结束。

他们在北京一共呆了十天，提前一个星期买好了返程火车票。这期间，他们游玩了北京动物园，北京图书馆，还去了东单、西单、前门等商业街，根据袁正生的提议，还去了琉璃厂。

在北京那个招待所的最后一晚，詹小红没有再给袁正生后背，她平躺在他的身边，这意味着给他一个机会，作为这次游行结婚的总结。袁正生心领神会，如前次一样，在谨慎而又耐心地完成了一系列前奏之后，终于听到了詹小红微微的喘息声，于是翻身上马，继续他上次的未竟之举。这一次詹小红没有反抗，她闭着眼睛任其所为。袁正生也没有用强，动作温柔有度，最后与詹小红一起达到了高潮。但是在天快亮的时候，袁正生第二次要求遭到了严词拒绝。"你还有没有完？"詹小红骂道："我说你是流氓你就是流氓。象你这样不知节制的人，迟早要犯错误的！"袁正生被骂了一通，方才警醒。原来他面对的是詹小红，不是孙玉莲。

"只要你高兴，叫我么样都中。"他想起了孙玉莲的话，心里飘过一阵酸楚和愧疚。

<h1 style="text-align:center">二十二</h1>

从北京回到清水县，袁正生和詹小红带了一些喜糖，回到单位，把喜糖向各个办公室散了一下。詹小红回到家，母亲看到她脸上红扑扑的，心情不坏，知道女儿顺利地渡过了从姑娘到女人这一关，也就放下了一颗心。詹友光在县委招待所办了两桌酒，被邀参加的都是副县级以上干部（不包括书记县长）。孔祥水以媒人身份，万士明作为男方亲属代表被邀参加，安排坐到显要的

席位上。一切从简，与宴者除了说些祝贺的话外，还加上"领导带头办革命化婚礼"这样的恭维话。

婚宴后，袁正生和詹小红被闹新房的青年人簇拥着住进了机头分配的那套新房子。等客人们走后，时间已到了十二点钟。袁正生本想到自己原先住的那个宿舍里去一下，因为时间太晚，也就罢了。但他当晚睡不着，想着那桌上给孙玉莲的那封信，想着孙玉莲看到信的心情，想着自己对孙玉莲的背叛和伤害，想着由此造成的难以预料的后果，他忐忑不安地度过漫漫长夜。

第二天上午，袁正生独自一人走进了那间离别十多天的宿舍。他是带着战战兢兢的心情去的，准备迎接一场严重的事态，承受一切巨大的打击。他估计，孙玉莲一定来过了，她看过了信。她无比愤怒，万分痛苦。她会把他的信撕得粉碎吗？她会把他的房间砸得面目全非吗？她会在他的单位大哭大闹吗？更使他不放心的是，孙玉莲如果有个三长两短，他袁正生怎么办？想到这里他害怕极了，后悔万分。当时做出的那个决定，自己并没有考虑可能出现的严重后果，是极不慎重和极不负责任的，甚至是极其荒唐的。但是说出去的话如泼出去的水，收不回来了。打破了的宝瓶不能修复原样了。现在想什么都已经晚了，等着命运的审判吧。

他揪着心一步一步来到宿舍门口，宿舍门关着，外里没有任何异常迹象。他用钥匙捅门，门锁是好的。进了房间一看，使他意外的是一切还是老样子，整整齐齐，干干净净，象是没有人来过。看看桌上，那封写给孙玉莲的信还好好的放在那里。手表仍旧放在上面。"怎么？孙玉莲没有来过？她还不知道我给她写了这封信？她还不知道我已经宣布和她分离，和别人结了婚？"当他打开那封信时，他分明看到那信的下方，赫然出现孙玉莲的一行娟秀小字：

　　"我早有预感，并不意外，祝你们幸福！手表给你做个纪念吧！"

　　天哪！竟是这样一行字，没有怨恨，没有咒骂，更没有威胁。这反而让袁正生感到极不正常，感到不安，感到难过。这个孙玉莲，她受到多大的打击，内心承受多大的屈辱和痛苦，他竟然平静地写下这么一行字，这是什么动机？什么心境？什么胸襟？袁正生傻傻地坐在那里，不知所措。

　　他赶到办公室，问孟庆年有没有人找过他。孟庆年说没有。问门卫，门卫也说同样的话。这说明孙玉莲确实没有到过办公室，她看过他的信，平静地回家去了。

　　袁正生打电话到乌山中学，问哥哥袁正清，终于了解到一些情况。袁正清说："孙玉莲是哭着从县城回去的，她在家里睡了三天没有起床，没有吃饭。她母亲到我们家门前骂了三天。听人说孙玉康扬言：'看到袁正生就把他的腿打断'。只有她的父亲一直劝慰着女儿。" 最后袁正清说："这件事已经过去了，你安心工作吧，别再想着这件事了。但要记住：近期千万别回家。"

　　袁正生怎么能不想这件事呢？他从此陷入了深深的愧疚和悔恨之中。他觉得自己是犯了一个滔天大罪，是做了一件不可启齿的事。这个罪名他永远背上了，这个污点永远抹上了，这个心病永远栽在心中，它将切切实实地伴随着他、折磨着他的一生。

　　袁正生把自己的东西拾掇好，用一辆板车拖到新房里。新房在三楼，板车运到后，他一件件地往上搬。虽然平时不觉得东西多，但搬起来却真不少。詹小红除了收取县委招待所的棉被之外，凡是袁正生从家里带来的生活用品她一概不收，特别是袁正生的解放鞋和运动鞋，她统统把它们扔到了垃圾堆，只允许他今后穿新买的牛皮鞋。袁正生强调这些旧橡胶鞋，软和，防水。走路，跑步，下乡穿是最好的，但是詹小红不听。袁正生只好悄悄地从垃圾堆上捡回来，洗刷干净后藏到床底下。袁正生的书占了很大空间，詹小红要求他重新梳理，只允许留工作方面的书，文艺书籍，一律卖掉。袁正生嘴里答应着，裁减了一部分，实在舍不得扔的，在床底下藏了一些。

一个小家庭建立了，跟着来的是做家务，买米、买菜、买煤（包括做煤球）、洗衣。除了自己的小家，还有岳父岳母那边的大家，袁正生都得管。因为詹小红是独生女，你指望不了别人。袁正生从小在农村长大，除了到地里做农活之外，根本不管做饭做菜洗衣打扫卫生这类事。这些历来都是母亲管，袁正生总是饭来张口，衣来伸手。到城里工作一年多，总是孙玉莲隔几天来一次，帮助他清洗衣服被子，打扫房间卫生。袁正生下班进屋，可以啥也不管，桌子不擦，地板不扫，衣服不洗，脏他几天，自然有人来收拾。这是农村的传统，叫做男主外女主内，分工明确。但是城里人不一样。夫妻两个都是一块儿上班，一块儿下班，下班后家务事也得一块儿做，总不能一个忙着一个闲着吧。这道理袁正生也懂，但他只是不习惯。没想到一个小小的家庭，家务事特别多，做起来没个完。袁正生以前看不惯王小丽家进门脱鞋，她的父亲蹲在地上擦地板，现在这事搁到他袁正生的头上。单就擦地板这一项就没完没了，你一天擦一次也中，擦两次也中。每次客人走了，詹小红都要求擦一次，没有个限制。弄得袁正生没有时间看书学习，没有时间思考问题，没有时间写文章。就是勉强挤出一点时间，却往往被詹小红"擦地板"、"做煤球"的喊声打断。这真像鲁迅先生小说《伤逝》里说的一样，俗不可耐，又不得不做，叫人无法忍受。

婚假过去，袁正生准备上班了。这天晚上他在岳父家吃饭，詹友光郑重地告诉他，人事局已经下文，调他到组织部上班。袁正生一听十分惊喜，说："谢谢爸爸"。詹友光也很兴奋，嘱咐他说："组织部是重要机关，调到组织工作的干部，是审查了又审查，考核了又考核，一般人是不能去的。"又说："你可能被安排到干部股，那更是重中之重的地方。在干部股工作得好，前途是没有问题的，因为那里就是发官帽子的地方，身边有好干部，不优先考虑吗？"说着意味深长地一笑。岳母高兴地看着袁正生说："跟着组织部，年年有进步。"就连詹小红的脸一时间也红光焕发了。袁正生知道，所谓组织部审查又审查，考察又考察，还不是岳父大人在幕后运作。要不然，这等好事能摊到我袁正生头上？

第二天上班，孟庆年见面就说："恭喜你呀，你调到组织部了。"

袁正生假装不知道，孟庆年从文件夹中抽出一份传阅文件给他看。袁正生见是人事局的文件，上面是《关于调动袁正生同志到县委组织工作的通知》，因为袁正生是一般干部，调动的文件由人事局下发。这时候，全机关的人都知道了，许多人到办公室来向袁正生表示祝贺。

袁正生故作冷静和谦虚地说："哎呀，我还是喜欢在教育局工作，组织部适合不适合我，心中没有底。要是将来干不好，被打了回票，你们可不能不要我呀！"

众人都说："你是大才，哪有干不好的？将来飞黄腾达，可不能忘了咱们。"

钱国庆进来说："老弟，咱们可是在一个房间里'同居'过，你忘了别人也不能忘了我呀！"

袁正生说："我又不是去当官，还不是个办事员吗？你们要是这样，就见外了啊！"

正说笑着，有人传话："孔局长让小袁去一下。"

袁正生连忙分开众人，来到孔祥水办公室。孔祥水慈祥地笑着，让袁正生在沙发上坐下，自己也坐到沙发上。这一举动表示孔局长把他当作一个重要的客人，是一种平等的姿态。袁正生十分感动。

孔祥水说："知道了吧，组织部调你过去。"袁正生说刚才看到文件。孔祥水说："组织部是个重要的部门，调进干部条件要求高，我向组织部门推荐了你，认为你是个好苗子，适合在那里工作。再说，你和詹小红在一起工作，也须要回避一下。你到那里要好好干，知道吧？"

袁正生虽然知道决定性的作用还是他的岳父，但作为所在单位的领导，积极推荐，帮着说好话也是很重要的。连忙说："谢谢孔局长一年来的教育和培养。我一定好好工作，决不辜负孔局长的希望。"

孔祥水笑着说："组织部门是管全面的，教育局也是归他管的，我们将来有事到组织部找你时，你要多关照哟！"

袁正生说："局长，说'关照'言重了。只要在我的职权范围内，孔局长尽管吩咐。就是没有权力，也可以跑跑腿嘛！"

"一言为定！"孔祥水站起来和袁正生郑重地握手。

从局长室出来，王文森对他说："到会议室去，孔局长指示开党支部会议，把你入党的事通过一下。到组织工作，不是党员不中。急事急办。"

教育局机关十几名党员集中到会议室，除了孔祥水，都到了。会议由支部书记王文森主持。他介绍了袁正生申请入党的全过程。说明袁正生入党动机纯，向党组织靠拢心情迫切，政治坚定，思想过硬，表现特出，程序符合。党小组长兼入党介绍人孟庆年发言，把袁正生大大地夸奖了一番。另一个入党介绍人也发了言。两位介绍人一致认为，袁正生已具备入党条件和党员标准，愿意介绍他加入中国共产党。王文森带着袁正生作了入党宣誓。然后袁正生表态：感谢党组织的培养，入党后一定加倍努力学习和工作，做一个真正合格的中共党员。最后全体党员举手表决，一致同意袁正生加入中国共产党。

从会议室出来，袁正生遇上了钱国庆。钱国庆说："我下个月就结婚了。到时候你一定要出席我的婚礼，给我撑个面子哟！"

袁正生说："我能撑什么面子呢？到时候随份子就是了。"心想："钱国庆不知道自己和王小丽谈过恋爱，如果不去，反而使他生疑。清水县太小了，哪能不与王小丽碰面呢。去就去吧，就当没有发生那件事。好在去了也不失面子，自己已经结了婚，娶了县委副书记的女儿，现在又是县委组织部的干部，参加一个机关驾驶员的婚礼，居高临下，感觉也是不错的。

二十三

县委组织部在县委大楼的二层，袁正生上班后果然被分到干部股。干部股只有一个办公室，包括袁正生在内，四个人，三男一女。股长叫刘志民，三十来岁，年轻干练，在组织部工作五年了。干部股虽然是股级单位，但股长却是副科级，相当于教育局的副局长。还有一个男同志叫王丰，在组织部工作三年了，一个女同志叫张春华，工作了两年。

见到袁正生，刘志民对他说："你来得正好，我们要到下面考察领导班子，正愁抽不出人呢！你先看看文件，熟悉一下工作环境，过两天随我下乡。"又把组织工作要求说了一下。在组织部工作，要遵守组织纪律，不该看的（文件）别看，不该问的别问，不该说的别说。因为组织部涉及到干部的任免调动，十分敏感。组织部干部要少说话，少交朋友，少参加其他社会活动，做不到以上各点，就不能在组织部工作。袁正生连忙点头领教。

干部股工作人员上班不大说话，办公室里静静的，只听到翻阅文件和偶尔移动椅子的声音。这是组织部门多年养成的习惯。不像其他单位，工作人员有空就凑到一起，说笑话，侃大山。只有股长刘志民一会儿出去，一会儿进来。他出去大抵是去部长室，回来自己思考一番，做一下笔记，向某人单独布置任务，所以总是神秘兮兮的。

袁正生在办公室坐了一天，觉得腰酸背痛。好不容易捱到下班，锁上抽屉，下了县委大楼。迎面遇到了周志平。

周志平说："你调到组织部，也不告诉我？"

袁正生说："我今天才报到上班，准备晚上到你那里吹牛。"

"那好，我们一起去吃饭，边吃边吹。"

袁正生说："我到值班室给詹小红打个电话。"

袁正生从值班室出来，周志平笑着说："老兄现在有人管了。我还是个光棍汉，下班到哪儿去也没人问。"

袁正生说："你也自由不了多久。"

俩人到了街上，找了一家小饭店，点了几个菜，要了四瓶啤酒。小饭店还是老传统：先付帐，后上菜。

周志平说："我来请客。"

袁正生说："我来请。"

周志平客气了几句，说："你请就你请吧，反正你升了官，该出一点血。"

袁正生说："要这样说，还是你请比较合理，你调到宣传部还没请我呢。"一边说，一边付了账。

不一会儿，酒菜上齐，俩人边喝边聊。

周志平说："老兄真有本事，把詹友光的女儿钓到手，有什么经验，请传授一二。"

袁正生说："这有什么奇的？我们两人在一个办公室，同事们一凑合，就这么成了。我不像你，挑三捡四的。"

"我还有挑三捡四的份？"周志平说："詹小红我不是不想追，可是追不到。"

"县委、政府办公室，漂亮的女秘书多得很，瞅着没有男朋友的，钓一个嘛！"

周志平叹一口气说："说起来容易。一个无职无权，一个月拿四十几块钱的小办事员，又是外地人，谁看得上？"

"不要太悲观，太着急。"袁正生说："你父母都有工作，比我的条件好多了，岂有找不到女朋友之理。"

"我倒是不着急，就是我母亲急，每次回家总是催。"

袁正生看看周志平，想到表哥万士明的大女儿万敏，心想，把她介绍给周志平，也许能成。就说："我给你介绍一个怎么样？"

"那太好了，这事就拜托了。"周志平拱拱手。

接下来俩人谈到仕途，周志平说："官场上有句话：跟着组织部，年年有进步。老兄到组织部，进步就不用愁了。"

袁正生说："你在宣传部也不差啊！"

"宣传部哪里比得上组织部？我们宣传部还有几个象李世刚那样老了苗，上不去的。看看他们，就想起自己的未来了。"

"组织部也不是人人进步快。老了苗的也有几个。"

周志平说："关键是领导心中有你。领导心中没有你，干死了也白搭。一般来说，县委、县政府、组织部这三家，干部提拔得快些，这是事实。因为在领导身边，做出成绩领导看得到，对你又了解。再则这三家也有一个平衡，比如县委提拔一个，政府提拔一个，组织部经办，搭个顺风车，也要提拔一个，常常是三家搞平衡，一家提一个。当然也有例外，比如纪委、宣传部也跟着嚷。团县委有特殊规定，年龄不能太大，所以流动快。一般的单位提拔机会就少些了。这几年强调提拔懂经济的干部，经济部门的干部提了不少，但要有经济方面的学历。还有一个是'无知少女'，在提拔任用方面也占便宜。"

袁正生问什么叫"无知少女？"

周志平说："就是无党派，知识分子，少数民族，女干部。"

袁正生大笑。

周志平最后的结论是："有能力，有实绩，有后台，还要有机遇。"

袁正生夸他："你对这方面还真有研究。"

俩人最后商定，今后在仕途上互相帮助。不管谁上去了，要想办法拉兄弟一把。

分手的时候，周志平提醒袁正生别把答应的事情忘了。袁正生知道他指的是介绍女朋友，笑着说："你明天等我消息。"

第二天上班，袁正生来到档案局见表哥万士明，说到周志平托他介绍女朋友的事，问表侄女万敏有没有谈朋友。万士明说没有。万士明也认识周志平，只是他调宣传部不久，工作接触不多。从外貌、学历和工作能力上看，万士明认为还说得过去，不知道周志平和万敏互相能不能看中。

袁正生说："万敏长得秀气，周志平这方面应该没有问题；关键是万敏能不能看上周志平。周志平身材长相都可以，为人正直热情，性格开朗，工作单位好，有学历有能力，将来是有前途的。只是他家在外地，遇事没有个帮衬的，要依靠丈人家。万敏要全面看待一个人，要有思想准备。"

万士明说："只要他们俩谈得来，感情融洽，就中了。"

袁正生说："如果万敏愿意见面，晚上我让周志平请万敏看场电影。"

万士明答应下午给袁正生回话。

下午万士明打来电话，说万敏同意见面。于是袁正生就给周志平打电话说："你托的事情我给联系了。今晚你在清水电影院买两张电影票，我到时候带女方去给你们接上头。女孩子绝对漂亮、聪明、大方。谈成谈不成，就看你的了。"

周志平连声说谢。

　　下午下班，吃过晚饭，万敏来了。袁正生向詹小红说明情况，就带着万敏去了电影院。周志平早已等在那里。见到万敏时，眼睛一亮，脸腾地红了。袁正生看看万敏，脸也红红的，知道有戏，就挥一下手离开了。

　　第二天上班，袁正生打电话问周志平："昨天谈得怎样，还满意吗？"

　　周志平说："我是没问题，不知道对方怎样。"

　　"初次见面，女孩子矜持一些，是正常现象。"袁正生说："你要主动些，只要她不拒绝你，就有戏。"

　　周志平又说了一些感谢的话。

　　袁正生说："如果你们谈成了，你要降一辈，喊我表叔。"

　　周志平惊问："万敏是你的侄女儿呀。你怎么舍得的？"

　　"不就是想当你个表叔吗？"

　　周志平连忙说："老兄——不，表叔，真看得起我呀，侄女婿这厢有礼了。"

二十四

　　这天，刘志民通知袁正生：明天下乡考察班子，地点是云林乡，要在乡里住几天，你把家里的事情处理一下。所谓家里的事，主要是把米、煤买好，（甚至把煤球做好），这是干部出差前必做的几件事。因为当年的米、煤凭卡供应，一个月买一次。一个家庭一次要买米几十斤或上百斤，煤百十斤，男人不在家，女人搬运有困难。当然还有家庭其他方面的事。袁正生下午不上班，买米买煤做家务，并收拾出差的行装。

　　詹小红下班回来，见袁正生正在烧菜，就说："烧什么菜？你下乡后，我回娘家吃饭。"

　　晚上，袁正生随詹小红到岳父母家坐了一会儿，说到下乡考察班子，詹友光告诉袁正生："云林乡党委班子不团结，书记何建贤经常说乡长毕淦才的坏话，但据群众反映，毕淦才还是不错的。县委决定考察一下，听听乡干部的意见。"

　　岳母插话说："乡镇班子两个一把手不团结是普遍现象，不足为怪。"

　　詹友光说："如果因不团结影响工作，就要进行调整。"

　　回到他们的小家，袁正生洗澡换衣，詹小红也跟着洗了澡。袁正生观察詹小红的动静，见她脸上红扑扑的，睡衣松松地套在身上，没有穿内衣，这是一个喜人的信号，说明今晚将给袁正生发放通行证。

　　结婚几个月来，袁正生逐渐摸到了詹小红的脾性：心情不好不过性生活，天气热或天气冷不过性生活，不洗澡不过性生活，刚刚换上干净被子也不过性生活。有此"五不过"，真正过性生活的机会就少了。即使在过性生活的时候，若是一言不合，突然中断也是常有的事。所以真正毫无顾忌，酣畅淋漓地过一次就少之又少了。今晚是袁正生下乡前夜，理论上应该有所表示，詹小红的动静说明了这一点。

　　果然不出所料，当袁正生睡到詹小红身边的时候，她没有挪动身体，袁正生自然地靠着她，一只胳膊从她的头上绕过去，把她揽住，另一只手搭上他的胸脯，解开睡衣纽扣，手指伸了进去，握住了她的乳房。袁正生的手在两只乳房上面来回搓揉，并用手指捻着乳头，捻得詹小红一惊一颤的。袁正生适时出击，把手向下探去，抹过平坦的腹部，直指三角区，撩得詹小红性起，袁正生掀开她的睡衣，将整个身子压了上去，准确无误地进入阵地。袁正生由于多日没有使用，其中积液丰盈，又用力过猛，频率过快，不几分钟就一泄如注。詹小红知道他完了，便推开他，兀自睡去。袁正生由于疲劳，也很快进入梦乡。

　　半夜里袁正生醒来，发现詹小红侧身而卧，仍然没有穿内衣，她那雪白粉嫩的臀部正坐在他的小腹之上，两人的器具相接摩擦，引得袁正生性趣再起，于是不管三七二十一，趁势将他的东西塞了进去，从背后抱着对方，动作起来。不料初得滋味，詹小红醒了，她一翻身挣脱袁正生的搂抱，挥手给了袁正生一记耳光，骂道："流氓！你把我当母狗吗？"袁正生半途而废，只好悻悻然睡去。

　　詹小红最不喜欢男人做事猴急，不经过渡直入主题，她认为这是自私和不体贴人的表现；更痛恨袁正生随心所欲擅自行动，认为这是不尊重她，是亵渎她。每当此时，她总是给予他以应有的惩罚。詹小红认为在夫妻关系上，女性必须掌握性行为的决定权。她认为人可以有性生活，但必须规范，不能过滥。她觉得每星期一次足矣。所以当袁正生要求多了，她便斥之为"流氓"；假如要求少了，她便怀疑他有了"情况"。袁正生正值需求旺盛之时，有时难免要越规，往往招致詹小红的臭骂，严重的时候还有耳光侍候。

　　袁正生对詹小红的性专横忍气吞声，不是怕她，而是觉得与她争辩没有意思。詹小红是个生活作风严谨的人，作为一个女人，一个妻子，这也许是一个难得的优点。但是，詹小红有时表现出的那种严苛、刻薄、生硬、强势、不通融和不近情理的态度，也使袁正生十分生气。这样的夫妻生活确实使他不爽。

　　但要与她计较与她争吵，似乎也没有多少理由，也无此必要。世界上夫妻千千万万，一对夫妻一个模式，没有一个通用的标准，分不清谁对谁错孰优孰劣。再说他与詹小红结婚的目的是什么？是为了攀上詹友光这棵大树，好在清水县混个人样儿来，报答父母养育之恩，进而光宗耀祖。小不忍则乱大谋，任何时候都要保持清醒的头脑，都不能忘记既定的目标。所以，袁正生对詹小红的霸道总是采取隐忍的态度。

好在詹小红骂过甚至打过（耳光）也就过了，她仍然一心一意地爱着袁正生，时不时地给他做点好吃的食物，买一些体面的衣服，关心体贴十分周到。在詹小红来说，她就是要把袁正生培养成一个听得话，受得住，用得着，拿得出，上得去的好丈夫。在父母面前，她也常说到袁正生的好处，使得詹友光夫妇对袁正生十分看重，家庭关系尚属融洽。这就够了，作为一个上门女婿，你还要求什么呢？应该说，袁正生还是幸福的。

但是袁正生毕竟有一段刻骨铭心的爱情，他的心始终不能完全放在詹小红身上，在他与詹小红过着幸福生活的同时，时不时地把詹小红与孙玉莲相比较，他觉得无论从出身和生活习惯，还是从性格和感情因素等方面，他都与孙玉莲结合更为适合，相处更为融洽。还有家庭、亲戚和朋友的关系，也大不相同。袁正生出身农村，他的父母兄弟是农村人，他的亲戚朋友大都是农村人，农村人的生活习惯，农村人的思维方式，农村人的情感心境，都与袁正生是相通的；但是与詹小红结婚，无形中与父母、亲戚、朋友疏远了。几个月来，父母和哥嫂没有到他们的新房来过，亲戚也基本没有来过，估计今后也不会多来，就是来了，也没有那么随意，那么无拘无束。而詹小红家的亲戚朋友，大都是城里人，是干部，他们来到他们家，说话礼貌，行动谨慎，甚至虚言假意，袁正生也感觉不自在。这是不是一种失落，一种精神的损失？袁正生不知道。不管怎样，袁正生抛弃了前者，选择了后者，有得也有失，有利也有弊，人生没有完全如意的算盘。正如人们常说："世界上只有称心的事，没有称心的人。"这就是人生。

与孙玉莲分别几个月了，孙玉莲没有来找麻烦，乡里面也没有负面消息，袁家村平静下来了。但是袁正生仍然不敢回家，他有事就给大哥打电话。大哥说："没事了，一切都过去了。孙家的人也没有再闹，袁家村的人也不再议论。你就不要再想这件事了，安心你的工作，过好你的口了。"

但是袁正生心中时时想着孙玉莲，想起她的种种好处。他眼前时时出现孙玉莲的身形，梦里时时和她相遇。她是那么美丽，那么纯情，那么善良，他甚至比以前更爱她了。他很想见到孙玉莲，向她一诉衷情，向她忏悔，请她宽恕和谅解。但他只是这样想，却做不到。他骂自己是个伪君子，无耻小人，他本无颜面和他相见，孙玉莲也不会听他的解释。糟糕的是有时正和詹小红亲热，不知怎么想到孙玉莲，心情懊丧，兴趣就下降了。詹小红感觉到了，拧着他的耳朵说：

"你在想什么？想乡下那个女人吗？"

"没有，我和她已经恩断义绝，怎么会想她呢？"

"不想她又是想谁？为什么你软了，退缩了？"

袁正生从詹小红身上翻下，嘴里嘟囔着："我怎么知道，大概是累了！"

二十五

这天，袁正生跟着股长刘志民到云林乡考察班子。

袁正生第一次体验到组织干部身份的不同。前次在教育局和主任孟庆年到乌山乡调研，俩人骑自行车下去，三十多公里骑了近两个小时，屁股生痛，满头灰尘，一身臭汗；这一次可不同，云林乡那边派来了桑特纳小轿车，五十多公里路程，不到一小时就到了。车内有空调，屁股下是软软的沙发。袁正生第一次坐小轿车，只觉得这车开得太快，自己还没有细细体会，就到了云林。书记、乡长迎在大门口，乡干部亲自上来为他们开车门，提包裹。袁正生不好意思，拒绝了他们的好意。侧面看刘志民，他是来者不拒，习以为常。他们随着云林乡干部来到乡里最好的"云林旅馆"，办好了住宿手续，放下行李，带上公文包，在乡干部的簇拥下，上了乡政府办公楼。

出于礼貌，刘志民和袁正生先到二楼何建贤书记办公室报到。秘书王兵沏茶。看到刘志民和袁正生都拿出了自带的玻璃杯，就问：

"换不换茶叶，何书记有最好的（谷）雨前茶。"

刘志民说："好，换一杯。"

王兵把刘志民、袁正生早晨泡好的茶叶掉倒，换上了何建贤珍藏的好茶叶。开水一冲，果然不同凡响，茶汤碧绿不说，都一色的毛尖，象兰花一样在水中立着，俗称"两刀一枪"，正宗的云林谷雨前茶。袁正生好奇地欣赏了一下，吹开茶叶，轻轻地啜了一口，只觉得香味浓郁，沁入肺腑。

王兵介绍说，我们云林乡有好茶，但最好的茶只有云上村那一块几亩地上的茶，年产量不过两百来斤。这样的茶一般人既喝不到也买不到，每年专送上级领导，连我们乡书记、乡长也只能弄个斤把半斤的尝尝。何书记这一斤茶一直舍不得喝，今天拿出来招待贵客。

袁正生问："云上村的茶专送不卖，农民的收益怎么保证？"说出这句话后，立刻后悔，深责自己这个楞头青，说话不分场合，这是官场大忌，今后要严加注意。

王兵小声对他说："乡政府补助农民一百元一斤。"

"一百元？！"袁正生暗暗吃惊。按照当时行情，大路货茶叶价格三到五元一斤，高山茶、名茶也只有二三十元一斤。

王兵看出袁正生的惊讶，补充说："价格不高不中。农民不想捏尖，茶叶质量不能保证。领导嘴多刁？一上嘴就辨出来了，这是政治任务，不是闹着玩的。"

袁正生心想："这就是当领导的好处，吃好的还不用付钱，出地方财政补贴"。

何建贤吩咐王兵："通知全体乡干部到会议室开会"。

不一会儿，王兵报告，人到齐了，何建贤起身说："刘股长，我们上去。"

大家急忙夹着公文包，端着玻璃杯，跟着何建贤上了三楼。楼上会议室坐满了人，袁正生眼睛扫了一下，大约有四五十个，心想，乡干部还真不少。后来他才知道，乡里在编干部远不止这些，事业单位只来了领导，中、小学校只来了校长书记，离退休干部没有来，如果都来，这间小小的会议室根本坐不下。

会议室当中有一张长方桌，上首一排椅子是给领导坐的。袁正生见乡长毕淦才已经坐在那里。何建贤、刘志民上去后，挨着毕淦才坐下。何建贤让刘志民坐中间，刘志民不同意，何建贤就坐了中间，左有刘志民，右有毕淦才。何建贤请袁正生坐到上面去，袁正生知道是客气，谢辞了，在下面找个地方坐下。

何建贤说："今天县委组织部刘股长和袁同志一行来到云林乡考察领导班子，检查我们的工作，我代表乡党委和乡政府表示热烈欢迎（大家鼓掌）。"他说："刘股长是组织部老股长，对我们乡的工作历来十分关心，对我们的干部也很熟悉。此次来我乡考察指导工作，是对我们乡党委和政府工作的极大帮助和支持，希望大家正确对待，积极配合刘股长的工作。"

何建贤讲话后，刘志民讲话。他说："我们此次来云林乡考察班子，是受县委、县委组织部的派遣，按照党的组织工作条例进行一次例行考察，不带任何意图和观点，希望大家正确理解。考察的方试，仍然是老办法，找一些同志谈话，多方面，多层次，全面了解情况。我们住在云林旅馆201房间，同志们有什么意见，也可以直接到我们那里反映，我们在旅馆大门外还挂了一个举报箱，同志们也可以书面举报。总之，大家要本着对党、对干部、对云林人民负责的态度，客观公正地反映情况，评价一个同志。

我们工作组也有工作纪律，不收礼，不受贿，不偏听，不偏信，希望大家对我们的工作进行监督。"

何建贤和刘志民的讲话是必行的程序，但何建贤还要客气一番，先问毕淦长有没有说的。毕淦才摇摇头说没有，何建贤又问台下的袁正生："袁同志，上来说两句。"袁正生没料到何建贤来这一手，连忙说没有没有，闹了一个大红脸。

会议结束后，何建贤招呼去乡政府食堂吃饭，他说："这次领导来考察班子，我们就安排在食堂吃工作餐，省得群众说闲话。下次来，我们可以潇洒一点。刘股长的酒量到时再领教。"

刘志民说："我哪里有什么酒量？"

何建贤说："不要谦虚，我心里有数。"

到了食堂，见乡干部们都在大厅里排队买饭菜，有的干部买了饭菜就在饭厅里的桌子上吃，有的提着饭菜盒回家去了。何建贤引着刘志民、袁正生进入了一个小包厢，里面有一张大圆桌，十几个椅子，这是乡里接待客人的地方。袁正生见桌上菜都摆好了，也摆了几瓶啤酒。说是工作餐，菜却十分丰盛。

刘志民说："不是说好了中午不喝酒吗？"

何建贤说："啤酒是饮料，不是酒。"

"那也不能多喝。"

"一人一瓶，包干"

坐下来喝酒的一共五个人，刘志民、袁正生。何建贤、毕淦才，还有秘书王兵。喝酒中，何建贤和刘志民谈笑风生，频频举杯，只是毕淦才话少一些，但也和刘志民碰了几次杯。袁正生觉得这不像考察班子，倒象是老朋友聚会。也难怪，县乡两级干部来往较多，都是熟人，公是公，私是私，没必要那么严肃、拘谨。

接下来是找人谈话，主要在乡镇科、股级干部中进行。名单由刘志民确定，党委秘书王兵传唤。事先打了招呼，有关人员近期无特殊情况不得外出。谈话地点就在云林旅馆201房间，这是个双人间，两张单人床，两只小凳子，一张小条桌。刘志民坐在自己的床上，来人坐在袁正生的床上，刘志民问话，被询问者回答，袁正生在小桌前做记录。

第一个来谈的是乡人大主任宋德龄，五十多岁，个子不高，瘦瘦的，很精干。他是本乡人，当乡长多年，前年换届被选为人大主任。当年人大主任不是党委书记兼任，但人大成立一个党组，党组书记是何建贤，他不属于人大的人，但却是人大的头，体现党对人大工作的领导。因此人大主任也没有什么权，没有硬任务。当然想做事也有事可做，宪法赋予人大主任的权力很大，但这样一来，党委书记多半是不高兴的，你这个人大主任的位子也坐不长。宋德龄是个想得开的人，他除了人大开会时在上面说几句不痛不痒的话之外，平时都在家里，侍弄他家院子里那些花花草草，玩些奇形怪状的石头，这是山里人的雅兴。当刘志民问及乡里工作情况，宋德龄用赞赏的口吻说了几条主要的成绩，诸如政治教育抓得紧，执行中央决策态度坚决，抓改革开放坚定有力，经济建设成绩显著等等。问及乡里工作是否存在问题和不足，及书记和乡长工作是否合拍，宋德龄明显不想得罪人，王顾左右而言他。

大部分副乡级干部与宋德龄说得差不多，肯定了云林乡的工作成绩，（实际上是肯定何建贤的工作），对存在的问题轻描淡写，或者根本不谈，包括党政一把手之间工作矛盾问题，也没有人主动提起。当刘志民提问"书记乡长在工作中是否有不协调的地方"时，他们也只回答："还可以。""没听说有什么矛盾"。

副乡长李本忠对何建贤评价很高，说他政治思想水平高，工作有魄力，在云林乡几年政绩突出。李本忠三十来岁，个子不高，脸黑黑的，说话声音很大。从说话的倾向性看，他与何建贤的关系不错。

说到毕淦才，干部们比较放得开，对他的评价不错，说他平易近人，工作认真，深入基层，还有一个重要的品质是廉洁奉公。

他下乡不接受宴请，更不接受礼品和土特产。弄得乡干部都不愿意跟他下乡。

几天后调查工作结束，袁正生用钥匙打开举报箱，发现有几封举报信，主要是说何建贤的，归纳起来有以下意见：

一、大搞一言堂，顺我者昌，逆我者亡，对听话的重用，对不听话的打击报复。

二、工作不实，喜欢做表面文章。热衷于跑县跑市，办公室里见不到人。

三、好打牌，经常到企业和村里打牌，只赢不输，实际上是变相受贿。

四、插手财政，抓权抓钱。书记、乡长工作不协调，何建贤应负主要责任。

最后，刘志民分别找何建贤和毕淦才谈话。

先找毕淦才。毕淦才三十多岁，头发硬茬茬的，一张黑黑红红的脸，初次见面，一般不大引起人们的注意，象一个普通的老农民。但谈话不到几分钟，袁正生就对他刮目相看。他有一双睿智的眼睛，说话逻辑思维很强，看问题很透彻。他本是教师出身，有书生之气（面相上看不出来），所以处理人事关系方面不够圆滑，得罪了不少人。对云林乡的工作，他有一套完整的发展思路，讲到工作的难处，主要是乡长没有人权，说话没份量，财权受限制，工作施展不开。对于何建贤个人，他不想说什么，尽在不言之中。

与何建贤的谈话气氛比较轻松。何建贤四十来岁，身材适中，长条脸，鹰钩鼻，样子像个账房先生。喜怒不形于色，心机很深。刘志民用尊重的态度"请何书记谈谈自己的工作和想法"。何建贤先是客气一番，感谢组织部门对他的帮助。说到工作，他大谈苦水，说乡镇这一级政权，责任大，担子重，权力与责任不相匹配。云林这个地方十分复杂，工作很有难度，没有坚强的领导，很难控制局面。对于毕淦才，何建贤也没说什么。但作为领导班子的班长，不说，就是不正常的心态了。

考察班子持续了一个星期，刘志民让袁正生把大家反映的意见整理一下。整理出来后刘志民进行了修改，最后的结果是：

云林乡总的情况是好的，班子是团结的，是有战斗力的，几年来云林乡的工作是有成绩的，广大干部群众是满意的。何建贤同志政治立场坚定，工作认真负责，勇于开拓创新，工作政绩突出。不足之处是工作中与乡长毕淦才同志沟通不够，工作作风有待进一步改进。

毕淦才同志革命事业心强，工作认真负责，积极进取，联系群众，廉洁奉公，工作成效显著，但工作中与何建贤同志协商不够，工作方法有待进一步提高。

考察意见向乡党委会议进行了正式反馈。书面材料与何建贤、毕淦才见了面，他们都没有意见，在纸上签了字。

袁正生觉得这次考察的重点是何、毕二人不团结，工作不协调，责任在谁的问题。但考察报告却有些不痛不痒。俩人成绩都有，缺点各打五十大板，形不成有针对性的意见。袁正生认为何建贤的问题较多，班子不团结主要责任在一把手，应该引起县委重视。最好把他调出来，让毕淦才当书记，云林乡才可能有新的起色。但刘志民告诉他，见面材料只能这样写，有些问题虽有反映，但没有证据，不能形诸于文字。只能在向县委领导汇报时，口头说一下。

考察结束后，王兵开车把刘志民和袁正生送回县城。下车时，王兵从后备箱拿出四斤茶叶，给每人两斤。王兵说："这是何书记送给你们二十多元一斤的高山茶。刘志民、袁正生说声谢谢。

不知道刘志民怎样向组织部长和县委汇报。但是过了不多久，出乎袁正生的意料：毕淦才被调走了，任城乡建设土地管理局局长，级别上没有变化，但权力和影响力大大削弱。一般情况下，在乡长的位子上坐长了，转为党委书记比较容易。担任党委书记后，晋升副县级有了优先权。但是在县机关当个局长，就等于退出了仕途的主航道，上升的机会少了，这对毕淦才是一个打击。

袁正生为此很不理解，后来与刘志民关系处熟了，特地为此事询问过他。刘志民告诉袁正生：一般来说，书记和乡长闹矛盾，调整乡长是首选，因为县委在乡镇的主要依靠还是书记，书记为主要责任人，乡长只是从属的地位。只要书记没有大的问题，班子不团结，吃亏的自然是乡长。袁正生深感上级对下级一把手的倚重，无怪乎一把手都成了某种程度上的土皇帝。自己的想法幼稚了，看来在官场上还得好好历练。幸亏自己当时没有表露出明显的倾向性，否则今后见到何建贤就难堪了。

听说毕淦才离开云林乡时，乡干部自费设宴为他饯行，被他推辞了。他悄没声地在路边小店吃了一碗面条就上了路。干部群众到路边送行者达数百人之多，人们纷纷要求留下毕淦才，有人高呼："毕乡长不能走！" 说这样一个廉洁的、干实事的乡长十分难得，不应该把他调走。当时场面十分感人。

二十六

回到机关，钱国庆送来了一张请柬，正式邀请袁正生和詹小红参加他和王小丽的婚礼。

这天晚上，袁正生穿了詹小红为他订制的西服，打了领带，擦亮了皮鞋。由詹小红陪同，来到婚礼现场。钱国庆的婚礼在县委招待所四楼大厅里举行。到了招待所门口，见钱国庆穿着礼服，王小丽穿着婚纱站在门前接客。钱国庆老远就喊：

"袁老弟，小詹，欢迎光临"。他热情地对王小丽说："这是我的好朋友袁正生，我俩过去是同事，还住过一个房间呐。他如今在县委组织部，他爱人小詹也是我的同事，县委詹书记的女儿。"

王小丽礼貌地点了点头，眼睛不敢看袁正生，只和詹小红笑笑。那神态闪闪烁烁，令人捉摸不透。袁正生也装作不曾认识的样子。俩人顺着钱国庆的指引，随着其他客人坐电梯到了四楼。

四楼大厅里彩灯高挂，音乐悠扬。摆了四十多桌，这在当年是十分宏大的场面。

袁正生一眼看见王小丽的父母坐在上首的一张大桌边，与钱国庆的父母说着话。张士莉新烫了喜鹊窝式的头发，穿着红色带花边的外套，脸上敷了粉，描了眉，涂了口红。看起来像个即将上台演出的老演员。

袁正生和詹小红找个边桌坐了下来，服务小姐上了茶，送上一盘瓜籽。

坐了一会儿，见教育局长孔祥水和夫人也来了，由钱国庆引进来介绍给了自己的父母和王小丽的父母。双方父母都站起来让座，邀他们同坐一桌。后来又来了几个干部模样的人，也被邀坐他们一桌，袁正生估计这是王小丽单位的领导了。双方单位领导和同事来了不少，亲戚朋友更是多得难以置信，四十多桌坐得满满当当。钱国庆喜欢排场，风光，而王小丽的母亲更是要面子的人。袁正生心想，要是自己娶了王小丽，仅就这样的场面，经济上就承受不了。

人都到齐，婚礼开始。那年月还不兴请主持人，只是钱国庆的一个表兄当司仪，宣布婚宴开始，说了感谢大家光临的话，然后让钱国庆和王小丽拜了天地，拜了父母，夫妻对拜，算是完成了婚礼仪式。然后放一串鞭炮，新郎新娘给各桌敬酒，伴郎伴娘散喜糖喜烟。

王小丽的妹妹王小美当了伴娘，打扮得妖妖艳艳。袁正生一眼见到王小美，简直不认识她了。她比过去长高了，打扮起来，简直就是个小仙女，活生生地抢了她姐姐的风头。一则她受母亲的影响，对穿衣打扮十分内行，美而不妖，丽而不俗。二则她体形匀称，步态优美。她才十五岁，如果再过几年，定是个绝代佳人。袁正生这样想着，真恨自己早生了几年。那王小美一眼看到袁正生，眼睛里露出惊喜的神情。她没有上前和袁正生招呼，只用眼睛向袁正生瞥了一下，眼睛里面蕴意丰富，真是一双会说话的眼睛。

袁正生去洗手间出来，在过道上意外地遇到了王小美。王小美主动迎上来说：

"袁大哥，欢迎您光临我姐姐的婚礼。"

袁正生故意说："我是来向你姐姐祝福的。"

王小美低声责备说："你后来为什么不到我家去？"

"我高攀不上啊！"

"谁说的？你不去，谁知道您是怎么想的？"

袁正生笑着说："事情过去了，不提它了。"

王小美说："下次到我家去玩，你仍然是我们欢迎的客人。"

袁正生随口说："我会去的。"

"不许说假话！"王小美认真地说。

回到宴会厅，袁正生心里想，"王小美比她姐姐强多了，又懂事又灵光，真是个小妖精哟！"

周志平和万敏也来了，老远的看到袁正生和詹小红，两人走了过来。

万敏见到袁正生和詹小红，叫一声表叔表婶。袁正生和詹小红笑着点点头。见他们俩人成双成对，知道事情进展顺利，袁正生心里也为他们高兴。

袁正生对周志平说："你怎么不叫表叔表婶？"

周志平连忙补充："表叔表叔。"又对詹小红叫："表婶表婶。"

詹小红被叫得红了脸。

周志平先前追过詹小红，在她面前献过几次殷勤，没有奏效，现在喊表婶，双方都不好意思。

万敏作为王小丽的闺密来参加婚礼。坐了一会儿，她就去找王小丽和她的母亲说话，并帮助做一些事情。万敏走后，周志平对袁正生说：

"刚才我表叔表婶也喊了，表叔表婶要为表侄女婿多操点心啊！"

袁正生问："还没有定下来？"

"哪有那么容易，万敏狡猾狡猾的，不好侍候啊。"

袁正生说："你放心，小敏既然带你参加闺密的婚礼，就等于公开了你们的关系，大方向已定，接下来就要看你的具体表现了。"

婚礼结束后，一些人随着新郎新娘闹洞房去了，万敏也和周志平随去，袁正生和詹小红告辞回家。

回到家里，大概是因为婚礼上气氛成了诱因，詹小红洗了澡就没有穿内衣，只穿了睡袍，袁正生知道今晚有戏，洗了澡和着詹小红睡下，两人按部就班地做了该做过的事情，袁正生鉴于先前的教训，不再玩新的花样，一切顺利结束，两人满足地睡去了。

二十七

第二天到办公室，见张春华缠着王丰要请客，王丰不好意思地搔着头。张春华告诉袁正生，王丰要升任干部股副股长了。

王丰连忙说："别听她的，没有影子的事。"

王丰二十八岁，中专毕业后，分到农机管理所当技术员，后来调进组织部，在干部股工作三年了，小伙子精明能干，各项工作都能拿得起放得下，很受领导赏识和同事们的认可。提拔副股长也是理所当然的事。

但袁正生心理难免有些不舒服。他想，都说组织部干部提拔快，但想想刘志民，在干部股工作五年了，才是个副科级股长，还不知道哪一年下派当官；王丰当副股长后，总得有几年熬，然后轮到张春华，又是几年。照这样，哪个猴年马月才轮到自己。就是熬上个副股长，股长，也三十好几，老了苗了。再看组织部的几个老同志，都干了二十多年，还在股级的位子上熬，已经准备在组织部退休了。组织部是这样，其它单位更不用说了。提拔的总是少数，大多数人只能默默的一辈子。袁正生喜欢看书，更喜欢看名人传纪，那些当大官、干大事的人，都是出道很早，二十几岁就身居高位崭露头角。他们是怎么做到的呢？这里面有什么捷径？

晚上，袁正生心情不畅，到万士明家坐了一会儿。

万士明说："改天带小红来吃饭？"

袁正生说："她下班回在娘家吃，挺方便。"

表嫂说："表叔关心小敏，还给她介绍对象。"

袁正生说："我只牵个线，主要看小敏和他能不能合得来。"看表嫂的态度，好像对周志平比较满意。果然表嫂说：

"俩人正谈着哩！眼下觉得不错，但需要处处。"

这样说袁正生也很替周志平和万敏高兴。

袁正生此来的目的，是想把机关遇到的事给表哥说说，想从他那里讨得一些见解和帮助。万士明在机关几十年，对机关十分熟悉，看问题也较为透彻。说到组织部干部升迁，万士明说：

"组织部干部进步快，这是公认的事实。但并不等于大家一般推。快的快，慢的也慢。关键是领导赏识，有背景，还要有机会。背景和机会可遇不可求，但领导赏识得靠自己努力。能干事，肯干事，平时要在这方面下功夫，得到领导的认可，机会来了领导会想起你。"又宽慰说："组织部干部流动性大，提拔也不完全按部就班，论资排辈。"

袁正生点头称是。

正说着，万敏回来了，见到袁正生十分高兴。说到王小丽结婚的事，万敏说："小钱就是家庭条件好一些，从长相到工作，哪一点比得上我表叔。关键是小丽她妈做主。小丽太老实，遇事自己没主见。"

袁正生说："她选择钱国庆也不委屈了她。"

表嫂插上来说："表叔幸亏没有和王小丽谈，否则就不会和詹小红到一起。"意思是能攀上詹书记家终是好事。

万敏说："表叔参加小丽的婚礼，和钱国庆站在一起一比，王小丽应该有感觉。"

表嫂惊讶地问："表叔参加了小丽的婚礼？"

袁正生解释说："我不是为王小丽，是为钱国庆。钱国庆和我一个单位，关系也不错，他热情邀我参加，说要我给他面子，我不得不去。"

万敏说："表叔去了好。清水县太小了，哪能避着不见呢？"

詹友光一直关心着袁正生的进步，袁正生想到的事，他早就替他想到了。这天袁正生夫妻回家吃饭，饭桌上谈到王丰当副股长的事。詹友光说："要想进步得快，得到领导的常识，除了思想作风过硬之外，还必须有自己拿得起的东西。正生你要发挥写材料写文章的特长，多写一些东西，给自己创造上升的机会。到时候我才好为你说话。不能只满足于完成本职工作，当一个转达员、螺丝钉。"

詹友光说着看女儿说："小红多做一些家务事，让正生有个完整的业余时间。趁着现在还没有孩子，把业余时间利用起来。"

袁正生当即表示努力一把。

回到家里，袁正生对詹小红说："你父亲要我专心写一些文章，但是上班时间不能写，下班又有做不完的家务，叫我怎么办？"

詹小红说："你写你的文章，谁干扰你来？家务事我也在做，你做了多少？"

"不是谁做了多少，是你不能用家务事来干扰我的思路，每天要给我一个完整的时间。比如晚上、星期六和星期天。"

"我不干扰你，晚上、星期六、星期天归你。"

"家里来客多，我要到办公室写，还可以看一些参考材料。"

詹小红同意了。

从此袁正生利用上班时间看一些文件，晚上就在办公室独自一人写文章。他先考虑从组织工作方面着手，向省委组织部的《组织工作》杂志投稿，他拟定文章的题目是：《试论改革开放形势下党的组织工作》，《做好党的组织工作，为经济建设中心服务》等等。这些都是新的命题，也是领导在工作报告中常常强调的内容。袁正生综合各方面的新思想，新探索，加以归纳提升。写好后就寄到省委组织部《组织工作》杂志社。写了几篇之后，居然登出了一篇。这给袁正生很大的鼓舞，于是他写作更加卖力了。以至于每隔几期，就有袁正生的文章登出。到了后来，每到出刊之前，杂志社就来电话，问袁正生有没有新稿子。

功夫不负有心人，袁正生利用业余时间写稿子，得到了组织部领导和同事们的好评，有一天晚上，组织部长曹守谦到办公室看文件，见干部股的灯亮着，推开门，见袁正生在写东西。

曹守谦问："你还没有回去，晚上加班？"

袁正生说："我晚上没事，来办公室看看文件，写写东西，提高提高。"

"好，午轻人爱学习，是好事！"曹守谦称赞说。

　　等到袁正生发表了几篇文章之后，大家都知道袁正生能写文章，是个笔杆子。有一次在机关会议上，谈到学习方面的事情，曹守谦说："你们要向袁正生同志学习，他利用业余时间看书学习，已经发表了不少文章哩！"。

　　一次，詹友光和曹守谦谈工作时，他问曹守谦："老曹，我女婿在你那里表现怎样？"

　　曹守谦连忙说："小伙子不错，肯学习，能吃苦，写了不少好文章哩！"

　　詹友光话中有话地说："年轻人要给他压担子，身上没担子，走路轻飘飘的。"

　　曹守谦心领神会说："老领导，我一直在考虑这个问题，我要把人事调整一下。"心里说："好你个詹友光，女婿调来才几个月，就要求提拔了？也不顾及影响，我在组织部内部怎么摆得平呢？"

　　尽管有牢骚，但顶头上司也不好得罪。曹守谦想了几天，终于决定把办公室主任黄国强派到乌山乡当副书记，袁正生升为办公室副主任，主持工作。

　　组织部内设机构只有三个单位股长高配，它们是干部股，办公室和老干部股，这三个股室的股长副科级，但副股长、副主任仍然是副股级，袁正生调办公室当副主任，算是副股级了，从办事员升了一级。组织部干部私下里窃窃私语："来了几个月就提拔"。有些人不服气，背后发牢骚。但是曹守谦声称办公室副主任要写材料，有能力就要破格使用，这是工作需要。一方面袁正生有后台，这是人所周知；另一方面，他本人有这方面特长，两方面结合，道理也说得通。

　　袁正生当办公室副主任，主持办公室工作。办公室一共四个人，除了袁正生以外，还有一个办事员叫金大海，二十几岁，经济类大专毕业生，主要工作是担任会计兼管机关事务。一个女同志，叫吴琳琳，主要工作是收发打字兼出纳。再一个是驾驶员，叫张龙。组织部有一辆小汽车，主要归部长使用，特殊情况下副部长也可以用。部长曹守谦家在中江市，每星期六下午回家，星期一上午来上班，这几天驾驶员跟着搞服务，不需袁正生操心。但部长一上班，日常工作安排由袁正生管。除了为领导写讲话材料外，办公室还管部里的行政工作，后勤工作，拉拉杂杂的，有时业余时间也用上了。这样为杂志写稿的时间就少了，只好把这个心思放一下。

工作了一段时间，方方面面的关系也顺了，机关里的同志对袁正生的工作给予了肯定，增强了他的信心和干劲。

二十八

这天哥哥正清打来电话说："大、妈问你最近工作情况，好几个月没有见到你了。"袁正生想到这么长时间没回家，父母一定很挂念，他决定回家一趟。但是他又怕见到孙玉莲及孙家人，不敢回去。于是他借了一辆公用自行车，下班之后赶回去。詹小红不知道他的想法，问他为什么白天不回去晚上回去。袁正生推说白天太忙，走不开。

袁正生天黑到家。父母看到他又惊又喜，连忙做饭给他吃。他一边吃饭，一边听父母说家里的情况，庄稼怎样，田里的活计怎样，收入怎样，但是他们说得最多的还是孙玉莲和孙家人。

父亲说："孙家人现在不和我们家来往了，见了面也不吭一声。玉莲不像以前那样开朗，见人总是笑，现在见到人头一低就走了。她的母亲到我家门前骂了几天，后来也懈了；他父亲没有说一句话。听说孙玉康发了誓，一定给玉莲找一个比正生强的人。上门说媒的也不少，但玉莲回回不答应。"

母亲叹惜说："玉莲这姑娘真不错，可惜是农村户口。"

袁正生的心情很复杂。

说话间，忽然灯灭了。父亲说："这几天经常停电，乡里电不够，三天两天拉电闸。"

母亲对儿子说："没有电，早点睡吧，赶了这么远的路，也累了。"

袁正生说："不累。我到外面走走。"

袁正生从家里出来，来到老槐树下，眼前的景色与往日大不相同了。老槐树还是那棵老槐树，树下秋风萧瑟，夜光暗淡，已不再构成一处风景。袁家村还是袁家村，村上屋舍苍凉，闾阎冷寂，已经不感觉故乡暖融融的气氛。孙玉莲家那三间房屋凄凄戚戚地立着，阴森寥落，已经不再是袁正生温馨的去处。这一切的改变，只因为他丢弃了一个人，失去了一颗灵台之珠，使眼前的一切景物都失去了光彩与灵气。从此他与故乡在感情上形成一道隔膜，他甚至怀疑自己配不配做袁家村人，他有没有资格和脸面站在故乡的土地上。

他心中有鬼，怕遇上熟人，就往父母的责任田走去。他看到地里戳立着一簇簇的苞谷秸，一垅垅翻耕的黑土。想到父母在地里劳动的情形，觉得该尽快把父母接到城里去，让二老享享福了。但想归想，仍然感到难以实现。

夜深了，袁正生从地里回家，母亲已把床支好，被子铺好，他洗了脸和脚，就上了床，但他还是睡不着。夜里做了一个梦，梦见孙玉莲来了，坐在他的床边，他吓了一跳，醒了。听见父亲在打呼噜，才知道是一场梦。他很想见孙玉莲，却又怕见到她。过去他回袁家村，第一件事就去找孙玉莲，现在不中了。孙玉莲已经不是他的人了，他们俩人在袁家村手牵手散步的日子一去不复返了。他感到孤单、惆怅和悲哀。

　　早上，母亲很早就起来做饭，袁正生也早起来。洗漱之后，匆匆吃了早饭，天亮之前告别父母出了门。

　　去乌山镇的大路经过孙玉莲家门前，袁正生为避开孙家，绕一个弯儿，然后再往大路上去。不料被早起的农民看到了，有人传："袁明德的二儿子回来了。"这个消息就象风一样一下子就传遍全村。当袁正生推着自行车从田埂上绕过去，走上大路时，有几个青年人已经站在路口堵他。袁正生认识是孙家的一帮后生，他们每人拿着个大粪勺，里面满满一勺粪，那粪滴滴沥沥地流着。袁正生知道，他们要往他身上泼粪，让他臭哄哄的回县城。还有村子里那些男男女女老老少少，都站在村头看笑话。袁正生又绕了两条田埂，急匆匆地跨上了机耕路，骑上自行车飞快地往前奔。那些后生挑着粪勺，在后面紧赶猛追，追了一段路，眼看追不上只好停下。虽然没有把粪便泼到袁正生的头上，但已经杀了他一个下马威，让他在全村人面前出了丑。袁正生骑了一段路，看见没有人追上来，就放了心。但他的心里有说不出的难堪和耻辱，心上的负罪感进一步加重了。

　　回到单位正好是上班时间。袁正生打扫好办公室，收拾好茶杯。曹守谦从门前走过，说："小袁，收拾一下，跟我去市里开会。"

　　袁正生拿好公文包和笔记本，带一些文稿纸，回家拿上洗漱用品和洗换衣服。刚出门，曹守谦的车子已到，驾驶员张龙喊他上车。见曹守谦坐在副驾驶的位子（他总是喜欢坐副驾驶位子），袁正生就坐到后座，门一关，车子出发了。到了中江市委招待所，下了车，袁正生首先去会议报到处报了到，领取了会议材料和餐券，才知道是全市组织部长会议，会期三天，内容是干部队伍年轻化的问题。

　　会议安排曹守谦住一间，袁正生和张龙住一间，两间在隔壁。袁正生第一次随部长出差，感到既新鲜又责任重大。他本想抽空到中江市区看一看，但怕曹守谦随时叫他，不敢离去。曹守谦自从住下之后，房间里电话就没有停过，客人没有断过。有领导来串门的，有老部下拜访的，有汇报工作的，有找人办事的，有请客吃饭的。虽然会议上伙食很好，但当晚曹守谦还是被人拉出去吃饭了。临走的时候，曹守谦问袁正生：

"你晚上有什么安排？"

袁正生知道部长有吩咐，便说没有。

曹守谦说："你把我们部里最近的工作理一下，写一个汇报提纲，我明天开会要发言。"

吃了会议餐之后，袁正生就回到房间写材料。司机张龙晚上同其他县市区部长的驾驶员拼了酒，醉醺醺的倒在床上打呼噜。忙到十一点多钟，袁正生整理了一个发言提纲，大致把半年以来清水县委组织部的工作回顾了一下，突出几方面，谈了一些经验和体会。听到曹守谦回房间的开门声，袁正生就及时送了过去。

曹守谦喝了不少酒，脸红红的。袁正生在清水县从未见过曹部长喝这么多酒。县里人请他喝酒，都不敢灌他。到了市里不一样，比他级别高的，同级别的，知根知底的老领导老同事，他想搞特殊、卖大派不中了。袁正生把材料送去，曹守谦说，你放到桌上，我洗完澡来看。袁正生走时顺便带上了门。

第二天开会，在招待所二楼小会议室，一个椭圆形大桌，上首是市委组织部领导，两边是各县市区组织部长，袁正生和各位秘书坐在靠墙边的椅子上。会议先传达省委组织部的文件，然后休息十分钟，在走廊里抽口烟。接着开会，由各县市区组织部长汇报工作。

曹守谦汇报时，袁正生注意到他按照所拟的提纲之外，又离开稿子，着重强调了两个方面，一个是对年轻干部的培养，做到有计划，有目标，有跟踪；另一个是对经济干部的爱护和培养，做到看大局，看大节，不因人民来信影响对经济干部的任用。袁正生知道组织部提拔干部，一般都是根据县委书记的意见办的，那里有多少计划性？对于大批的干部，则按部就班，论资排辈。但也不能说组织部无所作为，工作总该有个思路吧。曹守谦说的有对亦有不对，不管怎样，话还得那么说。

晚上曹守谦又出去吃饭。这次带上了袁正生和张龙。到饭店餐厅一看，都是清水县在中江市工作的干部、企业家。也有几个在清水县工作的干部。请客的借口是清水县老乡聚会。曹守谦并不是清水县人，但他在清水工作，也算是清水人了。清水县干部有求于他，平时在清水县城请客怕影响不好，就利用曹守谦到市里开会的机会，由清水籍在中江的企业家出面请客，在中江市工作的清水籍干部参加。这样借机和部长套近乎，有理由，有档次，有面子。席上曹守谦不想多喝酒，众人也不好勉强，曹守谦让袁正生为他代喝。这样的宴会，使袁正生认识了一些清水籍的成功人士。

宴会结束，回到招待所，袁正生正准备出去转转，曹守谦同样问："小袁今晚可有事？"

袁正生知道部长又有吩咐，自然说没事。

曹守谦又问："我今天的讲话你注意了没有？"

"注意了。"袁正生说："您讲得很好，尤其突出那几点。"

"你把我讲的几个要点整理出简报，晚上送到会务组去，他们要编《会议简报》。一事一篇，多写它几篇，争取不落人家后头。"

袁正生只好回到房间动手写简报。

张龙告诉他："招待所今晚有舞会，你不去看看？"

袁正生说："部长分了任务，我不去了。"

第三天半天出去参观，看中江市经济开发区建设。下午上半场讨论。下半场是市委组织部长讲话。会议结束。

　　三天会议，袁正生白天开会，晚上写材料，写简报，哪儿也没去。一共写了十二篇简报，在数量上不输其他各县，质量上也算上乘。简报突出了清水县委组织部的工作，思路超前，工作扎实，有很多值得推广的经验。这些简报，每天开会前发给领导和参会人员，简报给曹守谦大增其光，曹守谦对袁正生十分满意。

　　在回县城的路上，曹守谦对袁正生说："小袁，这几天开会，辛苦你了，会上写了不少稿子，天天加班。"

　　袁正生说："这是我的工作嘛。做得不够，请部长多批评。"

　　曹守谦说："批评什么？你刚来组织部才几个月，已经做得不错了，应该表扬呀！"

　　过了一会儿，曹守谦说："当好领导的秘书是不容易的。秘书为领导服务，是领导的双手和大脑功能的延伸，一定程度上减轻了领导的工作压力和精神负担，让领导抽出更多的时间和精力考虑重大问题，提高工作效率。所以秘书要脑勤、手勤、腿勤；稳重、细心、灵活，有吃苦精神，甚至要有牺牲精神。我也是当秘书出身的。那时候我在市委当秘书，跟着市委的老书记。老书记工作认真，雷厉风行，对我要求极严。我没日没夜地工作，吃了许多苦。但是锻炼了自己，获益匪浅啊。我到县里来工作，一直想有个好的秘书，但毕竟县级是基层，人才有限，要求过高不现实，所以一直凑合着。小袁，我看你很有潜质，要多努力啊。"

　　袁正生觉得曹守谦这番话，既是推心置腹，又是鼓励赞扬，一时很是感动，连忙说："请部长多指教，严要求，我一定努力。"

　　曹守谦听了很满意。心想："袁正生是詹友光的女婿，但他不娇气，朴实、虚心、能吃苦，是个好苗子。"

　　经过几次出差，曹守谦对袁正生信任度增加，两人的关系亲近了不少。

<h1 style="text-align:center">二十九</h1>

从此袁正生对自己要求更严了，对曹守谦的服务也更殷勤周到了。除了组织部的文字材料撰写和把关，领导的工作安排，生活安排也是袁正生工作的内容。

曹守谦是外来干部，先前住县委招待所。县委招待所是财政投资，政府经营，因不计成本，贪污浪费严重，渐渐成了县财政一大包袱。县里外来干部十来个，吃住在招待所，只象征性地交一点伙食费，群众反映很大。县委决定让外来干部搬出招待所。为此专门建设了一幢小楼，安置这些外来干部，每人一室一厅。房屋和家具由公家提供，生活用品自己购置。曹守谦居住的那套房子，正在这幢小楼的西边二层，夏天西晒，室内十分闷热。弄得曹守谦经常晚上到办公室，很晚才回到宿舍，因为办公室安装了空调。县委办公室曾几次提议给外来干部宿舍安装空调，但县委书记赵彤担心群众说领导搞特殊化（赵彤也是外来干部），一直不让安装。外来干部都是临时观念，谁愿意自己花这笔巨资（当时算是巨资）装空调？袁正生有一次到曹守谦房间里汇报工作，感觉到了里面闷热难耐。于是建议由组织部出资买一台空调装上，曹守谦不同意。

这天袁正生接待省里来人，同省委组织部办公室马副主任说到此事，马副主任说："这不好办吗？单位不好买，财政不好支，让县属企业安装好了。"

袁正生问："没有问题吗？"

马副主任说："这有什么问题？省里一些单位都这样搞的，企业赞助嘛。反正财产是公家的。"

袁正生心中大喜。于是想到县化肥厂厂长一直想从企业跳到机关当局长，来组织部找过曹守谦几次。袁正生去了化肥厂，说明了领导的困难，厂长当即答应给曹部长买一台空调。但厂长又考虑单独给组织部长买空调太扎眼，就主动请示县委办公室主任，办公室主任也正想为赵彤书记的房间安装空调而找不到借口，于是同意让化肥厂给外来的县级干部宿舍统一安装空调。这一举动受到外来干部的一致欢迎。赵彤书记虽然反对，但考虑到大家呼声甚高，省直机关又有先例，也就默许了。空调安装好后，曹守谦呆在凉爽的房间，想起袁正生为这事挑的头，觉得小伙子实心办事，对他更信任了。

不久，袁正生担任办公室主任。升为正股级，几个月后再落实为副科级。在县一级机关中，副科级是个关键级别，属于县委组织部管理的干部，个人档案由人事局移交组织部，从此步入县里领导干部行列了。

与领导在一起，有时免不了帮助做些家务事。曹守谦在中江市换了一套新房子，面积比较大，有九十几平方米，这是享受市里处级干部的待遇，要是在清水县，也只有七十几平方。曹守谦一家四口，夫妻俩，儿子和女儿。有了这套房子，他们夫妻俩、儿子、女儿，各有一个房间。儿子在上大学，女儿在读高中。曹守谦夫妇都是城里人，他们的父母都有房子，不和他们住一起。所以曹守谦对这套房子十分满意。那时候房子也没有多少装潢，只是把墙壁用乳胶漆刷新，地上铺个木条地板。袁正生就带着金大海和张龙，去帮助刷墙，铺地板。忙了几天，和曹守谦的夫人谢敏之、女儿曹慧都熟悉了。有时活儿不多，修修补补零打碎敲的，袁正生就利用节假日，一个人乘长途汽车去。

曹守谦的女儿曹慧对袁正生很有好感，开玩笑叫他"帅哥哥。"

袁正生连忙纠正说："不能这要样叫，太不好意思了。"

曹慧调皮地说："谁叫您长得帅呢。那就叫您袁大哥吧。"

这天装潢结束，打扫卫生之后，袁正生拍拍身上的灰尘要赶回清水，曹慧挽留说："吃过饭再走。"袁正生虽然在曹守谦家做了几天活，没有在他家吃过一餐饭。一来屋里装潢乱得很，不便做饭，曹慧和她母亲都回奶奶家吃；二来袁正生也尽量不给人家添麻烦。劳动尽义务，人情做到底。人家巴结领导，请客送礼很正常，袁正生不请客不送礼，为领导做点体力劳动也是应当的。经不住曹慧和谢敏之的挽留，袁正生破例在曹守谦家吃了一餐饭。

吃饭时，谢敏之问了袁正生家庭的情况，又特别问了袁正生在大学读书的情况。闲谈中，谢敏之说到曹慧在读高中，考大学在即，但是曹慧的学习成绩在班上只能算中等，担心女儿考不上大学。曹慧也向袁正生请教了高考复习的注意事项。

"袁大哥，你在学校哪几门功课比较强？"曹慧问。

"都一般。要说强些，只是中文和英语。"

不料曹慧大感兴趣说："那太好了，袁大哥帮助我学习英语好不好？"

袁正生未及回话，谢敏之接上来说："那怎么行？袁大哥家在清水，四十多公里路哩！"又转脸对袁正生说："小慧英语上不去，我们就是担心她的英语。"

转眼到了八月份，学生参加高考的成绩下来，曹慧与大学擦肩而过，一查考卷，果然英语丢了不少分。为此曹慧哭了一场。曹慧在班上谈了一个男朋友，男朋友考上了大学，见曹慧上大学没有指望，提出和她分手。曹慧受到双重打击，一下子病倒了。父母问她哪儿不舒服，曹慧只说肚子痛。到医院一查，急性阑尾炎，医生要求立即住院开刀。正巧曹守谦在外地出差，不能回来。曹守谦就电话让袁正生去看看。

袁正生赶到市里，帮助谢敏之把曹慧送到医院，办好了住院手续，曹慧被推进了手术室，袁正生和谢敏之在手术室外面等待。割阑尾是个小手术，但作为当事人，作为家长，担心害怕是免不了的，毕竟是个开肠破肚的事情。曹慧出来后，医生说手术很成功，一切正常，大家才放了心。当天晚上，谢敏之在医院守护，袁正生在市里找了一个旅馆住下。白天，袁正生到医院做些需要跑腿的事，一连在市里呆了五六天，直到曹慧手术刀口拆线，出院回家。曹守谦出差回来，袁正生和曹守谦一道坐车回清水。曹守谦见袁正生一直在医院护理，没有离去，心里很是感激。觉得袁正生是个可以托事的人，对他的信任又加深了一层。

回到清水，赶上年底干部大调整。这次调整面比较大，一方面赶上了换届选举，人大、政协有不少老同志要退下来，空出不少的位置，党委这边年纪大些的要转到人大、政协任职。而那些乡镇党委书记、乡镇长和局长们都希望进入县委、政府领导班子。或者填补人大、政协方面的空缺，使职务、级别再上一个台阶。这是一个关键时刻，很多人跃跃欲试。一些人请客送礼，找门路托关系。县委、政府那边自然十分热闹，组织部这边也不清静。找曹守谦部长的人多起来了。有的白天到办公室，以汇报工作为由谈想法提要求；有的晚上请客送礼，拉关系走后门。曹守谦一律不接受吃请，不收礼品。他吩咐住宿小区保安，凡是晚上来找他的，一律挡驾不让进。想找曹守谦的人，只有到办公室一条路。在这些干部中，素质参差不齐。有的态度恭敬，点到即止；有的死搅蛮缠，非要曹部长表态不可。曹守谦岂能随便表态？来者得不到满足，发牢骚的，大吵大闹的，什么人都有。

三十

　　城建土地局副局长葛怀腾在机关是个刺里头，他工作不上心，但要官要职闹待遇绝少不了他。他常年装病吃药，很会调理保养自己，五十多岁的人，黑红的脸膛，乌黑的头发，身子棒棒的。他业余时间也过得惬意，喝酒打牌，养狗钓鱼，在清水县有一帮子狐朋狗友。葛怀腾来找曹守谦，要求把他的出生年月调低五年。原来葛怀腾今年五十五岁。按照县委这次调整干部的规定，年满五十五周岁以上的一律退居二线。如果把他的年龄调低五年，他只有五十岁，不仅不需要退居二线，而且还有升职的条件，起码职务不会变动。

　　曹守谦让干部股长刘志民查一下葛怀腾的档案。刘志民汇报说："葛怀腾的档案中，原始的登记是：出生一九二九年十月（这是他自己填的）。到一九八四年十月，正是五十五周岁。"

　　但葛怀腾说不对，要刘志民再看其他登记表。结果发现，葛怀腾每一次登记，在年龄上都小一岁，最后一次填表，出生年月却是一九三四年十月，算起来正好五十岁。根据中央组织部文件规定，档案中干部出生年月表述不同的，以参加工作第一次填表为准。曹守谦回头把中央组织部的规定告诉了葛怀腾。

　　葛怀腾说："当年我为了早点参加工作，把年龄报大了。现在本着实事求是的精神，理应更改过来。"

　　曹守谦问："你后来多次填表，年龄都不同，是什么情况？"

　　葛怀腾回答说："因为我记不清，问我母亲，母亲年纪大了，也记不准。"

　　"既然记不准，你怎么知道年龄报大了五岁？"

　　"我是听长辈说的。"

　　"长辈每次说的都不一样吗？"

　　不料葛怀腾反问道："我母亲都说不清，长辈能说得清吗？"

曹守谦知道葛怀腾胡搅蛮缠，跟这样的人谈下去没有结果，只好送客。

葛怀腾走后，曹守谦气得脸上铁青，对袁正生说："下次来我办公室的，由你来接待，先问明情况告诉我，我再决定是否会见。现在什么人都闯我办公室，太不象话了。"

袁正生说："曹部长放心，下次来人，我一定把好这个关。"

后来葛怀腾来了几次，都被袁正生挡在门外。葛怀腾气得大骂袁正生是"看门狗"。

在干部调整过程中，袁正生最关心的是岳父的去向。虽然组织上没有说法，但社会上有人在传："詹友光这次到人大当第一副主任。"

担任人大第一副主任，主持人大日常工作，实际上是退到二线，权力小了，对袁正生很不利。但由于年龄关系，无法挽回。好在袁正生在组织部根基已牢，不必依靠岳父的关照。但是说没有影响也是不可能的。

一天，袁正生在办公室，曹慧突然进来，叫声："袁大哥！"

袁正生一惊："你怎么来了？"

曹慧调皮地说："我不但来了，而且不走了。"

袁正生让曹慧坐下，给她倒了一杯水，问怎么回事。

曹慧喝口水说："我到清水中学复读来了。"

原来曹慧没有考上大学，再加上与前男友分手的关系，情绪不好，影响学习。曹守谦和妻子一合计，让他到清水中学复读一年，一来离开中江那个环境，让他忘掉与前男友的感情纠葛；二来有父亲管束她。曹慧从小任性，父亲在外地工作很少回家，母亲的话她听不进去，母女俩经常争吵。三来清水中学又是省内重点中学，教学质量也不错。更重要的是，曹慧本人要求到清水，要请袁正生帮她复习英语。曹守谦夫妇对这个宝贝女儿十分疼爱，对她的要求无有不从。

曹慧在办公室坐了一会儿就走了。曹守谦把袁正生叫到他的办公室和他谈了一次话，把曹慧没考上大学，加上失恋，思想悲观，情绪不稳的情况告诉了袁正生，希望袁正生利用一点时间帮助她复习英语，并且在可能的情况下，疏导她的思想，安抚她的情绪。袁正生领了这个任务，决定每天早晨提前一个小时到街头公园帮助曹慧读英语。因为据袁正生了解，曹慧学的是哑巴英语，必须加强口语训练，这样才能提高学习效果。

街头公园是从干部宿舍区到办公区之间的一个路口三角区，政府利用那块空地搞了点绿化，形成了一个街头公园。公园中间建一个凉亭，铺几条弯弯曲曲的小路，成了人们休闲的地方。但由于地方不大，来往车辆行人嘈杂，多数人休闲还是到清水河边。因此这个地方来人不多。袁正生就选了这个地方，离自己的住处和办公室都近。

袁正生把这件事告诉了詹小红，詹小红也没说什么。于是袁正生每天早上六点半钟准时到公园与曹慧会合。七点半钟袁正生去办公室，曹慧去学校。好在袁正生暂时没有小孩（虽然詹小红已怀孕），家务事也不重，只是起点早。

经过一段时间的了解，袁正生觉得曹慧学习中最大的问题是思想不集中，学习不专心，遇到困难不愿下功夫，总是靠小聪明侥幸取胜。因而成绩基础不牢，考试成绩忽上忽下。针对她的情况，袁正生从基础上讲起，步步深入。但是曹慧表面上似在认真听，实际上并没有听进去，只是两眼一眨不眨地看着袁正生，有时会突然冒出不相干的话。比如"袁大哥，你结婚几年了，有没有小孩？"或者"袁大哥，我这件衣服穿得漂亮吗？"袁正生劝她集中思想，她答应得很好，过了一会儿又分神了。每当这时，袁正生总是委婉地教导她几句，或者装作不经意地说出自己的观点。好在袁正生的话曹慧喜欢听，说得重了，也不反感。有时曹慧觉得累了，袁正生就让她休息一会儿，用一些轻松的话题换换脑筋。曹慧喜欢和袁正生谈论人生和爱情这一类话题。因为曹慧没有把她的事情告诉袁正生，袁正生也不好点明，只能间接地作一些疏导，尽量让她正确对待人生和爱情。曹慧觉得袁正生讲话很有水平，十分中听，对袁正生十分敬佩，因而或多或少地接受袁正生的一些意见。经过一段时间的复习，曹慧的英语水平有了一些进步。曹慧很高兴，曹守谦听说了也很高兴。但袁正生觉得很不够，曹慧的情绪仍然不够稳定，他的精神压力很大。

一天下午，袁正生正在办公室，曹守谦接过一个电话，就急促地对袁正生说："小袁，曹慧下午没有上学，不知到哪儿去了。刚才班主任打电话来问。我想是不是去找一找？"

曹守谦的意思是让袁正生帮助找曹慧。袁正生一听十分震惊，说："早晨还是好好的。"急忙吩咐金大海、张龙、吴琳琳分头去找。吴琳琳到曹慧宿舍，金大海、张龙到街上，袁正生去公园，找到了就打电话给曹部长。大家匆匆下楼。

曹守谦见大家走了，想了想又打电话到中江问他夫人，曹慧是否回家了。谢敏之说："中午没见到她呀！我回家看看！"

曹守谦在办公室等电话，急得团团转。不一会儿谢敏之打来电话，说仍没见到曹慧，并数落曹守谦没有把女儿看好。曹守谦又委屈又着急。

本来一个学生下午没有上课，没有什么大不了的，曹守谦为什么这么着急，小题大做吗？不是。因为曹慧离家出走好几次了，一次跟她的男朋友出去，几日不归；一次在学校里受到老师的批评后，到同学家住了两天；还有一次是受了母亲的唠叨，竟在公园里呆了一个晚上。一家人给她弄得心惊肉跳，生怕出什么事情。这一次出走，曹守谦压根儿没有想到，事前也没有任何征兆。没有人得罪她，她的心情也没有坏的迹象。前几天她还告诉父亲，袁大哥教学很有水平，她的英语有了长进。曹守谦为此欢喜了一场。可是她突然给父母和大家来这么一手，真让人措手不及。

不一会儿，吴琳琳反馈，曹慧不在宿舍；金大海、张龙反馈，街上也没有她（清水县市中心也就一个十字街，二十分钟走个来回）；袁正生在几个街头公园看了一下，也不见曹慧的人影。看看到了下班的时间，初冬天气太阳落山早，天渐渐黑了，没有找到曹慧，大家顾不得回家吃饭，又上街找一遍，还是一无所获。

八点多钟，大家集中到曹慧的宿舍门前，见门仍然锁着，里面没有灯光，知道曹慧没有回来。袁正生想了一想，决定到清水河边找一下，他将人分成两组，金大海和张龙一组，自己和吴琳琳一组，沿着河岸分头向相反方向去找。

三十一

天气凉了，清水河边游人少了，河岸上冷冷清清，加之没有多少路灯，（路灯集中在镇河塔一带）多数地方黑呼呼一片，晚风呼啸，鬼影幢幢，发出怪异的声响，让人心惊胆战。走着走着，袁正生对找到曹慧失去了信心。他想：曹慧一个小姑娘，能在漆黑的夜里来这个地方？除非她精神错乱要寻短见。想到这里，袁正生心情紧张起来，如果曹慧有什么三长两短，他也脱不了干系，怎么向部长交待？曹守谦一定怀疑自己对曹慧说了不当的话，做了不当的事，引发了曹慧的情绪波动，走向极端。这样一来，自己背了这个不明不白的黑锅，这辈子前途也就完了。想到这里，袁正生下定决心，一定要把曹慧找回来，生要见人，死要见尸，不找到曹慧，决不回去。

夜里十一点多钟，袁正生沿着河岸已经走得很远了，这天月亮上来迟，河岸上一片漆黑，坑凹不平，吴琳琳摔了几跤之后哭着不想走了。袁正生只好让她先回去，自己一个人继续往前走。他向清水河的上游走，不知不觉走了几公里，离清水县城越来越远，路越来越窄，渐渐的没有路了。再往前看，是一片坟滩，坟滩围绕着一座小山包。为了看得远一些，袁正生攀上那座小山包，朝前方看。前方的清水河因小山阻挡，拐了一个弯，乱石崚峋，杂草丛生，人迹罕至，根本走不过去。袁正生站在山包上向周围扫视了一遍，没有发现一个人影，他决定回去了。就在他准备下山的时候，他的眼角无意中发现坟堆中有一个白色的影子闪了一下。这时候东方的月亮刚刚升起，在淡云薄雾中洒下朦朦胧胧的光芒，那个白色的东西反射着月光，与周围的乱石堆和荒草丛形成鲜明的对比。是人？是鬼？袁正生头脑里嗡了一下，全身的毛发都紧张地竖了起来。他想他一定遇着鬼了。小时候听老人说过："坟滩上的鬼往往夜里出来活动，它们举着白色的旗幡吓唬夜行者。并摆出'迷昏阵'作弄他们，让夜行者在坟滩上滚爬一夜，回不了家。"袁正生生怕魔鬼来迷他，他认准方向飞快地向山下跑去。当他跑到山下时，心情镇定了许多，觉得鬼并没有为难他，没有摆迷昏阵，他的头脑清醒，方向感明确。或许自然界并没有鬼，是人们在吓唬自己。

既然没有鬼，那个白色的东西是什么呢？难道是穿着白色衣服的人？如果是人，他是谁呢，在这里做么事？可不是曹慧吧！当他这样想时，把自己吓了一跳。曹慧怎么会在这里，她怎么会坐在坟滩里？她不害怕吗？自己一个大男人尚且怕得要死，何况她一个小姑娘？不可能，绝对不可能。虽然不可能，他也要去看看，他来的目的是找曹慧，凡是见到的人和物都不能放过，都要个个瞅实。倘若真是曹慧，错过了她不去管，岂不是极大的罪过？这样想着，他小心翼翼地，心尖儿颤颤地重新爬上那个小山包，朝那个白影走去。在离白影约三十米的地方，他壮着胆子大声喊道："曹慧！曹慧！"他看见那个白影一下子站起来又倒了下去，接着就听到一个熟悉的哭声："袁大哥——"

　　真的是曹慧，是他要找的人。一时惊喜无状的袁正生扑上去把瘫坐在草地上的曹慧抱了起来，就往山下跑。曹慧搂着他的颈脖，头垂在他的肩膀上。袁正生一直把曹慧抱到很远很远，直到他筋疲力尽为止。然后他把她放在草地上，不无责备地问她："你爸爸和你妈妈到处找你，你怎么跑到那个地方？"

　　曹慧有气无力地嘟囔着："你们不要来找我，我吃了安眠药，我要死了。我要到坟地上死去，你们不要管我。"

　　原来曹慧得知她的男朋友结婚的消息，一时想不开，就寻了短见。她穿上白色的衣服，带了不少安眠药，找到那个坟地，然后吃下安眠药，准备在那个地方安安静静地死去，由于安眠药未能致命，服药几小时后醒了，昏昏沉沉地睡在那里，直到袁正生到来。

　　袁正生把曹慧背到县人民医院，让医生紧急抢救。一面打电话告诉曹守谦。曹守谦赶到县医院，见到女儿又气又急，看到她大难脱险，心中才得以安慰。不一会儿谢敏之也从中江市赶到，见到女儿，悲喜交集，母女俩抱头痛哭。情绪安定之后，谢敏之对袁正生说了不少感激的话。

　　曹慧在医院住了三天，吊了三天的水，身体渐渐恢复。曹守谦夫妇守了三天，袁正生和詹小红也来医院探望。曹慧睡在病床上不说话，大家也不好说什么。女儿脾气很绝，很任性，常常做出令人意外的举动，对父母有叛逆心理，曹守谦夫妇有千句万句责备女儿的话不敢说。女儿保住了性命算是万幸。现在只要她身体恢复正常，情绪稳定，继续复读，就是谢天谢地了。

　　曹慧出院后回到自己的宿舍，她的母亲陪她住了几天，天天给她做好吃的，说一些轻松愉快的话，尽量让她心情好些。在女儿能下床走动的时候，曹守谦夫妇想到多亏袁正生帮助，决定请袁正生及其詹小红一家吃顿饭。詹友光夫妇也被邀请。两家人亲亲热热地下了馆子，坐在一张团圆桌边。曹守谦的儿子在大学读书，为怕影响他的学习，没有告诉他。吃饭时曹守谦夫妇讲了不少客气话，詹友光夫妇说是应该的，不必客气。谢敏之要曹慧给伯伯伯母和哥哥嫂嫂敬酒。曹慧也照着做了。从表面看曹慧精神无大碍，大家也就稍稍放宽了心。曹守谦再次提到请袁正生帮助曹慧复习英语的事，詹友光一家人都表示赞成和支持。袁正生问曹慧怎么样，曹慧无可无不可地点了点头。

几天后曹慧正常到校复读，早晨也来到公园跟着袁正生学习英语。一切如常，只是说话比过去少了些，心事重重的。袁正生根据情况，不再在学习上过多的要求，重点放在和曹慧的思想交流上，让她从失恋的阴影中摆脱出来。袁正生讲些名人学习英语的故事，由于发音不准，闹了不少笑话。又说些名人励志的故事，其中也伴随着爱情故事，这些故事引起了曹慧的兴趣，她的精神状态逐渐改善。

有一天晚上，袁正生在办公室看文件，曹慧推门进来。袁正生问有什么事情。曹慧说："我一个人在下面散步，看到你办公室灯亮着，知道你在这里，就上来了。"

袁正生让她坐下喝点水。曹慧说："袁大哥，我感到很孤独，你能陪我出去走走吗？"

袁正生说："当然可以。"于是锁上抽屉，和曹慧下了楼，往清水河边走去。

清水河岸上地旷人稀，显得寂静安详。河里的渔船停泊在岸边，船上住家的居民在船尾挂着一盏盏玻璃灯，与水中的灯影上下辉映，形成了一道灯的河流。河水潺潺，清风带着水气吹到岸上，给人以清新恬静的感受。月亮升起来了，城市和河岸镀上淡淡的银辉。镇河塔静静地伫立在河流拐弯突出的高地上，她那苍老伟岸的身影给人以沉稳厚重的力量。袁正生和曹慧走进镇河塔，沿着塔内水泥台阶向塔顶攀去。月光照进塔里，塔内不显得黑暗，反而有一种朦胧的美感。他们在六层靠窗的位置站定，眼睛看着窗外的清水河，看着灯火璀璨的清水县城，脸上吹着穿塔而过的清凉的河风，有一种远离尘世的超脱感。

袁正生关切地问："心情好些了吗？"

"没有。"曹慧说："袁大哥，我感觉很孤独，觉得是个多余的人，生活没有意义。"

袁正生劝导说："你不能这样想。我们有父母，有兄弟姐妹，有亲戚朋友，他们时刻关心着我们，帮助着我们，陪伴着我们，我们怎么孤独呢？我们生在社会上，是社会一个分子，一个细胞，每一个人都不是多余的。人人为我，我为人人，社会是一个大家庭，每一个人都有自己的位置，自己的权利，自己的责任。我们觉得孤独，觉得多余，是因为我们只看到自己，没看到别人，只想着自己，没想着别人。以我为中心，不顾及别人的存在，不考虑别人的关注，别人的感受，这样自然就孤独了，多余了，你想想，是不是这个道理？"

见曹慧并未表现出抵触的情绪，他继续说："你想想，你那天做出那样的举动，牵动着多少人的心，你父母是多么焦急，多么难过。如果你那天真的走了，会给你父母亲人的心灵带来多大的伤痛。你要是想到这些，你觉得做出的那种举动是应该的吗？我们的生命不是自己的，是父母的，是全家人的。我们不只是为个人活着，而要为全家人活着。父母为我们操心，为我们担着忧乐，我们有责任让他们宽心，让他们高兴。父母对我们的恩宠，亲人对我们的关爱，我有责任将来报答他们。我们这些责任还未尽到，怎能轻易地去死呢？你说是不是？"

曹慧沉默着。过了一会儿问："袁大哥，您说什么叫人生，什么叫爱情？"

袁正生说："据我理解，人生是一个花盆，爱情是盆中的一朵花。这个盆里可以有花，有草，也有其它植物，花只是其中的一株。爱情是美丽的人生，但不是人生的全部。鲁迅先生说，人，第一是生存，第二才是爱情，没有生存的基础，就谈不上爱情。没有花盆，就没有花。比如你没有考上大学，爱情就吹了，如果大学考上了，爱情会吹吗？这就是说，爱情是建立在一定的生活基础之上的。这个基础没有了，爱情也就没有了。你把爱情想得太神圣了，所以你失去了爱情，就想不通，这是本末到置。其实没有什么想不通的。又比如我，不是大学毕业，不是在机关工作，能与詹小红结合吗？没有这个基础，我就是再爱她，也是空想，是不是？"

"那倒是。"曹慧也承认。

"所以我劝你不要把爱情看得太重，而要把你的学习和将来的工作看重一些，你好好学习，考上了大学，有个好工作，象你这样一个漂亮的姑娘，还愁找不到一个如意郎君吗？好男人多得很，爱情自然会找上门来的。"

曹慧笑了。他们一直谈到十一点多钟，袁正生送曹慧回去时，感觉她的思想情绪好得多了。

三十二

这以后，曹慧经常约袁正生散步，一起聊聊年轻人感兴趣的话题。曹慧的思想逐渐活跃，情绪一天天好起来。有天晚上，他们来到城北护城河边。护城河是一条人工河，是古代战争御敌的沟堑。现在城墙已不复存在，但护城河仍然在，以前是城市的污水池。近几年政府出资改造，把城市下水排到清水河下游，使护城河水变清了。再在两边植上树木花草，把它建成了一个公园，成了城里人们休闲的地方。他们在河边走了一段路，来到一个游船码头，看到年轻人坐着游船在水上漂荡。曹慧说："袁大哥，我们划船好不好？"

　　为了照顾曹慧的情绪，袁正生无有不从，当即付钱买了票，租了一条脚划船。游船工作人员扶着他们上了船，帮助解开缆绳，将船推离了河岸。袁正生和曹慧并排坐在船尾的坐垫上。坐垫很窄，他们只得紧紧地靠在一起，头上顶着遮阳篷，手中扶着方向盘，脚下踩着划水轮，小船慢慢地向远处驶去。

　　"好久没有在公园里划船了。"曹慧神情呆呆的说。

　　袁正生担心她想起了前男友，赶紧把她的思路引开，说："我小时候很少划船，多的是游泳，就是玩水。"

　　"在什么地方？"

　　"在我的家乡。"

　　"您的家乡好玩么？我们哪天去游泳，怎么样？"

　　袁正生说："我的家乡在大山里面，路太远，又不好走。"袁正生不想带她去，尽往难里说。

　　"那就在这护城河里游。"

　　"护城河水虽然比以前清了，但水不流动，水质不好。"

　　"到清水河去怎样？"

　　"清水河水下地形复杂，游泳有风险。"袁正生不想带她下水。

　　曹慧失去了兴趣。这时迎面驶来一只船，上面两个年轻人互相依偎在一起，显得十分亲密。看着那条船驶过之后，曹慧说："袁大哥，人心为什么会变坏？"

　　袁正生知道她说前男友，就说："这是环境的影响，环境变了，人的思想随着变，就象清水河的水一样，在山里面是清的，流出山就变浊了。变是必然的，绝对的；不变是偶然的，相对的。事物在变化，我们的思想也要随之变化，不能老是停留在原来那个地方。要适应新的变化，是不是？"

　　袁正生谈这些话，虽然振振有词，但他想起了他与孙玉莲的事，心中别有一番滋味在心头。这不正是"人心变坏"的例证吗？

曹慧叹了口气说："为什么我就不能遇到个好男人？"

袁正生鼓励她说："天下好男人多得很，你会遇到的，不要着急，不要悲观。你还年轻，这么漂亮。"

"我漂亮吗？"曹慧转头看着他问。

"当然。你难道不觉得你漂亮？"袁正生看着她，发现她额头饱满，大大的眼睛，高高的鼻梁，厚厚的嘴唇，只是皮肤不太白，是个健美形女孩。

曹慧看着袁正生说："我要找一个象袁大哥这样的好男人就满足了。"

一个姑娘家这样直接表白，似乎让人有些难堪，但袁正生并不意外，因为以他的敏感，早就发现曹慧对他有了好感。这种好感虽然令人高兴，但也面临危险。他连忙说："你的标准太低了。世界上比我好的男人太多了。"

曹慧没有回应，她的话同时传达了另一个信号，即她的前男友的阴影逐渐消退了，这是可喜可贺的。又划了一会儿，曹慧突然调皮地说："袁大哥，你是个好人，又能干又开朗，人又长得帅。我喜欢上你了，你说怎么办？"她几分撒娇地望着他。

袁正生暗暗吃惊：这不是好事，如果发展下去，可能要生出事来。他赶紧说："别开玩笑，你怎么能喜欢我呢？我是结过婚的人，年龄又比你大许多，从各方面都不般配嘛！"

"怎么不般配？我说般配就般配。"曹慧任性地说："你才大我几岁？再说，结过婚也能离婚嘛。怎么样，跟詹小红离婚吧！"

"别别别。"袁正生急促地说："你千万不能这么想，不能这么说，要是你爸爸听到，不仅会生你的气，也会生我的气。"

"哎呀，我是跟你开玩笑，看把你吓的！"曹慧调皮地笑了，并把袁正生用力抱了一下。袁正生这才放下心来。然而曹慧没有完，她对袁正生说："袁大哥，你能让我靠在你身上睡一会儿吗？"

　　袁正生说："这可以！"

　　于是曹慧靠在他的肩上睡了。袁正生手握着方向盘，慢慢地踩着轮子，眼睛看着前方，心中忐忑不安，他担心曹慧又出新花样。由于曹慧的脾气和任性，袁正生不敢违逆她。他提醒自己，一定要做到坐怀不乱，绝对不能有非份之想，就当她是调皮的小妹妹一样。

　　每天晚上，只要不是特殊情况，袁正生总是在办公室里学习，看看文件，写东西。曹慧掌握了这个规律，所以她一有空，或者思想不愉快，就会来找袁正生谈心、散步，袁正生把握一个尺度，十一点钟之前准时回家。

　　这天，曹慧邀请袁正生去喝咖啡。清水人的夜生活最近丰富起来，城里开了几家舞厅和几家咖啡馆，年轻人比较时髦的活动，就是晚上请朋友跳舞，喝咖啡。袁正生很少进舞厅，更没有到过咖啡馆。但曹慧对这些地方都很熟悉。因为她在中江时，经常和男友出入这些地方。咖啡馆里灯光很暗，只点了几根蜡烛，如果你不到吧台，就看不清别人的脸。一张张咖啡桌，排在墙的角落，咖啡桌与咖啡桌之间，立着大半人高的隔板，如果你不站起来，就看不到旁边的咖啡桌旁还坐着人。这是男女谈情说爱的私密之地。袁正生知道这种场合对于自己是不适宜的，但曹慧盛情相邀，也不好坏了她的兴致。

　　进入咖啡馆内，袁正生一时不适应昏暗的环境，眼睛看不清地面，简直不敢举步，生怕踩着了什么。曹慧大方地牵着他的手，选了僻静处坐下来。她让袁正生坐到里面，自己坐在外边。原来这个咖啡桌只是一面有沙发椅，另一面靠在隔板上，以方便喝咖啡的情侣亲亲热热坐在一起。曹慧让服务员送来了两杯咖啡，一碟葵花籽，一碟松籽。曹慧在袁正生的身边坐下，俩人俨然就是一对情侣了。袁正生如坐针毡，生怕被熟人撞见。好在咖啡厅里灯光很暗，小桌上有一支很小的蜡烛，亮着蚕豆大的灯芯，袁正生只要把脸偏一下，黑影就占了半个脸，就是站在近前，也不知道他是谁。两人吃着瓜籽，默默地坐着，听着轻柔的音乐，享受着安静和温馨。

袁正生没话找话，问一些复读上的事，英语测试是否有进步。曹慧简略地回答了几句，然后说："在这个地方不谈这些，我只想安静地呆一会儿。"

袁正生不再说话。不料曹慧一口将小小的蜡烛吹灭，小隔间更黑了。

曹慧轻声说："袁大哥，我睡一会儿。"说着她把身体横起来，将穿着半高跟鞋的脚搁到外边的扶手上，上半身睡在袁正生的两腿之上，躺在他的怀里。

袁正生十分震惊，但他不敢动弹，仍由曹慧躺着。曹慧的两手还抱着他的腰，把自己的脸埋在他的腹脐处。袁正生顿时闻到浓郁的香水味，以及少女温馨的体香。他热血沸腾，身体的那个部位不由自主地膨胀起来。顶在她的颈脖之间。好在冬天衣服厚，曹慧不会有感觉，否则那真是尴尬极了。袁正生心里扑扑跳，一种罪恶感袭上心头。他看看四周，咖啡厅里静悄悄的，顾客和服务生来回走动。偶尔他们的眼睛朝这边扫一下，曹慧的那双半高跟的鞋翘在那里，象一个暗号，说明这个包厢里虽然没有灯，但仍然有客人在，不要打扰。袁正生仔细一看，象他这样黑暗无灯，外侧的扶手上翘着女高跟鞋的不止一处，说明这是咖啡厅里的常态，于是悬着的心放下了。他双手扶着曹慧外侧的肩膀，就象把一个大孩子拥在怀里，但不知道这种状况持续多久。他心里焦虑不安，后悔跟她到这里，倘若闹出什么事，自己怎么有脸去见曹部长？

曹慧说是睡觉，其实并无睡意，不时地翻动着身体，并且用一只手在自己的胸前摸摸索索。突然，曹慧抓住了袁正生的一只手，把它移到自己的胸脯上。袁正生吃惊地感觉，她胸前的衣扣不知何时解开，袁正生的手正好压在她的乳房上面，只隔了一层薄薄的内衣和胸罩。

袁正生急忙抽出手说："曹慧，我不能这样。"

但是曹慧抓着他的手不放，固执地把它重新压到自己的乳房上面，轻声说："袁大哥，帮我摸一摸，我感觉好痒。"

"不能，不能。"袁正生坚持说。

但曹慧抓牢了他的手。袁正生不敢用力挣脱，只得随她，心里想着下一步如何结束，担心着由此而产生的严重后果。但是曹慧并没有就此罢休，她的另一只手把自己的内衣和乳罩掀上去，露出了胸部的肉体，并把他的手重新压上。小声说："袁大哥，帮助揉一揉，几分钟我们就回去。"

听她这样说，袁正生放了几分心。曹慧的胸部丰满而结实，两个乳头坚挺。袁正生揉了一会儿后，曹慧要求他捻乳头。捻动时，曹慧的嘴里发出嘘嘘的声音，一面说："好痒，好痒，真舒服！"

大约过了半个小时，曹慧说："好了，我们走吧。"于是坐起来整理衣服，理了理头发站了起来。袁正生也站起来，曹慧去付了帐，俩人离开了咖啡馆。

走上街道时，袁正生不无责备说："你真把我吓死了。"

曹慧把头一扬说："袁大哥，你真是外行，进咖啡馆里做什么，不就是玩个情调吗？"

从那以后，曹慧的情绪有了进一步好转，与袁正生见面后，再也不提她过去的事情，只是喜欢和袁正生谈论新的问题，比如爱情和男女之间的友谊。有时她说自己过去，父母和家庭，再就是询问袁正生的过去及其家庭。曹慧对清水县官场的事情也很感兴趣，知道得不少。曹慧的精神好了，学习好了，成绩在上升。曹守谦夫妇见女儿精神面貌与以前大不一样，十分高兴。曹慧在父母面前也说袁正生的好话，曹守谦夫妇对袁正生十分感激。曹慧说："上帝让他遇到了袁大哥，是他人生的转折点。"她还说："有袁大哥在身边，她心情愉快，什么烦恼也没有了。"

三十三

冬去春来，袁正生的妻子就要临产了。袁正生晚上也不到办公室去，在家里守着詹小红，一直到她生产住院。但是早上没有特殊情况，袁正生还是去公园给曹慧补习英语。詹小红生下了一个女儿，母女平安，全家欢喜。出院之后，詹小红住到娘家，袁正生白天到岳父家吃饭，晚上回到自家睡觉。如果时间早，他就到办公室去一下。

这天晚上曹慧来到办公室对袁正生说："祝贺你生个女儿。这些天很辛苦吧？"

袁正生说："还用问吗？白天黑夜不得安宁。现在好了，詹小红住娘家去了。我除了白天去做点事，晚上回家可以睡个安稳觉了。"

曹慧问："辛苦了这么多天，要不要放松一下？"

袁正生问怎么放松？曹慧说："散步去吧。"

他们来到清水河边，一直走到镇河塔。这天晚上没有月光，塔里光线比较暗。曹慧登了几层就不愿向上去了，只在三楼的窗口靠着休息，看看下面清水河上朦胧的夜景。站定之后，在黑暗的掩护下，曹慧的身体很快靠到袁正生的身上，肢体的语言使说话成为多余，俩人静默了好一会儿。

曹慧说："袁大哥，这些天我知道你家里有事，没有约你出来玩。"

"是啊，不过我们天天早上见面。"

“那是另一回事。”曹慧说：“我真的好想您呢！晚上做梦都和您在一起。”

“是吗？”袁正生问。

“你猜我们在一起做什么？”

“我猜不着。”

“是做那种不好说的事。”曹慧神神秘秘地说。

“胡说，怎么会有那种事？”

“不骗你，是真的。”曹慧认真地说。又问：“你做过我们在一起的梦吗？”

“做过。我们一起学英语嘛。”袁正生故意说。

“说明你心中也有我了。”她高兴地把袁正生的脖子吊了一下，然后抱住了他的腰，把头偎在他的胸前。

“不能这样。”袁正生提醒：“你这个样子很危险，我可是个有妇之夫。”

曹慧抬起头看着他说：“什么有妇之夫？我才不管呢！袁大哥，你不是说我很漂亮吗？”

“是呀，你是很漂亮，这是客观存在。”

“一个正常的男人，在一个漂亮的姑娘面前不动心？”

“我是——”

曹慧用手捂住他的嘴：“别说了，又是‘有妇之夫’。”

“不，动心归动心，但行动应该理智。”

曹慧不听他的：“废话！要理智做什么？我历来不要理智，我只要感觉。”她调皮地说：“你的理智有多强，我能检验出来。”

袁正生好奇地问：“你怎么检验？”

“我当然有办法。” 说着她将一只手按在他的胸前，一面命令：“不许动！”一面将另一只手插入他的上衣里面，在他的胸前抚摸起来。

“这就是检验？”袁正生感到好笑。

"我看你的心跳不跳。"

"心当然是要跳的。"

但是他的话没有说完，她的小手开始向下移动，进入腹部。袁正生意识到曹慧将有重要举动，这个敢说敢做，咨意妄为的丫头。

袁正生连忙躲闪说："不能这样，曹慧。"

"为什么不能？"曹慧在他的耳边说："我已经把胸脯向你开放，你难道还向我留一手？太不仗义了吧？"

原来曹慧前次并不是白给他占便宜，她是放了一笔人情债，现在要连本带利收回来。事到如今，袁正生真是有口难言。说话间，曹慧的那只小手已经透过腰带，直逼三角区，袁正生的身体立即起了强烈反应，血液奔涌，那个东西迅速篷胀起来。曹慧一把将它抓在手里，说："好啊，袁大哥，你还说你有理智，你的理智在哪里？"

袁正生说："不是我没有理智，是它不听使唤。"

这时曹慧将手抽出来解他的拉链，说："袁大哥，让我把它解放出来，放松放松吧。"

袁正生问："你说出来放松，就是这个意思？"

说话间，曹慧已经掏出那个东西握在手里，轻轻的抽撸起来。曹慧到底是经过事的，她的手动作熟练，轻重适度，让人不忍谢拒。至此，袁正生只好任她摆布。袁正生几个月没有上交公粮，仓库里已经涨得满满的，不一会儿那库门便关封不住，所有谷物倾泄而出。事过之后，袁正生又在曹慧的引导下帮助她调理了一下胸脯，俩人满意而归。

有一天晚上，袁正生在家里接到曹慧的电话，电话里的声音有气无力。

"袁大哥，我病了，发高烧，晚饭没有吃，您要是有空，给我买几块蛋糕来。"

袁正生心想，早上还是好好的，怎么晚上就病了？他知道曹守谦不在清水，到中江和夫人团聚去了。曹慧这时生病，身边没有亲人，他理应去看看。于是他出门在蛋糕店买了一小盒曹慧喜欢吃的奶油蛋糕，去了她的宿舍。

宿舍门掩着，袁正生推门进去，并不见曹慧，就把蛋糕放到桌子上。还未转身，背后一个人把他抱住。他知道是曹慧，说："怎么啦，生病了？"

曹慧转到他的前面，吊着他的脖子说："谁生病了？逗你玩哩！要不，你能到我宿舍来？"

袁正生说："你怎么开这个玩笑？把我急得要命！"

"是吗？你真是关心我呀！"曹慧说："为了感谢你对我的关心，我今晚将给予你丰厚的回报。"

"真正关心人是不需要回报的，请免了吧。"

"不，你听我的。"她让他转过身去。袁正生照着做了。不一会儿，曹慧说："转过来吧。"

袁正生转过身一看，简直把他惊呆了。曹慧一丝不挂地站在他的面前，说："看看，丰厚不丰厚？"

袁正生连忙蒙上眼睛说："曹慧，不要这样，快把衣服穿起来，我要走了。"

曹慧一下子贴上来，把袁正生抱住说："不许走，今天你要是走，我就喊了，说你来欺负我，你敢走！"

袁正生一时不知所措，理智告诉他，眼前是深渊，不能跳下去，必须悬崖勒马。但是，感觉又告诉他，如果强行离去，曹慧一定要大闹。到时候自己说不清，黄泥放在裤裆里，不是屎也是屎。就是曹慧当时不闹，她受到这次的刺激，老毛病可能再犯，我和她的关系难以继续，半年多来花在她身上的心血付诸东流。更重要是将彻底得罪了曹守谦部长，自己的前途堪忧。也让岳父岳母和妻子詹小红失望。由于头脑里想得太多，一时难作抉择，楞楞地站在那里。

就在袁正生发愣之时，曹慧迅速行动，把袁正生推倒在床上，熟练地帮助他脱衣解带。袁正生就这样被一件件地脱光了衣服，赤身裸体地躺在曹慧的床上。曹慧用她那具有魔力的小手，三把两把，就将袁正生那不争气的将军逗活了，那位将军不知羞耻地昂着头，挑战似的对着曹慧。

曹慧一手扶着将军斗志昂扬的身驱，问他："袁大哥，是理智战胜感觉，还是感觉战胜理智？"然后她爬到袁正生的身上，对准将军那骄傲的头颅，一屁股坐了下去，大冲大撞起来。

袁正生感情极其复杂，事到此时，他也顾不得那么多了，走一步看一步，且就眼前的事做过了再说。

那晚是一个风起云涌惊涛骇浪之夜。袁正生终于尝到了曹慧的厉害。曹慧外表看来不显胖也不显瘦，身材适中。不显高也不显矮，平平常常。但脱了衣服却使袁正生大感意外。她身体强壮，肌肉结实，那硕大坚硬的乳房，滚圆的臀部，两条粗壮的大腿，都表现出她的强健与活力。在床上，她是一个不知疲倦的机器。袁正生一夜数次，粮库里到了库存告急山穷水尽的地步。第二天早上，他竟然有了头昏耳鸣心慌意乱的感觉。真是行了大乐又受了大罪。

曹慧心满意足。她说："袁大哥，您太厉害了。我过去认为，我那个前男友是最好的，所以他抛弃我，我受不了，绝望轻生。现在看来，山外有山，楼外有楼，人的眼界应该开阔一些。"

从此以后，曹慧好像换了一个人，她真正从失恋的阴影中解脱出来了。和袁正生在一起，话也多了，精气神足了，学习成绩直线上升。只是隔那么几天，就要求袁正生到她那里去一次。袁正生坚持说去多了会被人发现，影响不好，再说詹小红有时晚上电话查岗，无论如何晚上十二点前要回去，被夫人知道了要惹大麻烦。

曹慧也知道他的不便，但她轻声说："我不会完全占有你，我只要那个地方满足了就行了，学习自然好了。最好每天睡觉前做一次，晚上睡眠好，第二天干什么都有精神。"

袁正生问："你是不是看黄色录像？"

"看那个东西干什么，我要来真的。"

袁正生劝她不要想得太多了。

袁正生感觉到，曹慧可能有强烈的性依赖症，无法控制自己。这是一种病态，如果处理得不好，会得'花痴'型精神病。他对此十分害怕，但愿曹慧属于青春旺盛时期的正常现象。

三十四

周志平和万敏结婚了。时间定在"五一"劳动节。婚礼在周志平的家乡长山县城举行，因为袁正生是大媒，周志平邀请他一起去长山。袁正生因为有事不能参加。周志平就带着万敏和她的父母弟弟一起去了。

从长山回来，万士明在县委招待所办了几桌，作为嫁女的喜宴。袁正生和詹小红参加。万士明处事低调，只办了四桌酒，一桌是男女双方父母及其家人，一桌是万敏单位同事，一桌是周志平单位同事，另一桌是亲戚好友，范围很小。

万敏今天穿着洁白的婚纱，打扮得十分漂亮；周志平穿着西服，打着红色领带，显得很帅气，俩人十分般配。万敏把袁正生夫妇安排到自家人那一桌，但袁正生说："让你们两亲家好说话。"就坐到了亲戚朋友这一桌。

开席时，袁正生带着詹小红向周志平父母敬了酒，又向表哥表嫂及周志平、万敏两位新人表示祝贺。

表嫂说："感谢表叔为万敏、志平做了大媒"。周志平父母也对媒人表示感谢。周志平和万敏逐桌敬酒，感谢大家光临。

王小丽和钱国庆被安排在万敏单位同事那一桌，但钱国庆喝到半途，一手拉着王小丽，一手端着酒杯来找袁正生、詹小红。两对夫妇互相敬酒。袁正生见王小丽脸红红的，眼睛躲躲闪闪。袁正生则表现出热情大方，逗她说：

"小丽今天打扮得这么漂亮，是不是想把詹小红比下去呀？"

王小丽红着脸一时不知如何回答。钱国庆接上来说：

"小丽哪里敢和小詹比呀。想当年我追小詹追不上啊。"

王小丽翻了钱国庆一眼。

袁正生说："你这话说得王小丽有意见，回家你就不好受了。"

"小丽理解。"钱国庆说："男人总是觉得别人的老婆好嘛！"

袁正生说："这话可不能包括我呀。"

这时王小美端着酒杯过来，对袁正生说："袁大哥，我敬您一杯。"

钱国庆惊异地问："小美，你跟袁大哥熟？"

"怎么不熟？万敏姐的表叔嘛，我们早就认识了。"

袁正生笑着说："那你应该叫表叔呀。"

"各叫各的。我还可以叫您姐夫哪！"

说得大家一惊。王小丽的脸一红。

王小美指着詹小红说："我叫小红姐姐，不可以叫你姐夫吗。"

大家这才释然。

袁正生说："你说话注意点，防止你姐夫误解。"

　　钱国庆哈哈大笑。"我这个小姨子，就是调皮，谁也拿她没办法。"

　　清水县领导班子换届结束了。其结果出人意料：县委书记赵彤升到外市任副市长。县长姜运生接替当上书记。跟着曹守谦也调走了，到长山县当纪委书记。詹友光任人大副主任主持工作。这些对于袁正生来说，都是不好的消息。特别是曹守谦调走，对他的影响是巨大的。

　　长山县与清水县相比，离中江市更远，经济也更为落后。纪委书记不如组织部长有实权。人们议论，曹守谦在市里不受重用，调长山是被贬了。

　　曹守谦对此尚能正确对待，但他要考虑女儿曹慧。曹慧是否继续在清水复读，还是转到长山？此时已经是五月，离七月初高考只差两个多月，坚持一下比较有利。但是人走茶凉，自己不在清水工作，曹慧能受到很好的照顾吗？袁正生能不能象过去一样继续为曹慧补习英语？曹守谦征求曹慧的意见。曹慧说自己正在学习上进之时，要父亲放心，袁正生对她很好。她要把这两个月坚持下去。

　　曹守谦离开那天，袁正生租了一辆面包车，将曹守谦的生活用品装到车上。曹守谦很廉政，也没有多少东西。临行时，组织部只有办公室几个人帮助搬东西，没有人来帮忙，送行。个个避而不见，象躲瘟疫一样。因为有人传言：新任县委书记姜运生与曹守谦关系不好，曹守谦调走是姜运生搞的鬼。他要提拔自己的人——河东乡党委书记林世农来当组织部长。一朝君子一朝臣，机关干部都怕得罪新书记和新部长。谁也不敢出头送曹守谦。当官就靠一张纸，文件一到，冰火两重天。

　　袁正生是办公室主任，理应把老部长的事安排好，就是新书记和新部长心中不快，也顾不得了。何况曹守谦有恩于自己，机关人人都知道。所以袁正生打定主意要把曹守谦服务好，做到善始善终。他要让县委、县政府机关人员看到，我袁正生不是随风转舵，忘恩负义之人。袁正生一直把曹守谦送到中江市的家里。告别的时候，曹守谦请袁正生好好照顾曹慧，袁正生向他保证，一定会把曹慧的英语学习抓上去。曹守谦以一个朋友的身份向袁正生表示感谢。

曹守谦走后，曹慧继续在清水中学复读，每天早上袁正生帮助补习英语，一切如常。只是组织部给曹慧安排的住房，部里要收回去。这给袁正生出了难题：收回住房无疑对曹慧是个打击，也给远在长山县的曹守谦一个难堪。但作为办公室主任，部里的决定不能不执行。曹慧到什么地方住？如果租房子，经济上增加负担，曹守谦和曹慧都不痛快，袁正生面子上也过不去。把曹慧安排在自己家里，显然是不合适的。安排在岳父家里，也不方便，只好请教表哥万土明。万土明答应把曹慧安排在自己家里。因为万敏出嫁，房间空着。从此曹慧就住到了万土明家。曹守谦得到消息后，打电话来再次表示感谢。

六月底，曹慧顺利完成了复读，回家准备迎考。袁正生用车把她送回家。曹慧留袁正生在家吃饭。饭后她送他到中江饭店住宿。在房间里，俩人老夫老妻地洗了澡，在柔软的席梦思床上闹了两次，睡了半宿。十二点曹慧回家，袁正生把她送到家门口，俩人依依惜别。袁正生不忘嘱咐曹慧好好温习功课，好好考试。曹慧说请他放心。

三十五

袁正生回到清水，这天分管干部工作的焦作林副部长找他谈话。

　　焦作林说："正生同志，你来组织部两年，工作表现不错。领导决定给你调整一下工作，多个岗位锻炼。"

　　袁正生知道新部长林世农要赶他走了。

　　焦作林说："现在有两个岗位由你选择：一是到老干部股任副科级股长。二是到云林乡当党委副书记。"

　　袁正生考虑，老干部股股长向来是安排老同志，由"老板凳"担任，这是想把我束之高阁了；云林乡是最边远的乡，也是被扔到旮旯里坐冷板凳。他想，既然林世农看不上我，倒不如离他远点，何必留在组织部？遂决定到云林乡。

　　吃饭时，他把情况向岳父报告，詹友光也觉得无法挽回。因为他与姜运生过去一个在党委，一个在政府，关系本来就不密切。詹友光与赵彤关系不错，赵彤与姜运生不睦（历来书记县长都有矛盾），詹友光虽与姜运生没有红过脸，但他在赵彤直接领导下，等于是赵彤一伙。因为这种微妙的关系，詹友光就不便为女婿说话了。遂同意袁正生到乡里去。嘱咐他不要懈气，更不要发牢骚，到乡里好好干，等待机会。

　　詹小红不同意袁正生下乡。说乡里工作忙，离城里又远，交通不便，家庭得不到照顾。她认为留在组织部也不错，至少能在城里，照顾到家。詹友光则考虑乡镇干部流动性大，或许将来有翻身的机会，劝女儿坚忍几年。

　　袁正生任云林乡党委副书记的任命发到各乡镇和县直各单位。按照以往的惯例，组织部应派一名分管干部的副部长送袁正生上任。干部股股长刘志民向林世农请示了几次，林世农迟迟不发话，焦作林副部长也不好主动去送。袁正生职务免了，新主任已经到任，组织部没有他呆的地方。他只好回家等着，但上任的事一拖再拖，明显是冷落他，对他不重视。袁正生在家里呆了几天不见动静，云林乡来了电话，问袁书记哪一天去，要不要派车来接。袁正生说我不知道，你们问组织部吧。云林乡打电话问组织部，组织部顺水推舟，说最近用车紧张，就让云林乡派个车来。云林乡果然派了一辆老式桑特纳，由副乡长李本忠和秘书王兵来接。

尽管袁正生心情不快，但也不能表露出来，临行时还得向各位领导、各个办公室打招呼，特别是向林世农部长告别。进了部长办公室，见林世农坐在沙发上，葛怀腾也坐在那里，俩人显得很近乎。林世农四十几岁，中等个子，黑红而瘦削的脸，脸上有两串葡萄样的肉疙瘩，头发向前趴着，相貌平平。如果站在人群中，你很难找到他。但你要是轻视了他你就错了。在官场上，他最擅长拉帮结派，排斥异己。他当副局长、乡长时，先后挤倒了多任局长、书记，前县委书记赵彤不喜欢他，他就抱上了县长姜运生大腿。在姜运生的支持下，挤走了曹守谦。

袁正生礼貌地上前与林世农握手说："林部长，我到云林去了。"

林世农坐在沙发上没起身，手软软地与袁正生的手碰了一下，指示说："让刘志民同志送你。"

袁正生心里咯噔一下，这明显降低了规格。

葛怀腾故意说："袁书记到云林去，担当重任，可喜可贺啊！"

袁正生不理他。

在楼下上车时，袁正生听到葛怀腾在背后幸灾乐祸地哈哈大笑。心里虽然生气，但想到葛怀腾这种人素质极差，不必跟他计较。

刘志民送袁正生到了云林乡，照例是先开党委会议，宣布对袁正生的任命。在小会议室里，党委委员都到了。袁正生曾来考察过班子，大都是熟人，乡长陈玉树是前副书记提拔的。大家坐了一会儿，不见何建贤。

秘书王兵说："何书记正在有事，马上就来。

刘志民说："不急。"

袁正生知道这是何建贤的小花招，故意冷一下自己，刹一下原组织部办公室主任的威风。当然也冷一下刘志民。几个月前，刘志民和袁正生来考察班子，何建贤当时低声下气，把心中的不快隐忍着（组织部考察干部也是得罪人的差事），现在这两个人，一个是当时的钦差，一个成为自己的部下，不冷他们一下挽回点面子，怎么体现乡党委书记的威风？况且新任县委书记姜运生和自己关系不错，组织部长林世农更是铁哥们，使他有了底气给组织部干部一点脸色。他知道袁正生是遭贬的，冷落一下，对今后驾驭他有好处，也与县委、组织部那边的态度保持一致。

刘志民对这种场合见怪不怪。组织部干部就是这样，你下去考察干部，人家就是你的孙子，围绕着你转，奉承话说一箩筐。你考察回来把材料往上一交，人家就不认识你了。何建贤这种前恭而后倨的态度做得有点露骨，有点小家子气。刘志民虽有不快，但深藏不露，十分淡定，此时他倒产生了对袁正生处境的同情。

何建贤终于来了，他首先对迟到表示了歉意，说有几件事太急，不处理不中。转脸对刘志民说："刘股长，开会吧！"

刘志民宣读了县委组织部的文件，然后以传达组织部长会议精神的口吻，说了袁正生下乡工作的必要性，目的是锻炼培养干部，也是乡镇工作的需要。讲了袁正生的优点是：文化水平高，有实干创新精神，为人正派，严于律己等等。要求袁正生在乡党委的领导下，与党委一班人密切配合，为改变云林乡的面貌贡献一份力量。

袁正生表态说："感谢党组织对我的信任，自己能力有限，农村工作没有经验，希望党委其他成员多帮助。我一定在乡党委的领导下，尽其所能做好本职工作。"话讲得比较实在，调子也比较低。

最后何建贤说话。他感谢县委、组织部对云林乡工作的重视，派袁正生同志这个大学生来云林，是加强云林乡的领导力量，他表示欢迎。他说："云林乡虽然地处偏远，经济尚在发展中，但潜力很大，前途光明。在云林工作的同志们有信心有决心带领全乡人民早日实现奔小康目标。"

会后党委委员在一起聚餐。何建贤陪了刘志民三杯酒就走了，临走时说："大家要陪刘股长吃好喝好啊；正生同志第一次和大家喝酒，大家要把他的酒量测一测，以后好工作呀！"

为了掩饰何建贤早退的尴尬，乡干部纷纷举杯向刘志民、袁正生进攻。

刘志民喝了几杯酒告辞了，仍由司机送他回县城。临行时他拍拍袁正生的肩膀说："老弟，我的任务完成了。现在就看你的了。"意思是说，我送你上任，不是我有意降低送你的规格，是部长安排的，我只是执行。云林乡就是这么个环境，何建贤就是这个态度，你好自为之吧。

三十六

酒席散了，大家都走了，天色已晚。秘书王兵给袁正生安排宿舍，位置在乡政府大楼后院。院墙边有一排简易平房，共有十间，住着五六个人，每人一间，空着的房子放着杂物。走廊西头的院墙边有一个公共厕所。

王兵说："房间安排从东到西，第一间是书记，第二间是乡长，第三间是副书记，您住第三间。再下面就是副乡长和其他干部。最后一间是妇女主任。因为是女同志，与其他人中间隔几个杂物间。家在云林乡的干部不安排。"

袁正生进房后，见一张床，一个条桌，一把椅子，还有一个半人高的小衣柜，都很破旧。一盏小灯泡用绳子吊在桌子的上方。

窗子是木框，插销锈迹斑斑。房间打扫过，有一股霉气和灰尘混合气味。

王兵在床上铺上两层草簾子给袁正生做垫被，袁正生把带来的床单展开铺在上面，再把一床棉被放上展开，算是解决了睡觉问题。王兵拎来一个搪瓷脸盆，一个小木盆，一瓶开水，说给袁正生洗脸、洗脚用。嘱咐用开水到食堂里去拎。说完，王兵下班回家去了。

袁正生打开门窗，散发一下室内的气味。拉亮电灯，在室内呆了一会儿。心想，这就是我在云林乡的家了。看看手表，才晚上八点钟，时间还早，便想出去走走。

隔着院子，前方是乡政府办公楼，一幢三层的楼房。从中间楼洞里穿过，前面又是一个院子，院子前方是临街的围墙，两扇大铁门。此时铁门关着，袁正上前一摸，门上了锁。摸锁弄出响声，听到有人问："谁要开门？"

袁正生说："是我。"

这时从黑暗中走出一个老汉，看看袁正生，说："是袁书记呀。您要出去？"

袁正生问："这么早就关门了？"

老汉说："晚上没有人进出，就锁上了，您要出去我随时给您开。"

"如果耽误您休息，我就不出去了。"袁正生说。

"不要紧的，您回来尽管叫我。"

袁正生走出门去，在云林小街上走了一个来回。小街不过两百来米长，黑黢黢的，没有几处灯光。山里人休息早，街上很少见到行人，只是过路的汽车亮着大灯呼隆隆地使过，向袁正生扑来一身灰尘。看看没什么地方好去，只好回到政府大院。听到推门的响动，看门老汉过来开门。

　　袁正生进门后，老汉重新把铁门牢牢锁上。袁正生看看整个乡政府大院，一片黑暗与静寂，大楼冷森森地立在面前。后院宿舍区更是一片漆黑，外来乡干部都回家了。这天是阴天，没有月亮，没有灯光，眼前黑得象一堵墙，连走路都得小心，生怕被什么东西绊了。心想，怪不得外来干部在这儿呆不住。这个地方住下去，人会被急疯的！

　　第二天上午，何建贤召开党委会议，研究工作分工。党委七个人，书记何建贤，乡长陈玉树，副书记袁正生，副乡长李本忠，人大主任宋德龄，妇女主任韩秀娟，共青团书记张小平。秘书王兵列席会议做记录。

　　研究的结果，袁正生分管宣传文化工作、妇女工作和共青团工作，在座的有两个半人归他管，韩秀娟和张小平，秘书王兵兼管宣传工作，算是半个。

　　何建贤说：“乡镇工作主要三件事：要钱（收工商税），要粮（收农业税），要命（计划生育）。但一个时期有一个时期的工作中心，中心工作来了，要服从统一安排，统一调度。‘下去一把抓，回来再分家’。”

　　袁正生分管“要命”工作。

　　说到当前的中心工作，陈玉树强调：“抓农业税是当务之急。过去征粮，现在不征粮，征钱。云林乡农业税征收进度全县最慢，三分之二没有收上来，如果收不上来，不仅县里要通报批评，乡里明年的经费不能落实，发工资，搞建设就是一句空话。县政府有新精神：按期完成农业税征收的乡，每个干部年终发一百元奖金。超额完成的，给乡里提成经费增加十个百分点。重赏之下必有勇夫，其它乡镇农业税征收很快，我们乡再不抓紧，就要垫底了。”

　　何建贤强调说：“任务分工到人，我们每个党委委员包两个村，收不上来的自己拿工资垫，没得客气。征收手段要硬，要狠，手把子要辣，不这样，农民不会交。没有钱，扒粮食，搬电视，扣自行车。反抗的，搭（抓）起来。联防队员全体出动，行动过火点没鸟事。我跟县公安局打过招呼，非常时期，请他们支持配合。"

袁正生听到这样杀气腾腾的话，心中暗暗吃惊，这就是乡镇工作？这就是当前政府与农民的关系？联想自己家乡乌山的一些现象，似乎明白了一些。

第二天上午，袁正生带队到圪垃村征粮。财政所长吕文峰跟随，配备两名联防队员，裤腰带上挂着警棍。吕文峰三十几岁，中等个子，皮肤有点黑，身体壮壮实实。

圪垃村是云林乡最边远的村，不通公路，连机耕路都没有，只有一条羊肠小道。四个人先坐拖拉机，半道下车，再走两个小时，到达那个村。从高处一看，二十几户人家，房子很古老，破旧，有的是草顶，有的是旧瓦，黑黢黢的。墙都是土石垒起来，风雨剥蚀，开着很大的裂缝。这个村大都姓刘，据吕文峰说，是汉朝末年刘氏一支为避战乱逃到这里来的。

进村后吕文峰先找村长刘小田，刘小田五十多岁，花白头发，粗糙的手指间始终夹着香烟。刘小田家的房子稍微好些，墙是红砖砌的，瓦虽是黑瓦，但收拾得较为整齐。房子很高。梁上挂着苞谷棒、辣椒串和咸肉。墙上贴着领袖像和年历画。

见到吕文峰，刘小田木木地说："坐，喝口茶。"

吕文峰指着袁正生说："这是新来的袁书记。"

刘小田翻一下红眼睛看了看，没有表现出对新领导的敬重和欢迎的态度，只是木木地递上一支烟。

袁正生摇手着："我不会。"

刘小田将屁股朝板凳的一头挪挪，让袁正生坐下。

吕文峰强调说：“我们今天是来收农业税的。你们村农业税基本没收，何书记和陈乡长很着急，派我们来找您。今天务必收起来让我们带回去，否则我们不好交差。”

刘小田没有吱声，气氛有点冷。待抽完一支烟，刘小田闷闷地说：“我这里收了几户，一百多块钱在这里。”说着从堂上案桌的抽屉里取出一个纸包，解开三道纸，才取出几张破旧不堪的钞票，摊展开来，递到吕文峰手里。

吕文峰打开公文包，从中掏出笔记本，圆珠笔，认真记上，让刘少田签个字。他收起来说：“差得太远了。你们任务是三百二十五元，现在才收一百三十二元，一半都不上。今天我们挨家挨户收起来，一户不落。他们再不缴，别怪我们不客气。”他看着站在门外的两个联防队员，意思是说我们是有手段的。

刘小田说：”那就去收吧。”

从村头第一户开始。第一户是村里最穷的人家，两间草屋，土墙开了裂，还塌了一块，用茅草塞着。进屋内，家徒四壁，只有一张破床，一张不知补了多少补钉，连本色都辨不出的灰褐色的蚊帐。床上的被子补钉多不算，被面还包不住脏黑的棉絮，也不知道这棉絮盖了几代人。一个老年妇人坐在床上，见到乡里来人，也不惊，也不恼，痴痴地缝补着袜子。另一间房间里，一张用木棍支起来的很矮的小床，上面是稻草和破被褥。

刘小田介绍说：“这户人家欠农业税二十四块钱，一直没钱给。她家母子两个，儿子头脑有点糊涂。地也种不好。”

吕文峰看看老妇人说：“你儿子呢？”老妇人低声咕噜一下。

刘小田说：“上山去了。”

“把他喊回来!你家还欠农业税二十四块，怎么办？”吕文峰喊了两声，见没有动静，便发了火，一脚踩碎了一只竹篮，竹蓝里面的萝卜青菜散了一地。他大声吼道：“皇粮国税，谁敢不缴？”

　　但老妇人还是低着头不出声，也许她见到这种仗势不是一回了。

　　袁正生见此情景，知道炸不出油来，就说，到下一家吧。

　　刘小田也点点头。

　　吕文峰临走时威胁说：“我们马上还回来，把钱准备好了！不交，就把你儿子抓到乡政府去。”

　　出了门，刘小田说：“袁书记，吕所长，我回家准备午饭去。”

　　袁正生点点头。虽觉得刘小田有回避的嫌疑，但中午吃饭也是大事。

　　吕文峰带着联防队员风风火火地去了下一家。

　　袁正生心里想，第一家真是太穷了，母亲太老，儿子又是痴呆，这日子怎么过？照理可以减免的，但正在收缴季节，这个口子不能开。他产生了恻隐之心，便转身回到屋内，从腰里掏出三十元钱，塞给老妇人说：“要是他们再来，你就用这钱把税缴了吧。”

　　老妇人这才抬眼看了看袁正生。袁正生发现老妇人的眼睛很象自己的母亲，他不忍心看下去，丢下钱就走了。

　　袁正生出来时，不见吕文峰他们，不知道收缴到哪一家，就来到刘小田家。刘小田一面看着老伴摘菜，一面抽着烟。袁正生就坐下来和他说话。

　　袁正生问：“村子里一直这么穷吗？”

　　刘小田说：“谁说不是？当年我家祖上一家人逃到这里。那时是一家几口人，现在二十八户人家（迁走了不少），地少人多，交通不便，又没有挣钱的买卖，不穷还往哪里去？”

　　袁正生看到门边有个卖小百货的玻璃柜子，就说：“村长靠小买卖挣点零花钱？”

　　刘小田说：“这个也挣不到钱，一天卖不到两包烟，只是方便村里人罢了。我儿子在外地打工，女儿嫁到外地去了。我要是想走也早走了。只是舍不得离开这片山场，只好混到躺下来去毬。"

袁正生问："有没有办法改变面貌，比如办个企业什么的？"

刘小田说："想也想过，就是没有钱投资，也没有懂技术的。农民想种点蔬菜卖点钱，经济上活泛点儿，可是路不通，用人工挑，到了城里，豆腐盘成肉价。"

正说着村子里传来很大的吵闹声，袁正生知道吕文峰跟农民杠上了，连忙和刘小田一起去看。见吕文峰手里捧着一台黑白电视机，一名联防队员推着一辆旧自行车，另一个联防队员手里握着电棒，做出防护断后的姿态。几个青年农民跟在后面直嚷嚷。看到袁正生和刘小田过来，农民顿时蔫了。大家把战利品存到刘小田家，又去收未缴的农户去了。

下午三点，收农业税一行人离开圪垃村，刘小田送出村外。袁正生几次想让刘小田免送，但吕文峰坚持要他送出村口。

告别了刘小田，吕文峰对袁正生说："之所以要村长送出村口，是怕村里的后生们追上来闹事。"他还说："我们要早一点离开，山里面晚得早，天黑走路很危险，保不定有人半路上伏击我们。"

乡政府与农民的关系这么紧张，使袁正生感到吃惊。

吕文峰说："农民就是这样子，你不给他压力，不来狠的，他们就是不缴。搬了电视机，自行车，那两户才乖了，只好缴钱。不缴，我们就把东西贱价卖掉，那样他们就亏大了。还有村头的那一家，想赖帐，最后还是缴了款，还拿出来三十块钱新票子哩！"

袁正生心想："你吕文峰哪里知道，这三十块钱还是我的？"他心中五味杂陈，问吕文峰收了多钱，吕文峰笑着说："收到二百九十元，大头落地了。"

袁正生问是不是年年收农业税这么难。吕文峰说："谁说不是？象打仗一样。村里干部怕得罪人，总是躲躲闪闪的，只好我们这些人冲在前面。"

袁正生想起刘小田中途离开，大概就是这个原因。

吕文峰说："我们乡里没有企业，也没有其它经济来源，就靠收点农业税过日子，要不是县里每年补贴一点，我们发工资都困难，更别说奖金福利了。干部出差报不了销是常有的事。去年乡里连建一座厕所的钱都拿不出来。"

袁正生说："这样下去也不是个事啊！你想想，我们今天一行四人，走了几十里山路，花了一天时间，收了不到三百元，这个成本算一下是多少？刘村长还搭了一顿饭。"

"是这个理。但要是不收，以后就收不起来了，从提高农民缴税意识上说，这税还得非收不可。"

"要我说，不如把农业税免掉，也减少了行政开支。"袁正生提出自己的想法："从其它地方想办法，不至于把政府和农民的关系搞得象敌人一样，政治上也得不偿失呀！"话说出来袁正生立刻后悔了。下级正在积极工作，完成乡党委下达的任务，你却说出这种懈怠的话，象个领导吗？

经过一个山嘴，吕文峰说："快走，这地方常有人从山上朝我们扔石头。"大家一阵小跑，越过了"危险地带"。

三十七

回到乡政府，袁正生给詹小红打个电话，告诉她到乡里的情况："解决了吃住，落实了分工。但分工不分家，当前中心工作是抓农业税，刚从村上收税回来。"

　　詹小红说了一些注意身体的话。袁正生要她放心。詹小红问他几天回家一次。袁正生说："正常情况，每周回家一次。要是任务来了就说不准。"

　　第二天、第三天都是征收农业税。第四天召开情况碰头会。党委会上，陈玉树把农业税征收情况做了综合报告，袁正生就征收的情况插了几句话。大家研究的结果，征收取得了一定的成绩，但任务还有缺口，余下来的工作交给各村村长负责摧缴。乡里工作重点转向抓城镇工商税收，决定开展拉网式检查，发现偷漏税的，一律补缴罚款，任何人不得说情。何建贤提出的口号是："对外争名次(税款入库各乡镇比进度)，对内争实惠(争取县里发给奖金)。"

　　乡镇工商税收检查声势较大，各部门抽人，公安派出所、联防队全体出动，两百来米的小街，篦头发似的篦了一遍。由于准备充分，倒没有出什么乱子，一切顺利。只是在结束时，传出了一桩风流案。

　　那天副乡长李本忠负责查税时，到一户个体商店，见女店主长得漂亮，淫心大起，问她丈夫在不在？女店主说丈夫到县城去了。

　　李本忠色胆包天，当即吓唬她说："你丈夫有很多问题！"

　　"什么问题？"女店主十分吃惊。

　　李本忠严肃地命令说："你跟我来一下！"

　　女店主不知何事，跟着李本忠来到乡政府李本忠宿舍。李本忠拿出纸和笔放到桌上说："你坐下把你丈夫偷税的事交待一下。"

　　女店主说："我丈夫没偷税。"

　　"你丈夫没偷税？你要老实交待，把实话告诉我，只有我能救你丈夫。"

女店主越发惊恐，不知所措。李本忠趁机上前把女店主抱到床上，一面压着，一面上下其手。女店主竭力反抗。李本忠说："你听我的话，包你丈夫没事，今后我还会照顾你们。"

女店主大哭大闹，挣扎着逃了出来，一边跑一边哭，说李本忠强奸她。

这件事迅速反映到县里。两天后县纪委派人来调查，李本忠一口否认有此事，说女方诬告他。

但女方说是事实，李本忠松开了裤带，连东西都拿出来了。脏东西射到她的衣服上，她回家洗了半天。

好在没有产生严重后果，县纪委安抚一下女店主，狠狠地批评了李本忠。李本忠从此灰溜溜的好些日子。但他紧跟何建贤，俩人关系很好，有了何建贤关照，此事不了了之。

星期六下午，袁正生跟着何建贤、陈玉树、韩秀娟一起回到县城。因为乡里只有一辆桑塔纳轿车，下乡干部是星期候鸟，一阵去，一阵回。在乡里，何建贤是老大，轿车主要保证何建贤使用，有时候何建贤带车开会去了，或者有急事先走，其他人只好搭长途汽车。陈玉树是乡长，多数时间有企业老板到县城，顺便车带他，特殊情况专程派车送他，他跟何建贤拼车的次数不多。袁正生和韩秀娟有便车就坐，没便车就坐长途汽车。

袁正生回到家，用钥匙捅开门，家里空荡荡的没有人，桌上有个纸条，知道詹小红在娘家，就锁上门去了县委家属大院。进了岳父家门，叫一声爸、妈。岳父答应着，岳母沉着脸没有吭声。女儿佳佳看见爸爸，伸开手臂要他抱，袁正生把她从摇篮里抱起来亲了一口，女儿高兴地笑了。

詹小红对女儿说："别给他亲，他整天不管你，给他亲什么？"

　　詹友光没有说话，岳母的脸本来就长，现在拉得更长了。家庭的气氛有点冷清，使袁正生感觉，在这个屋子里只有女儿是亲人，其他人都不是。

　　吃饭的时候，岳父问起乡里的情况，袁正生把几天的所见所闻说了，总的是乡里经济不好，经费困难，条件艰苦，干部和农民关系对立。

　　詹友光说："何建贤这个人没有能力，在乡里工作几年，没有做什么成绩。本来要把他换掉，但云林乡是个穷地方，有资格当书记乡长的人也不愿意去。"

　　岳母说："谁愿意呆在那个鬼地方，什么时候能上来？"

　　詹友光说："慢慢来吧。"

　　岳母说："你总是慢慢来。不能找一下姜运生吗？"

　　詹友光说："刚下去几天就要求调动，我能开这个口吗？"

　　袁正生知道岳父现在也无能为力，找姜书记也没有用。如果姜运生能顾忌詹友光的面子，也不至于把他女婿下派到云林，至少换个好一点、近一点的地方。为了不为难岳父，袁正生说："我也不着急，在那里也很好。"

　　詹小红说："你当然很好，一个人吃饱就中了，哪管别人！"

　　晚上，詹小红给了他一个脊背。

　　第二天袁正生早起做家务，先把家里打扫干净。平时詹小红白天上班，晚上在娘家吃饭，家里还是老样子，地板没拖，桌子没擦，东西原在哪里还在那里。做完了家里又到岳父家，足足忙了一上午。

　　下午他到周志平、万敏那里坐了一会儿。周志平留他吃饭，他说我得回家，不然詹小红又说我不想归家了。因为明天又要离家，晚上袁正生为了应付差事，只得主动向詹小红示爱；詹小红本想拒绝，又担心男人得不到满足，会在外面寻找女人，所以没有拒绝，但心情却很冷漠，两人打了一场索然寡味的战争。

三十八

星期一早上，何建贤的司机电话说："何书记在城里有事，车子回不了云林。"袁正生只好去长途汽车站。与他一同上车的还有妇女主任韩秀娟。

韩秀娟三十七八岁，中等个子，五官周正，大大的眼睛。虽然说不上漂亮，但仔细打量，倒很耐看。袁正生想，如果韩秀娟皮肤白一点，年轻一点，应该是个美人儿。

韩秀娟早早上了汽车，坐在座位上，看到袁正生就招呼："袁书记，过来！"袁正生走过去。韩秀娟说："我知道你会来的，特地为你留了个座位。"

袁正生表示感谢。心想，韩秀娟还能想到别人。

路上，袁正生没话找话地问她："韩主任，您乘这趟车几年了？"

韩秀娟想了想，好像一言难尽的样子说："二十年了。"

"二十年了？"袁正生十分吃惊。

"是的。"韩秀娟说："我原是下放学生，在云林乡农村插队，后来招工在云林当个小学教师，再后来转干进了乡政府。前前后后算起来，整整二十年了。"

"您是（清水）城里人？"

"是的。"

"您爱人在哪个单位？"

"他在县酒厂当工人。"

"几个孩子？"

"一个男孩，上初中了。"

袁正生想了想问："您没有想过调回县机关？"

"想了多少年，也没想成。现在没有这个想头了。"韩秀娟摇摇头。"再过几年，工龄满三十年，我就要求提前退休了。"

袁正生安慰她："不要太灰心，争取争取，总是有机会的，您还年轻。"

韩秀娟说："我父母是普通老百姓，爱人是上海下放知青，老实本份，做家务带孩子还中，其他的不中。我在乡镇工作，城里没有熟人。再说，找人搞调动，要花钱的，我们也没有钱。"

袁正生同情地叹了一口气，想到自己才到云林乡就想调走，谈何容易。由于心情郁闷，两人一路无话。

下了汽车，走进办公室，王兵进来说："袁书记，昨天晚上，石涧村农民武大柱死了，他的两个儿子趁着星期天干部休息，悄悄地把他土葬了。"

袁正生问："山区农民土葬，有什么问题吗？"

王兵说："何书记打招呼，云林乡要搞殡葬改革，从今年起，不允许土葬，必须抬到县里火葬场火化。"

"人家已经土葬了，怎么办，把人挖出来？"

"当然要挖出来。如果不挖出来，其他农民会仿效，工作就难做了。"

袁正生问："这事应该谁管？"

"这是民政方面的事，按照分工，应该是李（副）乡长管，但李（副）乡长不在家。何书记指示，请袁书记带些人，把这件事处理一下。我已经联系了派出所，通知了联防队，机关抽几个人协助您。石涧村支书，村长，民兵营长，一共二十几个人，带好镢头，铁锹已经去了。您乘派出所的吉普车，我从企业借一辆卡车，马上动身。"

袁正生听说何建贤的指示，知道不去不好，但心里很不情愿。他想，本来上面有规定，山区交通不便，农民可以实行土葬，可何建贤想出政绩，搞创新，却要强迫农民火葬。现在事情发生了，李本忠不知跑哪儿去了，何建贤把癫痫事放到我的头上。明显是想为难我。虽然不情愿，不高兴，但不能表露出来，只是说："那就走吧。"

袁正生下了楼，见机关干部五六个人手里拿着挖土的工具，站在那里。这时派出所的小吉普也开进了乡政府大院，从驾驶室里下来一个穿警服的壮汉，对袁正生说："袁书记，我叫殷全，请坐我们的车。"。

袁正生知道殷全是派出所所长，便问："你所长亲自开车呀？"

殷全说："为领导服务。"

袁正生说："感谢公安的支持。"

殷全让袁正生坐副驾驶位子。袁正生看车子后排坐着三个警察。乡政府干部爬上了大卡车。二十几个人浩浩荡荡往石涧村开去。

到了石涧村，远远地看到山坡上站着许多人，有当地的行政村书记，村长，民兵营长和一些村干部，正在和死者的两个儿子、亲戚争执中。一个要挖出来，一个不让挖。死者的两个儿子手里拿着铁锹，站在坟头上，说谁要上来挖，就铲断谁的腿。

袁正生和众人下了车，就听有人喊："袁书记来了。"

殷全下令说："先把人搭起来！"

几个公安干警上前，对死者的两个儿子说："有话好说，谈谈条件吧。"两个儿子一犹豫，干警们一拥而上，把二人擒住，用手铐铐在树上。

没有得到袁正生的命令，众人就挖起来，想来这种行动已经不是一次了。死者的两个儿子破口大骂，但是谁也不听，谁也不理。死者的亲戚也在骂，但都不敢上前。

不一会儿，棺材被挖出来了。有人说把尸体搬出来，运到城里的火葬场火化；有的说，架上木柴，就地火化算了。袁正生注意到，后一种意见的大都是死者的亲戚和当地乡亲。考虑到运送尸体不是容易的事，费人工，费时间还要费金钱，袁正生说："我看还是就地火化吧。一方面我们执行火化政策，另一方面也考虑特殊情况。"

袁正生指示众人往棺材上面堆木柴，浇上汽油，点上火。大火迅速吞没了棺材和整个墓穴，形成了一个火柱。烧了一会儿，袁正生叫人往墓穴里填土。不一会儿墓穴填满，火也灭了。接着垒起了高高的坟茔。袁正生叫人买来了纸钱，在墓前烧了，自己上前向坟茔叩了三个头。说：

"对不起，老人家，我们是执行政策，让您受惊扰、受委屈了。愿您的灵魂安息！"

袁正生说完后，叫人把死者的两个儿子放了，就上车离去。一场风波就此平息。

事后有人说，袁书记这样做，太便宜死者了，尸体仍然在坑里，估计还没有烧透，就埋上了。又有人说，这是最好的办法。既执行了政策，又有点儿人情味。比搬出来送到火葬场焚化，好得多了。

这天，袁正生在办公室，看门老汉找上楼来说："袁书记电话。"

袁正生急忙下楼，一边问："知道是谁吗？"

老汉说："没有问。是个女的。"

袁正生估计是詹小红，但又想："詹小红知道自己办公室电话，怎么打到执班室里？"接起电话，原来是曹慧。

曹慧高兴地告诉他，自己考上大学了，全家人都高兴。英语这次多拿了二十分，特地打电话向袁正生表示感谢。并邀请袁正生去他家做客。

袁正生说："我刚刚下乡才回来，你上大学我很高兴，向你表示祝贺。"

　　曹慧要了袁正生办公室的电话号码，说便于今后联系。

　　放下曹慧的电话，袁正生如释重负地嘘了一口气。曹慧考上大学不仅曹慧高兴，她全家高兴，袁正生也很高兴，他一年的努力有了成效，没有辜负曹守谦书记的重托和希望，也没有辜负曹慧的信任和俩人之间的一段感情，皆大欢喜。有了这样一个好的结局，今后自己可以放下这份心了。

三十九

　　云林乡棘手的事情一件接着一件，件件令人头痛。这天在乡干部食堂吃饭，韩秀娟端着饭碗来到袁正生的桌边，对他说："袁书记，今晚有一个重要行动，请您出马，我们怕压不住阵。"

　　袁正生问什么行动，韩秀娟说："刚才有人报告，镇东村有个叫钱永满的，他大儿媳怀了肚子，出去躲了三个月，下午有人发现她回来了。我们准备今晚去抓她，送到县医院强制人流。"

　　韩秀娟放下碗筷坐下来说："全乡计生计划指标控制在千分之三以下，这是硬指标，超生一个，云林乡全年工作一票否决，何书记要发大脾气。今年来我们逐月逐户摸排，登记育龄妇女，掌握孕情，一切都在控制之内，谁知到了年底，突然冒出这个情况，我头脑都炸了。考虑到这一户比较难缠，钱家在云林是个大家族，钱永满又是格外横蛮。他儿媳生了两个女娃，他偏要她生个男娃。我们做了许多工作做不通。下午我和派出所联系好了，联防队出动，车辆做了安排，县医院也做了准备，大家建议请袁书记参加，镇一镇。您看这事……"

　　袁正生一听，头皮也发麻，但这是当前乡镇工作的大事，自己又是分管这方面工作，不参加也说不过去，就同意了。嘱咐说："要注意掌握政策，不要闹出人命。"

韩秀娟说："知道。"

袁正生之所以说出"不要闹出人命"的话，是有所指的。在计划生育强制执行中，有执法人员重手打死人的，有被执行人以死相抗寻死觅活的，有医疗事故致死人命的，都不是新鲜事。这一切大家都心知肚明。袁正生担心不是没有理由的。

韩秀娟搞了多年的计生工作，经验丰富，她从发现钱永满的儿媳回来那一刻，就安排人员在钱家周围巡逻，不让目标丢失。晚上，参加行动人员集中到乡政府，韩秀娟向大家通报了情况，提出任务和要求。袁正生讲了注意事项。九点钟，大家各带棍棒和手铐，分散向钱永满家包抄过去。首先堵住了前后门。

钱永满发现乡里来人，和他的儿子把前后门栓上，在家里破口大骂。

派出所长殷全吼道："钱永满，开门！再不开门，就把门冲掉。"

韩秀娟说："钱永满，计划生育是基本国策，谁也不能违抗，叫你儿媳妇跟我们去县医院做人流，这是唯一的选择。"

钱永满在屋里说："我儿媳不在家。"

韩秀娟说："钱永满，有人看到你儿媳在家，你叫她出来。"

这时联防队员开始冲门。门轰轰地响，灰沙直掉。眼看就要冲倒，钱永满只好开门。公安人员和联防队员不管三七二十一，上前把钱永满撂倒在地，捆了起来。钱永满象牛一样睡在地上吼叫，咒骂。钱永满的儿子钱福生正准备反抗，早被公安人员铐起来吊到屋梁上。

殷全走上前给钱福生两个重重的耳光，把门牙打出了血。口中叫道："再不把你老婆交出来，老子弄死你！"

这时钱福生的两个女儿吓得大哭。其中大女儿看见有人打她父亲，哭着上前抱着父亲，本能地以身相护。殷全一脚踢过去。

这一脚踢得很重，那个女孩在地上打了一个滚，殷全再一脚踩过去，女孩一声惨叫。

这事情发生得这么突然，袁正生没有料到，想阻挡也来不及。

钱福生大吼："凭什么打孩子？"

这时听得猪圈里一阵哭声，一个头发纷乱，头上沾满草屑的年轻女人走了出来，她就是钱永满的大儿媳。这时几个联防队员上前把她按倒在地，抬上了门前的三轮车。跟上去两个公安人员，两个联防队员，坐在年轻妇女的两边，死死地摁住她。韩秀娟跳上三辆车，坐在妇女身边说些劝导的话。三辆车颠颠抖抖地开走了。

袁正生转身回到乡政府宿舍。他心情不好，后面的事就不管了。

当天晚上袁正生怎么也睡不着，眼前的一幕总是在他的脑海里翻腾。关于计划生育，袁正生一直认为，农民因为穷，感觉前途没有保障，才想多生孩子，"养儿防老"，越穷越想多生。如果我们把精力用在发展经济上，用在帮助农民发家致富上，用在解决农民的养老问题上，他们就不会多生孩子了。这是人类社会的自然规律。也是动物世界的自然规律。老鼠没有安全感所以多生孩子，老虎会多生孩子吗？人为地干预生育不仅是错误的，而且会造成严重的后遗症，他相信今后历史会证明这一点。世界上生活富裕的国家，人口都在下降，这不是最好的证明吗？

袁正生总结他下乡以来所做的几件事，收税，挖坟，抓孕妇，即所谓"要钱，要命"，都是在与老百姓作斗争，都是与老百姓过不去。政府与农民严重对立，干部与群众互相仇视。难道这就是我们的群众工作，群众路线？这就是我们政府的所谓"基本国策"？为什么我们不从群众利益，群众意愿，群众喜好的角度来做好我们的工作，制定我们的国策？不只是向人民索取，而是向人民多奉献，中不中呢？

第二天早上，袁正生遇到韩秀娟，问昨晚的事后来怎么样了。

韩秀娟说："到医院做了人流，事情很顺利。"

袁正生问："他家那个小姑娘受伤没有？钱永满和他儿子还闹吗？"

韩秀娟说："不知道，只是没有闹了。"

是啊，没有闹了。在强大的专政面前，农民又能怎样呢？

袁正生发现韩秀娟眼眶红红的，问她眼睛为什么红了，是没有睡觉的原因吗？韩秀娟说出了令他意外的话，她说："是哭的。"

袁正生问她为什么哭。她说："袁书记，告诉你，我搞计生工作，每当抓一个妇女，强迫她们去做人流，做结扎，之后我都偷偷地流眼泪。"

袁正生问为什么。韩秀娟说："想想那些女子所受到的屈辱、痛苦和无奈，想想她们象猪羊一样被捆在床上任人宰割，自己也是女人，能不心酸吗？袁书记，人心都是肉长的，我不能不流眼泪。"

袁正生看着她说："原来你也有菩萨心肠？"

韩秀娟说："我不想做计生工作。因为我是女人，组织上总是安排我搞这种事，我是在痛苦中煎熬啊！"

上班时在走廊里遇到殷全，殷全挺着高大厚实的胸脯，朝袁正生笑着，有些得意和表功的意思。

袁正生不想和他多说话，转身离去。

殷全却不知高低地跟上来说："袁书记，昨晚我们派出所配合得怎样？"

事后袁正生才知道，殷全是来政府要经费的。每次配合行动，政府都要给点经费奖励，他们不是白干的。

袁正生应付说："你们干得不错。不过——"他还是忍不住低声说："老殷，你对那女伢踢两脚，有那个必要吗？"

不料殷全根本不吃他的批评，带着理直气壮的口气说："袁书记，您领导说得轻巧。不那样做，女人能出来吗？您是看到了：打他公公她不出来，吊她丈夫她不出来，打她伢她就出来了。"

"是啊，打在儿身，痛在娘心嘛。"袁正生说。

从此袁正生对自己的工作提不起兴趣，对自己的前途心灰意冷。他觉得象这样下去，他在这个乡党委副书记的位置上，不仅做不出成绩，即使做出了成绩，也是把功劳建立在别人的痛苦之上，没有丝毫的意义。所谓"一将功成万骨枯"，工作做得越好，成绩越大，就越有罪恶感。他决心在为老百姓做好事、做善事方面多动点脑筋，寻求一些心灵的安慰。

这天袁正生在办公室接到哥哥袁正清的电话，说父亲生病了，如果有时间，就回去看看。袁正生想到有一阵子没有回家了，一则因为孙玉莲的事情，二则他下乡工作很忙。现在正好有着这个借口，他可以回家休息几天，离开这个不愉快的环境。

袁正生向何建贤请了几天假，坐上了长途汽车。从云林乡到乌山镇不通车，必须先到县城，然后从县城坐车去乌山。袁正生中午回到县城的家，见到詹小红，说明了情况。袁正生本想请詹小红一道去乌山看父亲，但詹小红借口孩子要照顾，不想去，袁正生只好一个人回去。他想叫詹小红给点钱，怕父亲生病要花钱。因为袁正生的工资每月交给詹小红，袁正生手头只有一些生活费。

詹小红说："现在还不知道你父亲生的什么病，要花多少钱。到需要用钱的时候再说。"

袁正生只好在街上买些父亲平时喜欢吃但又舍不得买的糕点，搭乘下午两点的公交汽车。

三点多钟，袁正生下车往袁家村走。为了不至于碰到孙家人，他绕了一个大圈子，一个多小时后才到了家。见母亲在做饭，父亲躺在椅子上休息，肚子上盖着棉被。正生放下东西，坐到父亲身边问："大，您怎么样？"

父亲说："没么事。"

母亲过来说："你大老胃病又犯了，这几天痛得很，我劝他到医院看看。他就是不肯。"

父亲说："有么看头。你哥请来乌山卫生院张医生来看了，开了些药吃了，今天好一些了。"

袁正生看了看卫生院的药，是两瓶胃舒平，一瓶维生素U片。袁正生说："大，您最好去县医院做个胃镜，检查一下。"

父亲说："不用，吃了药今天好多了。老毛病，我心中有数，休息几天就好。"

母亲说："这几天也太累了。"

袁正生想到又到了秋季，农田里正忙着收割播种。心里想，但愿父亲没有什么大毛病，是累的。他决定明早到田里去，把必须做的农活做做，减轻父亲负担。想到自己已经工作，又成了家，却不能赡养父母，让他们仍然在地里劳累，心里十分愧疚和无奈。

晚上哥哥正清回来了，问父亲今天感觉怎样，听说好些了，也放了些心。晚饭后，正清过来坐了一会儿。说到孙家，正清说："玉莲不在家，她堂哥玉康带她到乌山煤矿去了。玉康跟人家合伙开了一个小煤矿，让玉莲给他们记账。玉莲她大、妈也去了，她妈给矿上做饭，她大照应一下工具仓库。"

正清的意思，叫正生不要顾忌见到孙家人，孙家人走了，"危险警报"解除了。听说孙玉莲不在家，袁正生一颗悬着的心落了下来，但随即又感到心里空落落的。

当天晚上，父母早早睡下了，袁正生没有早睡的习惯，他带上门走了出去，又一次来到老槐树下。面对着这山这水这袁家村，他感慨万千。孙玉莲走了（孙玉康也不在村里），他没有了抵面之虞，应该放心了。但是他却感到异常的空虚和孤独。袁家村没有了孙玉莲，还是袁家村吗？袁家村空了，冷了，陌生了。此刻他深深感受到孙玉莲在他心中的份量。过去他拥有她，他感受不到，就象人类拥有阳光和空气。现在失去了，他感受到了，而且随着时间的推移，这种感受越来越强烈。在人生的天平上，爱情的砝码是多么厚重，没有她心理会失去平衡，会付出惨重的精神代价。个中的滋味和痛苦难以用语言表达，只有寸心自知。想到这些，眼泪又一次夺眶而出。

四十

　　袁正生在家里劳动了几天，就回到了云林乡。正当他考虑怎样为老百姓做好事做善事时。上级布置开展全民"五讲四美三热爱"活动。

　　"五讲"是讲文明，讲礼貌，讲卫生，讲秩序，讲道德。"四美"是心灵美，语言美，行为美，环境美。"三热爱"是热爱共产党，热爱祖国，热爱社会主义。这与袁正生的想法不谋而合。这项工作又是归他分管，他决定响应党的号召，在此项活动的推动下，为云林乡老百姓做些实实在在的事情。

　　袁正生首先做足声势，开大会，做报告，刷标语，贴墙报，使全乡家喻户晓，人人知道。做足虚功之后，他成立了"共青团帮扶志愿队"，要求每个村抽两到三名有文化的，比较优秀的青年参加。他强调优先考虑没有结婚的青年。他的想法是：把没有结婚的青年男女招到一起，由于异性的吸引作用，青年们积极性高，自我表现欲强，志愿队才有活力，这是那些结过婚的老油条不能比的。团委书记张小平十分赞成袁正生的提法，很快全乡组织了六十多人的志愿队。袁正生规定每星期集中活动一次。活动的内容是继承老红军老八路的光荣传统，到村子里帮助打扫卫生，改水改厕，修桥补路，帮助困难户耕种收割。劳动不要报酬，中午一餐便饭，到哪个村由那个村负责。既不花乡里经费，又做了好事实事， 干部满意，老百姓欢迎。袁正生嘴上始终挂着这样两句话，"党中央的指示，何书记的要求"。青年男女过去受家长管束，不敢出门，不敢结交异性朋友。现在他们在劳动中互相了解，互帮互助，建立了友谊，滋生了爱情，一举多得。

袁正生做的最突出的事情是为圪垃村修了一条五千米长的机耕路，一座能通行拖拉机的小桥，解决了圪垃村的大问题。石涧村一位三十几岁的寡妇叫周杏红，上山采茶从石壁上摔了下来，跌断了腿。本应该到县医院去治疗，但因为拿不出三百元钱，只好在家里睡着，以为睡些日子会慢慢好的。哪知越睡越坏，病情越来越严重。她有一个七八岁的女儿上小学，由于母亲不能起床，她只好辍学在家服侍母亲。袁正生听人谈论这事后，带着张小平前去慰问。袁正生告诉周杏红说："腿断了要去拍片子接骨，如果不接骨，肌肉和骨头就会坏死，严重的要截肢，怎么能睡得好呢？"面对农妇的经济困难，袁正生发动青年人捐款，自己带头捐了一百元。凑足了三百元后，开着三辆车把农妇送到县医院，做了接骨手术，救好了周杏红的腿，也救了这个家庭。周杏红母女十分感激，视袁正生是她们的救命恩人。与此同时，袁正生在圪垃村为困难户交农业税的事也传开了，干部群众都说袁正生是党的好干部。袁正生不仅为农民解决了一些实际问题，也赢得了一个好名声。

这年年终，农村干部调整，陈玉树调走了，干部群众普遍认为袁正生可能当乡长，因为乡长调走，副书记顶上，这是惯例。但结果却出了意外，在即将进行换届选举之前，县委突然下来文件，任命李本忠为代理乡长。李本忠在云林乡名声并不好。组织上的意图很明显，就是不考虑袁正生。干部群众对此议论纷纷，但组织决定还是要服从的。选举时李本忠是唯一的候选人，顺利当选乡长。这次给袁正生一个很大的打击，在云林乡处境也更加尴尬。他知道这是何建贤搞的鬼，当然也表明县委书记姜运生和组织部长林世农的态度。

袁正生知道在云林乡没有出头之日，几年内调回县城也是希望渺茫。他情绪十分低落。回到家里，詹小红没给他好脸色。岳母嘴里嘀嘀咕咕，脸越拉越长，埋怨他在乡里工作不出色，又不会巴结何建贤，本该由他当乡长的机会泡了汤。言外之意，他是个没有多大出息的人。岳父虽然没有说什么，但也为他的前途焦虑。詹友光硬着头皮去找姜运生。姜运生嘴上说"以后考虑"，但私下里跟人说，袁正生是靠前任组织部长曹守谦的关系上来的，二十五六岁就当上乡镇副书记，已经不错了，还想怎么样？詹友光亲自出马没有解决问题。

在云林乡，有个人对他十分关注，对他未能晋升乡长十分同情，这就是妇女主任韩秀娟，韩秀娟也是一个落魄者，她看到袁正生的处境，有些惺惺相惜的感情。遇到袁正生，她总是面带微笑，眼光亲切而柔和。

乡干部宿舍住着五六个人，只有袁正生和韩秀娟住得多。一到晚上，出差的出差，回家的回家，乡政府大院一片漆黑，只有袁正生和韩秀娟的两个窗子亮着昏黄的灯。晚上户外上厕所，俩人偶尔碰面点点头。白天在院子里公共洗衣池洗衣服，也常在一起。

韩秀娟象对待小弟弟一样关心着袁正生，有时袁正生把脏衣服放在栏杆上，没有来得及洗，韩秀娟就把它洗了。这使袁正生十分感激，他说："韩主任，我怎么能让您给洗衣服呢？谢谢了！"

韩秀娟说："你们男人洗衣服笨手笨腿的，我就顺带着洗了，谢么事？"

有一次，韩秀娟又帮助袁正生洗了不少衣服，袁正生不好意思，买了一点零食送给她吃。袁正生放下零食，取回衣服，一面说着客气话。韩秀娟却说："以后别客气了，在一起工作是个缘分，我帮助你，你帮助我，都是应该的。你要是看得起我，以后别叫我主任，叫我大姐好了。我也不叫你书记，就叫你老弟。"

袁正生赶紧叫一声大姐。此后，在没有别人在场的情况下，袁正生就叫她韩大姐，韩秀娟就叫他袁老弟。两人的关系深了一层。韩秀娟年龄比袁正生大十来岁，袁正生尊重她，韩秀娟也有老大姐的风范，为人热情，关心别人，做事实在，不像一些干部阴险刁滑。相处一段时间，两人成了无话不谈的好朋友。

天气一天天冷了，如果没有事，乡干部早就回家了。在乡政府食堂里吃晚饭的，常常只有袁正生和韩秀娟两个人，饭菜是中午剩的，有时还是冷的。炊事员徐大嫂想早点回家，没到下班时间就催他俩早点吃。天气不好，下雨或下雪，袁正生和韩秀娟考虑徐大嫂家里有事，就打招呼："徐大嫂您回家，晚饭我们自己解决。"

他们各自买了个小小的煤油炉，下面条，做简单的饭菜，凑合着度过每一天。白天上班不觉得，晚上早早地呆在宿舍里，没有地方去，就觉得寂寞难耐。有时候韩秀娟做了一点菜，就邀袁正生去吃，袁正生做一点菜，也请韩秀娟来尝。两人在一起喝点小酒，谈些政界沉浮，家长里短，抒抒感慨，发发牢骚，排遣孤寂，以消长夜。此时乡政府大院，大门紧锁，除了看门老头之外，没有其他人。而看门老头只管前院，不会到后院来。所以他们互相串门可以不必顾忌。

这一天从下午起，天色就阴沉沉的，傍晚下起大雨。乡镇干部能离开的，早就撑起雨伞溜之大吉。乡政府见不着人，云林镇上也难见到人。韩秀娟烧了一条胖头鱼，请袁正生一起吃饭。袁正生带去一瓶从岳父家摸来的中江特贡，两人坐下对酌起来。你一杯我一杯，你一句我一句，边喝边聊，不一会儿，一瓶酒就喝光了。韩秀娟满脸通红，说："今天特别痛快，咱们一醉方休。"说着从床底下摸出一瓶清水大曲。

袁正生见韩秀娟喝了不少，怕她醉，就说："大姐，到此为止，不能再喝了。"

韩秀娟说："我这酒没有你那酒好，你那酒是市一级的，我这酒是县一级的，你要是嫌不好，就不喝。"

袁正生夺过酒瓶说："酒是好酒，留着下次喝。"

"做么事？"韩秀娟说："下次不能买吗？"

"大姐，我不能喝了。"袁正生推辞。

"你瞎说，我知道你酒量大。"

"小弟有点酒量，但喝多了胃不舒服，还是吃点饭吧。"

韩秀娟见袁正生真的不想喝，就给他装了饭，把鱼头肉搛了一大块放到他的碗里。说："老弟，咱们'同是天涯沦落人，相逢何必曾相识'。今后你要飞黄腾达，可别忘了山圪垃里还有个大姐。"

"大姐拿小弟开心了。"袁正生说："小弟这个处境，您还不知道吗？"

"你还年轻，今后有机会。"韩秀娟说："我是不中了，这辈子就在云林扎根了。"

"不要灰心，您也不老，日月长得很。"袁正生安慰她。

韩秀娟看着袁正生，突然流下眼泪说："袁老弟，我问你，我这人长得咋样，也不算丑吧？"

袁正生点点头。

韩秀娟说："前些年县里市里也有领导看中我。我当时心思活泛一点，走个门路，早就调走了。可是我这人重名节，不做那种丢人事，因此得罪了一些人。这么多年来，他们有意欺压我。同我一起参加工作的，调走的调走，升官的升官，我十几年没挪窝，这公平吗？"

袁正生说："大姐，想开点。人生没有绝对公平。您还是有机会的。"

韩秀娟长叹一声说："我也认命了。可是袁老弟，你要想办法，不能走我的路，我知道你岳父现在不灵了，曹守谦部长调走了。他们在任时得罪了人，这些人拿你出气，把你放到下面来了，该用的时候不用你。你有文化，有能力，我们都为你抱不平。"

袁正生心想："好事不出门，坏事传千里。我的事情他们怎么知道得这么清楚？还分折得头头是道。人人心中一杆秤啊！"

韩秀娟又说："何建贤这个人阴得很。他不关心别人，只关心自己。他的心思不在工作上，整天想着捞钱。"

袁正生问他怎么捞钱。

韩秀娟说："他靠打牌呀。他在乡里走一遍，到这个企业，那户人家，打牌，只赢不输，变相受贿。有人替他算了一下，一年靠打牌的收入就是几十万。李本忠和他一路货，俩人是牌友。那天石涧村火葬的事，李本忠在乡里，他和何建贤在企业打牌。何建贤却让你去。"

袁正生"哦"了一声。

韩秀娟说："我们在乡里，苦差事是我们的，好处是他们的。"

袁正生见韩秀娟喝得多了，就劝她早点休息，告辞了。

四十一

每到年底，乡镇工作的重点就转入了"要钱，要粮，要命"三件大事。农村进行秋后农业税摧征，城镇工商户实行拉网式的税费检查，计划生育进行年终大检查。乡干部分工包村，天天往各行政村跑。袁正生和韩秀娟编成一个组，专门巡查妇女怀孕情况。

这天他们来到石涧村。石涧村是韩秀娟下放的地方，熟人多，干部群众对她很热情。村长叫胡青松，是一个五十来岁瘦瘦的庄稼汉。妇女主任叫黄金花，是个胖胖的中年妇女。谈到计划生育情况，育龄妇女，生育怀孕，一清二楚，如数家珍，声称没有发现超计划生育的问题。袁正生对他们认真负责的态度给予了肯定，要求他们不可麻痹大意，对每个育龄妇女抓紧盯紧，年终绝对不能出纰漏。

胡青松说："韩主任是我们村出去的，我们自然要支持她的工作。"

中午，照例是村长胡青松准备午饭，黄金花带他们到村子里转转，韩秀娟遇到熟人问候几句。袁正生则关心那位跌断了腿的农妇周杏红和她的女儿。他们一起来到周杏红的家，见她的腿基本好了，走路做家务行动无碍，女儿蓉蓉也上学去了。袁正生也放心了。

韩秀娟说："袁书记特别关心你们，特地来看看。"

周杏红表示感谢，说："袁书记真是救命恩人。"

袁正生说："言重了，我们只做了应该做的事。"

不一会儿，蓉蓉背着书包回来了。袁正生一看，是个聪明漂亮的女孩子。见她放下书包就做起了家务活。穷人的孩子早当家，袁正生和韩秀娟对蓉蓉一阵夸奖。

周杏红说："给袁书记磕个头，他是恩人哩！"小女孩就过来叩头。

周杏红又说："将来长大了一定要报答袁书记之恩。"

袁正生连忙把她扶起来，说："如今不兴叩头。好好照顾你妈妈，好好学习，就是对我们的回报了。"

韩秀娟逗蓉蓉："长大了想做什么？"

蓉蓉说："长大了想当医生。"

韩秀娟夸奖说："这个理想好。"又问最近想做什么？

蓉蓉说："想到云林镇玩玩。"

袁正生笑道："这个愿望不高，可以实现。"

蓉蓉问韩秀娟："你们能带我去玩吗？"

韩秀娟说："中。你想去，我们就带你去。"

不料蓉蓉当了真，在他们离开石涧村时，蓉蓉已穿戴好了，站在村头等着他们。为了不让孩子失望，他们只好带她坐上了三轮车。并且说好了，只在云林街上玩一下，住一晚，明天送她回来。蓉蓉答应了。

石涧村离云林镇十几公里，虽然不远，但孩子们很少去过。蓉蓉想去开开眼界，应该说是一个大胆的了不起的想法。到了镇上，天色已晚，决定先住下来，明天再上街玩。

晚上，韩秀娟带她在食堂里吃了饭，饭后天色黑了，没有地方去，就在韩秀娟、袁正生的房间里玩了一会儿。然后在韩秀娟的床上睡下。不料夜里发生新情况，韩秀娟接到电话，要去抓大肚子。她担心孩子一个人睡在床上害怕，就把她抱到袁正生的床上，让袁正生照顾她。深夜韩秀娟回来，见蓉蓉睡得正香，就没有动她。

袁正生带蓉蓉睡了一个晚上。夜里蓉蓉不知道睡在人家的床上，还以为和妈妈在一起呢。她象一个奶伢，直往袁正生怀里钻，还把袁正生的脖了抱着，一直睡到天亮。袁正生想起女儿兰兰，自己还没有这样抱着她睡过觉哩，不觉油然而起思女之情。

第二天，袁正生和韩秀娟带着蓉蓉在云林镇二百米长的小街走了一个来回，给她买了一点糖果零食，然后打听到有石涧村的便车，托人把蓉蓉带回家去了。

这一次云林镇之行，在蓉蓉心里留下了不可磨灭的印象，十几年之后，她还记得这次旅行。

　　年底，农民有了空闲时间，各地民间艺人纷纷组织唱戏、玩龙灯、舞狮子等文艺活动。袁正生便和张小平商量，把共青团帮扶志愿队组织起来，排演节目，活跃农村文化生活。袁正生在县文化局请一些舞蹈、歌唱演员来当教练。青年男女一听说可以登台表演，积极性很高。袁正生利用云林中学的一间空置教室做排练场，每天那里笙歌曼舞，十分热闹，给小小的云林镇增添了一些生气。节目排好，到各村巡回演出，大受欢迎。一时间，云林乡共青团帮扶志愿队的名声远近皆知。都说云林乡有个大学生干部，多才多艺。

　　云林乡这年因为各项任务完成得好，县政府批准每位乡干部发一百元奖金。奖金到手，一些干部就到小酒馆里猜拳行令，庆祝一番。韩秀娟和袁正生商量，买点菜在宿舍里加餐。俩人约定，韩秀娟做菜，袁正生带酒。这天是农历腊月二十三日小年，因为不是星期天，他们不能回家。乡政府食堂晚上不开伙，本乡干部都回家过小年了，何建贤在县里开会（他常常以参加会议或者向县领导汇报工作为由回家去）。乡政府大院铁门天没黑就早早上了锁，大院内只剩下袁正生和韩秀娟。天寒地冻，大雪纷飞。镇上家家闭户，路上没有行人。真是个"众鸟高飞绝，万径人踪灭"。袁正生和韩秀娟生了木炭火盆。两个小铝锅，一个放在煤油炉上煮饭，一个放在木炭盆上烧菜。野猪肉，粉丝，大白菜一锅煮，热气腾腾，香气四溢。 韩秀娟用筷子夹了一下猪肉，说烂了，可以吃了。袁正生打开清水大曲瓶盖，给韩秀娟和自己各斟一杯，双方举杯。

　　韩秀娟宣布，今天是她的生日。

　　袁正生责怪她："为么不早说？我买块蛋糕给您庆生呀。"

　　韩秀娟说："不用蛋糕，野猪肉最好。云林镇的蛋糕都是从清水进的，不新鲜。"

　　"那就敬酒祝寿了。"袁正生说，俩人各干一杯。

韩秀娟说："过年了，又长一岁。向过去的一年告别，干一杯。"

袁正生说："迎接新的一年到来！再干一杯。"

一连三杯垫了底。接下来有话一杯，无话一杯，不知不觉，一瓶酒下肚。

袁正生建议："今天就喝一瓶吧。"

韩秀娟反对："今天特殊，一瓶不够，你不能省酒待客。"

袁正生拗不过她，只得开了第二瓶。

房间里热气很大，又有煤油的气味，袁正生开了半边窗。见饭好了，就把煤炉关掉。两人脱了外套，只穿毛线内衣。韩秀娟的毛线衣是红色的，衬托着她红扑扑的脸，少女时代的艳丽依稀可见。

喝着喝着，韩秀娟两眼迷离，醉态可掬。她看着袁正生说："我今天和老弟在一起过生日，最快乐，最有意义，"

袁正生说："今天我为大姐祝寿，也很快乐。"

突然韩秀娟象下了什么决心似的，拿来了两只足足可装三两酒的大杯，给自己和袁正生各倒一满杯，举起来说："干！"

袁正生看看酒杯，估摸自己尚能承受，但怕韩秀娟喝多了，就说："大姐可别喝醉了。"

韩秀娟说："醉了怕么事，人生能有几回醉？"一口把酒吞了，并监督袁正生把酒喝下。袁正生只得喝了。韩秀娟双眼痴痴迷迷地看着袁正生傻笑。

袁正生知道韩秀娟真的醉了，就停了杯，收了酒瓶，着手装饭给韩秀娟吃。

回头一看，韩秀娟的头已歪到小竹椅背上，小竹椅架不住重量，倒了下去，韩秀娟睡到了地上。袁正生赶忙放下碗，来拉韩秀娟，但是韩秀娟的身体向下沉，拉不动。袁正生只好把她抱起来，放到床上。不料韩秀娟抱住他的脖子不放，袁正生挣了两次没挣脱。韩秀娟把嘴贴到他的耳边说："老弟，不要走，今晚陪陪大姐。大姐不想一个人过生日。"

袁正生说："大姐，您醉了，好好休息一会儿。"

韩秀娟说："大姐没有醉，大姐只是心里孤单，寂寞。好弟弟，陪陪大姐。不要走啊！"说着，腾出一只手拉灭了电灯，顿时室内一片漆黑。

这突如其来的变故，使袁正生脑子里一片空白。外面大雪封门，云林乡万籁俱寂。在短暂的犹豫之后，袁正生在韩秀娟身边和衣躺下了。

袁正生不知道这一夜该怎么度过，他从来没有想过和一个比他大十来岁的老大姐共度良宵。他那时也有七八分醉了，只觉得羞怯畏涩，惶恐不安。他感觉韩秀娟手臂紧紧地搂抱着他，把头偎在他的胸前久久不动，女人头发的清香直扑他的鼻息，撩拨得他的心狂跳起来。许久，韩秀娟腾出一只手来，在他的胸前抚摸着，然后解开了他的衣扣，将手伸进去抚着他的胸膛，感受着他的心跳。在他的心跳平缓肌肉放松之后，那只手才试探地往下移动，解开下衣，达到他最敏感的部位，抓住了那件一直对她深藏不露的东西。

袁正生知道自己完了，他的那个东西一向性情暴烈，经不得一点侵扰。此时它立刻起了强烈的反应，昂起了那颗好斗的头颅。韩秀娟则耐心地用手安抚它，最后，她翻身压到他的身上，将他那个东西塞进身体里，疯狂地折磨它，那个不争气的东西只坚持了一刻，终于溃败投降了。

打那以后，凡是乡干部宿舍只剩下他们俩人时，他们就会凑到一起，重温生日夜晚的风情，称之谓"给她过生日"。

袁正生感觉韩秀娟虽然三十七八岁，但青春还没有从身上逝去。她乳峰坚挺，肌肉紧绷，身材矫健，就象一张葱油大饼，虽然算不上美食，但对于饥饿的人来说，仍不失为疗饥佳品。从此他们在云林乡这个边远山区，互相帮助，心心相映，再也不感到寂寞孤单了。

<h1 style="text-align:center">四十二</h1>

日月加快了步伐，转眼到了春天，袁正生的共青团帮扶志愿队度过了文艺演出的旺季，转入春耕互助工作。袁正生又把科学种田纳入青年互助的内容。他请县农科所的专家给青年人培训，在云林中学教室里放映科学种田和科学养殖录像带，青年们的兴趣更浓了，连一些中老年庄稼汉也要求来听课。

这天，袁正生正在办公室与张小平商量事情，楼下有人喊："袁书记，你爱人来了。"袁正生感到奇怪，詹小红从未说要来，事先也没个电话。出门一看，竟然是曹慧。袁正生且惊且喜。惊的是曹慧自称"爱人"。喜的是一年多没见面，真有点想她的意思。曹慧大大方方地看了看乡政府大楼大院，然后走进了袁正生办公室，夫人的派头装得挺象。但是在办公室里，她见周围没人，一把抱住袁正生，吊在他的脖子上，袁正生惊慌不已，生怕来人看出了破绽。

坐下之后，袁正生给她倒了一杯茶水，问她："你不是上大学去了吗，怎么有空来的？"

"上大学怎么啦？找个理由出来不行？"曹慧反问。

"你真大胆，胆敢冒充我老婆，如果詹小红来过，你我不都露馅了吗？"

"我知道詹小红不会来。再说要不冒充你老婆，晚上我怎么跟你同床共枕？"

袁正生故作惊讶："什么？你还想跟我同床共枕？"

"废话！你想让我一个人住旅馆？"

　　袁正生真喜欢曹慧这种敢作敢为直来直去的性格。说："欢迎你到我宿舍视察。"

　　关了办公室门，两人并肩走向宿舍。途中遇到韩秀娟，袁正生介绍说："这是韩主任，这是我爱人。"

　　韩秀娟说："原来弟妹来了，弟妹好年轻，好漂亮。袁书记要好好招待哟！"

　　曹慧红了一下脸。袁正生说："她是来体验生活的，招待什么？"

　　进了宿舍，曹慧随手"嘭"地关上门。韩秀娟在楼下看了，意味深长地一笑。

　　宿舍里，袁正生刚坐下，曹慧就骑到他的腿上，抱着他说："把我想死了。"一只手伸到袁正生的下身，使劲捏了一下。

　　袁正生说："你不是想我，是想它吧？"

　　"都想都想！"

　　两人抱了一会儿，曹慧松开他说："我给你带来一个好消息。"

　　袁正生问什么好消息。曹慧说："我爸升官了。"

　　"升什么官？"

　　"中江市组织部第一副部长，分管干部的。"曹慧得意地看着袁正生。

　　"太好了，我为你祝贺！"袁正生连忙说。

　　"等我爸一上任，我就叫他把你调到中江市去。"曹慧认真地说。

　　"那么容易吗？你可不能给你爸施加压力啊！"

　　"这算什么，我早就想着把你从山圪垃里拽出去。"

　　袁正生抱着她亲了一口说："谢谢你的好意！"心想，曹慧倒一直想着我，但他爸爸又怎样，他有那个心吗？有那个权吗？

市委组织部只管副处级以上干部，而自己只是副科级。鞭长莫及呀！

俩人说了一会儿情话，袁正生带曹慧到街上转了一圈。

曹慧说："早就听说云林镇小，没想到这么小，一个村庄还不如。"

袁正生带她走进小饭店，说："云林镇没有高档次的饭店，晚餐在这里将就一下吧。"

曹慧说："我们到乡干部食堂吃吧。"

袁正生说："那不中。你是客人，第一次来。"

袁正生要了一盘野猪肉，一盘山溪小毛鱼，一盘红烧野山鸡，一个肉丝鲜菇汤。全是山里的野味，曹慧很喜欢吃。

袁正生说："明天早晨我买两只野山鸡，你带回家，给你爸妈吃。"

"好！"过了一会儿曹慧又说："不行。我这次来没有告诉他们，他们看到野山鸡，问我从哪里弄的，我就露馅了。"

袁正生心想，曹慧还算粗中有细。就说："下一次我到中江带去吧。"

当晚天一黑，曹慧就脱得光溜溜的上了床。袁正生打点精神，准备迎接一场恶仗。他一上床，曹慧就把他的内衣扒光，三把两把撸直了那个东西，抬腿就跨了上去，用力顿挫，把床板被压得吱吱直响。

袁正生说："轻点，隔壁还住着人哩！"

曹慧哪管这些，只顾自己畅快一时，待到高潮时，竟然叫了起来。袁正生把她抱紧，用嘴塞住她的嘴，不让她声音透出。直到她精疲力竭，瘫在床上为止。

过了一儿，曹慧说："好长时间没有这么畅快过。"

袁正生说："早点谈个恋爱结婚吧。"

曹慧说："在大学里也谈过两个男朋友，玩得不怎么开心，蹬了。"

"是你蹬他们，还是他们蹬你？"袁正生逗她。

"当然是我蹬他们。都是一些雏儿，不来事。"

"你别要求太高，过日子还得悠着点。"

"袁大哥，我盼你早日到中江，我们经常在一起。"

"那也不中。你父母知道要骂我的，还有你将来的丈夫。我们常来往，对你的家庭有什么好处？"

曹慧拧了袁正生一把说："你要躲着我？休想！"

袁正生说："我要为你负责。"

"不要紧。我会处理好的。"

第二天早上醒来，曹慧又恋恋不舍地跟袁正生做了一次。早饭后，和袁正生吻别。

袁正生一上午没有精神。他既喜欢曹慧，又害怕她。曹慧就是这么任性地折磨人。

下班回到宿舍，韩秀娟进来说："你们昨夜动静挺大的。"

袁正生红了脸，不好回答。

韩秀娟质问："老实交待，她是不是你爱人？你爱人这么年轻？我看只十八九岁。"

袁正生拱手说："老大姐，有数，有数。"韩秀娟笑了。

四十三

曹慧回到学校转了一圈，就回家了。中国的大学就这么怪，入校特别难，在校就轻松了。曹慧在学校里谈谈恋爱，偶尔出去蹓达蹓达，自由自在，过得很惬意。回到家，正好父亲回来了。

曹守谦已到组织部上班，这几天请他吃饭的人不少，都是冲着他这个分管干部的副部长来的。长山县自不必说，连清水县书记姜运生也来了，请客的理由是清水经济发展研讨，自然曹守谦推辞不掉，要关心，要参加，所以他回家总是很晚。过去在县里工作，每星期总有一天在家里休息，没有人干扰；现在回到市里，反而连星期天的时间也由不得自己。除了他曾工作过的两个县，还有市直机关这些县处级干部，谁不想找个理由在副部长面前露个脸套个近乎？

曹慧见父亲坐在沙发上喝茶，母亲在一边织毛线，认为机会难得，就见缝插针地为袁正生说话。

曹慧说："爸，我在街上遇见袁大哥了。"

父亲和母亲都抬起头。

谢敏之说："你没邀小袁没到我家来玩啊？"

"我是邀了。"曹慧说："但他忙着办事，说下次来玩。"又补充说："他还问您们二位好呢!——他还在云林乡。"

曹守谦和谢敏之都没有做声。

曹慧说："爸，有机会把袁大哥调上来吧。"

曹守谦反问："怎么调？他是清水县的干部，我管得了吗？"

"您不能把他调到市直机关吗？"曹慧出主意。

"总得有理由吧？不然人家会说闲话，说我一上来就提拔自己的秘书。"

"当官的谁不培养自己的人？"曹慧说："该提的就提，该用的就用，任人不避亲嘛! 您们领导不是常说，培养干部：'一要能干，二要托蛋'。袁正生既能干，又托蛋!"

曹守谦斥道："丫头家，讲这种话!"

母亲笑着用毛线针敲了一下曹慧的头。然后说："话粗理不粗。曹慧说的也是啊。你想，你在清水走的时候，人家以为你犯了错误，象躲瘟疫一样躲着你，还不是小袁为你跑前忙后？你走之后还不是小袁照顾曹慧。说明这孩子为人实在，讲义气，不忘记你对他的好处。他这次下乡，也是因为是你的秘书，姜运生、林世农他们才整他。"

曹慧说："爸，您如不把袁大哥调上来，他在清水县永无出头之日。"

送别了曹慧之后，袁正生把曹守谦升官的好消息，以及曹慧许诺把他调到中江市的话丢到一边，当作淘气孩子的玩笑话，不抱多大希望。但是一个月后的一天，他在办公室里接到何建贤的电话："袁书记，到会议室来一下。"

袁正生以为何建贤要布置工作任务，就拿了笔和笔记本匆匆赶了过去。推开门，见何建贤和两个陌生人在说话。

何建贤说："袁书记，共青团市委的王部长和陈同志，向你了解一些情况。"

袁正生上前和两人握手。

王部长对何建贤说："何书记，您忙您的。"

何建贤离去后。王部长很客气地说："我们是从共青团市委来的。根据领导要求，我们来了解一下你们云林乡开展'共青团帮扶志愿队'的情况。你能向我们介绍一下吗？"

袁正生心想："团市委直接下来了解'共青团帮扶志愿队'的情况，是什么意思？这事应该由团县委了解向团市委汇报呀？或者干脆让自己写个汇报材料送上去不就得了，怎么特地派人来了解呢？袁正生在组织部门工作过，知道机关工作的程序。但从另外一个角度说，团市委直接下基层了解情况，也不是不可以的。常规的做法是有团县委干部陪同，这次却没有。袁正生敏锐地感觉到，可能是团市委来考察自己。看来曹守谦在行动了。"

这样一想，袁正生来了精神。根据王部长的要求，他把云林乡组织共青团帮扶志愿队的情况前前后后说了一遍。重点说到发扬老红军老八路的优良传统，开展社会主义精神文明建设，把五讲四美三热爱的活动落到实处。讲到帮贫扶困，修桥铺路，做好事，做善事的一些具体事例，讲到组织青年学习科学种田，培养建设社会主义新农村人才等等。王部长和陈同志听了连连点头，认真记录。最后王部长还饶有兴趣地询问袁正生本人的一些情况，学历，特长，爱好，乡镇工作的体会等等。袁正生下乡考察过干部，自然善于应对，做到既谦虚又自信。王部长十分满意。

共青团市委干部走后，乡里面就传出袁正生要调走的话来。袁正生对此一概否认，对于团市委来人和他谈话的内容，亦守口如瓶。这样过了三个月，人们的议论平息下来了。一天市人事局调令下来，调袁正生到共青团市委工作。原来团市委考察"共青团帮扶志愿队"，就是以袁正生抓青年工作有实绩为理由，把他调进了共青团市委。

云林乡召开了欢送宴会，何建贤，李本忠一改过去对袁正生冷谈的态度，热情地与袁正生碰杯套近乎。

何建贤说："袁书记到云林，为云林乡的建设和发展做出了很大的贡献，与云林人民建立了深厚的感情，希望今后多支持云林的工作。"

李本忠说："能在一起工作是缘分，希望袁书记把云林作为第二故乡，多下来走走，多多指导。"

何建贤建议大家与袁正生共饮三杯，一抒感情。三杯之后，李本忠又以个人感情为由，再饮三杯。其他干部跟着仿效，群起来敬袁正生的酒。

袁正生回敬说："我来云林工作时间不长，但却是我人生最愉快的经历，领导和同志们对我的帮助和支持使我获益匪浅，感激在心，为表示感谢，我敬大家三杯。"

这样你来我往，袁正生喝得大醉，被人扶着回了宿舍。袁正生知道，按照乡里的规矩，在这种场合如果不喝醉，大家会觉得你不义气，对别人有看法，感情上有保留。所以事先他就做好了喝醉的准备，他前前后后喝了二十多杯，酒量已达到九成，再加上他装醉的成分，看起来已是烂醉如泥了。

第二天，袁正生在派出所借了吉普车，由韩秀娟、张小平陪同，到各村打招呼告别。到了石涧村，已是中午，就在村长胡青松家吃饭。临走的时候，乡亲们（包括共青团帮扶志愿队员）都来送行。都说袁书记是个好人，调走了可惜。蓉蓉听说袁叔叔要走了，哭着抱腿不让走。韩秀娟好一阵劝，才把她解开。袁正生叫她好好学习，有困难可以写信给他。蓉蓉懂事地点点头。

当天晚上，乡政府派车送袁正生回城。袁正生把宿舍里的舖盖锅碗等日用品塞进了后备箱，有一些丢给了韩秀娟。乡亲们送的土特产品，后备箱装不下，就放到后排座位上。

临走的时候，何建贤带领全体乡干部送到车边。袁正生和他们一一握手。李本忠还和袁正生紧紧地拥抱了一下。当握到韩秀娟时，双方都暗暗地用了些力气。本来他们都想在一起共度一个告别的良宵，但是乡政府人多不便，只好作罢。袁正生注意到分别时，韩秀娟的眼睛里噙着泪花。袁正生一走，她又孤单了。

事先，袁正生把调到中江市的事电话告诉了詹小红，詹小红回家告诉了父母。詹友光听了十分高兴，认为女婿到中江市工作，对今后发展大有好处。尤其是共青团系统，是个出干部的地方。詹小红虽然高兴，却不太称心，觉得中江离清水更远了，虽然交通方便些，可是夫妻分居仍未解决。

袁正生回家和妻子女儿团聚了一个星期。

晚上在岳父岳母家吃饭的时候，詹友光交待了到市里工作的注意事项，重点是做好工作，处理好人际关系。嘱咐他要到曹守谦家走走。岳母说最好带一些礼品去。詹友光说："曹部长比较廉政，送礼他不一定收，就带点云林土特产吧。"

袁正生说："我准备带几只山鸡和一条野猪腿去。考虑时间长怕坏了，事先跟山民打了招呼，要他们星期一早晨送来。"

詹友光认为方案可行。

这期间，袁正生又到袁家村去了一趟，看望父母，并告诉他们工作调动的事。山里农民正在忙于春耕春种，袁正生随父母到田里起了半天的垅，准备栽山芋。袁正生看到父母年纪渐渐老了，干农活有些力不从心，就想着如果在中江安了家，有了房子，把父母接过去住，也好让他们晚年享享清福。想归想，到时候有没有条件，有没有能力还不好说。这两年工资虽然涨了，每月能拿到一百多块，但物价也随着涨了，手头还是觉得紧。

星期一早晨，山民送来了两只肥肥的山鸡和一条早晨开杀的新鲜野猪腿，袁正生按市价付了钱。然后提着山货，背着旅行包上了长途公共汽车。到了中江汽车站，袁正生把旅行包寄存起来，提着山货先到曹守谦家。谢敏之在家，见到袁正生很客气。

袁正生说："感谢曹部长把我从乡里调上来。"。

谢敏之说："这是工作需要。我家老曹说你忠诚可靠，又能干，不用这样的干部用谁？"又嘱咐说："你到单位里，工作干得好不好，都不要紧，就是不能犯错误，不能让别人抓了把柄。老曹心里有数，有机会就会考虑你。"

袁正生谢了她的好意，到单位报到去了。

四十四

共青团市委办公室在市委大楼的一楼，与妇联，市直党委在一起。团市委四间办公室，第一间是书记室，第二间是办公室，第三间是组织部，第四间是宣传部。袁正生先到办公室报到，办公室主任朱学文带他到书记室，见了团市委书记江海洋，

江海洋三十五六岁，个子大大的，长得十分帅气，是县委副书记调上来的，在团市委工作五六年了。他让袁正生坐下，对他说："听说你是一位优秀的乡干部，在乡里抓青年工作很有成绩，所以我们把你选调上来，加强我们团市委的工作。安排你到组织部任副部长主持工作。这个岗位很重要，团市委的工作搞得好不好，就看你那个部是否出成绩了。我们相信你是能够胜任。"

袁正生说："书记过奖了。我能不能胜任工作，心里还没有底，希望书记多指导，多帮助。"

江海洋说："不必客气，遇事我们共同商量。团市委这个单位是个清水衙门，没有钱，也没有权，在我们这里要守得住清贫。但我们有一个好处，就是大家和睦相处，互相帮助，有一个良好的工作环境。"

听了江书记的话，袁正生心里十分畅快，甚至有些感动。

来到团市委组织部办公室，见里面两张办公桌，靠在窗子边。一边坐着一位三十来岁的女同志，由于长年不晒太阳，给人以白富美的感觉。朱学文把袁正生带进来介绍说："这是袁正生副部长；这是小余，余卫红同志，也是大学生。"余卫红站起来与袁正生握手，那手又白又软，肉感丰富。余卫红指着对面的桌子说："部长，这是您的办公桌。"

朱学文离去，袁正生坐下来整理抽屉，安放文件材料，并拿出随身带的玻璃杯，泡了茶水。然后问余卫红："我们部里就我们两个人？"

余卫红笑了笑说："是呀。少而精，少而精，一个领导一个兵嘛！"

袁正生也微笑着说："我们都是兵。"

坐了一会儿，电话响了。余卫红接过电话，转给袁正生，意味深长地说："部长，您真行，一来就有电话，还是个女的。"

袁正生接过电话，是曹慧的声音："袁大哥，你上班啦？中午到我家来吃饭，我爸也在家里。"

袁正生说："好。"对余卫红说："小余，我中午到人家吃饭，早点走了。"余卫红笑着点点头。

在曹守谦家，袁正生报告了上班情况及自己的印象。说到江海洋讲话很客气，一点官架子没有时，曹慧插嘴说："江海洋知道你调来是有背景的，当然要客气了。"

曹守谦斥她："别插嘴！你懂什么？"

谢敏之看看女儿说："我们小慧好像长大了嘛！"曹慧得意地哼了一声。谢敏之说："不过，小慧，今后说话要注意，别想到什么讲什么，有话放心里搁搁，别不分场合。"

曹慧说："我这是在家里，袁大哥又不是外人。"

袁正生说到办公室两个人，还一个女同志，叫余卫红。曹慧又要插嘴，曹守谦用眼睛制止了她。 袁正生说："共青团工作我是外行，还得好好学习，把工作做好，不辜负曹部长的希望。"

曹守谦说："团市委组织部原部长王发达(就是考察袁正生的王部长)调走了，让你来接他。但你不能一步到位，那样涉及到干部提拔，要走程序，不好办。所以先调你来当副部长，部长位子给空着，过一段时间转正，就顺了。你好好干，稳一点，不出问题就行了。"

袁正生诚挚地说："谢谢曹部长费心！"

饭后，袁正生出来，曹慧送他。曹慧说："那个余卫红我知道，他是市委副书记汪奇功的情人。汪奇功当年在乡里搞工作队，这个余卫红是个下放知青，他看中了她。两人相好之后，汪奇功把她推荐到大学读书，工农兵大学生。毕业后分在县里。汪奇功当上市委副书记后，又把余卫红调到市直机关，安排到团市委。"

袁正生心想，看来市直机关人事关系复杂，要小心一点，这个余卫红有背景，不能得罪。

团市委组织部的工作是：各级团的组织发展、队伍建设、干部培训培养、收缴团费、兼管少先队工作等等。团市委没有直属单位，工作是协助地方党委对团委的领导。一句话，没有什么硬任务硬指标，工作压力不大。有时被抽调参加地方党委的中心工作。

袁正生上班时，正是全市开展"十大杰出青年"评选活动，要求五四青年节颁奖登报表彰。这项工作由团市委组织部主办。

评选工作一级级地报上来，经过团市委组织部审查，报领导批准。前期工作已经做过了，当前的工作是做好表彰大会的准备工作。会务工作由办公室承担，组织部主要写两份材料，一份是团市委书记的工作报告。一份是市委分管副书记的讲话。

袁正生问余卫红："两份报告我们一个人写一份，你写哪一份？"

余卫红说她写市委副书记的讲话。

于是俩人分头准备。因为办公室里人来人往，思想不容易集中，袁正生向办公室主任朱学文打个招呼，带好材料回到宿舍去写。余卫红也回了家。市房管办公室给袁正生在机关宿舍区安排了一套住房，二楼，两室一厅，吃饭在机关食堂，生活上比较方便，写材料也很安静。

几天后，袁正生的团市委书记讲话写好了。回到办公室，余卫红也来了。袁正生问她报告写好了没有，余卫红说写好了。她交给他三张纸不足两千字的文稿。袁正生一看心就凉了。余卫红的文稿不仅份量不足，而且层次不清，道理不明，可以说是一份没有动脑筋下功夫的文字，简直是在敷衍。

袁正生真想批评她几句，打回去重写。但想到曹慧告诉他余卫红的背景，又想到曹守谦"不出问题"的叮嘱，就忍了下去。因为如果批评余卫红，她不接受的话，两人关系势必闹僵。到时候余卫红在汪奇功身边告他一状，他转正的事就会泡汤。想到这里，他轻描淡写地说：

"小余，是不是少了一点？"

余卫红说："就这么多，多了我写不来。"她倒很干脆，承认自己写不了。意思是："你看着办吧。"

后来袁正生才知道，余卫红以前没有写过材料，也从来不接受写材料的活儿。这次算是给新部长一个面子，没有拒绝。但写归写，写好写坏她就不管了。袁正生只好自己转弯，他说："我想加一点。因为领导讲话，讲少了没有份量，没有五六千字，讲个把小时，显示不了书记的水平，也显示不出对团市委工作的重视。"袁正生说着自己也笑了。他拿起材料说："我回去把它拉长点。"

余卫红也笑了，心想："这个部长还算识趣。"

十大"杰出青年"颁奖大会按时在中江大饭店召开，各县市区及市直单位参会的两百多人，会议安排与会者在饭店食宿，一切程序进展顺利。团市委书记江海洋的报告讲得好，受到与会者一致好评。市委副书记汪奇功的讲话也很有水平，团干部们听了也很振奋。本来象这样的大会，市委副书记的讲话应由宣传部起草，江海洋有意让组织部全部承担下来。江海洋知道余卫红写不了材料，两份材料自然是袁正生一人执笔。通过这次会议，江海洋对袁正生加深了了解，觉得袁正生比较成熟，完全胜任组织部长的工作。

会议上给汪奇功安排了一个豪华套间，当天晚上，汪奇功以参加会议为借口，留在旅馆过夜，享受着余卫红那双洁白柔软富有肉感的小手的安抚。而袁正生的房间里则钻进了曹慧。曹慧作为中江大学共青团干部代表参加会议，这也是学校领导向曹守谦示好的有意安排，却成全了曹慧与袁正生的幽会。袁正生几天写材料的辛苦，以及对余卫红的不满，全部让曹慧那丰厚的胸脯熨平了。

两个月后，袁正生顺利晋升正科级组织部长。

袁正生这个正科级部长，实际上就是办事员。在团市委组织部，余卫红只管本单位团费收缴和各县市区团费报表汇总，其他事情她一概不管，全由袁正生去做。袁正生也省得跟她计较，自己辛苦点倒省了不少心。余卫红有时上班不按时，请假较多，特别是汪奇功到省里开会，到外地考察，必然要带余卫红。如果不带，余卫红就在办公室闹情绪，那几天袁正生也不能开口叫她做事。但是当上部长的袁正生也不是没有办法，他工作忙不过来时，就向江海洋书记请示，在市直单位抽人帮忙。抽上来的人在原单位拿工资，共青团增加人手不增加负担，所以领导都同意从下面抽人。基层团干部也很乐意到团市委帮忙，一来可以锻炼自己，二来可以认识一些领导，结交一些朋友；三来如果干得好，遇上机会，可以留在团市委工作。袁正生在中江市酒厂抽上来一个叫董会义的青年团干部，二十一岁，大专经济专业毕业。小伙子精明强干，长得帅气。虽然学历低于余卫红，但工作能力，写作水平强过余卫红十倍。更重要的是为人谦虚谨慎，工作认真努力。董会义从此成了袁正生得力的帮手。

四十五

　　星期天，袁正生回清水与妻子女儿团聚。这天哥哥正清意外地来到他家。袁正生买了菜，留哥哥吃午饭。饭后正清说他上街买东西，袁正生陪他一道。正清告诉他，孙玉莲要结婚了。他这次来是受孙玉荷的指派，给妹妹买嫁妆。

　　听到孙玉莲结婚，袁正生十分震惊。虽然在意料之中，也在意料之外。从感情上他不能接受孙玉莲与其他人结婚的事实，但是自己已经结婚，孙玉莲能不结婚吗？袁正生从哥哥口中了解到，孙玉莲由堂哥孙玉康做主，嫁给了和他办煤矿的合伙人薄有财。孙玉莲开始不同意，但孙玉康发了火，她只好答应。孙玉康说这次婚礼要大办一下，出一口恶气。袁正生心里五味杂陈。

　　孙玉莲结婚时是哭着上了宝马轿车的。薄有财为了显示财大气粗，租了八辆宝马轿车迎亲。鞭炮从袁家村一路放到薄家湾（薄有财的家），十几里路鞭炮声不绝。新房装潢得富丽堂皇，孙玉莲手上戒指是十克黄金。项链也是正宗的和田碧玉。乡亲们都说：

"孙玉莲嫁了薄有财，胜过袁正生十倍。袁正生算什么，一个穷酸干部，空有虚名。"

孙玉莲有了幸福的归宿，袁正生的负罪感减轻了不少。他虽为玉莲的幸福祈祷，但心里却流淌着汩汩酸水。

俗话说，铁打的衙门流水的官，市委市政府机关的干部总是在流动之中，袁正生在团市委工作不到一年，曹守谦升任组织部部长。这对袁正生是个好消息。当曹慧把这个消息最早透露给袁正生时，袁正生请曹慧下馆子。饭后，两人来到袁正生宿舍狂欢一个下午。曹慧对袁正生说："等着瞧吧，我爸会在三年内把你提升为团市委书记。"

袁正生表示感谢，但心里冷静地想，即使曹守谦有心，事情也不那么容易。首先，江海洋年轻，什么时候调离还说不定，按照团市委书记最高年限三十八岁的规定，江海洋在团市委还得呆四年；江海洋走后，办公室主任朱学文，资格最老，在团市委工作时间最长，应该由他替补当团市委副书记；还有宣传部长刘新国，无论年龄还是在团市委的资历，都老于袁正生。袁正生如果走到他们的前头，不仅道理上说不过去，干部群众心理也不能接受，还别考虑从外单位"空降"干部的因素。况且提拔干部也不是曹守谦一人说了算，要报市委书记同意，书记办公会议研究，最后市委常委会议决定。就是曹守谦有很大的建议权，也得照顾平衡，顾忌影响。这样算来，即使一切顺利，十年八年袁正生也当不了团市委副书记。更别说当书记了。

然而令他意想不到的是，袁正生一年后升任团市委副书记，再过两年升任团市委书记竟成事实，算起来正好三年。

一般情况下，在干部变动之前，社会上就有风声。这天，袁正生在办公室听余卫红说："江书记要调出当县长了。"余卫红对干部变动消息灵通，他说的话十有八九会兑现。袁正生心中窃喜，有变动就有机会，就怕一潭死水，沉淀在那里不动。但是消息说了几个月未见动静，以至于人们把它渐渐淡忘了。

突然有一天，余卫红从外面进来说："刚才组织部找朱学文谈话，让他到市纪委任副处级研究室主任。"

市纪委比一般单位高半级，内设机构就是副处级，朱学文此去属于提拔任用。在市里，从科级升处级很不容易，处级就算领导干部了，朱学文当然满心欢喜。朱学文一走，办公室副主任方前进升任主任。

又过了两个月，团市委宣传部长刘建国又被组织谈话，让他到清水县担任组织部长，又是科级晋升副处级的好事，刘建国满意地上任去了。

这样又过了几个月，这才轮到江海洋的调出，他到长山县当县长。

江海洋离开后，组织部来人考察：要求在团市委机关干部中，推荐选拔一名副处级领导干部。此时在团市委，当部长最久的算是袁正生了。袁正生是唯一有资格被推荐，他顺利当上了团市委副书记，主持工作。

事后袁正生才知道，这是曹守谦的精心安排：就在知道江海洋即将调任的时候（江海洋调任是市委研究，报省委备案，有几个月的时间过程），曹守谦抓住时机，把朱学文、刘建国先后提拔调出（两人的提拔由市委组织部拿意见，市委常委会议研究即可）。解决了这两个拦路虎之后，袁正生顺理成章替补副书记，没有人提出异议了。总共袁正生到团市委工作不到两年，成了团市委的当家人。袁正生在副书记的位子上工作了两年，书记的位置一直为他空着，后来顺利转正，成了正处级领导干部。此时袁正生在团市委工作四年不到，年龄三十岁。

尽管曹守谦做得巧妙，表面上名正言顺，水到渠成不露痕迹。但是干部群众还是心中有数：凡是进步快的干部，都有一个非常的上升时期，都有幕后贵人特别关照和精心设计。基本的路数：一是帮助你排除前进道路上的障碍，二是不断地挪动你的工作岗位，让你的同事无法和你攀比。所谓"树挪死，人挪活"，就是这个道理。

余卫红现在才知道袁正生有后台，只是这个后台是谁，一时弄不清楚。她屡次向汪奇功查问，但汪奇功怕她在外面乱说，总是避而不答。余卫红不从自己身上找原因，却埋怨汪奇功不为她的进步操心。汪奇功曾就余卫红的进步问题找过江海洋，江海洋总是回答："下次考虑"。汪奇功深知余卫红工作能力不行，不好强勉。余卫红常在汪奇功身边使小性子。但是汪奇功官做大了，身边不乏美女环绕，也就随她闹去。好在余卫红也考虑影响，不敢过于放肆。

余卫红想寻找新的靠山，她把目标定在袁正生身上。袁正生在书记室办公，余卫红常以老部下的身份到书记室坐坐，说些闲话。开始袁正生还照顾她的面子；来得多了，袁正生就有点烦，但也不好得罪她。有一次余卫红又到书记室坐下。袁正生问：

"有事吗？"

余卫红涎着脸皮说："没有事不能到老领导这里坐坐吗？"

袁正生说："能坐能坐。只是我手头上事情多，不能专心和你谈话了，你不介意吧。"

余卫红说："不介意，您忙您的。"

坐了一会儿，余卫红见袁正生一直看文件，不时地用笔写着什么，确乎很忙。坐了一会儿冷板凳，余卫红站起来说："袁书记，我请您吃饭。"

袁正生说："都是老同事，吃饭就不必了。"

不料余卫红突然哭了起来，泪水滂沱，说："袁书记，您要关心我啊！您是我的老领导，我只有靠您了。"

袁正生知道她的意思，故意装作很诧异，问："有什么情况吗？"

余卫红说："我到团市委工作五年多了，团市委提拔的干部也不少，可怎么就没有我呢？人家都说团市委的干部进步快，怎么落不到我的头上，我委屈啊！"

袁正生停下笔看着她，白净艳红的圆脸上梨花带雨，可惜象插在花瓶里的花朵，美色虽在，但已不太鲜活了。

袁正生说："小余，进步问题，是最说不清楚的事情。作为个人，只有努力工作，争取领导和同志们的肯定，接受组织的选择。"

一天下班，余卫红打电话说："袁书记，我在中江大饭店贵宾包厢，汪书记也在这里，还有我爱人。汪书记请您过来，我们一起吃个饭，"

袁正生心想："这女人把汪奇功请出来，看来不去不中了。

袁正生到了饭店，见汪奇功靠在沙发上，有一搭没一搭地与余卫红的丈夫说话。余卫红的丈夫是个普通工人，他半个屁股坐在沙发上，毕恭毕敬的。袁正生到了餐厅前口，余卫红迎了出来。进去之后，余卫红丈夫站起来让座。袁正生和他握了手。汪奇功招呼袁正生坐在他身边，显得很亲切，似乎有一种家庭气氛。余卫红请汪奇功和袁正生上座，招呼服务员说："人到齐了，上菜吧。"

服务员上完菜，袁正生见菜很丰富，甲鱼，对虾都有，档次不低，很有毕其功于一役的架势。余卫红夫妇频频敬酒。大家说些轻松的话题。

酒到中间，余卫红用脚踢了踢汪奇功。汪奇功会意，自斟一杯对袁正生说："袁书记，我们再干一杯。小余在你那里，请你多关心。"

袁正生说："汪书记客气了。我们在您的领导下，主要还是领导关心。"

干了杯，袁正生对余卫红说："小余，我们大家再敬汪书记一杯，感谢汪书记对我们的关心支持啊。"

余卫红夫妇站起来，和袁正生一起敬了汪奇功的酒。

虽然这样含含糊糊，但汪奇功的意思已经明显，袁正生的压力不小。

四十六

饭后，汪奇功被一个电话叫走了。余卫红要求袁正生留下来跳舞。袁正生推说有事，正要起身，饭店女经理项明珠进来说："余姐，舞厅都准备好了。袁书记，跳一会儿吧。"袁正生注意到项明珠叫余卫红"余姐"，似乎十分尊重和亲切。她们之间是什么关系，袁正生一时参不透。或许她们本来关系深厚，或许项明珠知道余卫红和汪奇功的关系，有意攀附。

袁正生听说项明珠也不是凡角，在中江可是通天的人物。你跟她关系好了，想在饭店弄个金屋藏娇，或者做点花花事情，她都会给你安排好，保守秘密；你要是让她恼了，她会到处撒你的票子，让你在中江不好混。

考虑到不能使余卫红太难堪，又给项明珠一个面子，袁正生只好留了下来。

舞厅里音乐正响，灯光闪烁，热浪扑面。袁正生进入舞厅，见有许多认识的和不认识的男女。大家都在专心跳着舞，陶醉在音乐的旋律中。余卫红牵着袁正生下了舞池，她的丈夫则在休息室茶座上喝茶。认识袁正生的机关女干部上来邀请，袁正生和她们逐个跳一圈，算是礼貌。

跳舞中途，灯光突然暗了，只有休息室的茶座上亮着小灯，更显得舞池里黑暗如漆。袁正生正和余卫红跳着，顿时觉得尴尬起来。只觉黑暗里，余卫红贴近了袁正生的身体，双手箍着他的后背，头贴在他胸口，一股香水味直扑鼻孔。袁正生知道余卫红的意思，他清醒地克制着自己，只是下面那个没出息的东西顶起了一个帐篷，妄想越界非礼。为了不使余卫红感觉到，他稍稍抬起臀部，拉开了距离……

从此袁正生头脑里盘算着一桩事：怎样不伤汪奇功的面子。朝思暮想，终于有一个两全其美的办法，但这道题目要和汪奇功一起来做。

这天他到汪奇功办公室汇报工作，汪奇功问起余卫红的事。袁正生说："在机关内部提拔有些困难，干部攀比思想严重。我想把余卫红派到市直工委（市直属单位党的工作委员会），那里缺一个团工委书记。不知这样安排可中？"

汪奇功想了想说："这样也好。"

袁正生说："如果小余同意，我就跟组织部报告一下。另外还请汪书记和市直工委书记李道阳打个招呼，他要是硬顶着不让进，也不好办。"

汪奇功说："这事我跟老李说一下，应该没有问题。"

一个月后，余卫红高高兴兴地当上了市直团工委副书记，晋升副科级，不久转为书记，正科级。

市直团工委没有什么要紧的工作，只是发展直属机关共青团员，统计团员的数字，收缴团费。其他工作如上传下达，总结汇报，团市委代她做了。虽然市直机关正科级干部只是普通办事员，但在县、市、办事处就是局长一级的领导干部了。余卫红的丈夫在工厂里工作，平时见到办事处的局长，觉得遇见了大官，这一下他的老婆也和局长们平级，他感到很有面子。

　　一段时间，袁正生到曹守谦家里走得勤了，几乎成了他家里的一员，一是袁正生在中江没有什么亲戚朋友，二是袁正生考虑曹守谦是他的恩人，多走动以示亲近。平时曹守谦家里有什么事情，袁正生帮着去办，如果自己不方便，就派人，派车。

　　这天曹慧打电话给袁正生，说她谈了一个男朋友，让袁正生给参考参考。不一会儿，曹慧带着男朋友来了。一看是个挺帅的青年，高高的个子，瘦瘦的身体。经介绍，名叫高超，硕士生学历，在中江党校当教师，父母也是干部。与曹慧相识，是他所在单位领导介绍的。有点象自己在清水的情形。为了进步，通过联姻的办法在官场上找个靠山，这是人们的普遍心态。袁正生向两个年轻人表示祝贺。

　　曹慧向高超介绍说："袁大哥是我爸原单位的同事，教过我英语，当年我在清水上中学，就靠袁大哥的照顾。"

　　高超向袁正生表示感谢。

　　袁正生要请二人吃饭，被曹慧推辞了。

　　晚上，曹慧一个人来到袁正生宿舍。袁正生问："为什么不带高超来，一个人单遛？"

　　曹慧说："高超晚上写材料，我不打扰他。"

　　"你们谈了多久？"袁正生问。

　　"两个月了。心里一直拿不定主意，没有告诉你。"

　　"这个小伙子不错。"袁正生说："你们要好好谈。等你毕业后，有了工作，就可以结婚了。"

　　"我妈是这样说的。"曹慧点点头，说："我一直没表态。"

　　"你不要挑三捡四的，好姻缘不能错过。"袁正生说："世界上没有十全十美的人。"

　　曹慧说："我在学校里，追我的人很多，可是我总不满意，蹬了好几个。高超是人家介绍，我妈同意的。我接触了几下，还可以。只是书读多了，有些书呆子气，"

袁正生说："那叫书生气。好呀，在机关工作，要会写文章，没有书生气怎么中？"

曹慧说："袁大哥，你也会写文章，但你书生气少一点，我就喜欢你这种类型。"

"别夸我。"袁正生说："我在机关呆久了，有点油了，这不是优点啊！"

"男人要油一点才好。我就想他油一点，比如在那个方面。"她看着袁正生，意思是你应该知道我指的是什么？

袁正生问："他怎么啦？"

"他开始跟我在公园里散步，离得远远的，手都不敢牵一下。"

袁正生笑笑说："他这是尊重你，是个好处男哩！"又问："现在敢牵手了吗？"

"不瞒袁大哥，我们已经把他调教好了。"

袁正生知道"调教"的意思。就说："那就好了，说明他已经过关了。"

"不过，我感觉一个男人不能满足我。我需要一个丈夫，一个情人。"

袁正生听了十分震惊，说："你不能这样想。人要有所克制，不可纵欲，性爱不是生活的全部。"

曹慧似笑非笑地点点头。

坐了一会儿，曹慧忽地站起来说："好了，我走了。"

袁正生以为她想通了，起身送她。走到门边，曹慧突然转身抱住袁正生说："袁大哥，你'克制'，我可克制不了，说'走'是骗你的。我知道你一个人在中江，粮库是满的，你不把存粮倒给我，我怎么能轻易走呢！"她把袁正生推倒床上，俩人滚到一起。

袁正生在团市委书记的位置上呆了两年后，在强调干部年轻化、知识化的大背景下。经曹守谦推荐，市委研究报省委备案，任命袁正生为清水县代县长。

任职之前，市委书记唐人杰亲自找他谈话。唐书记白白的脸庞，大大的额头，头发有点稀疏，是个知识分子的派头。他对袁正生说："小袁，现在，我们党强调干部年轻化，知识化。你年轻，又是大学生，正需要你们挑大梁的时候。 姜运生同志到市里来工作，任市人大副主任，林世农同志由县长转任书记，我们派你去当县长。"

袁正生虽在曹守谦那里知道这一任命，但从唐人杰口中说出来，他还是感到诚惶诚恐，有一种无形的压力。他说："我年纪轻，工作能力、经验都不足，怕挑不起这个担子，辜负党组织和领导的信任。"

唐人杰说："我们选你去，是基于对你的了解，相信你能担当这个重任。经验不足可以在实践中锻炼提高嘛！"

袁正生说："领导要多指导，多帮助啊！"

唐人杰点点头，说："你到清水后，要和林世农同志很好地配合，工作中大胆地提出你的想法，在党委的领导下，大胆地闯，大胆地干。"唐人杰的话虽不多，但包含两层意思：首先要处理好与林世农的关系，服从林世农的领导；第二才是大胆地工作，做出成绩来。袁正生心中有数了。

离开唐人杰，袁正生觉得应该去拜访宋建新市长。他来到宋市长办公室。

宋建新是个大块头，理着平头，一张雷公脸。说话直来直去，对人很严厉，但却关心人，好相处。见袁正生进来，他劈头就问："什么时候下去？"

袁正生说："听从组织部安排。下去之前，我来请教一下。对能否做好政府工作，心中无底。"

宋建新直言快语地说："清水是全国贫困县之一。江东省十个贫困县，我们市占两个，一个是清水，一个是长山。清水最大的问题是没有工业，商业也不发达，财政困难，光靠收农业税过日子，吃饭都成问题。每年上交经费四千万，市里下拨六千万。还不算其他专项资金，一年国家倒贴你们三四千万。"

袁正生点点头，表示领教。

宋建新说："你去的主要任务，是把清水经济搞上去。三年见成效，五年大变样。如果经济抓不上来，你这个县长就要走人。担子重啊！"

袁正生自谦说："我一时还不知道从何抓起，请市长点拨一二。"

宋建新说："一是要跑省跑部，向上面争取项目，争取资金，这是首要的——当然我们上下共同努力；二是招商引资。现在全国招商引资竞赛，这又是头等大事。全市每年的招商引资指标，你们县总是完不成，拖了全市的后腿。也难怪，山区落后，条件差嘛。这两项工作做好了，就一好百好。靠你清水那几十万亩田，那一片山，日夜不睡觉地干，也奔不了小康，改变不了面貌！"

离开唐人杰、宋建新，袁正生感到压力很大。唐人杰虽没有说什么，但不怒自威。宋建新直截了当，他的话象磨盘一样压在袁正生的肩上。自己一介书生，投笔从政，如今到了独撑危局，真刀真枪上阵的时候了。

四十七

离开中江的前一天晚上，袁正生在曹守谦家里吃饭，曹慧不在家。曹守谦说："清水人事关系复杂。林世农现在当书记，你要和他配合好。他过去把你弄下乡，你不要计较他。书记、县长有矛盾，县长是斗不过书记的。做一个好县长，在书记面前要低调，哪怕你能力再强，他能力再弱也不行。要多汇报，多沟通，做到仁至义尽，实在搞不好的，那只好另当别论。"

曹守谦又说："县长不好当，没有干部任免权，说话没份量。唯一的是口袋里有几张支票（财政机动资金）。但清水县穷，入不敷出，没有多少机动资金让你做人情。事情要县长做，任务要县长担，出了问题县长有责任。所以县长要谨慎，处事多考虑周全。既要做事，又不能得罪人。"

曹守谦特别叮嘱："不能得罪老干部。对在职的老干部要尊重，对离退休的老干部更要尊重；清水有多少县处级以上干部，在职的和离退休的，在本县的或在外地的，你都要弄清楚。他们是清水人，亲戚朋友，七大姑八大爷在清水，一损俱损，一荣俱荣。不要无意中得罪了某个人，有困难有要求要尽量满足。有些人虽然无职无权，但成事不足败事有余。得罪了他们，他们会无止无休地告你的状，拆你的台。特别不能得罪在省里，中央有背景的人，得罪了这些人，你前面的路就封死了，甚至还有无妄之灾。当然你也可以利用他们支持你的工作，支持清水经济发展。在我们中国，永远是人事关系第一，工作第二。"

袁正生心想，曹守谦的这些话，是他的肺腑之言，经验之谈，没有很深的关系，他是不会说的。

市委组织部通知星期一送袁正生上任。星期六下午，袁正生便乘长途客车回清水。本来他可以叫团市委的小车送一下，但他想在上任之前了解民情，体察民意，也算是非正式的微服私访吧。等到上任后，县里的人都认识他，就私访不成了。

这趟客车是清水汽运公司的班车，每天从清水到中江两个来回。袁正生坐的是晚班。清水人到中江办事，一般都坐这一班车回去。自从当上了团市委书记，有了专车，袁正生好几年没有坐长途汽车了。因为怕误点，他提前半个小时赶到车站，见检票口大门敞开，到清水的人已经上车了。袁正生爬到车上一看，车上挤得密不透风。看看离开车还有二十多分钟，袁正生便想下车透透气，售票员说："想下车吗？等会儿挤不上来别怪人！"袁正生只好坚持着。车上人越挤越多，因为是最后一班，如果坐不上，只能在中江住宿了。袁正生站在那里想，人这么多，班车这么少，为什么不加开几班呢？再看看车况，已经很旧了。车窗玻璃多处破裂，用塑料胶皮沾着。座椅上的靠垫也塌皮烂骨的。他知道班车少是经费的问题。终于等到开车了，车子一发动，人们前倾后仰，站立不稳，有人挤得大呼小叫，还有孩子的哭声。袁正生开始后悔坐这班车了。如果不坐，车上少一个人，旅客至少会宽松一点。

途中，袁正生听两个旅客对话。

甲说："坐这趟车来回都受罪，何年是个头？"

乙说："有什么办法？当官的有小汽车，他们哪里知道老百姓的苦？"

甲说："听说清水县又要换县长了。"

乙说："再换也没用。没有钱，啥事办不了，喊几年口号，走人。"

甲说："是啊，穷乡僻壤的。就是招商引资，人家也不来呀！"

天黑到家，詹小红笑脸相迎，说："你当县长的事，清水人都传开了。什么时候上任？"

袁正生说："市委组织部星期一送我，今天我没事，就回来了。"

詹小红一边穿外套，一边说："洗把脸，到妈家吃饭去。兰兰也在那里。"

到了岳父岳母家，岳母已经做好了饭，为了给女婿接风洗尘，岳母特地在饭店里订了几个上档次的菜，让服务员送过来。詹友光准备了五粮液好酒，要和县长女婿喝几杯。兰兰上小学了，正在家里做作业，见到爸爸十分高兴。岳母摸着兰兰的头说："小红一个人拉扯孩子，这么多年，多不容易，如今你们终于聚到一起了。"

吃饭的时候说到清水县的事情，袁正生对詹友光说："爸，您有时间把清水县的人事关系帮我理一下，主要是县处级以上干部，家庭情况，社会关系，上下级关系，包括离退休的，在外面工作的，画个关系图。我虽是清水人，但从小在农村长大，对城里情况不熟。"

詹友光点点头说："这是需要的。我来帮你梳理。"

岳母说："林世农这家伙，过去把正生搞下去。要不是曹书记，正生哪能上得来？"

詹友光说："林世农听说正生当县长，心里滋味肯定不好受。但正生不要和他计较，尽量搞好关系吧。"

袁正生说："我尊重他，服从领导。如果他跟我过不去，我也不怕他。我一不贪二不占，行得正坐得稳，一心为老百姓办实事，他能把我怎么样？"

詹友光说："林世农当书记，他手里握着干部任免权，干部们都跟着他转。你要低调一点，对大家客气一点。在干部任免问题上，尽量少表态，以免林世农对你不放心，说你揽权。有些人过去与你有些恩怨，你要装点糊涂。因为你挪不动他的位子，撤不了他的职，犯不着得罪他。"

袁正生问了县里一些情况，知道除林世农当书记外，陈峰副书记调走了，何建贤当副书记，朱学文当纪委书记，刘建国当组织部长，陈永发（前乌山乡党委书记）当宣传部长，吴志伟（前平原乡党委书记）当常务副县长。这六个人当中，林世农、何建贤曾是自己的老领导，朱学文、刘建国、陈永发，吴志伟，地位曾经比自己高。其中林世农和何建贤还和自己有过不愉快。其他人因妒忌心理，也不可能那么贴心，都是不可依靠的。经过力量对比分析，自己在常委中是个光杆司令。

袁正生还了解到，在政府那边，还有两个副县长：王景云和马珍(女)。分别是河东乡书记和青龙山乡书记上来的。他们与自己过去没有交往，应该好相处一些。政府后院一般不会起火。但是乡镇和县局一级的一把手，也有几个刺头，如现在的计委主任葛怀腾。葛怀腾曾因修改年龄在曹守谦办公室闹事，被袁正生挡在门外。当年袁正生被赶下乡，葛怀腾拍手称快。这几年葛怀腾从副局长升到计委这个重要部门任主任，都是紧跟林世农的结果。计委在县政府被称为第一内设机构，其主任升任副县长的机会较大。就是当不上副县长，在人大、政协安排个副职，完全有可能，现在他是春风得意了。

饭后，袁正生告诉岳父，明天是他爸六十岁生日，他要到乌山去一趟。"

詹友光赞成说："要去，六十岁是大寿。代我向你爸问个好。"

岳母说："小红一起去。带些礼品，给公婆拜寿。"

袁正生心想，岳母从来没有让詹小红去拜见公婆，现在倒客气起来了，真是前倨而后恭啊。

晚上，詹小红有意把兰兰留在父母家。兰兰吵着要回家。詹小红说："你明天不上学，在奶奶家玩，不要来回跑。我和你爸明天到乡下奶奶家去。"

兰兰说："我也到乡下奶奶家去。"

詹小红说："明天一早我来接你。"

外婆也劝兰兰留下，兰兰只好服从。

当天晚上，夫妻俩早早地洗澡上床。詹小红赤溜溜地滑进了被窝。袁正生知道今晚有好戏。为了防止夜里犯眠，他喝了一杯浓茶，打起精神。洗了澡，钻进被窝，直奔主题。詹小红殷勤配合，媚态百出。俩人酣畅淋漓地完成了规定动作。第二天早晨又操练了一次。一夜两次，前所未有。袁正生觉得詹小红从来没有这么贴心顺意过，他曾听过一位名人说："权力是男性的荷尔蒙，是女性的摧情药"。

四十八

第二天，袁正生不想惊动县政府，打电话给了团县委，请他们派车送一下。团县委书记郑连清亲自带着司机赶来。袁正生对郑连清说："我是私事，不耽误你星期天休息，只请司机辛苦一下。"

郑连清嘱咐司机："走山路要小心，确保县长安全。"

袁正生夫妻带着女儿兰兰一路向乌山行驶。兰兰从未出过远门，更没有到过乌山，看到山区景色优美，十分好奇和兴奋。詹小红以前调研来过这里，也不觉得有何奇特之处，印象是荒山野岭一个。现在心情很好，眼中的乌山就美丽多了。

到了乌山镇，转向袁家村，路比较狭窄，只有一条机耕路，一辆小车可以通行，两辆车交会就很困难。快到袁家村村口时，路上停了好几辆轿车，堵在那里，车不得进。

司机叹了口气说："县长，车子开不进村咋办？"

袁正生说："你回去吧，我们下车走。"

"我把车停到路边等您。"

"不要等。"

"我下午来接您。"

袁正生同意了。

袁正生带着詹小红和兰兰往村里走，只听得村里人声嘈杂，熙熙攘攘。他看见自家门前站着许多人，停了几辆轿车，好生奇怪。一个乡亲看到袁正生，大声朝屋里喊："县长回来了！"屋里立刻出来十几个干部模样的人，一见袁正生，惊喜地迎上来，争着和县长握手。

袁正生见是县直机关的科局长和乡镇的书记、乡长。因问："你们怎么来了？"

干部们说："县长，您还问我们？令尊六十大寿，这么大的事情，您瞒着象没事一样。我们是来为老爷子祝寿来了。"

袁正生十分吃惊，心想："干部们利用这个机会联络感情可以理解，但做得太露骨，太张扬，有些不太正常。"袁正生虽不高兴，但也不好生气，只径直走进家门。他看到父母站在堂间，见来了这么人，显得手足无措。

袁正生向父母介绍说："大，妈，这是小红，这是您孙女兰兰。"

詹小红亲亲热热地叫了一声爸、妈。兰兰也亲切地叫声爷爷、奶奶，袁明德老两口快乐地应着，叫大儿媳玉荷带着到隔壁玩去了。

袁正生问："大的生日，外面怎么知道的？"

袁明德说："我也不清楚他们怎么知道的。"

干部们说："老太爷的寿辰，谁不知道？还用说吗？"

看着墙边堆着大包小包，袁正生说："又不做寿，你们花么钱呢？"

干部们齐声说："不值钱，不过一点心意罢了。"

袁正生说："我家里坐都没地方坐，又不能招待大家。"

干部们说："不必不必，县长回家，家里人说说话，我们回去了。"于是纷纷退出门外。

袁正生要他们把东西带回去。干部们摆摆手，匆匆离去。袁正生送出门外，看着他们上了小轿车，响着喇叭一溜儿走了。

　　看到小轿车没了踪影，袁明德说："我从来没做过么事寿，谁想起来做寿呢？正生，他们是冲着你来的，说你当上县长了，是真的吗？"

　　正生点点头。

　　母亲说："一大早又是车响，又是人叫的，我还不晓得出了么事。原来当个县长就这么闹啊。真叫人不得清静。"

　　回屋里，袁明德说："正生，人家送这么多东西，咋办？我们可不能要人家东西啊！"

　　正生说："查一查，如果值钱的，我带回去还他们。不值钱的象水果什么，分给村里的孩子们吃吧。"

　　袁明德低头看了一下，说："还有些烟和酒，都是没见过的牌子。"

　　袁正生一看，不过是些中档的品牌，只是父亲没有吃过罢了。他知道干部们初次登门，只为露个脸，讨个好感。又是在公开场合，不可能送重礼。虽然如此，他也要防止有人坏他的名誉，不能不警惕。他便说："这些烟酒我带回去，送给县委招待所食堂，将来政府招待客人。"

　　这时孙玉荷和詹小红、兰兰进来。

　　母亲说："做饭。玉荷，你把那只芦花母鸡杀了。"

　　玉荷去了，接着就听到外面扑鸡的声音。

　　詹小红带着兰兰出门散步，孙玉荷的女儿馨馨、香香和儿子庆庆陪着她们。她们来到老槐树下，向着远处张望，欣赏着乌山的风景。乌山象墙一样立在村边，绿树葱茏，山崖突兀，连绵远去，气势磅礴。詹小红从来没有发现乌山这么美。兰兰也看得呆了。母女俩在馨馨姐弟的陪同下沿着山边大路朝前走去，村里几个妇女小孩不远不近地跟着她们，指指点点，低声地议论着：

　　"看哟，那是正生的马马。"

　　"是吗？她可没来过。"

"——没有玉莲漂亮。只是城里人穿得齐整些。"

在屋内，袁明德父子坐在桌边喝茶。袁明德告诫儿子说："正生，你当了县长，我们全家人都很高兴，祖坟上冒了烟，袁家也有人当官了。但是，你要当就当个好官，当个老百姓喜欢的官。现在社会风气坏，清水县换了多少县长，能让老百姓说好的不多。多数是正事不足，邪事有余，当官谋私，贪财好色，工作浮在上面，吹吹打打几年，拍拍屁股走人。咱们可是本乡本土的，你要是没干好事，就是调走了，老百姓要骂你家祖宗。一个人本事有大有小，不能强求，但要一心一意为老百姓做事。最大的事是不能贪，一贪就说不得别人，腰杆子硬不起来，老百姓不服你。我们家不指望你当官发财，只指望你平平安安稳稳当当。如果你有能力，为清水县做几件事，在老百姓当中有个好口碑，那就更好了。"

袁正生说："大，您放心，我一定当个好官，不贪不占，为清水老百姓做实事，为清水官场做榜样，不辱没袁家祖宗。"

袁明德说："那我就放心了。"

下午袁正生回到县城。他把干部们送的烟酒统统放到县委招待所食堂，对经理说，这些东西用作政府招待客人。

四十九

星期一早晨，县政府办公室副主任程青松开车到袁正生家门口，向他报告说："今天会议在县委招待所会议室举行，市委组织部曾乐义副部长马上就到，各乡镇和县直单位局级以上领导干部都坐在会议室等着。林书记也到了。"

袁正生乘车来到宾馆。程青松把他引到会议室边的休息室，林世农书记正和常委们坐在沙发上闲聊。见袁正生进来，大家都站起来同袁正生握手。林世农说："欢迎正生回来工作。"他故意不叫袁县长，也不叫正生同志，而叫正生，既表示亲切，又摆点领导的架子。

袁正生说："靠大家帮助。"

坐了一会儿，程青松说："曾部长小车进城了。"

大家走出休息室，站在大楼门口。不一会儿，曾乐义的车子进了大院，林世农，袁正生迎了上去。互相握手，进了休息室。

林世农说："曾部长早啊！"

曾乐义说："大事啊，不敢迟到。"

林世农说："干部都到齐了。"

曾乐义说："到齐了就开（会）。"

林世农把曾乐义引到会议室，按照席卡，在主席台正中坐定，林世农、袁正生坐在他左右。今天其他常委都自觉坐在台下，包括副书记何建贤。

林世农主持会议，他说："今天市委组织部曾副部长来清水，宣布市委对袁正生同志的任命。现在请曾副部长讲话。"

曾乐义首先宣读了市委的任命："经中共中江市委研究决定，袁正生同志为清水县委副书记，县委常委，代理县长。"随后曾乐义讲话，对袁正生做了个简单的介绍和评价，他说："袁正生同志年纪轻，有文化，党性原则强，公道正派，勤政廉政，谦虚谨慎，团结同志，有改革创新精神。相信他担任县长之后，在党委的领导下，带领全县人民，一定会为清水经济和各项事业的发展做出应有的贡献。"

袁正生表态说："感谢组织对我的信任。回到清水，服务家乡，也是我的人生愿望。我决心在县委的领导下，团结政府一班人，努力工作，尽其所能，为清水人民竭尽绵薄之力。不辜负党组织和人民的希望，不辜负市委的重托。"

最后林世农说："正生同志是我们清水人，和我们大家共过事，来清水工作算是熟人熟事。我们感谢市委对清水工作的重视和支持。我们一定会支持正生同志的工作，共同为清水的建设和发展做出应有的成绩。"

会后，在宾馆设宴，常委同志都参加。大家频频举杯，互相表达支持与合作的态度，在曾乐义副部长面前，是一个团结融洽的领导班子。

下午，袁正生正式走进了县长办公室。清水县委、县政府各有一幢小楼，在一个大院里面。县政府小楼在前，县委小楼在后，两边还有厢房，那是县直各个部门的办公室，比较有钱的单位在大院外面盖了独家小楼，象教育局、财政局、工业局、农业局、计生委、公安局等等。袁正生与政府办公室的人过去打过交道，有的熟悉，有的不熟悉。这几年清水县换了两任书记县长，人事变动不小，许多人调出去了，几个老人还在。办公室主任空缺，因为林世农把主任带到县委办公室去了。袁正生面临着选办公室主任的问题。现在办公室的行政工作是副主任程青松管，文字工作是副主任王丰管。王丰曾在组织部与袁正生共过事，也是林世农从组织部带到政府办来的。袁正生让程青松，王丰各管一块，暂时不提主任人选。

袁正生坐下来第一件事，叫王丰把政府所属各部门去年的工作总结，今年的工作汇报搞一份来。同时打电话通知计委主任葛怀腾，工业局长郑开兴（前平原乡乡长），农业局长季稔年、乡镇企业局长邵金来，商业局长钱昌茂和财政局长张进财，明天一起到乡镇调查。袁正生的想法，先看看材料，到各乡镇走走，了解大致情况后，再开政府办公会议研究工作。做到心中有数，有的放矢。他最关心的是经济问题。所以带了几个经济部门的负责人。

为了礼貌起见，袁正生在下乡前先去拜会林世农书记，征求他对政府工作的要求，表示自己做到多汇报，多请示，并请书记多多帮助。

林世农对袁正生的低姿态感到满意。心想："袁正生还算乖巧，知道先把我林世农捧着。不像有些楞头青，以为书记县长一般高，不把书记放在眼里，到时候吃了亏才知道，这个县还是书记当家。"于是客气地说："你大胆地干，大事跟我说一声，我相信你会把政府工作做好的。"

袁正生说："我这一点水平老领导还不清楚？没有人给我把舵，我心里没底啊。"

林世农开心地笑了。

接下来，袁正生分别到何建贤副书记，朱学文纪委书记，刘建国组织部长，陈永发宣传部长的办公室坐了坐，请他们在工作上支持和帮助。回到政府这边，又去了吴志伟办公室。大家见袁正生这么客气，都表示了对县长的尊重、团结和合作的善意。

对于王景云和马珍两个副县长，袁正生则分别把他们叫到办公室，进行谈心式的交流。他们都表示在县长的领导下，做好所分配的工作。

<h1 style="text-align:center">五十</h1>

第二天一早，县政府借了一辆面包车。到了八点钟，其他人都到了，唯有葛怀腾没到。袁正生叫王丰打电话，回话说葛主任身体不好，在家休息。袁正生知道葛怀腾故意拿架子，虽然心中不快，但不跟他计较。说："葛主任身体不好，让副主任来。不一会儿，计委副主任章炳前匆匆赶到。袁正生说："出发吧。"

　　第一站到平原乡。平原乡书记陈玉树，乡长冯连云在政府门前迎接。下车后先到会议室坐下，听取汇报。

　　冯连云汇报说：几年来，平原乡经济发展势头良好，每年以百分之十左右的速度增长，高于全县平均水平。酿酒厂，酱菜厂，油坊，竹木加工厂，几大产业齐头并进，全乡经济实力显著增强，已排在全县各乡镇经济发展前几名。

　　袁正生要了一份汇报材料和一份报表，一边听一边看。对平原乡这几年的经济发展十分满意，兴奋之余，决定去企业看看。他选定了酿酒厂。酿酒厂是平原乡最大的企业，据报表显示，该厂每年产值五百多万，利税六十多万。在平原乡经济举足轻重。

　　冯连云一听县长要去酿酒厂，显得十分意外和紧张。连忙说："酿酒厂在山边，路远又不好走，不如就近到油坊看看。中午在油坊吃饭，已经打了招呼，企业做了准备。。"

　　陈玉树也说："不必去酒厂。因为没有通知厂长，还不知道他在不在。"

　　袁正生见他们神态窘迫，感觉有些蹊跷，就坚持要去，说："不在也不要紧，我去看看生产情况，回头再叫厂长汇报。"

　　冯连云说："如果去酒厂，回来吃饭就迟了。"

　　袁正生说："迟一点吃饭没关系。"

　　冯连云、陈玉树互相看了看，只好同意。乡里小车在前面带路，县里面包车跟随。一路上，冯连云打了几次电话都找不到厂长，结果大家都到了，厂长还没有来，冯连云急得满头是汗。

　　到了厂门口，下了车，见酒厂大门紧锁。冯连云只好说老实话："厂里停产了，工人上班不正常，厂长回家好些天了。"

　　袁正生问怎么停的产？陈玉树说："厂领导班子不团结，严重亏损，我们正对其进行整顿。"

　　袁正生说："整顿也不须停产呀。"

正说着厂长来了，是个胖胖的中年人。他一面从口袋里拿出厂门钥匙，一面说："不知道县长来。害大家等了，对不起，对不起！"

打开厂门，进了车间，见窖池里堆满垃圾，老鼠见到人四处乱窜。还有麻雀从窗子里飞进来，在酒糟堆上觅食，见人闯进来，扑地飞了出去。机器上锈迹斑斑，灰尘很厚。

袁正生不悦地说："这不是停产，是倒闭啊！大概好几年没有生产了吧？"厂长说："有三年了。"

袁正生问冯连云："我刚才看你们的报表，酒厂去年产值五百多万，利税六十多万，从哪里来的？"

冯连云哑了口，满脸通红，低下了头。陈玉树满脸尴尬，说不出话来。

厂长说："我们每年都这么做报表，不报不中呀！"

袁正生知道。酒厂是倒闭了，但统计数据不能少，每年都要报，并且逐年按百分之十的比例增加。否则，向上级交不了差。这是各地的普遍现象。没想到在这里遇到了实例。

袁正生没有发火，没有批评陈玉树、冯连云。他只板着脸说："不看了，回去吃饭吧。"

吃饭的时候，袁正生问冯连云："平原酒厂还是国营企业吧？"

冯连云说是。

袁正生说："国营企业效益不高，大锅饭，等靠要，经营没有自主权，职工积极性不高，亏损倒闭是必然的。现在外地都将国营企业转给个人承包，或者卖给私人，你们为什么不那样搞呢？"

陈玉树说："可是干部们认为，国营企业是公有制，包给个人是好了个人，卖给私人是走私有化道路。"

袁正生问："中央要求'抓大放小'，你们怎么理解的？"

冯连云说："我们留了几个大的，小的逐步放。"

袁正生说："你这个酒厂也算'大'，那谁是"小"？抓大放小是从全国而言，不是从乡镇而言。乡级企业再大也是小，效益不好的都可以放！"

陈玉树说："大家认为，国营企业是乡镇的钱袋子，不能给私人经营，政府要抓在手里。"

袁正生问："你们每年从酒厂拿多少钱？"

冯连云说："哪里有钱拿哟，厂里亏损，发不出工资，我们每年还倒贴十多万呢！"

袁正生说："这不是钱袋子了，是个漏斗啊！"

陈玉树、冯连云无言回答。

袁正生说："企业给私人经营，他们有生产、用工自主权，效益和个人利益直接挂钩，他们才有积极性。他们把企业搞活了，向国家交了税，这不是好事吗？"

陈玉树和冯连云沉默着。

袁正生说："你们的思想要开放啊！看看外地，想想自己。要好好研究一下，拿个改革方案。不能再拖下去了。"

第二天到乌山乡。乌山乡现在的书记是黄国强，乡长陶学民。乌山是袁正生的家乡，经济比平原乡更差，基本没有企业。过去有一个林场，由于没有效益，职工解散回家各谋生路了，只留几个人看场。还有一个小煤矿，有些微利，因为没有投入，不死不活的。这几年靠征收农林特产税维持。

在听取了乌山党委政府的汇报后，袁正生决定到小煤矿看看。黄国强、陶学民陪着，车子开向乌山深处。

乌山有煤炭资源，但煤层很深，勘探比较困难，煤储量不好掌握。乌山乡镇办的小煤矿，已经开采了十几年，资源逐渐枯竭。又没有资金开掘新矿井，所以乌山乡的经济就垮了。袁正生听了陶学民的汇报，看了一下矿井。见有几个工人背着煤篓从井下爬上来。井口很小，一个悬梯下去，黑洞洞的一眼看不到底。

袁正生问下面有多深？陶学民说："挖下去两百多米了。"

袁正生说："这样的设备和工作条件，太原始了吧。"

黄国强说："想建大一点的煤井，用机械采煤，改善工作条件，但要有大的投入，乡镇拿不出钱。"

对面山上有一个煤矿，竖着两个井塔。袁正生问是谁开的。黄国强介绍："是私人开的，老板叫孙玉康、薄有财。"

陶学民问："县长要不要去看看？"

袁正生听说是孙玉康的煤矿，孙玉莲自然在那里。他很想去看看，但他又怕见到孙玉莲，也不想见孙玉康。所以他说："私人企业，就不去了。"但是他的内心是多么想见孙玉莲，和她说几句话。袁正生呆呆地站在那里。他看到对面山上的井塔边有一个简易的工棚。工棚旁边堆着一些煤石，一条之字形的土石路弯弯曲曲地向山下伸延。

袁正生问："他们就住在工棚里吗？"

陶学民说："上班时住工棚，吃饭也在工棚里。晚上除了值班的之外，都到山下住，山下一个堆煤场，盖了几间厂房。"

矿山是艰苦的。孙玉莲她好吗？虽然近在咫尺，他却不能去见她。袁正生只能在心里惦记着她，暗暗为她祈祷，为她祝福。

临走时，袁正生说："煤矿要投入，没有钱，要考虑引进外资。"

黄国强、陶学民点着头。

第三天到云林乡。云林乡现在是李本忠当书记，张小平当乡长。袁正生听了一下张小平的汇报，知道云林乡更没有值得看的企业。云林乡是乌山的最深处，也是地势最高的乡，是清水河的源头。上游有一个水库。袁正生坐车到水库看看，见湖面有两千亩面积，碧波荡漾，水鸟在飞翔嬉戏。站在水库大坝上，可以看到云林小镇，也可以眺望远处的清水县城。袁正生觉得云林水库风景秀美，如果在这里盖一个宾馆，倒是一个清雅的所在。只是从云林到县城五十多公里，需要修一条像样的柏油路。现在没有这个条件，但以后一定要办成。话不能说早了，他把这件事记在心里。

云林乡最迫切的问题是道路建设。许多村庄不通公路，离镇上近一些的村通机耕路，远一些的只有步行，运货基本上靠人挑肩扛，手推独轮车。

回到云林镇政府，吃饭之前，袁正生到洗手间方便，路上见到了韩秀娟。握手时韩秀娟低声说："县长不要把我忘了。"

袁正生说："哪能忘呢，记在心里哩！"

韩秀娟笑着说："那就好了。"

韩秀娟告诉他，蓉蓉小学毕业就辍学了。袁正生问什么原因。韩秀娟说她母亲身体不好，家里生活苦，经济上不能供她上学。蓉蓉也要帮助母亲做事。

袁正生叹息一声："多好的孩子，多么可惜。"

韩秀娟说："山区象蓉蓉这样的情况不是个例。"

袁正生说："只有把清水的经济搞上去，人民富裕了，才能改变蓉蓉一类孩子的命运。"想到这里，袁正生增加了使命感和紧迫感。

第四天上午到青龙山乡。这又是个山区乡，在清水县城的北面，与东南面的乌山遥遥相对，把清水县这块平原围在当中。青龙山高八百多米。它不像乌山山清水秀，而是草木不长，巨石裸露，十分贫瘠。青龙山有丰富的石灰石，是造水泥的好原料。因为道路不通，至今无人开发，荒芜在那里。山区田地不太肥沃，老百姓生活很苦。

青龙山乡书记徐安平和乡长王乐道在路口迎接袁正生一行。

虽然同在清水县，作为乌山人的袁正生从来没有来过青龙山。袁正生下车看了看青龙山高峻雄伟的身躯问："青龙山是石灰岩吧？"

王乐道说："是石灰岩。"

"这么好的资源，要想办法利用起来。"袁正生自言自语。

徐安平接上来说："是好资源，但青龙山太偏僻了，离省道国道三四十公里。"

袁正生没说什么，他心里有了在青龙山办个大型水泥厂的想法。

在会议室与徐安平、王乐道谈了一下工作，然后到山下转了一下。除了看见几个碎石场外，看不到一个像样的企业。因为没有企业可看的，午饭后，徐安平、王乐道提议上山打猎。袁正生心想："老百姓这么苦，干部工资拿得这么少，他们却过得清闲，真是安贫乐道啊！"因婉拒了书记乡长的挽留，驱车向河东乡。

河东乡比青龙乡经济好一些，除农业之外，还办了一些个体食品加工厂，主要销往江西省。与河东乡一河之隔的江西省赣北县河西乡，经济发展很快。袁正生听取书记明宝升，乡长裘五国的汇报后，提议到河西看看。

过了一座小桥，就到了河西。袁正生站在仅能行走三轮车的小桥上说："这座桥太小了吧，应该造一座能通汽车的大桥，便于两地物资交流。"

明宝升说："谁说不是呢？我们动议了好几次，河西那边不积极。桥一直造不起来。"

袁正生不解："河也不宽，花钱也不多，他们么事不积极？"

明宝升叹了一口气："人家那里经济发达，我们这边穷，人家看不起我们。"

裘五国说："是呀，现在造桥修路，都往经济发达的地方修。对经济落后的地方不感兴趣，认为造桥对他们好处不大。"

袁正生问："我们自己花钱造，不中？"

明宝升说："那也得征求他们同意，河对岸是人家的地皮。"

袁正生说："我改天去河西那边，拜会一下赣北的县长，说说建大桥的事。我们造，请他们支持，钱不要他们出。"

裘五国说："这钱也不是小数目。"

"县里给你们补助。"袁正生说。

"没有五六十万怕不中。"

"五六十万造什么桥？"袁正生说："要造大桥，行汽车，双车道的。你们造一个预算，县里研究一下。"

明宝升、裘五国高兴地说："那太好了！"

袁正生笑笑说："不过，我话是这样说，县里一时还拿不出这么多钱。但我既然表了态，就会兑现的，你们等着。"

到了河西，看到河西的乡镇企业办得很好，经济十分活跃，农民普遍富裕起来，盖起了一幢幢的小洋楼。河西小镇上商店鳞次栉比，商品琳琅满目，行人熙熙攘攘，车水马龙，市场十分繁荣。一河之隔，差距如此之大，引起袁正生的沉思。

袁正生问裘五国："河西经济这么繁荣，什么原因，你们思考过没有？"

裘五国笑笑说："河西人胆子大，什么都敢干。造假烟、造假酒，坑蒙拐骗，算他们最能。"

明宝升也不以为然地指着街上每隔一段就有一个洗脚屋按摩房说："河西乱七八糟的，什么钱都赚，风气坏，治安乱。简直不像社会主义的天下了。"

袁正生眉头一皱，不无批评地说："我指的是他们怎么办了那么多企业。先有企业后有按摩房，不是先有按摩房后有企业吧？造假烟假酒只是支流，如果都造假，谁相信他们？经济能发展起来吗？要看到人家的长处，看人家主流的东西。"

明宝升和裘五国红着脸不说话。

袁正生说：“我看你们乡的优势就是邻近江西经济发达地区，你们要像他们一样，支持个体经济的发展。你们可以请江西的企业到我们这里办厂，给予土地优惠和税收优惠。你们可以建设一个大市场，农贸市场和小商品市场。我们县政府研究一下，经济上支持你们。我们全县的农产品可以在这里卖，企业产品也可以在这里展销。逐步把市场培育起来，目的就是赚江西人的钱，赚全国人民的钱。”

明宝升和裘五国只是点头。

五十一

袁正生又到其他乡镇调查了一遍。跑遍了全县十八个乡镇后，袁正生发现了三个方面突出的问题：

一、各乡上报的经济数据严重不实。统计数据普遍造假，GDP是假的，农民人均收入也是假的。清水县的经济发展存在着严重的问题。按照袁正生的想法，应该把数据全部改过来，重新统计，重新上报。但是他清醒地知道，不能这样做。如果重新统计，经济各项指标要掉下一大截，有的甚至要减少一半，这就意味着把前几任党委政府的政绩全盘否定，不仅县委不能接受，市里不能接受，同样也不好向老百姓交待。更为严重的是，上级要追究数字造假的责任，处分干部。袁正生在机关混迹多年，知道这里面的厉害。

二、思想观念落后。从各乡镇看，很多企业没有建立厂长责任制，干好了厂长不得利，干坏了厂长无责任。企业领导班子窝里斗。效益好一点，政府在里面拿钱，向里面安插人；企业遇到困难没人管。干部吃拿卡要，指手划脚。企业垮了，还以为坚持了社会主义方向。还有的干部看不到经济发展的好处，只看到市场经济负面的东西。　对外面的新生事物不了解，看不惯，不愿试，不敢做。

三、干部使用上论资排辈，无论干好干坏，熬到年头就升官，几年来经济不见发展，干部倒提拔了不少。再就是企业厂长行政化管理，这些厂长都有行政级别，都是行政编制。干好了就在企业捞好处，干不好就找关系调到政府部门当官。

就在袁正生下乡调研的时候，计委主任葛怀腾来找林世农，向他解释自己没有随袁正生下乡的理由，他说："袁正生算什么东西？他是托曹守谦的'蛋'上去的。要不是曹守谦，他现在还在云林乡当副书记，凭什么爬到我的头上。虽然计委是政府下属部门，但我心中只有您林书记，谁也支使不了我。"

两人正说着话，何建贤进来，谈到袁正生当县长的事，他也有一肚子牢骚。何建贤曾在云林乡做过袁正生的领导。当上副书记后，一直觊觎着县长的位子，不料袁正生空降下来，他心里很不好受，觉得有损面子。（当年袁正生任云林乡党委副书记，本该转任乡长，是何建贤让李本忠捷足先登，使袁正生落了空，现在一报还了一报）何建贤常到林世农这里发牢骚。何建贤与林世农关系密切，无话不谈。

林世农抓经济工作能力不行，抓政治工作也只能上情下达。但他喜欢玩政治权术。当上县委书记后，更注意树立自己的绝对权威，顺我者昌，逆我者亡。好在干部任免大权在握，想托他"蛋"的人自然不少。林世农知道，过去他曾打压袁正生，把他派到最远的乡镇，现在两人关系微妙，彼此心知肚明。打压袁正生本是他不变的初心，但他清醒地认识到，现在不是拆袁正生台的时候。林世农当县长几年，清水经济搞不上去，他自感无能为力，现在这副担子落到袁正生头上，让他松了一口气。当前抓发展是重中之重，经济工作一票否决，上面给的压力很大。在这种情况下，他也希望袁正生能闹腾个名堂，给他这个书记脸上贴点金。非常时期应该唱"将相和"，所以他对何建贤、葛怀腾一类人采取正面引导的态度，要他们为了清水经济发展，支持配合袁正生的工作，至少现在还不能拆他的台。当然，一旦抓到袁正生的错处或者问题，也绝对不要放过，名正言顺地把他赶下台。

何建贤、葛怀腾心领神会。从袁正生回清水的那一天，他们就注意袁正生的一举一动。一些干部给袁正生父亲拜寿，就是何建贤、葛怀腾从中策划，投石探路。没想到袁正生无意给父亲做寿。把人都打发了，还把烟酒送给了县委招待所。

从乡镇回来后，袁正生参加了县委常委会议，他把下乡调查的情况作了汇报，并谈了乡镇普遍存在思想保守，改革滞后，企业没有活力的问题。对于统计数字造假和论资排辈提拔干部的问题，他没有说，怕林世农听了不高兴。袁正生也陈述了自己抓清水经济的初步想法，林世农和常委们都没有表示异议。

紧接着，袁正生召开第一次政府工作会议，会上，他首先要求县直各部门做个简要的工作汇报，然后他发表了讲话。

他首先谈到乡镇调研和听取部门汇报的感受。在肯定成绩之后，重点谈了存在的问题，归结为四句话："思想旧了，胆子小了，办法少了，步子慢了。"对于今后的工作，他强调继续发扬："勇于改革，百折不挠，开放包容，奋进致远"（县委制定）的清水精神。具体想法是：

一、重点抓好工业，无工不富。他要求全面推行厂长经理责任制，放开搞活现有企业；他计划近期组织一批企业厂长经理到经济发达地区考察学习，培养一批优秀企业家。他特别强调抓好招商引资，实行全民招商，营造适合企业发展的良好环境。

二、切实抓好商业，无商不活。他要求抓好城乡公路建设，建设好城乡贸易市场，便利物资交流。他认为在靠近经济发达地区的河东乡，可以建设一个农贸和小商品大市场，以"前店后厂，前店后田"的形式促进全县农业、手工业朝商品化方向发展。

三、大力抓好农业，无农不稳。他要求在抓好粮油生产的同时，注意抓好经济作物的生产，种植业、养殖业齐头并进，多种经营，全面发展。他要求农业部门与江东省农业大学建立合作关系，在专家的指导下，抓好科学种田，促进增产增收，讲究经济效益。

四、注重抓好旅游文化建设。他要求把清水县建成旅游文化之乡。具体的要修复建设好清水古城，疏浚治理好清水河，恢复和建设云林佛教寺庙，搜集、整理和宣传清水历史文化，提高清水知名度，吸引国内外游客，让清水变成国内最宜居的生态城市。

基于以上考虑，他决定成立六个办公室：一是企业改革办公室，由工业局长郑开兴为主任，常务副县长吴志伟分管；二是招商引资办公室，由乡镇企业局长邵金来为主任，自己亲自兼管；三是市场建设办公室，由商业局长钱昌茂为主任，副县长王景云分管；四是农业科技服务办公室，由农业局长季稔年为主任，副县长马珍分管；五是城乡建设和旅游规划办公室，由城乡建设土地规划局局长毕淦才为主任，自己兼管；六是建设五十万伏高压变电所办公室、由供电局长王文庆为主任，马珍副县长负责等。他要求各职能部门抽调精干人员办公。

参加会议的乡镇和县直部门领导都觉得袁正生的想法很好，但难以落实，关键是钱的问题。清水县是国家财政补贴县，根本拿不出大量的建设资金，没有资金投入，无法进行基础建设，不搞好基础建设，一切想法都是空的。

钱从哪里来？无非三个渠道：银行贷款，招商引资，国家投资。

会后，袁正生把清水县人民银行、工商银行、农业银行、建设银行和农村信用社五家金融企业的负责人叫到办公室，和他们商讨贷款的问题。但各家银行负责人都表示今年贷款指标已经超标，无钱可贷。

建设银行行长魏长龙是一个黑黑的汉子，说话有点冲，他说："清水县总共欠我们建设银行七个亿的贷款没有还，哪里还有钱再贷？就是有钱，谁敢贷？现在银行系统改为企业管理，实行效益考核、贷收责任制，贷款收不回来要追究责任的。"

袁正生避而不谈所欠银行贷款的问题。他知道只要一提欠贷的事，各家银行都要诉苦，话就说不下去了。他从另一面切入说："你们不贷款给清水，清水经济发展不起来，你们的贷款就收不回来。只有支持清水经济发展，所欠的贷款才能收回来。只有让清水经济发展起来，人民富裕起来，有了大量的存款，才能壮大银行的实力。这是良性循环。不贷款，清水是死路一条，你们银行也是死路一条。"

袁正生要求他们回去查一下可有放贷的余地，并且向上级银行汇报，争取增加贷款指标。他说无论如何要贷二十个亿，支持清水经济发展。几个负责人舌头伸得老长。魏长龙一脸的不屑地摇摇头，夹着提包走了。

五十二

袁正生在银行这边碰了软钉子，又想到招商引资。他通知工业局长郑开兴、乡镇企业局长邵金来、商业局长钱昌茂、城建土地局长毕淦才、计委副主任章炳前和财政局长张进财到办公室研究招商引资工作。本来，招商引资工作由计委牵头，常务副县长吴志伟分管。但袁正生考虑葛怀腾工作不力，用起来也不顺手，目前又动不了他的位置，计委副主任章炳前负责也有难度，干脆改由邵金来负责，绕过葛怀腾。他让吴志伟集中精力抓好企业改制，招商工作就自己管起来。心想，林世农用人没有原则，用葛怀腾这种不干实事的人当计委主任，又抓招商引资，能把清水经济搞上去吗？

邵金来是个三十几岁的年轻人，一张白净的瘦瘦的脸，精明强干，能说会道。他对袁正生说："招商问题涉及到各部门，仅乡企局一家拉不动。过去是计委牵头。"

袁正生说："我现在就让你牵头，各单位配合，有什么问题我来协调。"

邵金来知道上次下乡调研，葛怀腾没有参加，袁正生对他很不满，也就不再说什么。

袁正生说："过去招商引资你不是参与的吗？你把情况说一下，我们共同研究。"

邵金来叹了一口气说："这几年清水县每年组团到外地招商，浙江，江苏，广东的许多县，差不多都跑遍了，开了多次新闻发布会，项目推介会，钱花了不少，签了一些毫无约束力的意向书，但真正落实的少，来的只是小鱼小虾。或者污染环境的企业。"他说："清水条件差，交通不便，招商没有竞争力。很难招到大企业。"

袁正生说："招商引资要拿出成熟的项目，优惠的政策，周到的服务去吸引人家，不能泛泛空谈。我县乌山煤矿资源可以作为一个重点项目推介出去。"

邵金来说："可别说煤矿资源吧。前几年我们招来一个老板，和他签订了共同开采乌山煤矿的合同。合同规定：煤老板投资生产，我们保证煤炭资源、土地供应和各项服务。煤老板投入了二十万，打了一口煤井，结果没出煤，煤老板要求清水政府赔偿他的损失，我们不赔。他告到法院，由于县法院偏袒我方，煤老板败诉，气得撤走资金不来了。"

袁正生说："建煤矿要弄清地质情况，请勘探队来勘探清楚。然后才进入推介。怎么不经过勘探，就保证煤矿资源呢？"

邵金来说："我们本来认为乌山到处都是煤，一些小煤矿不是开采到煤吗？所以没有请勘探队来。再说勘探队开口要四十万勘探费，我们拿不出这个钱啊！"

袁正生说："这个钱不能省。把煤储搞清楚才能谈，更不能盲目动工。"又问："那个企业实力如何？"

邵金来说："那是浙江温岭集团公司，实力雄厚。老板叫赵才胜，他们旗下不仅有煤矿，还有水泥，建材等大企业。"

袁正生说："这样的大老板你们怎能放过呢？你去和赵才胜联系一下，我们赔偿他二十万资金。告诉他，我们请勘探队来，把乌山的煤储量搞清楚，把资料搞全，井口选准，然后再请他来谈合作。我坚信，只要我们讲信誉，做好各项前期准备，是不会招不到商的。"

袁正生又说："我县青龙山石灰石蕴藏量丰富，这是看得见的，不需要勘探，可以建一个大型水泥厂。"

邵金来说："我们也请一些水泥企业老板看过，但到现场一看，那里不通路，离省道、国道三十多公里，他们就打了退堂鼓。后来听说有个企业在长山县办了水泥厂，长山跟清水接壤，一个山脉。但他们那里有国道，又有铁路，交通条件比我们好。"

袁正生说："我们一定要把青龙山的公路修好。"

在袁正生的主持下，县政府讨论了招商引资优惠政策，制定了招商引资奖励办法，给各乡镇和各县直单位下达了招商引资任务书，形成了三个系列文件。要求单位、个人全面招商，把各种可能的关系和渠道利用起来，为清水经济大发展群策群力。

与此同时，在袁正生的安排下，吴志伟亲自带队，组织二十名企业厂长经理考察团赴江苏、浙江、广东地区考察。临行时开了欢送会，袁正生在会上讲话，特别讲到解放思想、改革创新的问题，讲到鼓励一部分人通过诚实劳动先富起来的问题。袁正生说："一个县的经济发展，需要有一大批眼界开阔，目标远大，善于发现商机，抓住机遇，敢于创新，懂技术、会管理的高素质企业家队伍。战争年代'千军易得，一将难求'，经济建设年代'企业易办，企业家难求'，我们清水县必须有一批高素质的企业家队伍。因此政府不惜花钱培养你们，助你们成长，助你们发财。今后这样的考察活动还要组织多次，你们自身要珍惜机遇，努力成为发展清水经济的栋梁之才。"

银行贷款不行，招商引资也要有一个过程，国家投资更是可望不可即。袁正生心急火燎。他想，这么多年清水县县长换了多任，经济仍然不能发展，现状不能改观，不是他们没有能耐，而是巧妇难为无米之炊。无论是招商引资还是国家投资，地方都要搞好基础建设，都要拿出配套资金，想空手套白狼，谈何容易。人们说钱不是万能的，但是没有钱是万万不能的。

这天，有一本内部刊物上报道，邻省有些地方通过"卖户口"筹集资金搞建设，即将城市居民户口卖给农民，名义叫："城市增容费"。每个城市居民户口收取五六千元不等。这使袁正生得到了启发。改革开放推进了经济发展，城镇化将成为必然的趋势。放宽城市户口准入，鼓励农民走向城市，成为城市居民，这是顺应历史潮流的明智之举。城市要扩容，道路交通，生活设施要改善，管理成本要增加，征收城市增容费，说得过去，合情合理。他将这个想法向林世农作了汇报，拿到常委会研究。袁正生把刊物上的报道给大家看，并谈了县财政目前的困难，实在拿不出钱来搞建设。如果不搞基础建设，不改善城乡交通现状，招商引资就是一句空话。袁正生说"既然外地已有先例，我们就试试。如果错了，纠正就是了。"多数人表示同意。

于是形成了一份《关于解决部分长期居住城市的失地农民城市户口问题的通知》。考虑到清水的经济状况，文件规定每个户口征收三千元。文件说得很含糊，"长期居住城市的失地农民"，怎么叫长期居住？没有时间杠子，不要任何证明。失地不失地也不调查，只要拿钱就成。农民很快从字里行间获得了用钱可以购买城市户口的重要信息。由于城乡差别的现实，农民想成为城市居民，享受城市居民待遇的愿望十分强烈。文件下发一个月后，全县有一万多农民购买了城市户口，政府得款三千多万元。袁正生大喜，有了这三千万启动资金，袁正生下令清水县城乡道路建设全面动工。

詹友光把《清水县处级以上干部社会关系一览表》给了袁正生，还就重点人物的情况作了提示。袁正生又到表哥万士明那里了解情况。

万士明把周志平和万敏叫回家，大家在一起喝酒。酒席宴上，万士明就清水县机关的历史演变，人事变迁向袁正生作了介绍。袁正生把政府工作的思路、计划跟表哥说了，万士明表示赞同。谈到清水经济落后，干部思想保守，基础差等问题时，袁正生表现出急躁情绪。万士明劝他说："抓经济工作要量力而行，不要急躁冒进。想发展快一点是好事，但政治上要担风险，改革要得罪人，还是悠着点为好。"

袁正生说到葛怀腾尸位素餐，占着茅房不拉屎的问题。说："林世农真糊涂，重用葛怀腾这类人，还把他安在重要岗位，清水经济怎么能搞上去？"

万士明告诉他一个重要信息："葛怀腾的女儿葛婵婵是林世农的情人。"

袁正生恍然大悟："怪不得葛怀腾修改出生年月成功，并且一再升官，春风得意，有恃无恐。"

袁正生从万敏口中了解到，王小丽的丈夫钱国庆先前承包县教育局食堂。最近国家要求行政单位与企业脱钩，钱国庆就把酒店承租了下来。王小美考上了大学，学的是传媒。这些与袁正生没有关系，但又好像有些关系。

听说周志平从宣传部下派，到教育局当副局长。袁正生说："政府要成立广播电视局，志平当广电局长，好不好？"

出乎袁正生意料，周志平并没有表示惊喜，他用眼睛看了看岳父，然后说："我还是在教育局好。搞宣传工作政治责任大，风险大。机关流传一句话：'跟着宣传部，年年犯错误'"。万士明点点头。

袁正生感觉周志平成了万家的女婿，和万士明思想逐渐接近，变得不那么奋激。对仕途经济从容淡定多了。袁正生只好作罢。

"量力而行，不要急躁，不要冒险，悠着点为好。"这是万士明的忠告，但袁正生不这么认为。不急躁怎么中？各县都在比发展，县长都在比政绩。象林世农、何建贤那样庸庸碌碌中吗。市委市政府给予的压力很大，自己能不能由"代"转"正"，关键就在前几个月的表现。再说，自己当县长并不满足于当个太平官，而是要做一番事业，有一番作为的。不闯一下，不冒一点，就不能抢占先机，脱颖而出。"悠着点"不是他的性格，也与他的仕途理想相背离。

<h1 style="text-align:center">五十三</h1>

三千万元城市建设增容费(卖户口钱)是经不得花的。为了能拿到贷款，袁正生亲自到中江市各大银行，拜访了各个行长，苦口恳求帮助。但是行长们除了推说贷款指标紧张，就是放贷风险太大。言外之意，你们清水县欠了那么多银行贷款不还，信誉已经不复存在，还想贷款，影儿也没有。银行是讲效益的，不是慈善机构。袁正生劳而无功，心里窝了一肚子火。

袁正生认为，银行虽然实行了企业管理，但银行是国家的，承担了政府的部分职能，与政府不能完全分开。地方经济不发展，不仅是政府的事，也是银行的事。正因为如此，袁正生有理由让银行给清水县贷款，支持地方经济，即使有贷无还，打了水漂，也不能推辞。袁正生回到清水，向各家银行下达了二十个亿的贷款任务，要求必须完成。但银行属于条条管理，根本不买账。袁正生开了几次协调会，银行皆予拒绝。袁正生派人暗中调查，发现银行在江苏浙江等地有放贷的行为（为了经济收益和保险起见，银行纷纷向经济发达地区贷款），于是在一次会议上严厉地批评银行部门"把清水的钱贷到外地去了，吃着清水的饭，喝着清水的水，干着吃里扒外的勾当。"

建设银行行长魏长龙因为地方政府欠他的贷款太多，导致财务亏损，受到上级批评，年终没有奖金，职工待遇下降，本来就憋着一肚子气，见袁正生在会上批评，当场与袁正生顶撞起来。

袁正生大怒，说："如果建行不听清水县政府的，不为清水人民谋利益，就请关门，离开清水！"

魏长龙说："你没有这个权力。"站起来拂袖而去。

会议上各乡镇、县直各单位负责人都在场，大家见县长和行长吵了起来，一时楞在那里，都为袁正生捏一把汗。银行属于条条管理，又是企业单位，地方政府本无权干涉其经营活动，银行有放贷与不放贷的自主权。况且清水地方政府欠贷数额巨大，一直只贷不还，如今又要强行贷款，银行不听招呼也有他的道理。袁正生被呛得下不了台，气得满脸通红。他决定拿建设银行开刀，杀杀银行系统的威风。

当天晚上，袁正生召开有关部门领导紧急会议，向他们面授机宜，要整建设银行。说："你们按照我说的办，出了问题我负责。"

第二天，建设银行办公楼停水停电，办公室漆黑一片，无法办公；门前堆满了垃圾，营业大厅大门被堵，臭气熏天，顾客无法进出。建行职工都站在门外议论纷纷。魏长龙派人了解，电力部门回答说电力指标不够，自来水公司回答说水管老化停产维修；环保部门说利用建行门前空地做个垃圾转运站，这个地方是公用空地，已经经过城建部门同意。

更有甚者，建行职工家属在清水工作的，被通知不要上班，回家做丈夫或者妻子的工作，何时给政府贷款，何时上班；建行职工的小孩，学校通知他们已被转到边远学校上课，说城里教育资源有限，生员暴满，无法安排。

魏长龙大怒，到政府与袁正生理论，门卫把守不让进。魏长龙气得大骂，被公安以妨碍公务为由，拘留六个小时，连饭都没给吃。整个建行工作停顿。职工闲言碎语，有的说县长太不讲理，有的说行长不会处理与政府的关系。

魏长龙到市里告状，请市建行行长来协调，但袁正生拒而不见，说必须答应贷款，否则免谈。市建行行长只好去省建行汇报，全省震动。这样僵持了十多天，省建行派了一位副行长来谈判。谈判的结果，建行顾全大局，答应给清水县增加贷款三个亿，现任行长魏长龙调走，一场风波就此结束。其它银行也纷纷答应贷款，很快十个亿贷款到帐。到底是强龙斗不过地头蛇，这一场争斗以政府胜利告终。从此袁正生被称为"铁腕县长"。

这天，邵金来携二十万元支票到了浙江温岭集团公司。公司总部驻在温州市郊区，上万平方米面积的大院。门前一块横卧的巨石，上书"温岭集团公司"几个大字。里面并没有高大的办公大楼，只有两座四五层高但很壮阔的楼房。公司总部就在楼上办公。楼房后面的大院里，堆着乱七八糟的建筑材料。主要是钢筋水泥和一些不知名的机器。一律用简易的水泥瓦大棚罩着。公司大门前停着几辆宝马、奔驰和一些外国名车。

这是一家大型股份制私营企业。这样的大企业，是不缺二十万元钱的。邵金来一时怀疑到此还钱是否必要。在门卫处通报了姓名之后，里面传话过来：公司总裁赵才胜接见。

赵才胜坐在三层一间很大的办公室。办公桌比床大得多，黑亮黑亮的，照得见人影。边上还有沙发、小会议桌椅、健身器材什么的。隔间还有卧室和卫生间。赵才胜五十来岁，四方脸，大块头，说话办事干脆利索。因为财大气粗，说话底气十足。见到邵金来，他眼皮也不抬，只问：

"你来干什么，还想要我投资？我不会再上当了。"

邵金来走上前在赵才胜桌子对面的椅子上坐下。说："我们是来弥补您的损失，还你钱的。"

"什么？"赵才胜不相信地抬起头看看对方。"开玩笑吧？"

邵金来认真地说："不，是真的，真是还您的钱。"

"什么道理？"赵才胜还不相信。

邵金来说："现在我们换了新县长。听说您上次在我们那里投资亏了本。县长说，'招商引资要讲信誉。'叫我把钱送来还您。"

"天底下还有这样的好县长？"

"当然。"邵金来说："我把支票都带来了。您看。"他把支票亮给对方："二十万元数额填好了，印章齐全，只要把您的银行帐号填上去，钱就到您帐上了。"

赵才胜看了看支票，确实不假，惊喜地说："好，好！真是事在人为呀。新县长和老县长就是不一样。我真想见见你们的新县长。他叫什么？"

"他叫袁正生。"邵金来说："您要是想见他，哪天去，欢迎您到清水做客。"

"做客？我知道，还是想我投资。"赵才胜摇摇头说："投资煤矿不行了，你们乌山只是一些蜂窝煤，没有大矿。"

邵金来说："我们青龙山有石灰石，可以办大型水泥厂。"

赵才胜不以为然地说："青龙山我也去过，水泥厂我也考察过。可是你们交通不行，青龙山离国道三十多公里，你们又没有铁路。"

邵金来说："这些都不是问题，您可以和我们县长谈。"

赵才胜笑着说："就是谈，能谈出铁路来？"

邵金来问："没有铁路就不能建水泥厂？"

赵才胜说："当然。你想想，如果建一座年产五十万吨的水泥厂，一天要出水泥一千三百吨。进煤炭、钢沙、耐磨球七八百吨，总共两千多吨运输，用二十吨卡车至少要一百辆，每天一趟，你们山区机耕路能承受得了吗？我们建厂至少五十万吨，小了不划算。"

当天晚上，赵才胜请客，把邵金来他们安排住进了厂区宾馆。一来因为二十万元失而复得，他心里高兴，权当作得了一笔意外之财；二来他对新县长也来了兴趣，很想见见这个新县长。在中国办企业，不仅仅靠政策法律，更重要的是靠人事关系，有了一个讲信用，靠得住的地方行政长官，比什么都重要。

晚饭后，邵金来把情况从电话里向袁正生做了汇报。其中讲到赵才胜想见新县长的话。袁正生立刻回应："你跟赵总说，我连夜赶去和他见面。"

第二天一早，袁正生赶到温岭集团公司。赵才胜听说新县长到了，十分高兴，赞扬说："新县长真是雷厉风行啊！"

在宾馆的小会客室里，袁正生和赵才胜见了面。赵才胜看到袁正生如此年轻英俊，顿生好感，他们一见如故，谈得十分投机。袁正生首先对他在清水投资所遇到的麻烦表示道歉，请他捐弃前嫌重新考虑清水这块投资热土。他向他介绍了清水县值得投资的一些项目，重点说了水泥厂项目。赵才胜所顾虑的还是三十几公里道路问题。袁正生承诺，一个月内把路基拉出来，三个月建成一条十米宽的柏油路。

赵才胜半信半疑，说："如果你们能把路修好，我就在那里办个水泥企业。"

袁正生问办多大。

赵才胜轻描淡写地说"办个年产四、五十万吨没问题。"

不料袁正生摇头说："太小了，太小了！"

"还小？你说要办多大的？"

"最少也得百万吨，青龙山是一座八百米高的大山。"袁正生说。

这回轮到赵才胜摇头。他说："你说得轻巧。年产百万吨，一天要出两千八百吨水泥，加上其他物资，共三四千吨。就是有那么大的生产能力，也没有那么大的运输能力呀！要用火车皮运输才行，你们那里不通铁路！"

袁正生想了想说："我们可以申请建一条铁路专用线。"

"这要铁道部批准。不是容易拿下来的。"赵才胜很内行。

"您只要能建成百万吨水泥厂，我们就找铁道部去。怎么也要把它拿下来。"

赵才胜见袁正生初生牛犊的劲头，心想：年轻人还不知道这里面的难度。就故意激他说："你们把公路修好了，我去建一个五十万吨的水泥厂。如果你们把铁路项目批下来，我一定会建一座五百万吨的大型水泥厂。那将是我们集团公司最大的水泥厂，也是全国最大的水泥厂。到时候我还把温岭集团公司总部迁过去，你看怎么样？"

袁正生突然站起来说："君子无戏言！"

"那当然。"赵才胜站起来补充说："但有一件事要说清楚：厂区铁路我们花钱，厂区外面的铁路，你们县里花钱。"

袁正生笑着说："你们大企业还缺那一点小钱？"

"那可不是小钱！"赵才胜认真地说："从青龙山到长山县火车站，三十多公里，需要三四个亿的铁路建设资金哩！"

袁正生想想赵才胜说的也在理。关键现在求人家来建厂，这个事情暂且搁置不说为好。就说："路是人走出来的，您诚心到我们那里投资，我们诚心招商，我们共同往前走，总会有办法的。"

临别时，赵才胜握着袁正生的手郑重地说："一个月后，我要去看看你们公路建设怎么样噢？"

袁正生说："没问题。我们恭候您！"虽然这样说，他的手心里却冒出了汗。

<h1 style="text-align:center">五十四</h1>

　　回到清水，袁正生直奔林世农办公室，向他报告了到温岭集团公司招商的情况。说关键的问题必须立即修路。林世农也知道引来大企业不容易，这次机会难得，遂召开常委会议统一思想，做出了"开展矿山道路大会战"的决定。公路取名"青龙山大道"。政府成立矿山公路指挥部，袁正生任指挥长，城乡建设土地规划局局长毕淦才为副指挥长，具体负责施工。

　　在全县各乡镇党委书记、乡镇长和县直部门领导参加的动员会议上，袁正生说："青龙山有建设大型水泥厂的条件，修一条从青龙山到国道的公路，就不愁招不到商，所以我们必须马上行动。计委、交通、公路，农业，水利、城建土地，财政、民政和公安等部门，立即行动，组织专业技术人员，对道路进行勘测、设计，对工程材料和费用进行匡算，对施工中可能遇到的问题进行评估，涉及到土地征用，房屋拆迁，坟墓迁移等事项，有关部门要尽快拿出解决方案。经过县委县政府研究下文。各乡镇要动员老百姓出工出力，其他乡镇要组织支援，日夜赶工，一个月推出路基，三个月完成沥青路面铺设，体现清水精神和清水速度。"

　　袁正生接着说："除了修一条公路外，我们还打算修一条铁路。建成大型水泥厂，没有铁路是不中的。有了铁路，我们就可以引进年产五百万吨的大型水泥企业，这将是全国最大的水泥企业。但建铁路要经过铁道部门批准。是我们下一个努力的目标。

　　袁正生说："如果我县有一个年产五百万吨水泥的大型企业，每年贡献给地方财政的税费，将达到两三个亿，清水县财政就翻了几倍。虽然头几年企业所得税实行'两免三减'（即两年免征，三年减半），但其它税费（营业税、土地使用税、矿产资源税、个人所得税和教育费附加等）一年也有两三千万元，相当于目前县财政收入的一半还多。同时水泥厂将会带动我县相关产业的发展，促进地方经济的繁荣。"

袁正生兴奋地说："如果五百万吨水泥厂建成，赵总承诺把温岭集团公司总部搬过来，就是说温岭集团下属企业（当然不会是全部）将以清水为财务结算地。根据税法，企业结算地在哪里，就在哪里缴税。那时候清水县的财政收入，又要增加好几个亿，会一举摘掉清水贫困县的帽子。所以，我们按时修好公路，是取得对方信任，引进大企业的第一步。"

袁正生的讲话很有鼓动性，各地各部门听了以后，群情振奋，摩拳擦掌。

会后，袁正生和毕淦才商量了一些具体问题。诸如工程取土问题，取石问题，机械问题，人工问题，桥梁、涵洞建设问题等等。袁正生最担心的是土地征用、青苗补偿、房屋拆迁、宅基地调整和迁坟安置，这些涉及老百姓的切身利益，总的思路是补偿从优，奖罚分明。工作要做好、做细、做到位。不能因为群众闹事影响工程进度。毕淦才是个实干家，当年在云林乡当乡长。因与何建贤不合，被排挤出局，改任城建土地局局长。袁正生对这个助手十分信赖。

为了防止可能出现的阻力，袁正生还登门拜访了一些离退休的老干部，特别拜访了老县长高鸿福。高鸿福是一个很壮实的大块头，虽然年老，但身架骨还很庞大。高鸿福原是村干部上来的。在大跃进年代，清水县兴修云林水库，他一个人挑两个人的土，因而当上省级劳动模范。后来当了公社书记、县长，他到农村田头检查工作，说着说着就卷起裤腿，亲自下田做劳动示范。所以在清水县声誉很好，也能镇得住一些人。高鸿福住在郊区的一个平房里，门前有一个小院子，种着花草，摆着奇石。政府给他在城里安排了楼房，他不住，要住平房，说人不能离开了土地。袁正生登门拜访使他很高兴。县里领导换了七八任，近几任没有人来过了。

袁正生和高鸿福在院子里喝茶，袁正生谈到县里经济状况，是全国的贫困县，财政补贴县。谈到招商引资，谈到修建矿山公路，高鸿福听得很认真，他对袁正生的做法表示赞赏和支持。袁正生特别说到土地征用，房屋拆迁和坟墓迁移的问题，这些都牵涉到群众利益，担心群众接受不了，并说了补偿标准，土地每亩补六万，再加一季青苗费，房屋每平方米补两千，坟墓每宗补三万。限期一个月内，每提前搬迁一天，补一百，每推迟一天搬迁的，罚一百。

高鸿福对补偿标准很满意，他说："这已经很高了。应该不会有问题。"因为当时土地价格一般在三万，房屋价格每平米一千到一千五，何况还是农村房子。用这些钱造新房或者买新房都是足足有余。坟墓搬迁邻县的标准，一宗给两万。但尽管如此，袁正生还要考虑老百姓的感情，担心有人漫天要价。高鸿福说："出现这样的情况要做工作，本人做不通就做家属的工作，他家里总会有人在政府工作，在企事业单位工作，当干部的，是共产党员的，要这些人去做工作，就好做得多了。"

袁正生觉得高鸿福毕竟当基层干部多年，有一套做群众工作的经验。他说："感谢高老的支持，如遇特殊困难，还要请老前辈出来说活。"

高鸿福爽快地答应了。他说："要我出来说话我就说，随叫随到。你这是为清水办大事，办好事，哪能不支持呢？"

回到办公室，袁正生电话招来毕淦才和民政局长庞明辉，对他们说："为了防止在拆迁方面遇到麻烦，耽误工期，你们要根据青龙山大道区域内的房主、田主和坟主，进行一次社会关系调查，乡镇党委和村党支部配合，从干部、党员入手，提前做好思想沟通，把工作做到前面。"

由于工作做得细致，补偿款及时兑现，工作进展顺利。高鸿福老县长还亲自到沿途乡镇走了一趟，表示对新县长工作的支持。袁正生和毕淦才带着有关乡镇长，一路走，一路办公，见什么问题解决什么问题。属于哪个乡镇辖区，哪个乡镇负责。

有十个亿的资金做坚强后盾，公路建设如火如荼地开展起来。袁正生就想着建铁路的事。铁路是个难题，再难也要上，成败在此一举。

这天，袁正生带着邵金来、交通局长柳新枝及政府办副主任董会义（董会义从市团委调来），携一份《关于要求建设矿区铁路和增设清水火车站的请示》，开车向中江而去。

铁路部门是条条单位，与地方体系不配套。省市县都没有铁路机构，只有江东市一个铁路分局，管着几个车站和几条铁路线。清水县临近长山县铁路车站，理应属于江东市铁路分局管辖，所以他们要到江东铁路分局申请，由他们转报国家铁道部审批。中国人是讲究等级的，作为一个县级政府，直接向江东铁路分局申请，恐怕不被重视，袁正生决定先报市政府，由市政府转报省政府，再由省政府出面与江东铁路分局联系，显得郑重一些。江东铁路分局虽然是厅级单位，但他管辖几个省的铁路，工作上常常与省政府打交道。

袁正生首先向市长宋建新汇报，说明建设铁路专线和铁路车站的重要性。宋建新对此无不支持，他说："你的想法很好，清水要建大水泥厂，建个铁路专线和车站完全必要。市政府支持你们。"他要求秘书把清水县政府的《请示》签上意见，由袁正生直接带到省政府。他说："这样快一些，省政府签署意见后，你们要去铁路分局攻关。"因为他知道，此事不攻关是不行的。

袁正生带着市政府转报的《请示》到省政府办公厅。办公厅工作人员收下文件，叫袁正生第二天听回话。第二天，省政府办公厅请示领导后将文件签了"同意报江东铁路分局"几个字，盖了公章。袁正生他们立刻赶到江东铁路分局，铁路分局看了文件，答复是："清水县不具备建设厂区铁路和火车站的条件。"把《申请》退了回来。

袁正生被当头浇了一盆冷水。但他不甘心被否决，心想："看来要想继续往前走，还得另劈蹊径。"

<h1 style="text-align:center">五十五</h1>

袁正生想在省城找找老乡关系，至少有一个了解情况商量事情的人。从岳父詹友光给他的《清水县处级以上干部社会关系一览表》上了解到，省里有一位清水籍的退休副省长，叫庞明照。何不去找找他，说说困难，或许老省长有路子，有办法。但是庞明照不好见，他官高位重，住的地方警卫森严。袁正生让邵金来打电话给庞明照的弟弟，民政局长庞明辉，要他到省城来一下。

庞明辉当天下午匆匆赶到，问县长有么事，袁正生说："我们想看看庞省长，但省政府宿舍警卫森严，我们又没有去过，未免唐突，所以请你来带路。"

由庞明辉带着，很顺利到了庞明照的家。庞明照是个中等个子胖胖的老头。袁正生自我介绍，送上在商店买的中老年补品。庞明照见家乡父母官来了，十分高兴。坐下来后，袁正生问候了庞老，然后向他介绍了家乡建设情况，请他抽时间到清水看看，做做指导，并对庞老多年对家乡的帮助表示感谢。老年人是信捧的，听了袁正生的话十分开心。双方感情上迅速贴近，气氛热呼起来。

庞明照一直关注清水的经济发展。他承认清水基础太差，经济落后，历届县委、政府压力都很大。　袁正生说到自己的一些

仕途与女人

想法，重点说到招商引资，想招一个水泥企业，但路的问题是拦路虎，公路可以自己解决，没有铁路不中。

"我们想建一条矿山铁路，建一个火车站，与全国铁路接轨。"袁正生说。

庞明照一听，也咂了一下嘴说："建铁路必须铁道部批准。"又问："可不可以利用长山火车站？"

袁正生说："利用长山火车站，一则有几十公里路程，不方便，再则将来货运指标受制于人，也是不中的。"

庞明照点点头说："是这个问题。现在铁路运输线很忙，指标控制得很紧。长山一个四级小站，一年分配不了多少货运指标，有的物资在车站等了许多天上不了路。再加上清水，那就更不中了。"

袁正生说："问题是我们货运量大，每天几千吨货物要出出进进。水泥不及时运出，仓库爆满，工厂要停产，损失就大了。"

坐了一会儿，袁正生请庞老一家人吃饭，并叫董会义先去安排。

庞明照说："不必客气。你们来了，应该留你们在家里吃饭，可是这几天把保姆辞了，没有人做。"

庞明照老伴进来说："现在请个好保姆难啊。

袁正生赶紧说："庞老，我们回去打听一下，为您请一个保姆来。"

"那太好了。"庞明照说："最好请一个会做家乡菜的保姆。"

袁正生说："这是小事，没问题。"

不一会儿，董会义打来电话，说安排好了，就在江东饭店。

袁正生扶着庞明照夫妇出门。庞明照的司机接到通知后，把轿车开了过来。两辆轿车开到江东饭店。

到了饭店包厢的小客厅里，众人在沙发上坐下。在等待上菜的当儿，袁正生告诉庞老，他想找一下江东铁路分局的领导。但苦于没有熟人引见。

庞明照想了想说："我打个电话，让铁路分局的小段来一下。"

袁正生问小段是谁。庞明照说："小段名叫段道立，原来是省政府的秘书处长，因嫌省政府工作清贫，规矩太严，想调到铁路分局去。我给他出了力，让他去当个处长，现在是副局长。我叫他来吃饭，你们可以问问情况。"

袁正生喜出望外："那太好了！"

不一会儿，段道立到了，三十几岁，个子不高，长方脸，黑黑的皮肤，两只突出而明亮的大眼睛，头发梳得光溜溜的，衣着打扮比较讲究。

庞明照介绍说："这是小段局长；这是清水县袁县长。"

袁正生与段道立握手。说："幸会幸会。"

坐下后，段道立说："清水那个地方我去过，山清水秀的。"

袁正生说："请段局长到清水走走。"

酒菜上齐，大家坐上餐桌。酒过三巡，袁正生对段道立说："我们要办一个大型水泥厂，没有铁路运输不中。所以想申报建设一条矿山铁路，建一座火车站，与全国铁路接轨，不知道手续怎么办？"

段道立问："你们大型水泥厂在哪里？"

"在青龙山。"

"没听说过。"段道立说："建设工矿区铁路，运输量一年三十万吨以上才可以申请，报铁道部批准。"

"我们超过了三十万吨。"

段道立又说："想建火车站，与国家铁路接轨，那更不行。"

袁正生问："建厂区铁路就是要与国家铁路接轨，不然做么用？要接轨就要有火车站呀！"

"现在铁路线很忙，现有的货运安排不了，不可能再建新站，增加货运量。"

"货运量的增加，是经济发展的好事，为什么要限制？"袁正生不解。

"目前国家在铁路方面投资不足，铁路不能适应需要。这几年货运量猛增，铁路方面承受不了。"

"那就应该加大投资，大兴铁路建设，适应经济发展需要呀。"

段道立摇摇头："国家虽已重视铁路建设，但落实下来，要有一个过程，没有十年左右，现状难以改观。"

袁正生说："我们写了一个《申请》，已经省政府批准，转报给你们。"说着拿出那份《申请》。

段道立看了看说："《申请》我们可以给你转报，但批准的可能性不大。再说，你们离长山火车站才三十公里，不可能这么短的距离再建一个火车站。况且你们清水县不在铁路沿线。铁路能为你们打一个弯吗？"

袁正生说："铁路建设应该服从运输需要。你看全国铁路图，从来都不是等距离建站，也不是直线的吧？"

段道立说："那也是。不过你们的经济发展还没有到那一步。起码要等水泥厂建好，运输量形成，才能考虑建铁路的事。"

袁正生说："如果铁路批不下来，水泥厂就没法建了。"

段道立笑道："这是先有鸡还是先有蛋的问题。"

庞明照问段道立："你们有哪些权限？"

段道立说："我们只负责审查地方的《申请》，转报铁道部，提点建议罢了。就这么一点权。"

庞明照说："你们要为他们多说好话。这是我的家乡的事，你要多关照点。"

段道立说："老省长交办的事哪能不尽力？"

喝过酒，吃过饭，司机送庞明照夫妇回去，庞明辉也随车去了。

袁正生对段道立说："时间还早，我们活动一下。"

段道立没有反对。大家进入了江东饭店舞厅。

这是一座豪华的舞厅，舞池、咖啡厅、情侣包厢一应俱全。他们先来到咖啡厅坐下，服务生上了咖啡，摆上果盘。舞厅女经理带来了十来个小姐，董会义征求段道立和袁正生的意见后，留下五个，分别坐到他们的身边。

女经理与段道立熟悉，说："段局长，坐着干什么，请姑娘们跳舞吧。"

段道立站起来，挽着小姐下了舞池，袁正生、邵金来、柳新枝和董会义也各携小姐随后。跳了几圈舞。跳得累了，大家坐包厢里喝咖啡。

袁正生对段道立说："段局长，建铁路的事，还请您多帮助。"

段道立说："在我的权力范围内，我尽量帮忙。不过，实话告诉你，你们这个《申请》，十有八九是打回票的。"

袁正生说："只要有一线希望我们都要争取。"

"全国象你这种情况多得很，有的为修建铁路，睡到工程局局长家门口不走。"

"如果事情能办成，我也愿意去睡他几天。"

袁正生邀请段道立到清水去玩。段道立摇摇头说："你们清水环境不行，我不敢去。"

袁正生问哪一方面。段道立说："我是指改革开放的环境。听说省城一个老教授，带着夫人到清水去玩，住在县委招待所里。半夜里警察把他们叫起来，分别把老夫妻俩关到两个房间，审问他们是不是夫妻，闹了大半夜。教授与夫人年龄相差二十多岁，公安部门怀疑是卖淫嫖娼。气得老教授打电话朝你们书记县长发火。"

袁正生说："您放心去。我派人给您保卫着，谁也不敢查您。"

<h1 style="text-align:center">五十六</h1>

回到清水，袁正生想着为庞明照家请保姆的事。觉得给领导家请保姆，一定要经过严格的培训，培养有能力有素质的新型保姆。因考虑向外输送保姆，也是农村女孩子一条就业之路。进而想到农村还有不少没有考上大学的青年在家闲着，应该让他们学习一些专业技术，日后也好向外地派出劳工，为家庭创收。就是种田，掌握农科技术也是好事。遂决定创办一所职业学校。他向林世农谈了自己的想法，并分别与各常委通了气，在大家赞成的前提下，常委会议做出决定：筹办清水职业学校，初步计划办三个班，工业班，农业班和保姆班。由劳动局主办，人事局配合。劳动局长李仁和提出没有经费，没有场地，没有人手。袁正生当即表态，亲自帮助落实临时校址，答应安排五千万元专款用于建造教学楼和办公室，并增加行政编制，允许从各单位调人。他指示把云林乡妇女主任韩秀娟调到职业学校工作。

几天后，韩秀娟被任命为职业学校副校长，兼保姆班班主任。

由于县长的支持，职业学校建设和开办进展顺利。为了让保姆班提前招生，提前开学，袁正生要求清水中学让出一间教室作为临时教学点。第一期保姆班是个快班，三个月结业。

韩秀娟来到袁正生办公室，向他表示感谢。袁正生就办好保姆班的事向韩秀娟交了底。他说："保姆要具备初中以上文化程度，培训课程包括做饭做菜，整理内务，保洁缝纫，带孩子，使用电脑和家用电器，礼貌礼节，卫生护理、急救知识，简单的英语会话等等。"

韩秀娟惊讶地问："要求这么高？"

袁正生说："那当然。我们要把派出保姆作为一个产业来办。通过保姆的劳动带动家庭致富，带动清水县的经济发展。保姆一定要上规矩，上水平，上档次，体现清水人的精神面貌。"

袁正生说："尽快向领导干部家庭派出保姆，是我们的当务之急。清水要发展，离不开各级领导的支持和帮助。要注意选漂亮、能干、综合素质高的保姆，把她们派到重要领导干部家里去。除解决领导家庭的生活困难外，也是一种感情投资。保姆是清水县与上级领导联系的纽带，又是经济情报员，为清水经济发展服务。"

一个月后，赵才胜开着小车来到清水县，他要看看青龙山的道路建设怎样，袁正生县长说话兑现不兑现。他来到清水，直奔袁正生的办公室。袁正生二话不说，带他到公路建设现场。当看到热火朝天的修路场面使他大为振奋。路基已经拉出来了，虽然还是土石路面，但已经可以行车。他看到十几辆挖土机，十几辆推土机，两辆压路机在忙着，发出隆隆的声音。运送黄土和碎石的大卡车，排成了长龙，循着土石运来的方向走去，他看到一座小山被削平。碎石机扎扎作响，铲车吊车向卡车上装着石子。

毕淦才向赵才胜介绍了工程情况，赵才胜连声说："没想到，没想到。"

袁正生说："清水人说干就干，人心齐，热情高，是能办大事的地方。"

赵才胜说："袁县长你这样搞是将我的军呢。我如果不在清水投资，真不好意思了。"

袁正生说："放心地来清水干吧。你发财，我发展，互利共赢啊！"

赵才胜还问了一下乌山煤矿的情况。袁正生说："我们已经请了省勘探队，正在勘探。把煤储搞清楚，我们再谈建煤矿的事。"

赵才胜说："如果乌山有大煤矿，我们水泥厂用煤可以就地取材，减少了运输费用。"

赵才胜又问铁路的问题。袁正生如实相告："建设铁路难度很大。但我们有决心，非把这个项目拿下来不可。"

赵才胜说："有袁县长这个精神就行。我先建一条五十万吨的生产线，如果铁路能通，我再加几条。"

袁正生说："好，我们期盼着！"

赵才胜还谈到水泥厂用电的问题，说："大型企业用电量大，清水县供电量能否满足。"

袁正生说："这个问题我早考虑了。我们正在建一座五十万伏高压变电所。把长江三峡输送上海的高压电接下来。"

赵才胜高兴地说："袁县长都考虑到了。"

晚上袁正生设宴，林世农和各常委均到场。大家一起灌赵才胜的酒，把他灌得烂醉，抬着进了房间。袁正生让宾馆做好服务。第二天赵才胜高高兴兴地回公司去了。

这天，袁正生在办公室，钱国庆推门进来，提了提快要坠下去的裤腰带，满脸堆笑地说："县长，我来看看您。"

袁正生放下手中的笔，让钱国庆坐下，为他泡了一杯茶。问："现在忙些什么，还开车吗？"

钱国庆说："早就不开了。我租下了教育局食堂，改名文苑饭店。"

袁正生问经营得怎样。钱国庆说："目前还算可以，只是地方偏僻了一些，在教育局大院里，难有大的发展。"

袁正生说："俗话说'酒香不怕巷子深'。你只要价格合理，菜肴实惠，卫生好，服务好，巷子深一点也会有人去。"

钱国庆说："我正朝这个方向努力。今晚请县长到我那里坐坐。"

袁正生说不必了。

钱国庆说："县长看在老同事的份上，赏光赏光，我把孔局长也请了。"

袁正生听说请了孔祥水局长，不好推辞，只好答应。说："你把周志平副局长也请着。"

钱国庆说："那是自然，还把他夫人万敏请了，我爱人小丽也参加。"

袁正生心想："又要和王小丽见面了。"

教育局过去的食堂，现在挂着"文苑饭店"的牌子，霓虹灯闪闪烁烁。里面虽还有大众餐厅，但隔了几个包厢，环境也好些，服务员也年轻些，象个饭店的样子。

袁正生到包厢里，见人已到齐了。孔祥水坐在那里象个弥勒佛，见到袁正生，满脸堆笑，两腮肉浪向两边垅起。钱国庆要袁正生坐主宾席，袁正生哪里肯坐，硬让孔祥水移到中间，袁正生靠他身边坐下。周志平坐孔祥水另一边，他身边是万敏。王小丽坐万敏身边，略低着头。钱国庆坐袁正生一边。

钱国庆招呼服务员上菜上酒。

酒宴开始，钱国庆和王小丽举杯，首先敬袁正生，袁正生说："先敬孔局长。"钱国庆说："孔局长我们常敬，今天要先敬县长。"

孔祥水也说："应该先敬县长。"

袁正生说："今天在老领导、老同事面前，不说县长的好。"

钱国庆说："对对对，敬老同事，老同居，哈哈哈！"对王小丽说："小丽，我跟袁县长同居，比和你同居还早呢！"

王小丽脸更红了。

万敏解围说："小丽，我们喝我们的，不掺和他们男人的酒官司。"

钱国庆敬了袁正生的酒，袁正生赶忙敬孔祥水："谢谢老领导的关心帮助。"孔祥水高兴地喝了。

万敏催周志平说："你怎么不敬表叔？"

周志平向袁正生笑笑，举起了杯，万敏也站了起来。

袁正生说："志平敬我酒是应该的，我把表侄女嫁给你，惠及你终身，你还不敬酒？"

周志平说："你这样说我真不想敬，你给我派来了个领导，让我终身受管制，真是苦不堪言。"

万敏拧了一下周志平的耳朵。

袁正生说："有人管好，受管是福。"

三个人喝下杯中酒。

酒过三巡，钱国庆转入正题。他说："文苑是个小酒店，受地点的限制，要想做大做强很难。我听说县委招待所要与机关脱钩。我来承包，中不中？"

袁正生知道钱国庆今晚请客的用意了，他说："县委招待所改制，要向社会公开拍卖，或者租赁，你有没有经济实力，把它吃下来？"

钱国庆说："我没有钱买，我想租，一租十年，每年向政府交租金。"

袁正生说："政府是想卖掉，因为政府现在缺钱。如果有人买，当然先考虑买家。如果没人买，你参加承租竞争。同等条件，可以优先考虑你。"

孔祥水敲边鼓说："国庆经营酒店还不错，给他一个发挥专长的机会吧。"

五十七

正饮酒中，王小美突然出现。她娇嗔道："姐夫请客，怎么不叫我一声？"

钱国庆问："你回来了？"

"我中午就回来了。"

"怎么不听你姐姐说："

"我没回家，她怎么知道？"

万敏说："加一个椅子。小美，坐我这边来。"

王小美却说："我要和县长坐一块。"

钱国庆只好把自己的位置让给王小美，自己再拉过一把椅子。

孔祥水说："是呀，你将来当记者，是要坐到领导身边啊，工作需要嘛！"

袁正生问王小美上什么大学，王小美说是传媒大学。

袁正生问："记者专业？"

王小美说："主持人专业。"

"主持人专业好。"袁正生说："将来要为我们清水多做节目，把清水宣传出去。我们清水不仅搞工业，搞农业，还要搞旅游文化产业。清水要打造独特的旅游文化产品。清水古城要建设好，清水河要治理好，成为一个风景带。乌山广济寺文革期间毁了，我们要请个大和尚，把寺庙建起来，那是清水一个旅游点哩！"

说到请大和尚，孔祥水说："九华山有一个大和尚，叫释圣远，是我们清水人，目前在一个庙里当主持，听说那庙建得很好，管理也很好，香火很旺。可以请他来建乌山广济寺，当主持。这个人不错，道行很深厚。我去庙里看过他。"

袁正生说："那好，孔局长，哪天我们一起去拜访他。"

孔祥水说："县长只要有空，就说一声。我让释圣远的弟弟打个电话，先预约一下。和尚现在也忙得很。"

王小美说"县长想法好，乌山广济寺重建，是个旅游景点，造福清水人民。我为清水的老百姓敬县长一杯。"

王小美出落成一个大姑娘，不仅颜值高，而且能说会道，落落大方，十分出色。她立刻成了包厢里的中心人物，大家的眼睛都离不开她了。

饭后，王小美建议到舞厅里放松一下。钱国庆说："我们这里也有舞厅。"王小美嘴一撇说："你这什么舞厅？走，到县委招待所去！"

钱国庆不敢说话，袁正生本不想去跳舞，但因为王小美回来了，不想拂她的面子。大家起身前往。孔祥水告辞。

进了招待所舞厅，钱国庆出于礼貌，首先让妻子王小丽陪袁正生跳一曲，自己则与小姨子王小美跳起来。王小丽先是不好意思，动作比较僵直。袁正生虽然对王小丽有些成见，但事情已经过去多年，况且俩人没能成功，责任不在王小丽，是她母亲做的主。现在自己身为一县之长，不应该有那种小鸡肚肠，应以新的朋友关系相处。于是袁正生便以亲和的姿态带着王小丽跳。王小丽舞步不太熟练，有几次踩了袁正生的脚，袁正生也不讲究，说："没关系，跳跳就好了。我以前也不会跳。"王小丽在袁正生的鼓励下，精神渐渐放松了。第二轮与袁正生跳舞时，王小丽就自然得多了，由于舞厅里灯光晦暗，当离开钱国庆的视线时，王小丽有意无意地贴近袁正生，偶尔还把头搭在袁正生的肩上。这一举动使两人尽释前嫌，构建起了新的朋友关系。

袁正生与王小丽的一举一动，都逃不过王小美的眼睛。王小美一直担心姐姐与袁正生相处别扭，她赶来参加宴会，也是基于调和气氛的动机。看到姐姐与袁正生跳舞神态自然，第二轮还是袁正生回请的王小丽，心里一颗石头落了地。王小美虽与钱国庆跳舞，但始终心不在焉，钱国庆的大肚子一不留神就碰着王小美，所以王小美把胳膊撑着对方，身体离得远远的，眼睛却在舞厅里四外张望。她不太喜欢钱国庆，因为是姐夫，也只得敷衍。王小美与钱国庆跳了两圈，就来请袁正生，她舞态轻盈，步伐娴熟，俩人配合默契，引得在场舞侣们大发英雄美人之叹。

当避开钱国庆时，王小美半开玩地对袁正生说："另忘了我说的一句话，我还认你是姐夫。"

袁正生说："别瞎说，钱国庆会揍死你的。"

"你以为我怕他？"

"那你也言过其实，冤枉我了。" 袁正生逗她。

王小美责备说："谁让你当时不抓紧？"说着捏了袁正生一把。这种暧昧的举动像一股暖流注入袁正生的心窝。一曲终了，王小美对袁正生说："钱国庆请你的事，你要放在心上。"

袁正生笑着说："看看，还是向着姐夫吧。"

"向着他？我是为了姐姐。"她含意丰富地拉着袁正生的手说："都不是外人嘛。"话说得袁正生心里热呼呼的。

袁正生心想："王小美真是个尤物。"

这天韩秀娟对袁正生说："今晚我请你吃饭。"袁正生说不需要。韩秀娟说："我爱人说了好几次，要请你吃顿饭，你如果不去，就显得不正常了。"袁正生只好答应。

晚上，在饭店的包厢里，韩秀娟夫妻和袁正生三个人对酌。韩秀娟丈夫叫户侠方，个子不高，面部清瘦，话语绵软，是个斯文老实的工人。他陪袁正生喝酒，对韩秀娟的调动和升职，说了些感谢的话。

袁正生说："不要客气，这是工作需要。"

韩秀娟告诉袁正生，保姆班已经开课。

仕途与女人

　　袁正生很高兴。他说："老省长庞明照家急需一个保姆，我们要尽快送一个保姆去。你要物色一个好的，到时候我要亲自送去。这次我们与江东铁路分局联系，庞省长起了很大的作用。我们申报建设五十万伏高压变电所，还要请庞省长出面做工作。"

　　袁正生又说："当然，我们不指望每个保姆都能起作用，但只要有一两个起作用就很好了。如果有一个在关键时刻起大作用，清水就走大运、纳大福了。将来对于保姆贡献大小，要进行奖励，起大作用的，要重奖。"

　　韩秀娟笑着说："你这不是培训保姆，是培训经济特务？"

　　"你讲得对，我们就是要培训'经济特务'，叫'经济信息员'。"

　　袁正生又说："你的话提醒了我，将来我们派出的保姆，要针对派驻的家庭，专门谈一次话，告诉她任务的范围和一些基本的经济常识。"

　　韩秀娟说："我心中有数了。"

　　袁正生说："我们向领导干部家庭派出保姆，这只是政府的第一项措施；第二项，我还将以锻炼干部的方式，选一批年轻人到经济发达地区挂职。学习人家抓经济工作的经验，了解那里的经济信息。按你的说法，也算是'经济特务'吧。第三项，我们将在省城、北京、上海，广州，深圳等地设立办事处，作为联系工作的基地。这事要通过省政府或市政府与对方联系。或与省、市政府驻当地办事处配合。其他地方已经这么做了。"

　　韩秀娟惊讶地说："你们这不是搞经济，是在打仗呀！"

　　袁正生说："没有打仗的劲头不中。机会在人家那里，资源在人家那里，信息在人家那里，不争不抢，被别人抢去了，我们别说吃肉，连汤都喝不上。"

　　谈到云林乡旧事，韩秀娟告诉袁正生："蓉蓉听说我调走了，也哭了一场。这丫头纯得很，重感情，真蛮可怜的。"

袁正生问："她现在多大了？"

"十二岁了。"

"过几年让她参加家政培训。"

"她学历不中，只有小学毕业。"

"作为特殊情况处理吧。"袁正生说："有人问及，就说是我交办的。"

五十八

这天，袁正生和孔祥水上了九华山拜访大和尚释圣远。事先用电话联系，释圣远派小和尚开着小轿车在山门外迎接。庙里的轿车带路，袁正生小车随后，一直开到山腰的半山寺。下了车，释圣远大和尚在庙门前迎接，相互介绍后一同进入大殿后的禅房接客室坐下，小和尚上茶。这是一个清静的所在。窗外大树下，清风穿拂，树影婆娑，室内明窗净几，朴素淡雅。坐在这种环境中，身心顿时放松，心情恬静怡然。

释圣远五十来岁，身材壮实，阔面圆腮，很有高僧的派头。他说话慢条斯理，句斟字酌。孔祥水将袁正生介绍给他，释圣远看着对方微笑地点头。

袁正生说："久仰高僧大名，特来拜访，不胜叨扰。"

释圣远说："不必客气。施主有何见教？"

袁正生说："不敢。听说大师是清水人氏，我们清水县乌山过去有一座广济寺，僧侣众多，香火很盛。只是文革期间遭到毁坏。现在我们觉得应该把广济寺重建起来，发扬佛教事业，造福乡梓。想请大师指点帮助。"

释圣远说："乌山广济寺确是一座有名的寺庙，我小的时候是在那里递度出家的。那时候里面有许多著名的大和尚，庙宇规模也大，僧侣也多，钟鸣鼎食，人气很旺。可惜文革一把火烧了，和尚们也散了。现在要恢复起来，有很多困难。"

袁正生说："我们想，此事说难也难，说不难也不难。关键有一位德高望重的大师来主持。所以我们今天来就是请大师出马重建广济寺。我们县政府给予大力支持。再说乌山广济寺的影响力还在，旧庙重建，佛教协会和统战部门比较好通过。"

释圣远说："为家乡做点事，我本义不容辞。只是我这里一时走不开。这座庙宇也在文革中毁损严重。我来当主持后，花了很大的心血进行修复，增加了庙宇和禅房，治理了庙前屋后的环境，才有了现在这个样子。香火逐渐旺盛起来。我也不想离开这个地方，另辟新的道场了。乌山广济寺要重建，不仅要经过佛教协会同意，统战部门批准。还有资金问题，困难是不少的。"

袁正生说："统战部门我们可以做工作。资金问题我们县政府给予担保贷款。等有了香火钱时再还。"

释圣远说："乌山的山门，道路都被破坏了，过去上山有十多里麻石条山道。现在多处已坏，石条也被人搬走了不少。"

袁正生说："看来大师对乌山的近况还是了解的。"

孔祥水说："大师对家乡一直关心着。"

袁正生说："山门外的道路，我们县政府负责修建，不仅如此，我还打算在山下建一个商业街，停车场，饭店旅馆等设施。我们的目的是搞旅游经济。山门之内是清静之地，由寺庙里管理和建设，山门之外由地方政府建设。"

释圣远说："县政府有如此的计划和决心真是难得，善哉，善哉！"

袁正生说："乌山广济寺的恢复重建，是佛教事业的一件大事。建成之后，他的影响力将远远超过半山寺。半山寺在大师的经营下，搞成现在这个样子，确实不容易。但是要进一步发展，就很难了，因为他在九华山之下，被九华山的光环罩住了。乌山道场曾经与九华山道场齐名，有'南乌山，北九华'之称，在乌山建佛教道场，影响巨大，发展前景不可限量。"

释圣远留袁正生等人在半山寺吃了一餐斋饭，并亲自将他们送到山门外。临行时释圣远表示考虑县长的建议，过些日子到乌山去看看。袁正生说："大师如去乌山考察，我袁正生全程陪同。"

回来的途中，孔祥水说："县长一席话把释圣远说动心了。"

袁正生说："我想他应该动心的。您想想，如果释圣远把乌山广济寺建起来，他就是当然的主持，就是乌山道场的开山祖。在佛教界的身份地位就大大提高了。百年之后，他圆寂了，可以镀金身，享万世景仰，强于在半山寺当个二流寺院的主持。"

半个月后，释圣远果然带了两个和尚来到清水县政府。袁正生和林世农打了个招呼，陪释圣远去了乌山。

到半山腰广济寺原址，只看到几棵不成材的古树，几个巨大的石础石柱和铺地条石，其它什么也没有了。如果恢复重建，不仅工程巨大，而且资金不菲。

释圣远要求政府担保给予贷款。袁正生满口答应，他说："恢复重建广济寺，不仅是佛家的事，也是政府的事，是全县人民的愿望。"

释圣远还就山上的道路拓宽，土地征用提出了具体的想法。他说："这些土地本来是乌山道场的，由于多年没人管理，被老百姓占用，种了庄稼，栽了树木，这就面临着收回和补偿的问题，将与占地老百姓发生矛盾。"

袁正生请释圣远放心，他说："不仅占用寺庙的土地要收回，我们还考虑扩大规模，拓展面积。"袁正生认为："把山地交给寺庙管理，对山上的水土保持是有好处的。自古以来，佛教保护了多少山林古木，如果算生态帐，佛家功不可没。"

　　回到清水，袁正生设素宴招待释圣远一行。并让统战部长林泽道陪同。交待今后由林泽道与释圣远直接联系，及时解决广济寺建设中遇到的问题。

　　释圣远从此一心一意建设广济寺，他把九华山半山寺多年来化缘的五千万元资金全部投进了广济寺的建设当中。并在佛教界各大寺庙进行募捐，在社会各界广泛化缘。乌山广济寺工程由中江市古典园林建筑公司承建。

　　经袁正生建议，县委研究，任命释圣远为清水县佛教协会会长，并在一定的会议上选为县政协常委。

　　青龙山大道全线竣工了。袁正生请来赵才胜参加通车仪式。仪式在青龙山下举行，临时舞台两边插满彩旗，红色的汽球挂着锻带，锣鼓声震天价响。仪式由袁正生主持，林世农、赵才胜先后讲话。赵才胜在讲话中称赞清水县干部群众的工作效率和实干精神，他认定清水县是一个创业投资的好地方，在清水建设大型水泥企业一定会成功。接着，林世农、袁正生、赵才胜上台剪彩。袁正生宣布青龙山大道正式通车。几声炮响，彩纸纷飞。几十辆挖泥机，推土机和运输卡车，插着红旗，放着鞭炮迤逦前进，几十辆轿车随后，沿着大道向清水县城开去，人们在两边欢呼。

　　仪式结束后，县委县政府在县委招待所摆开三十桌宴席，款待工程建设者和企业代表。大家互相敬酒，场面热闹非凡，有人说，清水几十年来没有这样热闹过。

　　不久，温岭公司五十万吨水泥生产线开始打桩奠基。工程建设者和建筑机械陆续赶到施工现场，林世农，袁正生又参加了水泥厂的奠基仪式。此后就不要袁正生费心了。但袁正生一心想着五百万吨特大型水泥企业，建设铁路的事情迫在眉睫。袁正生打电话给段道立，段道立还是那几句老话。袁正生请他到清水来做客，他含含糊糊地答应了。袁正生知道段道立权力有限，只能敲敲边鼓。但通过他可以了解铁路部门的情况，这个路子不能中断。他决心亲自到京城攻关。

去京城之前，他先到袁家村看望父母。父母年纪渐渐大了，整天在田间劳动，体力透支，身体会被拖垮，这是他一直担心的事。这次回袁家村，他带了林业局局长徐满山，农业局局长季稔年，还带了几个果农专业户，几个种粮大户。这几年一些果农承包荒山种果树，一些种粮大户承包土地搞规模化生产，多种经营，提高了土地利用率和产出率。袁正生认为这是农业发展的方向。袁正生想让他们把父母的田地租过去，这样可以减轻父母肩上的重负。所以带他们到袁家村看看。

当时正是冬季，四野里一片枯黄。但乌山仍以绿色为主，间以红黄杂色，显得色彩斑斓，十分美丽。到了家里，见父母在屋后的小菜园里侍弄着冬青菜。冬青菜青枝绿叶，生机勃勃。看到儿子带着客人回来，老俩口停了工，回到屋里，招呼客人喝茶。袁正生将徐满山、季稔年等人介绍给父母，喝了几口茶，村长闻声赶来。由村长陪同，袁正生带着众人到田间山坡转了一圈。

中午在家里吃饭，袁正生说到土地转包的事，对父亲说："大，您那几亩地别种了，山场也别管了，租给林农企业搞规模经营，留屋后一块菜园地。这样人要舒服些，年纪大了，不要太累了。"

袁明德问："不种地吃什么？"

"用租金买粮食吃。"

"租金能有多少呢？"

徐满山、季稔年和几个果农、粮农算了一下，说："一亩耕地六百块钱一年。一亩山场六十块钱一年。"

袁正生问父亲有多少田地。袁明德说有五亩耕地，二十亩山场。

袁正生对父亲说："一年可得四千多元租金。自家种点蔬菜，不够我和哥贴补一点。省得长年在地里劳累。您和我妈闲下到城里住住，晚年过得舒服点。我这次把徐局长季局长他们请来，就是为商量这事。"

袁明德说："农民手里没有地，还像个农民吗？"

徐满山说："土地还是您的。订个合同，一租十年或者二十年，到期还您。"

袁明德犹豫着，觉得心里不踏实。

袁正生见父亲一时思想转不过来，便想缓一缓。毕竟父亲种了一辈子地，一下子叫他不种地，感情接受不了，须慢慢做工作，还得看整个村子里的形势。

正说着，袁正清回来了。袁正生征求哥哥的意见。正清也赞成将土地租出去，省得受累。正清的大女儿在乌山镇上中学，二女儿在乌山上小学，只有小儿子由玉荷带着在家。如果把地租出去，玉荷的担子轻了，可以带儿子住到乌山镇去，家里留点菜地，偶尔回来侍弄一下就中了。

袁正生对村长说："村里开个会，征求每家每户的意见，不可强求。土地集约化经营是未来的方向，只要讲清楚，老百姓最终会接受的。"

五十九

袁正生回到县城，头一件事就让柳新枝打电话请段道立到清水来玩。段道立果然来了，还带了一个二十来岁的女友，十分漂亮。袁正生让柳新枝将他们安排在县委招待所住下来，然后到餐厅吃饭。本来袁正生想请林世农出个面，以示对段道立的重视，但看到段道立带了这么个娇娃，知道里面有些内容，便尽量减少接触范围。只让柳新枝、邵金来和董会义参加。吃过饭，跳过舞，已是晚上九点多钟，袁正生让他们早点休息。

在楼下接待大厅里，袁正生见到了钱国庆。钱国庆通过竞争，承包了县委招待所，当然也得益于袁正生的倾向性意见。钱国庆对袁正生十分感激。见到袁正生又是拿烟，又是让座，要服务员泡茶。袁正生说："我还有事。"他低声对钱国庆说："江东铁路分局的领导住在这里，你要保护他们的安全。派两个保安守护，不准任何人进房间。这个人对我们清水县很重要。如果公安来查，你要他们找我。"

钱国庆心领神会，连连点头说："确保，确保！"

袁正生又说："今后你们县委招待所，不允许公安人员随意进来检查，如果检查，必须请示公安局长，得到我的批准。旅客住进房间，这房间就是他们的家，他们的私人空间，随便进出房间，是侵犯人权，你们县委招待所要注意保护旅客的安全和正当权益。"

钱国庆连声说："一定一定！"

第二天早餐，袁正生问段道立："晚上休息得好吗？"

段道立满意地点点头。

袁正生说："我派了两个保安保护你们。"

段道立拱拱手说："老弟够朋友！"

早饭后，袁正生和柳新枝、邵金来陪着段道立到青龙山看水泥厂建设施工现场，又到长山火车站转了一下。袁正生说："水泥厂离长山火车站较远，而长山又是个小站，只有建立清水火车站，水泥厂的大宗货物运输才方便。所以必须在清水建火车站，此事务必请老兄帮忙。"

段道立说："这个忙我实在帮不了。但作为朋友，我指引你一个路径：找铁道部建设规划局项目处处长贾巨会。实权在他那里，建个小站，接个铁路专线，他同意就行了。"

段道立在清水玩了几天，一切吃喝住宿全由清水县政府支付，几天后高高兴兴地回了省城。袁正生叫人把他的小汽车后备箱塞满清水土特产。

"找贾巨会去！"袁正生下定决心。为了五百万吨大型水泥厂，为了把温岭总部迁到清水这些美好前景，成败在此一举。他带着柳新枝、邵金来和董会义，马不停蹄赶到京城。

袁正生按照段道立所指的路线，来到铁道部机关大楼门前。国家大机关的门前站着解放军战士。柳新枝向卫兵说明来意，卫兵打电话到贾巨会办公室，得到对方允许，方得允许上楼。贾巨会尽管大权在握，但在铁道部这样的大机关里，他只是一个普通办事员，不属于重点保卫对象，所以门卫对于要见贾巨会的客人，基本上是放行的。

袁正生他们上到十一层，出了电梯，看到一个长长的走廊。走廊的长椅上，坐着十几个夹着公文包的男女，有点象在候车室候车，又象在医院门诊部候诊。柳新枝上前转了一圈，回头对袁正生说："就是这里。建设规划局项目处，这些人都是申请铁路建设的，得排队啊！"

袁正生一看头皮发麻。这么多人要等到什么时候？没有办法，国家大，权力集中，这种状况改变不了，排队吧。柳新枝把清水县的材料递进去排上号，董会义则请袁正生坐下。袁正生见排队的人不急不躁，安心地等在那里。袁正生委坐其后。

袁正生数了数排队的人数，以及每个人进去办事的时间，算一下如果进展得快，下班前可能轮到。不过时间不好预测，有的人进去被几句话打发了，有的进去半天不出来。坐了一会儿，袁正生坐不住了，叫董会义占着位子，自己来回走动，看看情形。规划局办公室的门始终关着，趁着有人进出，袁正生偷眼向门内一窥，看到里面一位个子不高的秃顶男人，坐在仅有十几个平方米的办公室里，从主人的外貌和办公室的逼窄来看，真的没啥出奇，但这里握着不可小觑的权力。

一直等到临下班时，才叫到"清水县"的名字。袁正生、柳新枝、邵金来连忙提包进门。见了秃顶男人，袁正生深深地点了一下头，说一声"贾处长好"。这一点头使他想起当年报到上班，第一次见到教育局长孔祥水的感觉。心想，这又是决定我命运的人了。

贾巨会抬头看了看几个人，放下手中的笔说："你们有什么要求，简要点说吧，我马上要走。"

袁正生自找椅子坐下，凑到前面说："我们是江东省清水县的，我们办了一个年产五百万吨的大型水泥企业，每天进出货运量几千吨。我们要求建设工矿区铁路线，同时要求建座火车站，与国家铁路接轨，江东铁路分局已经审查同意。"袁正生递上材料。

贾巨会接过材料说："段道立同志电话里说了，我已经回了他，这事不符合规定，办不了。你们怎么还来了？"他把材料推进抽屉，起身要下班的样子。一面指了指挂在墙上的全国铁路路线图说："我们没有听说清水县有大型水泥企业。"

袁正生连忙说："我们正在施工，一旦建成，再建铁路就来不及了。所以按照要求，矿山和铁路统一规划，同时建设。"

贾巨会冷冷一笑："到时候再说吧。"离开办公室，带上门。

"不能等啊，贾处长。"袁正生追着他说："我们的矿山企业是浙江温岭集团公司，他们实力雄厚，工程进度很快，铁路项目不落实，工程不按期，到时会出乱子。请你务必考虑实际情况。"

"工矿区铁路要等工厂建成，形成货运量再考虑。想建铁路专线就能建了？至于建车站，与铁路网接轨，没得谈。"

袁正生说："一旦我们的大型水泥企业投入生产，那么大的运输量，没有一个铁路车站是绝对不中的，这您很清楚。铁路建设，站点的设置，是为运输服务的。请贾处长务必关照。"

贾巨会说："你们邻县有长山火车站，相距不到三十公里，这么近再建一个车站，有必要吗。再说，你们清水县不在铁路沿线，建站投资太大。"贾巨会边走边说："就是我同意你们建站，到领导那里也通不过的。"

"还望贾处长美言。"袁正生说："我们想请贾处长吃个饭，请赏光。"

"我确实有事，领导在叫我。"

袁正生追上去问："贾处长，我们什么时候等您回话？"

"你们不要再来了"贾巨会说："我会打电话和段道立同志说。"他下了电梯，秃顶一晃，上了一辆的士，绝尘而去。

袁正生他们站在那里呆了半天。

回到旅馆，袁正生闷闷不乐。

邵金来说："县长，我们唯一的办法，只有修一条到长山的铁路了。"

袁正生说："修到长山的铁路也要铁道部批准呀。"

"那至少比这个难度小一些吧？"

"不中。如果这个事拿不下来，企业要失望，大型水泥厂建不成。"

柳新枝说："据我们的经验，这样光说不中，至少扔它几个手榴弹。"

"手榴弹？"

"对，就是带几瓶好酒，几条好烟。"

袁正生犹豫了。"不知道他收不收。"

"我看他会收。'烟酒不分家嘛'。"

袁正生想了想也没有办法，总不能这样空手而归吧。就说：
"试试吧。"

第二天，他们带了两瓶茅台酒，两条中华烟，用一只塑料袋装好，到了铁道部大楼前。

门卫照例打电话。电话中贾巨会说："叫他们不要来了，昨天不是说过了吗？"

袁正生接过电话说："贾处长，有一个新情况要汇报一下。"对方未及回话，袁正生放下电话对门卫说："贾处长同意了。"

他们来到贾处长办公室，只见办公室门前仍坐了不少人。因为带了东西，他们不好当众奉送，只好耐心地等到别人都走了，才上前与贾处长说话。

贾巨会问："你们还有什么事？"

袁正生说："还是昨天的事，想请贾处长照顾一下。"

贾巨会显得很不高兴的样子。

柳新枝把装着烟酒的塑料袋放到贾巨会的办公桌上说："一点小意思，请贾处长笑纳。"

贾巨会严肃地说："你们这是做什么？"

袁正生他们转身就走。贾巨会追上来，十分生气地把包塞给了柳新枝，说："拿走拿走！太不象话！"

"贾处长，别别！"柳新枝边说边走，贾巨会追着不放。柳新枝见贾巨会动了怒，只好收了，大家坐着电梯下楼。

六十

回到旅馆。邵金来说："不怕领导唱高调，只怕领导没爱好。看来这个贾处长针插不进，水泼不进，一点希望也没有了，我们回去吧。"

柳新枝说："我不相信他是钢墙铁壁。我们准备个'炸药包'，到他家炸去。"

"炸药包？"袁正生不解地问。

"就是钱嘛。"

"钱？直接送钱，这合适吗？"袁正生心里嘀咕。

柳新枝说："根据我们的经验，不送钱打不开局面。"

袁正生看了看柳新枝。心想："你们的经验？"

邵金来也说："我听人说：'跑省跑部，金钱开路'。"

袁正生叹息道："怕不一定，你看这个贾巨会，送点烟酒他都不要。"

"那是礼少了。" 柳新枝说：

"该送多少？"袁正生问。

"如果送钱，没有十万拿不出手。"

"十万？"袁正生有点心惊。

"从我们的经验看，十万不算多。"

"又是'我们的经验'。"袁正生想："如果送贾巨会十万，在对方来说是受贿，在己方来说是行贿，两者都是犯罪行为。将来会不会有后遗症？但转念一想，如果不朝这个路子走，此事就到此结束，一点希望也没有了。"

柳新枝和邵金来认为可以送。十万元在清水县是大事，在京城就不算事了。如果这一点钱都不肯出，想在京城办事，那是空想。

袁正生犹豫半晌，决定使用'炸药包'。他想：炸成功了，利在清水县；不成功，罪在自己。为了清水的经济发展，我不担责任谁担责任？我不下地狱谁下地狱？于是他说："送就送吧，只是咱们身边没那么多钱。"

柳新枝说："打电话让财政局长汇十万块钱来。"

　　第二天上午，他们到银行取了钱，回到旅馆把钱捆扎好，用一个小皮包装着，做好准备。

　　钱有了，怎么送？柳新枝认为在办公室送不合适，应该送到他家里。邵金来也认为送到家里好。午饭后他们休息一会儿，养足精神，然后乘地铁来到铁道部大楼前，在绿化带的椅子上坐等贾巨会下班。看到贾巨会出门，他们尾随其后。贾巨会作为部里一般干部，上下班没有专车，他骑自行车。正值下班高峰，街上人多拥堵，车骑不快。他们一直跟到贾巨会家。

　　当年京城还有许多四合院，贾巨会就住在一个小巷子里的四合院里。四合院住着好几家，每家相对独立，都砌了小小的院子，把厨房从主室移到院子里来。可见他们的住宿条件也很差。

　　袁正生看准了门牌号码，然后上前敲门。

　　贾巨会开门看见他们，大吃一惊："你们怎么来了？"

　　袁正生说："我们是跟着您来的。贾处长，我们的事情你不批准，我们不能回去呀！"

　　"你们来也没有用。"贾巨会不高兴地说。

　　袁正生哀求道："贾处长，这件事是在可行可不行的情况下，就看您是否变通了。"

　　柳新枝说："这是我们一点小礼物，请您务必收下。"他递上小皮包。

　　贾巨会象看见炸药一样，用手一推，迅速关上了门。任凭他们怎么喊，他也不开门。

　　相持了一个多小时，袁正生问："你们说，怎么办？"

　　柳新枝看着院子说："把炸药包扔进去。"

　　邵金来也说："只有这样办了。"

　　大伙瞅准位置，柳新枝将手中的包一扬，只听"砰"得一响，'炸药包'越过围墙落地。

几个人静听动静。不一会，有人开门进院。他们看到贾巨会拾起"炸药包"进了屋，便撒腿跑走了。

第三天上午，袁正生打电话给贾巨会，自报家门，说上午到他办公室再汇报一次。贾巨会说："你们不要来了。你们的东西我已经上交了。"

袁正生听他这样说，心凉了半截，觉得一点招数也没有，几个人坐在宾馆的床上发呆。

下午王丰打来电话说，市里召开经济工作会议，要求县长立即回去参会。袁正生只好带着几位打道回府。

全市经济工作会议在长山县召开，这使袁正生大感意外。长山县本是经济落后县，与清水县并列为中江市最后两个贫困县，袁正生从来不把长山放在眼里，认为清水的经济，无论哪方面都比长山强，却不料长山的工作走到前面去了。在长山开会，实际是开工作现场会。会议规格比较高，市五大班子主要领导都参加，各县市书记县长，市直各单位主要负责人全部到会，这让袁正生十分眼红。

会前，袁正生来到林世农房间，两人的心情都一样，觉得清水被长山甩到后面，有点难堪。还有更重要的，会议要求每个县市带上产值过亿元的企业负责人参会，座位安排在书记县长身后。各县都有，多少不等，连长山都有了，唯独清水没有。开会时，人家书记县长身后产值过亿的企业老总好几个，唯独林世农、袁正生身后是空的。似乎有意羞辱清水的书记县长。会议期间，袁正生的脸始终是红的，屁股如坐针毡。

主席台上，市委书记唐人杰，市长宋建新的表情都很严肃。袁正生看到曹守谦坐在上面，眼睛不时瞥一下自己，袁正生的眼睛不敢与老领导相接，他感到羞愧，觉得辜负了领导的培养和希望。

江海洋在会上介绍经验，主要讲招商引资。袁正生方知长山最近引进了一个化工企业，年产值五个亿，一下子把长山的GDP数子拉高了许多，把清水甩到后面。而且从增幅来说，因为基数低，成了全市第一。袁正生知道，全市招商引资工作很不理想，在全省垫底，市委书记和市长肩上压力很大，抓到了长山这个典型，召开现场会，就是要树标兵，加压力，搞奖惩，动真格！

会议期间安排参观，袁正生看了长山引进的生产复合肥的化工厂，设备比较落后，烟尘和废水污染的问题没有解决，明显是沿海地区淘汰的工厂，因为在当地无法生存，祸害到长山来了。袁正生不会招来这样的企业。但是市里的领导现在压力也很大，为了完成省里下达的GDP增长任务，他们只好病急乱投医，饮鸩止渴，鼓励下面这样做。有一种说法叫"先污染，后治理"。

袁正生去找江海洋，向他请教招商引资的经验。江海洋叹口气说："老弟呀，我也是没有办法，象我们长山这个条件，人家能进来就不错了，哪有挑瘦拣肥的本钱？不管好孬，先引进来，把GDP这个坎儿跨过去再说吧。"

会议总结大会上，宋建新市长黑着脸，他的讲话句句象重锤敲击着众人的心：

"我们的观念要更新，不能抱着老黄历过日子，当新时代的小脚女人。我到南方跑了一圈，给我感受很深。南方有一个口号，'遇着绿灯赶快走，遇着红灯绕道走'。为了经济发展，为了改革，要敢闯敢试。不怕干错，就怕不干。不要等国家出政策，要创造经验让国家制定政策。不能守着自己一亩三分地，要走出去，抓信息，抓项目，抓钞票。要跑省跑部，广交朋友，构建关系网。朋友是财富，关系是生产力。你抓到信息是你聪明，抓到项目是你功劳，抓到钞票是你本事，好哭的孩子多吃奶。要敢于攻关，善于攻关，学习董存瑞，用炸药包炸出一条血路来；要敢于负责，不怕议论，不怕人民来信，学习黄继光，敢于用身体堵枪眼。一句话，为了经济发展，我们豁出去了，不达目的决不罢休。"

会上要求各县书记县长向市委市政府签定《招商引资军令状》，一年不达目标要谈话，两年不达目标要通报，三年不达目标要换人。当官不当官不要紧，但不会抓经济，不会招商引资，丢了官，丑呀！

回到清水，袁正生和林世农研究，为解决清水招商引资方面信息不畅的问题，抓紧成立省城、北京、上海、广州、深圳五个办事处。各级办事处内设保姆介绍所，向中央各部委、各大科研单位、省直各厅局领导家庭提供保姆。每个办事处配两辆轿车，一辆小四轮，专门为领导干部家庭提供生活服务。同时，抓紧向苏、浙、广等经济发达地区派三十名科级干部挂职锻炼。

几天后，派出办事处的人员和派出挂职的人员全部抽齐，县委县政府召开了隆重的欢送大会，林世农和袁正生分别在会上讲话，要求每个月通过电话或文字汇报一次工作情况和经济信息，重要情况及时打电话报告，对提供信息和招商引资有功的给予重奖。驻京办事处主任马占前在会上代表派出干部表示了决心。

六十一

安排好工作之后，袁正生带着柳新枝、邵金来和董会义再上京城。袁正生下定决心，象宋建新所说，攻关要有董存瑞、黄继光的精神，一定要把贾巨会这道关口炸开。把铁路项目批下来。只有这样，清水才能彻底改变落后面貌，从而超越长山，后来居上。

这一次袁正生在送礼问题上再不犹豫，既然已经下水，湿了鞋袜，就不应该再顾忌，干脆扑到水里，抓住大鱼。他让董会义在银行提了二十万元现钞，捆绑起来，带在身上。到京城后，他打电话给贾巨会，说今天晚上到他家拜访。

贾巨会断然拒绝说："你们不要来，来了我也不接待。"

晚上，袁正生和柳新枝、邵金来、董会义去了贾巨会的家，敲门不开，喊人不应。袁正生对董会义说："把'炸药包'扔过去。我不相信他会上交，再上交，我们再扔。"

"炸药包"比前次更大的声音砰然落地。袁正生他们扬长而去。

第二天，第三天，袁正生一再要求去办公室汇报，贾巨会拒绝接待。大楼前的卫兵铁着脸不让进，袁正生他们在京城等了七八天，贾巨会也没有松口。袁正生心里十分懊恼。和柳新枝、邵金来、董金义天天打牌喝酒。觉得事未办成，无颜去见江东父老。无奈清水那边电话不断，县里事情很多，袁正生不能再耗下去，只好回转，第二次攻关无果。

回到清水，毕淦才汇报，经过省地矿局勘察队的勘察，在乌山发现一个蕴藏量不下于两亿吨的大型煤矿矿床，可开采量达五千多万吨。袁正生大喜过望。他说："如果乌山有大煤矿，水泥厂用煤就可以就地解决，这又向大型水泥厂进驻前进了一步。"考虑到国家不允许政府办企业，袁正生要求毕淦才做好煤矿开采权拍卖工作。这样，清水又将得到一笔意外的财富。再等着征收国土资源税、企业所得税等各项税收，县政府将坐收渔利。

一切都向着好的方面发展。只是铁路是个绕不过去的瓶颈。袁正生不甘心就些罢休，他和柳新枝、邵金来、董会义第三次来到京城。这一次，袁正生决定破釜沉舟。一方面，他通过江东省驻京城办事处，与铁道部领导沟通；另一方面，他以清水县驻京办事处的名义，购得一百平米的商品房，价值一百多万。他认为贾巨会住房条件差，定有改善的愿望，房屋对他更有吸引力。他把房屋钥匙打在一个包裹里，用挂号信直接寄给了贾巨会。

　　袁正生说："这次买一套房子送给他，看他上交不上交。他如上交，我们就说借给他住的，不是送给他的。他若不上交，我们的事就办成了。"

　　柳新枝、邵金来都说："这是个好主意。"

　　事情办过之后，他们回到清水。

　　袁正生想起送保姆到庞老省长家的事，他电话对韩秀娟说："你马上选一个保姆送来。"

　　韩秀娟随即送来一个叫田芸芸的小保姆，十七岁。韩秀娟介绍说："芸芸人虽小，但很机灵，业务熟，能吃苦，办事认真，性格也好。"袁正生带着董会义和田芸芸上了路。

　　路上，袁正生告诉田芸芸到领导家做保姆的注意事项。说："我们派你去领导家，是为了建立清水县与领导之间的交往和友谊，保姆要注意经济方面的信息，及时向县里汇报，为清水县经济建设服务。"

　　田芸芸点头表示领会。她说在保姆培训班老师讲过，韩主任特地找她谈了话。

　　到了庞明照家，庞明照看了田芸芸十分满意，庞老伴更是心里乐开了花。袁正生对庞老说："先用着，如果不满意，可以换人。"庞老夫人说："太让你们费心了。"

　　袁正生向庞老省长汇报申报铁路建设项目的情况，说去了几次，一直没有得到明确的答复。庞明照说："这事我让小段多打听，多做工作。有什么情况及时告诉你们。"袁正生表示感谢。

　　袁正生告别出来，田芸芸送出门外。袁正生嘱咐她多多提醒老省长。注意铁道部那边的信息。田芸芸答应着。

　　从省城回来，袁正生到中江市政府向宋建新市长做了工作汇报。讲到铁路问题，宋建新支持袁正生与贾巨会硬磕到底。说有什么问题，市政府给你承担。

　　袁正生又去了曹守谦家，带了一些从京城购买的礼品，一只真空包装的全聚德烤鸭和几袋北京果脯。听说曹慧要结婚了，袁正生说："我一定来参加她的婚礼。"

　　回到清水，毕淦才来汇报，乌山煤矿引来许多大型煤矿企业竞价招标。结果拍得十五亿元的开采权，分三十年偿付，每年五千万元。中标企业叫神火集团公司，也是浙江一个民营企业。袁正生大喜。毕淦才引着神火集团老总卢振堂与袁正生见面，卢振堂是个清瘦的中年人。交谈中，卢振堂要求政府给予大力支持，袁正生说："这个自然，有问题直接找我。"

　　这天田芸芸打电话给董会义，说铁道部那边有好消息。袁正生听了很高兴，接着，段道立副局长电话到了，说他马上到清水来。袁正生心中暗喜。果然段道立下车，就拍着袁正生的肩膀说："袁老弟，你们修建铁路的事情搞成了。"

　　袁正生问有什么消息。段道立说："铁道部工程设计鉴定中心将来人调查勘察，拟在清水建立铁路编组站。"

　　"建立铁路编组站？"袁正生不解。

　　段道立说："铁道部前一段时间，在一个地方设编组站，由于土地征用，拆迁补偿问题，与当地政府意见不一，老百姓也闹事，事情一直定不下来。这次规划局的意见，可以到长山、清水一带了解，哪个县在征地拆迁方面提供方便，就在那里建。这实际上给你们清水建站找了一个借口。所以我急忙赶过来，不能让长山知道风声，把抢了去，毕竟人家条件比你们好。你们马上打一个报告，我给转到铁道部规划局。来人调查时，他们说什么，你们就同意什么，先把项目拿下来再说。"

　　袁正生说："我们保证按照铁路上的要求，要多少土地，给多少土地，按时拆迁，决不误事。一分钱补偿都不要，全由地方政府支付。"

段道立说：“如果铁道部在清水建编组站，铁道部将全额投资，不要你们县投一分钱。连建设铁路支钱的钱你们都省了，那可是几个亿啊！”

袁正生大喜，说：“感谢段局长的帮助！”

袁正生大摆宴席款待段道立，请林世农参加，毕淦才、邵金来，柳新枝也来陪。饭后，袁正生带段道立到云林水库，告诉他政府已经决定在此建一座旅游宾馆，取名叫“云林山庄”。段道立对云林水库的风景不住的赞美，说将来云林山庄建好了，他会来多住些日子。第二天袁正生陪段道立打一天猎，虽没有什么收获，但醉翁之意不在酒，在乎山水之间。临行，袁正生给他安排了山鸡和野兔，带回去可以充当打猎的成果。

几天后铁道部铁路工程设计鉴定中心来了十几个人，袁正生组织了接待组，全天候服务。不仅接待按最高规格，食宿按清水最高标准，临行时每人送清水蜂王浆和灵芝孢子粉各一箱，另给每人一万元“鉴定费”。

不久，结果出来了。铁道部决定撤销长山火车站，建立清水火车站，由原四级站升为三级站。车站往清水这边移动了二十公里，兼顾了长山。长山旅客自然要多走一些路。但由于提高了车站的等级，货物运输的车皮配额比以前多了，客运班次也多了。铁路向清水县境内划了一个弧线。老百姓说：“我们的袁县长真厉害，把铁路扳了一个弯。”

六十二

赵才胜对袁正生解决了铁路问题大加赞赏。袁正生要求他建一座五百万吨的大型水泥厂，成为全国最大的水泥企业，并动员他把温岭集团公司总部迁到清水来。他的理由是清水有了铁路，又连接国道和国家高速公路，离江东飞机场不远，不久将成为交通便捷信息畅通的重要枢纽，未来发展前途不可估量。赵才胜拍着胸脯表示兑现他的诺言。

袁正生在清水城北的丘陵地带，划出十平方公里土地，作为清水经济开发区，让温岭公司进驻其中，土地价格降到两万一亩，是全国最低。

赵才胜雄心勃勃，想当全国水泥行业的龙头老大。不仅要建一座五百万吨级的水泥厂，而且着手把温岭集团公司总部迁到清水县。他亲自在开发区跑马圈地，请了风水先生勘察，最后把地块敲定下来，围了围墙，盖起了高大的门楼，挂起了"中国温岭集团公司"的牌子。这个门楼和牌子成了清水县的一道风景。

为什么温岭集团公司把总部迁到一个小小的清水县？这是企业避税的需要。国家税收政策规定：新办企业所得税两年免征，三年减半。温岭迁到清水，算是新办企业，几年不缴或少缴企业所得税，这钱就省了。再者企业进驻开发区，又享受开发区的税收优惠政策。温岭集团公司在本地已是老企业，税收上自然不能减免，不享受政策优惠。另外，浙江温州土地价格高，把原有的企业土地卖出去，或者进行商业开发，要赚一大笔钱。到了清水开发区，地价又低，等于白拿。将来这块土地涨价，岂不又赚了一笔。所以企业避税迁址，迁址圈地，渐成风气，是一条发财之道。

自从温岭集团进驻之后，清水县围绕着大型水泥厂的上下游产业链逐渐形成。比如耐磨材料，水泥包装袋，水泥预制件，矿山机械，汽车运输等等，一批小型企业蓬勃发展起来。这两年清水进行企业改制，大大小小的企业全部实现了个人承包，或者私有化，企业活力增加，再加上县政府多次组织厂长经理到发达地区考察学习，给他们开阔了眼界，增添了胆识，出现了一批经济能人和崭露头角的企业家。清水人的思想观念和思维方式为之一变。清水县一举把长山甩到后头，成为中江市经济发展最快的县，改革开放的明星县。

袁正生得到上下普遍好评，春风得意。林世农也很风光，仕途上看好。但他不想让袁正生太得意了，他要敲打他一下，显示自己的权威。这天，林世农与袁正生商量工作之后，他从抽屉里拿出一封人民来信交给了袁正生。这封信是由市纪委转下来，县纪委把它交给了林世农。林世农一直放在抽屉里，现在是拿出来亮一亮的时候了。

这是一封反映袁正生"为父亲做六十大寿"的人民来信。信中说：

"袁正生刚刚当上县长，就为父亲做六十大寿。做寿那天，袁家村人山人海，小轿车塞满了道路，各乡镇各县直机关领导都到了，收到礼品堆积如山，礼金不计其数。寿宴摆了一百多桌，连狗都吃醉了。希望上面管一管，这样的腐败分子还能不能当领导干部。——清水县广大干部群众。"

袁正生大吃一惊，他想不到竟有这样的人，不顾事实，造谣中伤。他当即申明，他根本没有给父亲做寿，去了几个干部，只带了一些烟酒，他都交给了县委招待所，用作招待来客。没有礼金。他更没有办酒，所谓连狗都吃醉了，纯属无中生有。请组织上调查。

林世农故作宽厚地笑了，说："我根本不相信，县委也没有把它当回事。市纪委转到县纪委，县纪委给我看，我就把来信压下了，没什么大不了的。现在将信交给你本人，由你销毁。此事到此为止，不必调查，不要外传。现在有些人唯恐天下不乱，到处写人民来信。如果知道是谁写的，我要坚决处理他！"

袁正生坚持要求组织上派人调查，还他清白。林世农摆摆手说："不必要，不相信，不影响，这就是我的态度。调查什么？你以为我们把人民来信当回事？一有人民来信就查，我们领导干部还怎么工作？岂不成了群众的尾巴。"他说："正生，相信我，以后不要说了。"

林世农的大包大揽，似乎坐实了袁正生"有问题"，使他象吞了一只苍蝇，感到恶心却又吐不出来。他上任前一天回家，见家里来了那么多人，就觉得有些过分。凡事过分了就有问题，他当时就意识到有人不怀好意。现在看来，他当时的感觉是对的。今后要格外小心，防止被人抓辫子。

回到家里，袁正生把这件事告诉了詹小红。他以为詹小红会和自己一样，对这种卑鄙行为十分气愤，安慰他几句，共同商量对策。但令他意外的是，詹小红却一声不吭。过了一会儿，詹小红说："你爸那边的事以后你要少管。"

原来詹小红想的不是别人在诬陷她的丈夫，自己应该怎样和丈夫共同面对，而想的是他有一个农村的爸爸，会给他带来意想不到的麻烦。这是什么逻辑？袁正生十分生气，但又无从发火，闷闷地吃了晚饭走了出去。

袁正生无意识地走着，来到清水河边镇河塔下。看到了镇河塔，他就想到了孙玉莲，不知什么原因，他此刻很想念孙玉莲，身边没有孙玉莲他感到很孤单。如果孙玉莲此刻在他身边，她会和他有同样的情感，气愤之余，互相安慰。她会劝他不要因别人的卑劣行为而生气，伤害了自己，要保持良好的心态继续工作。"身正不怕影子歪"，是玉莲常说的话。这就是孙玉莲与詹小红的区别。孙玉莲总是为别人着想，与他贴心贴肺，感情上以他为中心，他的喜怒哀乐便是她的喜怒哀乐；相反，詹小红自私，一向以自己为中心，不知体贴别人。在她看来，别人是她的工具，应该为她服务，虽然同床共枕，但始终貌合神离。现在孙玉莲成了别人的妻子，他却和詹小红相伴终身，这就是袁正生人生的悲哀，他此时更深切地感受到了。

　　从镇河塔下来，袁正生走到清水宾馆(钱国庆贷款买下县委招待所，改名"清水宾馆")。迎面遇到在接待大厅坐班的王小丽，王小丽看到袁正生脸色不大好，关切地问："县长，看你很疲倦的样子，要不要开个房间休息一下？"袁正生点点头。他想，王小丽还知道关心人，詹小红连王小丽都不如。

　　袁正生在床上一直睡到天黑，王小丽进来轻轻地问他要不要起来吃晚饭？袁正生摇摇头继续睡。由于心情不好，加上多日疲劳，一向硬撑着的身子象沙堆遇到了水，坍塌下来，袁正生真的病了。晚上，袁正生发了高烧。王小丽见袁正生脸上通红，用手在他的额上摸了一下，感觉很烫。就打电话到医院请来了医生。医生给他量了体温，诊断为急性感冒，让他吃了速效感冒药，大家一直忙到九点多钟。

　　半夜里，袁正生迷迷糊糊地醒来上厕所，回来时，发现王小丽靠在沙发上睡着，小茶几上有一份快餐饭盒。看到袁正生，王小丽说："县长肚子饿不饿？吃点东西吧，可能还是热的。"

　　袁正生把餐盒拿在手里，果然有点热，就吃了几口，放下了。看着王小丽说："小丽，你没有回家吗？"

　　王小丽说："昨天太晚，没有回去了。"

　　"国庆也不来找你？"

　　"国庆出差去了。"

　　"谢谢你守了一夜。"

　　"我没事，你睡吧。"

　　袁正生睡了。但他睡不着，王小丽一夜的照顾，使他不无感动。看着王小丽那娇小可爱的样子，不禁起了怜爱之心，真想起来拥抱她一下。

六十三

　　第二天早上，袁正生洗了脸，王小丽又送来一份早餐，袁正生吃了一点，靠在床上休息。这时王丰打电话来，报告他一个不幸的消息，孙玉康的煤矿发生坍塌事故，三个矿工埋在里面。袁正生当即指示吴志伟去矿上指挥抢救。并要求安抚好遇难者家属，煤矿即行停产整顿。同时考虑到属于重大矿难，指示县政府办公室，县公安局、县煤矿局（因为有了煤矿，成立了煤矿局）、县城建土地局，分别将情况上报市里对口部门。

　　下午，吴志伟来到饭店，向袁正生报告处理结果："三个煤矿工人死了。孙玉康、薄有财被抓起来了，一方面是追究责任，一方面是保护人身安全。矿上生产停止，工作人员不准离开，协助调查。财务账目封存，银行存款冻结。市公安局、煤矿局和土地局已经来人调查。袁正生肯定了吴志伟的做法，要求继续做好稳定工作。听候上级部门的处理。

　　袁正生心想，此次矿难，孙玉康、薄有财要倾家荡产，孙玉莲经济上要蒙受巨大损失，他很是为孙玉莲担心。

　　几天后，市有关部门做出处理决定：给每位受难者赔偿金三十万元，家属抚恤金四十万元，计七十万元。三人共计二百一十万元。孙玉康、薄有财每人负担一百零五万元，他们被释放回家筹款。其它协查人员也被放出。市煤矿局通知煤矿关闭。

　　袁正生打电话给哥哥袁正清，了解孙玉康那边的情况。袁正清告诉他，孙玉康和孙玉莲已回到袁家村。孙玉康的资金全部压到矿上，现在矿倒了，他血本无归，正在变卖家产支付赔偿金和抚恤金。薄有财和孙玉莲也是一样，正在焦头烂额之时。

　　袁正生虽然为孙玉莲着急，但也无力帮她。天灾人祸，徒呼奈何！

　　曹慧的婚礼在中江大酒店举行，袁正生得到通知赶去参加。中江大酒店的大厅里摆了十米桌，都是曹慧和高超家的亲戚、朋友和同事。曹慧和高超在门口迎客，袁正生进门时，与曹慧夫妻握手，曹慧把袁正生拉到一边问："住在哪里？"袁正生说就住本酒店。曹慧又问几号房间，袁正生说了，曹慧说："好久不见了，晚上我去你那里。"袁正生感到意外，他说："你今晚结婚，不能乱跑。"曹慧说："不要紧，我自有安排。" 袁正生不知道她说的什么意思。

进了餐厅，曹聪把袁正生安排到自家人那一桌，有他母亲谢敏之，有高超的父母。曹聪向高超的父母介绍说："这是我袁大哥。"袁正生俨然就是曹家的人。曹守谦在另一桌，那里有市委副书记汪奇功和市人大、政协、组织部及工作关系密切些的部门领导干部。为了低调，严格控制人数。

婚礼由市电视台节目主持人王小美主持。袁正生看到王小美略事打扮，俏丽动人。王小美大学毕业后，分配到市电视台工作，她伶牙利齿，当节目主持人正是她的特长。婚礼上王小美主持得既得体又大方，既热闹又风趣，完全没有姑娘家的羞涩之态，得到大家的好评。

接下来是宴会，曹慧和高超来到自家这桌。王小美则被曹守谦叫到领导那一桌，陪领导喝酒，增加桌上的气氛。

曹慧回到桌上，敬了公婆和母亲的酒后，又和袁正生碰了杯，然后到各桌敬酒去了，临走时说："曹聪，你要陪好袁大哥。"

曹聪说："一定，一定。"

袁正生向谢敏之敬了酒，也敬了高超父母。就和曹聪对酌。

席间，王小美突然擎酒杯走过来，向袁正生说："我来敬一下我姐夫。"袁正生吃了一惊。桌上的人一时不解，王小美跟着解释说："他夫人詹小红我叫姐姐，不是姐夫是什么？"于是大家都笑了。

　　袁正生心想："王小美真是个精灵。她什么时候看到我在这儿？还敢大胆公开地叫姐夫。"虽然有了合理的解释，但袁正生知道王小美另有寓意。

　　婚礼结束后，袁正生回到宾馆房间，看了一会儿电视，时间不早，就洗澡睡觉。十二点，门铃响起。袁正生起床开门，令他惊讶的是，曹慧出现在门前。

　　袁正生把她让进门内，问："你怎么来了？不是晚上结婚吗？"

　　曹慧说："是结婚呀。"

　　"为什么不去陪你丈夫？"

　　"来陪你呀。你难得到市里来一下。有时来也不住宿，今晚是个好机会，我来陪陪你。"

　　"你丈夫不知道吗？"

　　"他睡觉了，睡得正香哩！"

　　"他醒了不见你怎么办？"

　　"醒不了。"

　　"你怎么知道？"

　　"我给他吃了安眠药，他不到早晨醒不来。"

　　袁正生心想："这个曹慧，竟然在新婚之夜偷人，世界上还有这样的女人吗？"

　　说话之间，曹慧解衣上床。袁正生一点兴致也没有。曹慧已经赤裸全身睡在他身边，说："为什么还不脱衣。"

　　袁正生说："我害怕。"

　　曹慧说："怕什么？我跟你说没事的。"一面把袁正生的内衣剥光。看着袁正生那东西还没有起来，就用手拨弄，不行，再用口舌，几经消磨，那东西终于醒了，昂首看着她。曹慧还是老办法，翻身跨了上去。大冲大挫。将那丰硕的乳房压在他的胸前。

折腾了一阵，觉得累了，就让他上位再冲，一面大呼小叫，直到双方筋疲力尽完事。

曹慧抱着袁正生喘气说："你现在当县长了，身边女人多了，没有以前那般激情了。"

袁正生说："我身边哪有什么女人。只不过最近忙得很，人很疲劳罢了。"

曹慧说："我下次给你弄点伟哥来，催一下。"

"别别。你想要我老命啊！"

"偶尔用用，增加点情趣嘛！"

袁正生说："你新婚之夜不和丈夫圆房，你丈夫心里怎么想？"

曹慧说："明天早上我不是给他吗？再说，我们也不是头夜，不希罕的。"俩人睡了一会儿，袁正生说："你快回去吧。"

曹慧说："你催我走啊，我偏不走，来，再做一次。"

事毕，曹慧起身冲洗了一下，心满意足地走了。

袁正生却睡不着，他在床上想："女人要是偷人，谁也管不了。曹慧性欲强，胆子大，很任性，又不好得罪。但愿她结婚后，生活美满，早早收心，否则还有不可预测的麻烦。"

六十四

袁正生回到清水，邵金来告诉他，在上海挂职的干部曹银瀚，昨晚打来电话，说韩国有个企业要到中国办个电脑触摸屏生产线，投资二十个亿，初步选址在上海莘庄工业园，企业经理下个月乘飞机过来考察。

袁正生心想，清水虽然引进了大型水泥企业，但毕竟不是高科技企业，如果有一个高科技企业，将来对清水的产业升级会起到示范和带动作用。他打算去上海莘庄，见见这个韩国企业老总，为引进外国企业探探路子。

正赶上县委开常委会议，研究召开全县人代会问题，会上袁正生说出了自己的想法，常委们进行了热议。

林世农对此持保守态度，他说："韩国人能看中我们小小的清水县？"

何建贤觉得此事不靠谱，他说："象清水这个条件，引进国内企业尚且勉强，引进外国高新科技企业几乎是不可能的。外国人眼睛盯着大城市，大码头，怎么会到清水这个小地方来呢？"

袁正生说："我们跟外商打交道，了解情况，碰碰运气。只有走出去，才能遇到机会。坐在家里，馅饼不会从天上掉下来。"

何建贤嗤之一笑说："事情明摆着，上海有地理，交通，信息，人才，工业基础等优势。清水穷乡僻壤，荒山野岭一个，外国人也不是傻子，能舍弃上海，到清水来？"

袁正生说："这些我都考虑过。我们与外商接触，不成功也没有损失。再说我们现在铁路车站在建设，高速公路在建设，程控电话在安装，江东机场离我们不远，算起来我们的条件也差不了多少。"

何建贤说："外商进驻必须是国家级经济开发区，可以享受税收优惠，我们连省级开发区都不是，人家能来吗？"

袁正生说："我们申报省级经济开发区，已经快批下来了，一旦批下来，我们随即申报国家级经济开发区。"

何建贤说："清水既不沿海，也不沿江，更不沿边（边疆），国家不可能批准清水成立国家级经济开发区。"

袁正生说："问题正在这里。我们既不沿海，也不沿边，如果我们不引进外资企业，国家会批准我们建设经济开发区吗？有了外商企业，申报就有条件了。自古是先有脚后有鞋，没有听说先有鞋后有脚的。"

何建贤问："你刚才列举那几条清水的招商条件，人家上海都有，比我们都好，清水的优势在哪里？"

袁正生说："我们的优势就是土地便宜，劳动力便宜，政府服务工作可以做好一点。外商企业到上海算不得什么，而到我们这里，就是宝贝疙瘩，我们会把他们捧起来，什么事都好商量，我相信外商会感受到这一点。"

何建贤又问："国家对土地控制很严，不是国家级经济开发区，批不到那么多的土地指标。你建设那个开发区，划了十平方公里，那是不合法的。"

这句话把袁正生提醒了。袁正生想："要办企业就得占土地，不占土地办不成企业。沿海那么多企业，有几个是国家级经济开发区？他们的土地指标怎么来的？"他打算到发达地区看看。

会后，袁正生让王丰打电话给各地挂职干部，询问各地开发区情况和工厂占地情况。得到的回答是："各地情况不一样，八仙过海，各有神通。电话里一时说不清楚。"袁正生决定待人代会结束后亲自出去考察。

清水县人代会经过五天的运作，顺利闭幕。在会上，袁正生毫无悬念地当选清水县县长，去掉了"代"字。参加会议的二百四十一名代表，有十七人投了反对票，这在代县长转正的党代会上并不多见。当年江海洋到长山当代县长，转正时全票当选。检票结果，袁正生感到有些难堪。

岳父詹友光劝慰他说："这不算什么。因为你在清水当县长，总得有些瓜瓜葛葛的关系。江海洋是外地人，在当地是一张白纸，人们对他没有成见，当然会全票当选。"

尽管岳父说得在理，但袁正生的心里隐约觉得有一股势力在与自己较劲。

袁正生到外省考察了十个县，同十位县长见面交流。其中吴川县长周向荣和袁正生同是教育系统出身，最能谈得来，其接待也更为热情。

周向荣四十几岁，长得眉清目秀，既有机关官员风范，又有学者气质。他带着袁正生参观了吴川县省级经济技术开发区。那个开发区很大，占地约二十平方公里。大半建了厂房，打了围墙。还有小半闲置在那里，长着青草。

袁正生问："你们的土地多不多？"

周向荣介绍说："吴川最大的问题是人口多，土地少。人均耕地面积只有七分田。这些土地全部种粮食，也养活不了吴川人，更别说发家致富建设经济强县了。所以我们不惜征用大量土地办企业，建工厂。

袁正生问："你们有征地指标吗？"

"哪里有？国家每年给我们的征地指标远远不够。"

"你们这一大片土地，指标从哪里来？"

"我们是到新疆购买土地指标。"

"到新疆购买土地指标？"袁正生十分意外。

周向荣说："国务院控制全国十八亿亩的耕地面积，每年的征地指标是按土地面积比例下达，不许突破。但同时政策还规定，各地可以开垦和改造荒山荒水，用非耕地换取耕地，即占用一亩耕地，必须用一亩非耕地补偿，保持耕地总量不变。我们就打了擦边球，从新疆购买非耕地补偿我们的耕地（新疆面积大，征地指标多，用不了）。我们县以每亩两万元的价格，花四个亿一次就购买两万亩非耕地指标。"

袁正生说："新疆土地虽多，但那是沙漠荒山，购买沙漠非耕地指标，占用肥沃的良田，这样做没有问题吗？国家能允许吗？"

周向荣说："各级领导为了经济发展，也是睁一只眼闭一只眼。谁不知道有问题？不追究你就是了。记住我一句话：'说你有问题就是问题，不说你有问题就没问题'。"

袁正生问："你们开发区是不是国家级的？"

周向荣说："我们是省级经济技术开发区。国家级经济技术开发区，全国才批了十几个，我们小小的吴川县，哪里争取得到啊！"

"不是国家级经济开发区，不能执行国家税收优惠政策，外商不愿意进驻怎么办？"

"事在人为。不是国家级经济技术开发区，我们同样可以执行国家税收优惠政策。"

"怎么执行？"

"先征后返嘛！"

"上有政策，下有对策。"袁正生说："但是作为县长，是要担风险的。"

"这年头，做什么不担风险？要想为地方经济发展，要想为老百姓做点事，就要冒风险？什么叫'大胆地试，大胆地闯？'什么叫'杀出一条血路来'？（邓小平语）就是这个意思。你怕担风险，你就失去了发展经济的大好时机，从某种意义上说，也是一种犯罪。"

袁正生说："我的胆子够大的了。不瞒老兄，我为了搞建设，已经欠银行的贷款十几个亿了。"

周向荣笑着说："你才欠十几个亿，算什么？我已经欠了三十几个亿了。"

"你打算怎么还？"

"还？从来没想过。"周向荣拍拍袁正生的肩膀说："老弟呀，你真是老实人，贷银行的钱要还什么？你是政府，他是国有企业，本来就是一家，是这口袋到那口袋的事。在我们来说，只怕贷不到款，贷到款就是我的。欠贷款越多越好，银行收贷无望，他们就会给你核销嘛，能让你们政府破产关门吗？想办法把银行的钱骗到手，骗得越多越好，就看你的本事了。现在哪个地方经济发展得快，就是那个地方骗银行的钱多。换句话说，就是国家对那个地方投资多嘛。"

六十五

考察回来，袁正生思路大开。建设开发区，他选择到新疆购买土地指标。花点钱，办个置换手续，但到时候有个说法，外地也有先例，似乎稳当一些。他把毕淦才叫来，派他到新疆去。先买五千亩土地指标。

毕淦才到新疆后，打电话回来说，土地指标涨价，每亩三万，五千亩要一点五个亿。还有其他费用，袁正生让财政局汇出两个亿的资金。

土地指标落实了，袁正生松了一口气。但财政局长张进财却在叫苦："财政没钱了。"他说："银行贷款十个亿快花光了，卖户口三千万花光了，财政储备资金两千万花光了，连八千万的社保资金都垫上了。现在全县是一个大工地，基础建设每天都在投钱，银行又催利息，资金告急，这样下去机关干部要停发工资了。"

袁正生说再向银行贷一点。张进财说："银行哪里会贷？一说贷款，行长们不知跑哪儿去了。今年银行不会贷款，要贷也得打入明年放贷计划，不到三四月份贷不下来。眼下就揭不开锅了。"

袁正生带张进财去见林世农。首先汇报情况，其次商量从哪里搞钱。

　　林世农自然拿不出办法，他只是说："经济太吃紧，我们不能硬上，步子要放慢一点。俗话说一口吃不出胖子。开发区建设能否暂停一下，喘口气再说？"

　　袁正生说："现在战场打开，箭在弦上，不得不发。开发区三通一平工程不能停，一停，人家不来了，招商引资就冷下来了。乡村道路，城市建设，清水河改造，这些基础工程哪一项都不能停，一停，银行要逼债，我们没有理由跟银行扯皮了。逆水行舟，不进则退。"

　　林世农问袁正生的意见。袁正生说："号召干部群众集资，用集资的钱发工资，渡过难关。"

　　林世农担心干部群众有抵触情绪，因为清水干部工资不高，又没有多少福利，生活本来就清贫，现在让他们集资，中吗？

　　袁正生说："我们向干部群众讲清楚，不搞开发区，外商进不来，清水想发展没有希望。我们领导干部带头，每人集一千，科级干部每人集五百，一般干部每人集两百，多集不限。鼓励企业集资。县外企业和个人也可集资。八年还本，每月给一分息，高于银行存款利息五六个点。"

　　林世农担心违反金融政策。袁正生想起周向荣的话，"说你有问题就是问题，不说你有问题就不是问题。"说："违反就违反吧，反正咱们也不是为自己。当然此事不能大张旗鼓地宣传，只能悄悄地进行，尽量不引起金融监管部门的注意。"

　　集资的通知发下去了，一切如愿，由于政府的信誉，加之利息又高，十天内集资五个多亿，其中有不少江浙企业和个人的集资。袁正生大喜过望。

　　新疆购地亦十分顺利。虽然有了征地指标，但袁正生尽量少占耕地，他把开发区建在清水县城北面一块丘陵贫瘠之地，削平小山，填平沟壑，开通道路，大刀阔斧地干了起来。

　　与此同时，袁正生着手组织一个招商团，到上海去与韩商接触，他让邵金来拟一个《清水县招商引资优惠条件》的文件，做好一切准备。

　　虽然决定到上海招商，但能不能请动财神，确实没有把握，袁正生心里反复琢磨，越来越觉得底气不足。整整一个月，袁正生处于焦躁不安的状态。茶饭不思，人整整瘦了一圈。这天接到挂职干部曹银瀚电话，韩国人明天下午三点到达上海浦东机场。袁正生听到消息，立即情绪亢奋起来，好像处于临战状态，怎么也不能使自己安静。他想，与其坐立不安，不如动身到上海去。他立即电话通知邵金来，三个字："马上走！"

　　半个小时，政府小车已经发动。邵金来匆匆来问："县长，去上海？"

　　"去浦东机场！"

　　"去浦东机场？"

　　"对，去浦东机场。"这时，袁正生已经有了一个大胆的决定："与其让上海人把外商接去，不如我们把外商接来。"他跟邵多来说："你去写一个牌子，上书：'热烈欢迎韩国贵宾'。我们去机场把韩国人接过来。"

　　"接过来？"邵金来感到突然。"韩国人答应来清水？"

　　"不管那么多。冒充上海人，把他们接过来再说。"

　　"那是把他们劫持过来啊！"邵金来笑袁正生太大胆。

　　"对！把韩国人半道劫持到清水，让他们在清水看看，住一宿，再让他们去上海。"

　　"如果韩国人生气怎么办？"

　　"那能怎么办？他在我们国家，能跳天去？再说我们笑脸相迎，中国有句老话'老爷不打笑脸人'。我们拿出诚意和热情，韩国人又能怎样？说不定把事情办成了。就是办不成，咱也不损失，也可能成为招商引资的一段佳话。"

上车时，袁正生又想起，既然冒充上海人，就应该装得像个样子。他跟邵金来说，通知公安局，派一辆警车开道，多带几个人，衣服穿整齐点。他打电话给赵才胜，向他借两辆宝马轿车，一辆商务车。

赵才胜满口答应，问什么时候要，袁正生说："我马上就带走。"

袁正生又让董会义通知钱国庆，要他把'总统套间'留着，再腾五个标准间，准备接待外宾。同时让邵金来电话通知曹银瀚，叫他在机场等着。告诉他，为了迎接韩国人，必须通过机场熟人的关系，进入机场内部，赶在上海人前面把人接走。

韩国企业考察团一行十人，七男三女，下午三点准时到达上海浦东机场。上海莘庄工业园接团人员在旅客出站口等待。但是袁正生他们已经通过机场内部，进入了行李认领处，打着"欢迎韩国贵宾"的牌子，在传送带边等候。

不一会儿，韩国人从电梯上下来，邵金来举着牌子，有一个年轻人上来用中文说："你们是上海来的吗？"

袁正生迎上去说："是啊！欢迎韩国朋友！"

那个年轻人介绍了一个四十来岁的中年人，中等个子，壮壮实实，有点儿谢顶，说："这是我们朴经理。"

袁正生迎上去和他握手说："欢迎朴经理。我叫袁正生。"

邵金来介绍说："这是我们开发区的主任。"

袁正生补充说："我们书记在宾馆等着您们。"

那个朴经理点点头，一时不便多问，只从口袋里掏出一张名片递过来。袁正生郑重地举到眼前一看，上面是：大韩民国大禹集团公司经理朴义哲。

在等行李的时候，袁正生为了不让朴义哲有思考的时间，故意用英语没话找话地与他唠嗑。袁正生说："中国很多好的地方，您们可以多看看，多走走。我们欢迎韩国企业入驻，可以提供一切投资方便。”等等。等到行李一拿到手，袁正生手下的人帮助把行李提着，推着，拖着，往另一个方向走，一面说："我们的车子在那边等着。"

韩国人被中方人员的热情所包围，跟着出了机场大楼，来到停机坪边，只见一字儿摆着几辆高档小轿车，上车的时候，袁正生跟着朴经理、翻译坐上宝马车，前面有交警队长亲自驾着警车开道，一路向清水县飞驰。

那边上海接机人员站在检票口，等到班机人员已经走完，仍不见韩国代表团出来，连忙向机场人员查问，回答说旅客已经走完，机场大厅里没有人了。他们感到意外。于是打电话询问跟团的翻译。翻译说："来了。"

接机人员说："我们怎么没见着人？"

翻译说："我们已经上车了。"

"上车了？"接机人员更疑惑了。

袁正生接过手机说："我们正在回来的路上，很快就到，你们放心等着好了。"说着关上手机。

六十六

这时车队加速向清水县开来。三个小时后，天色擦黑，车队驶进了清水宾馆。

只见宾馆灯火辉煌，县委书记林世农带着大小官员迎在门前。

朴义哲下了车，也不知道到了什么地方。袁正生介绍他见了林世农说："这就是我们的书记，进餐厅吃饭吧。"

林世农双手握住朴义哲的手说："欢迎欢迎！"也说："吃饭吧。"于是把韩国人簇拥着进了餐厅。

　　餐厅里，富有中国饮食特色的大菜，满满当当地摆在桌上，色香俱全，茅台酒已经斟满。韩国人既疲劳又飢餓，于是开始动筷子。林世农、袁正生先后敬酒："欢迎朴经理"的客气话说了一遍又一遍。

　　朴经理虽然感觉有些怪怪的，但也说不出哪儿不对。按理说接待他的应该是莘庄工业园的要人，或者是上海市政府大员，但看到这些官员，书记啦，主任啦，从穿着打扮和言语谈吐，不像是共产党高级干部，这个宾馆也不是上海气派的大饭店。在敬酒中，这些人绝口不提上海市或者莘庄工业园的事。也许是异国风俗吧，他也不愿多想，只得应付喝了几杯酒。

　　饭后袁正生说："经理，我们是这样安排的，先请各位客人住下来，明天上午到开发区现场观看，下午谈合作的项目。可好。"

　　朴义哲嘴里答应着，心想，我是来办事的，只要事情办得好，回去就好交待，其他事情都不必讲究。原来这朴义哲是韩国大禹集团公司的中层干部，他上面还有总经理和董事长，此次总部派他来中国，要他负责在中国办一个企业，由他担任经理。

　　他随着林世农、袁正生到了房间。这是清水宾馆最好的一个套间，一向被称为"总统套间"，一个卧室，一个客厅。每晚"天价"三百元。朴经理一到房间，心里凉了半截，这哪里是高规格的接待，简直是个路边店而已，中国人究竟搞的什么名堂？是故意降低接待规格，拿他不重视吗？

　　进了套间，在客厅的沙发上坐下，服务员沏茶后退出。袁正生上前关了房门，室内空气顿时凝固了，朴经理那一刻真有被软禁的感觉。只见袁正生将身体往前一凑，极其郑重地说："朴经理，现在我们向您说实话吧。我们这里不是上海市，我们是江东省清水县，这是我们县委林书记，我是县长袁正生，我们没有经过您的同意，把您从半道接来了，多有得罪，我们向你道歉，sorry，sorry！我们没有其它目的，只是想请您到我们清水县看看，考察一下我们与大韩民国企业界有没有合作的可能。明天看过之后，如果你们不满意，我们就送您到上海去，好不好？”

朴义哲脸上红一阵白一阵，至此这才知道，他被劫持了。这是善意的劫持，让他哭笑不得。现在人困在这里，飞不走，跑不掉，一切的一切，只有等到明天了。好在明天下午就到上海，耽误了一天时间。于是他说：“既然这样，我们只好在这里住一晚，打搅你们了。只是上海那边不知道我们到了哪里了，一定很着急。”

袁正生说：“我们已和上海联系了，保证明天将您们送到。”

朴义哲没有说话。林世农和袁正生站起来说：“请朴经理早点休息。”

出门后，袁正生看到刑警队长殷全，他是被派担任保卫的。袁正生对他说：“带几个干警，晚上一定要把韩国人看好，不准走掉一个。并立即通知邮电、电信部门，掐断清水宾馆的长途电话，屏蔽与外界联系的无线电信号。”

当晚，朴义哲命手下人打电话到上海，但是电话不通，信号不畅，无法与外界联系。朴义哲只好作罢，但心里有些忿忿然，想：“如果总经理和董事长知道我在中国被劫持，一定说我太糊涂太无能”。想到这里，对清水县的两个领导又气又恼。

第二天早餐时，除了林世农、袁正生外，中江市的市委书记唐人杰和市长宋建新也赶来了。原来昨晚袁正生将情况电话里向市长宋建新做了汇报，考虑到县长书记档次低了，请市里领导来一下为好。宋建新又报告了唐人杰，俩人都积极支持，大清早就赶来了。他们见了朴义哲，一样的客气，一样的“道歉”，一样的“请朴经理看看”。朴义哲为市、县两领导的诚心所动，怨愤之气消了几分。

吃罢早饭，市、县两级党政领导陪同朴义哲等人来到清水县开发区。开发区此时正是一个大工地，几｜辆推土机，挖土机，运输车在工作。一座座小丘陵被拉低了，一块块池塘沟渠被填平了，一条条道路的雏形已现。温岭集团公司总部大门楼十分气派地立在那里，办公楼正在建设中。

袁正生介绍说："我们三通一平很快就会到位，至多不要三个月。"

朴义哲问："你们的交通怎样？有铁路吗？"

袁正生说："有，铁路编组站就在我县。"

"你们有充足的电能吗？"

"没有问题，我们五十万伏变电站即将建成。"

"通信怎么样？"

"我们的程控电话可以打到世界各地。我们建立了大功率的信号接受台，可以在任何地方接收卫星信号。"

朴义哲最后问："你们的土地是什么价？"

袁正生答："我们的土地无价，您要多少地给多少地，分文不收，只要盖厂房就中。"

朴经理暗想，他来中国之前，总经理曾对他说："上海方面曾提出地价十万元一亩，我们与他们计价还价，一直没有定下来。此次你去后，一定要在土地问题上再降一些，出价五万元一亩，六万可以成交。没想到清水的土地竟然不要钱，要多少给多少。他按捺着心中的窃喜，不动声色地继续问："你们这个开发区属于国家级还是省级？"

袁正生说："我们属于省级，正在争取国家级。"

"你们不是国家级开发区，将来税收优惠政策怎么落实。"

袁正生说："我们执行两免三减的税收政策，另外我们还可以执行百分之十五的所得税优惠政策。"

"恐怕不行吧。"朴义哲显得很懂政策："你们国家规定，只有国家级开发区才能享受百分十五的所得税优惠。"

　　袁正生说："我们政府可以向您承诺，超过百分十五的部分，通过税收返还或者奖励渠道返给企业。"

　　"那不是违规了？"

　　"财政政策是允许的。"

　　这时宋建新市长说："这些措施，县政府可以操作，完全在袁县长权限之内，不存在违规的问题。"

　　市委书记唐人杰也说："其他地方也是这么做的，一点问题都没有，朴经理不用担心。"

　　林世农也凑上来说："我们劳动力成本也低，又有工人职业学校，培养了大量的技术工人，工人的素质好于其他地方。"

　　朴义哲想了想说："如果我们在你们这里投资，我们要好好商讨一下，要订一个合约，将来我们企业不承担任何法律责任。"

　　袁正生说："完全可以。"

　　看了开发区之后，几位领导又陪着朴义哲看了大型水泥厂，火车站工地，神火煤矿建设工地，五十万伏高压变电所等。朴义哲看到清水几个大项目同时上马，工地上热气腾腾，给他留下了很好的印象。特别是土地零价格的吸引力，使得朴义哲决定在清水投资建厂。下午，朴义哲带来的工作人员与清水县招商办一起，研究了合约文本。晚上，市、县两级领导与朴义哲一行聚餐庆贺合作愉快。第二天，朴义哲一行也不去上海，乘飞机回国汇报去了。

　　袁正生觉得这次劫持韩国企业考察团，是他的得意之笔，虽经曲折，但最终得以实现，心情大好，那晚他把有关人员招到了一起，一起喝酒庆祝了一番。

　　夜里十一点，袁正生醉醺醺回到家里。看见詹小红正给女儿辅导作业。自从当上县长之后，詹小红承担了全部家务，还教育孩子，十分辛苦。要不是岳父岳母的帮助，还真的很吃力。詹小红告诉他，股长孟庆年退休了。本来让她担任调研究室副主任，但考虑到她丈夫是县长，工作忙，家里顾不上，于是改任单位工会副主席，主持工作（工会仅一人）。工作轻松些。袁正生对这样的安排非常满意。

夜里，詹小红把女儿哄睡了后，洗了一把澡，热烘烘地贴到袁正生的身边，每当詹小红心情好时，她总会给予他性的奖励，袁正生工作很忙，最近对性事淡了不少，见詹小红有兴致，他也要装作承情解渴的样子，认认真真地敷衍，以免她生出疑心。

六十七

第二天一早，袁正生去办公室，途中意外地遇到了哥哥和嫂嫂。袁正清手里提着一网袋水果和牛奶粉。袁正生问他们到哪里去。

袁正清说："去医院看看玉莲。"

"玉莲怎么啦？"

"夫妻俩吵嘴，玉莲被薄有财打伤了。"

袁正生吃惊地问："为什么吵架，伤得怎么样？"

袁正清说："俩个人经常吵架。薄有财这个人，脾气暴躁，心胸狭窄。一有不顺心的事，就拿玉莲出气，经常动手打人。这一次因为煤矿出了事，罚了款，关了井，薄有财全部家当赔进去了，他心里懊恼，整天不归家，酗酒赌博（本来就有酗酒赌博的毛病），破罐子破摔。玉莲说他几句，他就朝玉莲发火，一个板凳扔过去，把玉莲的头砸破了，他还不解气，把玉莲按在地上拳打脚踢。玉莲住到医院里来，头缝了三针，身上多处受伤了。"

袁正生一听，气不打一处来，心想："这算什么男人？心情不好就打老婆，你煤矿出事故，关你老婆屁事？受点挫折就瘫下，自作自践，有这么没出息的人吗？"

　　袁正清夫妇走了，袁正生想了想不放心，也跟着进了县医院。他没有同哥嫂一道，而是单独进了医院病房，站在病房外的玻璃窗处朝里观看。他看到孙玉莲睡在床上，头上缠着白色绷带，输液瓶在输液。袁正清和孙玉荷两个一左一右坐在床边，几个人都没有说话。病房里寂静无声的。看了一会儿，袁正生悄然离去。

　　袁正生心里很不平静，看到孙玉莲的样子，十分心疼，也十分难过。孙玉莲虽然不是他的妻子，但他一向视她为亲妹妹。哪有妹妹受伤哥哥不疼的道理。如果孙玉莲在他身边，他呵护都来不及，何至于打她，让她受这样的委屈！他真想去见识一下这个薄有财，看他究竟是何许人也。他要好好教训他一顿，今后胆敢欺负玉莲，叫他尝尝被打是什么滋味。让他记着：孙玉莲还有一个哥哥，不是谁想打就能打，谁想欺负就能欺负的。有本事就冲着我袁正生来，咱们一决高下，生死无悔。但是想归想，袁正生又觉得十分无奈。他能和薄有财打架吗？他能干预孙玉莲的家事吗？孙玉莲的不幸，不正是他袁正生造成的吗？你还有什么可说的？他只有悔恨而已。

　　神火煤矿正式出煤那天，县委县政府和各个部门的领导都被邀请参加出煤仪式。前来观看出煤的还有远近乡村几千观众，领导和观众都站在煤矿巷道门口的广场上。大家举着红旗，背着锣鼓排队等候着。上午十点钟，随着炮声响起，传送带载着满满的原煤象黑色小溪一样流淌过来，落在煤场上。人们立刻欢腾起来。鼓掌声鞭炮声锣鼓声震天阶响。这是一口现代化的采煤矿井，井下采煤全部机械化作业，电脑控制。除了井口和堆煤场之外，看不到被挖煤破坏的山体，煤层在井下两百米到一千米，山上树木葱茏，景色优美，空气清新。 煤矿办公区和生活区象花园一样美丽安静。

　　矿长卢振堂带着县领导来到了矿部办公室电脑控制室，控制室里的墙上排着几丨面银屏，可以从各个角度看到井下机械作业情况，可以了解井下空气温度、湿度、瓦斯浓度等各种数据。卢振堂一一做了介绍，引起了大家的一阵赞叹。

仪式结束后，卢振堂在矿山食堂大摆宴席。县领导和企业人士频频举杯，相互祝贺出煤成功，气氛亲切热烈，大家尽欢而散。

宴会结束后，卢振堂单独请袁正生在矿山浴池泡澡。矿山浴池面积很大，简直像个游泳池。里面水很干净，因为工人们还没有下班，偌大的水池，只有袁正生和卢振堂俩人。他们可以洗澡也可以游泳，真是个温泉养生之地。

休息的时候，卢振堂凑近袁正生说："县长，乌山一些小煤矿乱挖乱采，破坏矿源，至今没有停止。这事还请政府管一管。"

袁正生说："政府规定，不允许私自挖煤，更不允许与神火公司争煤源，通知早就下去了。"

卢振堂说："规定是规定，农民就是不听，就在昨天，老百姓还在挖煤，与我们矿工差一点打起来了。"

袁正生立刻意识到救助孙玉康，孙玉莲的机会来了。他说："农民靠山吃山，几十年已成习惯。现在一下子断了他们财路，叫他们一点不闹事，也不可能。我们县政府的态度很明确，但毕竟法不责众，也没有什么好办法。我建议你，能不能采取赎买的政策，把几个小煤矿主的资产买断，或者作价入股，合作经营，这样，你发展，他们才可以得到一些微利，可以长治久安。小矿主也就几个人，只要把他们摆平了，一般老百姓不会闹事。闹事的都是小矿主怂恿的，你还看不出来吗？"

卢振堂说："小煤矿的设备，我们用不上，作价买断，等于我们付冤枉钱，入股则更是不行。"

袁正生说："说穿了，就是花钱买平安嘛。你这样做，虽然付了一笔钱，但省得了多少麻烦？这些人在矿上投入那么多钱，现在宣布关停，他们就倾家荡产了，让你们来采煤赚钱，他们能甘心吗。靠政府硬压，只能压一时，不能压长久，只能压在明处，不能压在暗处。您说是不是这个理？”

卢振堂想了想说。“如果这样搞，我们还不如一次性买断。”

袁正生赞许地说：“这是个好办法。一次性买断，长痛不如短痛。”

卢振堂说：“不过这财产评估还要请县政府主持公道，不能让他们漫天要价。”

袁正生说：“放心。我们政府成立一个矿产评估小组，合情合理，对不合理的要求，坚决不予采纳。”

临走的时候，卢振堂在袁正生的小汽车里放着一个皮包，里面放了十万元钱，袁正生发现后立即要司机把包退了回去。

回到县城，袁正生打电话给哥哥袁正清，要他转告孙玉康，准备做好煤矿资产评估的准备，打包卖给神火煤矿。

孙玉康和薄有财得到消息大喜过望。县政府煤矿资产评估小组评估结果，孙玉康、薄有财以两百五十万元资产打包卖给了神火集团。他们除了赔付矿难支出两百一十万元外，还剩四十万元，每人分得二十万元，在当时是一笔不小的财富。

但是孙玉莲与薄有财离婚了。自从孙玉莲被打伤住院之后，孙玉莲下定了离婚的决心。本来嫁给薄有财她就不同意，婚后不到两年，俩人一直磕磕碰碰。孙玉莲觉得薄有财与自己不是一路人，嫁给他是一个错误。由于孙玉莲的坚决态度，孙玉康也不好说什么，薄有财一气之下，同意离婚。

离婚不久，薄有财得到神火集团的赎买款，头脑清醒了，生活信心也上来了。他发现与孙玉莲离婚是个错误，于是要求和孙玉莲复婚，但遭到孙玉莲的拒绝。薄有财向孙玉莲认错，保证复婚后再也不会打她，永远和她和和美美地过日子。他流着忏悔的眼泪，求她原谅，求她不要离开他。但孙玉莲是个有主见的女人，她不会因他不值钱的眼泪而改变主意。他拒绝了薄有财。薄有财恼羞成怒，扬言："如果孙玉莲不复婚，他一分钱赎买款也不给她。"但孙玉莲去意已决，宁愿净身出户也绝不回头。从此结束了一段不愉快的婚姻。

得到孙玉莲离婚的消息，袁正生好像松了一口气，但随之又产生了一种惶愧不安的心态，孙玉莲将来怎么办？她有一个好的归宿吗？这本不需要他考虑的事，可他却一直考虑个没完。没有办法，推卸不开。孙玉莲是他的人。她的命运，她的处境是他造成的。在袁正生心里，孙玉莲永远占着位置，永远压着重量。

六十八

半个月后，韩国企业经理朴义哲来了，他带来了好消息，韩国大禹公司正式决定在清水投资建厂。袁正生大喜。但是朴义哲有一个要求：清水必须在三个月内把厂房建好，超过了时间，他们不仅不来，还要罚以巨额违约金。

这是什么道理？袁正生觉得有悖常理。他没有及时表态，回头让邵金来打电话给在外地的挂职干部，询问外地的情况。得到的回答说："各地招商引资的竞争已进入白热化，现在已不是"三通一平"的问题，帮助外企盖好厂房已很普遍了。这叫"筑巢引凤"。袁正生于是向朴义哲表态，三个月内建成一万平米的标准厂房，双方签定了合同。

袁正生召开政府办公会议，成立了一个应急领导组，由毕淦才负责，派人出去考察材料，购买角钢，玻璃瓦，空心砖、水泥等建筑材料，按韩国人提供的图纸，进行设计施工，务必保质保量，象修建青龙大道一样，按期完工。

三个月后厂房建成，朴义哲带人来进行了验收，十分满意。于是大量先进的外国设备运了进来，抓紧安装。

　　通过这次标准厂房的建设，使清水人看到了商机。于是一批以废旧钢材为原料的小钢厂建成，清水成了江东省最大的标准厂房建筑材料供应商。

　　韩国电子触摸屏厂的建成，带动了许多上、下游企业的建立。清水人胆子更大了，眼界更宽了。会办企业、敢办企业的能人大批涌现。加上县政府的大力支持，一个个与高新企业沾边的配套企业雨后春笋般地涌现。

　　这天，袁正生在副县长王景云、工商局长钱昌茂和乡企局长邵金来的陪同下，视察河东农贸和小商品市场建设情况。河东市场县政府投资五千万，第一批项目建立了两万平方米的大棚，在界河上架起一座十米宽的大桥，修通一条两公里长的公路直达市场。这之前，袁正生拜访了江西赣北县县长，双方就修建界河大桥取得一致意见。这次袁正生视察时，大桥已经建成，道路建设已近尾声，大棚建成了一半。袁正生对工程进度表示满意。

　　在建市场、修大桥的问题上，当时县委内部也有过不同看法，担心人家不过来做生意，投资打了水漂。但袁正生认为水往低处流，只要我们比河西少收税费，搞好服务，交通便利，人家自然会来。再说，清水县的农副产品和小商品，也需要有一个集中销售的市场。

　　在听取了王景云和钱昌茂的汇报后，袁正生要求政府对市场管理做到"四不一无偿"，即不收税，不收租金，不收卫生费，不收管理费，政府提供无偿服务。"

　　钱昌茂一时不理解，笑着说："什么都不收，我们政府图个啥？"

　　袁正生说："现在不收，待市场形成后再收。商家刚进来，还不知道能不能赚钱，你就急着收税收费，人家还敢来吗？只有让人家有钱赚，那时再收税费，比较合理，商家也能承受。"

与此同时，袁正生提出鼓励清水县农副产品和工业产品在河东贸易市场销售，享受同样"四不一无偿"待遇。

钱国庆又来请袁正生吃饭了。自从买下了清水宾馆，利用原县委招待所的品牌和地段优势，钱国庆的生意做得很兴旺。心情好，宾馆里的伙食好，钱国庆的肚子又大了一圈。裤带子束不了肚皮，向下移了两寸，快到三角区了。钱国庆走进袁正生办公室，习惯地向上提了一下裤腰带说："县长，我请您吃饭。"

袁正生笑着说："你怎么又要请吃饭？准没好事！"

钱国庆假装委屈地说："县长您这话说的。我是一片好心请您吃饭，怎么没有好事呢？"

袁正生问："还有谁？"

钱国庆说："就我、小丽、小美"

"小美回来了？"

"回来了，就是他要我请您哪！"钱国庆说："小美调省电视台，回来我为她设宴庆贺，她说请您参加，小范围的聚一下。"

袁正生听说王小美成了省电视台的节目主持人，心里也为她高兴。想到今后清水的宣传工作还靠小美帮助，就答应了。

在清水宾馆的一间小餐厅里，四个人坐定。王小美披着长发，打扮得更漂亮了。见到袁正生，她站起来和他握手，把他拉到上首的位置坐下。王小美坐他左边，王小丽在右，钱国庆坐对面。

袁正生问王小美："调到省里去啦？"

王小美点点头，谦虚地说："不是一样吗，整天拿着话筒。"虽然这样说，却掩不住内心的兴奋和得意。她问袁正生："县长最近很忙吧。听说您把铁路扳弯了，把韩国老板绑架来了，是不是？"

"话不能这么说。"袁正生笑着说："这是精诚所至，金石为开的结果。清水落后嘛，招商引资不死打蛮缠不中。"

"晋省长都表扬您了。"王小美说。

　　晋省长叫晋国云，袁正生没有和他直接打过交道，只是在全省工作会议上看到过他，听过他的报告。袁正生心想：王小美提到晋省长，一方面说明她已与省领导交往密切，另一方面也暗示她现在身份不同。

　　袁正生问："晋省长怎么会表扬我来？"

　　王小美说："晋省长前些天到北方几个市视察，在讲到招商引资的事情，提到清水经验。"

　　"哦。"袁正生说："清水工作刚刚开始，谈不上经验，况且也不是我一个人的功劳，不值得省长夸奖。"

　　"县长不要谦虚。"王小美说："你现在已经是名声在外。哪天我给您专门做一个节目。"

　　袁正生连忙说："等等，有些成效但还没有显现，到时候再说。"

　　王小美说："您的想法是，事情做过了再宣传，这种观念落后了。在人家那里，是边做边宣传，甚至没有做就宣传了。您不听人家说吗？未干就宣传，是假干；干了再宣传，是傻干；边干边宣传，才是真干。县长要重视宣传工作哩！"

　　"小美现在了不得，见过大市面了，讲话一套套的。"袁正生说。

　　"跟你们领导学的嘛！"

　　酒过三巡，钱国庆开口了。他说："县长，我要向您汇报，我现在成立了一个建筑公司，叫庆丰建筑公司。"

　　"庆丰建筑公司？你怎么又搞建筑了？"

　　"对。"钱国庆得意地笑着。他最近听人说搞建筑最赚钱，便谋划进入建筑行业。

　　"你不是宾馆开得好好的？"

"宾馆还是开，但建筑工程我也想做。"他说："听说县里搞旧城改造，仅下水道就准备投资五百万，这个工程能不能给我做？"

袁正生说："你没有搞过建筑工程，没有建筑资质，没有工程技术人员，怎么能开建筑公司，承建下水道工程呢？"

钱国庆早已成竹在胸，他说："我有建筑资质，我们庆丰建筑公司是三级建筑企业，有工程建造师，技术负责人，工程监理人员，应有尽有。"

"三级建筑企业？"袁正生问："你挂靠哪一家？"

"平原建筑公司。"

"平原建筑公司？那不是一个倒闭企业吗？"

"是倒闭企业，但他们的资质还在，有三级建筑企业证书，还有一些工程师和技术人员，我就看中了这点，把那个企业吃过来。"

"企业还有几百名职工，你能吃下来？"

"我采取买断的办法，把老弱的打发掉，剩下精华的，我带着。只要县里给我工程做，我就能使企业起死回生。"

袁正生知道，平原建筑公司是平原乡的集体企业，本来是一个农民工程队，由乡镇收编归乡政府管理，一向在城里做些边角工程，赚了一些钱，很快发展成一个小型建筑企业，还招收了几个工程技术人员。但由于内部管理不善，贪腐严重，经常出现质量事故，导致企业信誉下降，接不到工程，资金链断裂，企业就垮了。袁正生也曾照顾他们，给一点工程，无奈他们做不好，总是不能按质按量完工，成了扶不起来的猪大肠。

钱国庆之所以敢接这个企业，有他的盘算：建筑企业只要有工程做，只要能按时结到工程款，就能赚大钱。凭着他和县长的特殊关系，再加上王小美的帮助，在清水县拿工程比较便利。王小美今晚有意无意地抬出晋省长，也是为了加重自己在袁正生心中的份量，助姐夫一臂之力。

袁正生没有即时答复他们，他要考虑一下，权衡利弊。显然钱国庆聪明能干，清水宾馆经营得不错，但他有没有能力搞建筑还不敢说，他手下的工程技术人员是哪些人，可靠吗？他的经济实力如何，搞工程是要垫资的。

饭后去舞厅跳舞，钱国庆照例先让王小丽陪袁正生跳，自己请王小美。跳了一圈后，王小美来请袁正生。王小美问："我姐夫的事你看怎么样？能行吗？"

袁正生说："你姐夫没搞过建筑，俗话说隔行如隔山。建筑工程是百年大计，不是儿戏。"

王小美说："没问题，您放心啦！我在省城请了专家帮他策划，他又请了五个注册建造师和两个技术负责人，是从一级建筑企业高薪挖来的。他还想晋升二级和一级工程公司的资质，不把工程做好能行吗？"

袁正生心想："看来钱国庆不是一个人在做，是和王小美一起做，甚至后面还有人。钱国庆脑袋聪明，会办事，王小美更不是凡角，她从市里调到省里，通过什么渠道？谁看中了？看她提到晋省长那口气，好像就能通天了。他想起了曹守谦的话，"不要出事"，就是说不要惹麻烦。当年他放了余卫红一马，没有惹麻烦，今天同样要放钱国庆一马，不能得罪王小美。王小美背后或许有某个大老板，大人物，得罪了她于自己前途不利。想到这里，他对王小美说：

"你交待的事还能不办吗？只是你要把钱国庆管好，不能出纰漏。"

"没问题。"王小美笑着捏他一把说："我办事你还不放心吗？"

六十九

第二天，邵金来汇报说："京城办事处主任马占前来电话，在国家光纤研究所所长汪清流家当保姆的钱小霞，提供一个重要信息：国家光纤研究所准备办一个实体企业——光纤电缆厂。这是国家八五"重点"项目，投资五十个亿。正在进行项目可行性研究和工厂选址。有几个省得到消息，已经派人到所里联系。

袁正生一听来了精神。他对邵金来说："到京城去。"

临行，袁正生向林世农谈了自己的想法。光纤电缆优于金属电缆，将来定会取而代之，军工民用都十分急需，属新型产业，是国家发展的方向。我们如能把这个项目拿到手，清水有了国字号大企业，将来的发展前景广阔。

"五十个亿啊！"袁正生说："听说这个企业将来上市融资，就是几百个亿的身价，清水的税收总量又上一个大台阶。"

林世农听了也很兴奋。由于清水招商引资成绩突出，市里最近有消息，林世农将官升一级。如果袁正生把光纤电缆厂引来，首先获利的是他林世农。他积极支持袁正生去争取。他说："不管用什么手段，把企业引进来是硬道理。"

进京之前，袁正生到袁家村看望父母，这些天由于忙着招商，回袁家村少了。回到家，看到父亲睡在床上，袁正生问身体可好，父亲说没有什么，只是觉得累，想睡睡。袁正生问庄稼地租出去没有，父亲说租出去了，现在也不下地，也不上山，只在房前屋后的菜园地里转转。袁正生问生活可够。父亲说，够用。农村也没有什么花费。

袁正生拿出一万块钱，说："放点钱在家里，如果不够，贴着用。"由于这几年清水经济发展了，干部工资有所增长，各种奖金补贴也多了。袁正生口袋里有些零用钱了。

母亲说："你带着，在外面要用钱。"

袁正生说："我在外面办公事，公费开支。"

母亲收了，说："打电话让正清回来。"

电话打过去，十几分钟，正清开着摩托车到家。摩托车比自行车进了一大步，说明哥哥的生活条件也有了改善。一家人说说话，坐在一起吃饭。

正清说："玉莲到韩国企业上班去了。听说没多久，就当了小领班呢！"

孙玉莲有地方打工，正生心里有些宽慰。韩国企业自动化程度高，生产条件也好，工资在清水算是高的，玉莲可以自食其力了。

正清说："玉康还经营他的土特产小买卖。听说县里搞河东农贸市场和小商品大市场，他去租了个门面，经营山区特色农产品。他最近买了一个商务车，来回的跑。"

袁正生心想："我们的大市场刚建起来，有商业头脑的人就去租门面了，说明办大市场适应市场需要，方向是对的。"

父亲说："玉康上次来看我，还带了一次糕点，山参什么。"

正清说："玉康心里清楚，他在煤矿上赔了钱，不是正生帮他捞回来的吗？咱们两家扯平了。"

"扯平了？"袁正生哭笑不得。

袁正生带着邵金来、董会义到京城，住进了清水县驻京办事处。县办事处与省、市办事处在一幢楼上，工作上互通信息，生活上互相照顾。

正赶上江东省政府在京城宴请江东省老乡。省驻京办主任潘宝中要求各市、县办事处的同志都参加。地点在京都大饭店汉武厅。一共办了二十几桌，应邀的有国家机关各部委、各大企业司局级以上或相当级别的领导干部。其中较为引人注意的是财政部副部长吴中兴，交通部副部长程江东，中科院专家组组长黄应章和中南海警卫局副局长杨存贵。正部级以上大官都没有来，因为太显眼，怕影响不好。要说江东籍的高官，不仅正部级不少，就是在中南海也占有几个席位。但只能私下里联系，不好公开邀请。

中江市驻京办被安排一桌，驻京办主任刘文峰原是市政府办公室副主任，与袁正生熟悉。江东省多数市都有驻京办，县一级驻京办不多，由于席位限制，有的没被邀请。刘文峰听说袁正生来了，特地更换了中江市出席者名单，请袁正生参加。

宴会上的酒是茅台，菜是满汉全席。服务员小姐一律穿白色带金边的旗袍，服务生则一律黑色燕尾服。碗盘筷勺都是银质带金边，地毯足有十公分厚，让袁正生大开眼界。

客人进门后，首先登记、用签字笔在留言簿上题字，然后领取一千元的车马费。

晚八点，潘宝中宣布晚宴开始，江东省省长晋国云讲话。晋国云在讲话中欢迎各位领导、同乡光临，感谢大家一年来对家乡经济建设和各项工作的支持。他简要报告江东省的经济发展情况、所取得的成就和面临的困难。他邀请大家回乡看看，为家乡建设进行指导，同时恳请大家继续为家乡的建设和发展给予帮助。晋国云还说，我们驻京办事处是为京城江东人服务的机构，各位在生活中有什么困难，可以打电话和我们办事处联系。我们一定做好服务，各位在家乡的亲友有什么困难，也可以和我们办事处联系，家乡政府将尽可能地给予照顾解决。晋国云最后要求大家共同举杯，为国家的富强，为家乡的发展干杯。

宴会上，晋国云分别向各桌客人敬酒之后，也与省内各级办事处的同志碰杯，道一声辛苦，鼓励大家继续做好工作。当与袁正生碰杯时，刘文峰介绍说，这是清水县长。晋国云饶有兴趣地问："清水县长也来了，是争取好项目吧？"

袁正生说："想争取个好项目，但不知道能不能成。"

晋国云说："县长亲自抓项目，肯定成啊！你们清水招商引资搞得不错，与你这种苦干实干的精神分不开的。我下次派王小美到你们那里做个节目。"

袁正生连忙说："不敢当啊，谢谢省长。"

通过与晋国云的对话，袁正生知道王小美说晋省长夸奖的话确实不虚。

第二天，袁正生让马占前与钱小霞联系，问明了住处和行走路线，与马占前，邵金来、董会义直奔汪清流的家。

汪清流的家住在光电科学研究所大楼后面的院子内，里面建了十幢小楼，住着科研所干部和职工，形成一个封闭的小区。袁正生他们到了大院门口，钱小霞出来迎接，经保安登记进入，上了三楼汪清流住所。事先钱小霞将家乡父母官拜访的事与汪清流说了，并征得同意。袁正生他们三人进门，汪清流站起来热情迎客，并让他们坐到沙发上说话。汪清流是个大个子，长脸，戴眼镜，一副大知识分子的派头。

袁正生先向汪主任问好，钱小霞从旁作了介绍。

袁正生说："小霞是我们清水县保姆培训班毕业的优秀学员，派到汪主任家工作几个月了，不知道工作怎么样，雇主满意不满意，我们特地来走访一下。"

袁正生的话引起了汪清流的兴趣：县里举办保姆培训班，向外派出保姆，定期走访检查，把保姆事业当产业运行，他还是第一次听说。这样做的好处是，保姆素质有保证，雇主用起来放心。

汪清流说："小霞工作不错，谢谢你们给我们家派来了一个好保姆。"

袁正生说："我们清水县地处江南山区，过去地方比较偏僻，经济落后，农村青年就业困难，为此我们成立了职业学校，开办了职工技术培训班，农业科技培训班和保姆培训班，帮助农村青年学习科学技术，提高素质和本领，方便就业和创业。几年来我县向全国各地输出企业技工三千多人，培养农业科技人员两千多人，输出保姆一千多人。年创收三个多亿，改善了农民生活，也促进了农村经济发展。"

汪清流点头说："你们这个思路好，为农民和农村发展做了实事好事。"

袁正生说："当然我们工作的重点还不在这里。我们工作的重点是抓工业，抓招商引资。这几年，我们引进了一个大型水泥企业，一个中型煤炭企业，一个高科技外国企业，创办了一个农贸小商品大市场，我们的乡镇企业发展迅速，农业多种经营发展势头很好。我们县财政年收入，从五千万元增长到四个亿，一举脱掉国家级贫困县的帽子。"

钱小霞插话说："这些都袁县长几年来做的成绩。"

汪清流称赞说："几年做出这样的成绩，真是了不起。"

袁正生说："当然，我不会满足这点成绩，我这次到京城来就是想争取国家投资，在我们那里办一个高科技企业。"

汪清流问："有没有目标？"

"有目标。"袁正生说："我们的目标是想办一个光纤电缆厂，此事得请汪主任帮助。"

汪清流笑着说："你们把目标瞄到我这里来了？"

袁正生点头承认说："是这样。"

汪清流问："你们有基础吗？"

袁正生说："我们虽然没有办光缆厂的基础，但我们有条件：水，电，路，通信都能满足需要，我们的劳动力便宜，训练有素，土地便宜，更重要的是我们政府和人民对招商引资的重视，有个良好的创业环境。汪主任可以去考察一下。"

汪清流说："你们大概听到消息，我们要办一个光缆厂，这些天各个省都来人找我们，但这事还没有定下来，选址有几处，上海，武汉，西安，广州。他们的条件都比你们好。"

袁正生说："上海，武汉等地，国家都有大企业进驻，我们江东省国家的大企业少，投资严重不足，从国家经济战略平衡来说，江东省应该照顾一下，清水应该有个国家级大企业。这就好比地球有个南极洲才能平衡，不能把重量都压到北半球。"

汪清流笑了。他说："你这个比喻好。但这事事关重大，需国务院领导全盘考虑决定。我们只能做具体工作。"

话说这里，又是初次见面，袁正生不好说得太多。临别时丢下一些清水土特产品，说下次再来拜访。

袁正生走后，汪清流向钱小霞进一步询问了清水县的情况。钱小霞一一回答，许多话都是袁正生事先教她说的，钱小霞在汪清流家由于工作努力，汪清流对她十分满意和信任，她的话汪清流能听进去一大部分。

袁正生回到办事处，通过其他渠道，进一步了解光纤研究所的情况。知道光纤电缆厂项目国务院已经批下来，具体设厂地址由于各地争得厉害，一时很难确定，要进一步考察。据了解，汪清流既是光纤领域科研项目带头人，又是这个光纤电缆企业的负责人，自任董事长和总经理，光纤电缆厂是第一个以科技人员入股的股份制公司企业，是科研和生产结合的样板，企业将在上交所上市，通过股票市场筹措资金。

七十

财政局长张进财打电话来，说市审计局要来检查财政收支情况。请县长赶紧回来。袁正生回到清水，张进财汇报说："清水财政这几年入不敷出，总共欠债近十六个亿，不知道谁把这件事捅到上面去了。市审计局奉命来审计。如果查出来问题，将有大的麻烦。”

袁正生一听犯了愁，光想改变面貌，可一动就要花钱。当年万士明说量力而行，林世农也说不要急，可自己就是急功近利，恨不得一口吃一个胖子。他想了想，花掉其它资金倒还好说，花掉社保资金是个大问题，如果审计局查出来，报到上面，就要倒大霉。

袁正生嘱咐张进财说：“第一步，要把财政账目做好，有些支出，不做支出，做暂付款，这样好跟审计局扯皮。第二步，重点是社保资金的问题，我看只能向企业借钱，把社保资金账目抹平，等审计局走后归还企业。第三要把审计局检查组的同志接待好。”

张进财问，“哪个企业能借八千万？”

袁正生想一想说：“只有请赵才胜帮助。”

袁正生亲自赶到温岭集团公司，见到赵才胜，大诉一番苦水，请赵总务必伸出援手拉老弟一把，借八千万，一个月后归还，利息照付。赵才胜因为水泥厂开工顺利，最近水泥价格从四百元一吨，涨到八百元，心情高兴，说：“老弟，不要着急，由我来摆平。不就是八千万吗？谁没有窘迫的时候，还算什么利息呢！”

袁正生感激莫名。心想：“只要社保资金不出问题，其它资金花了就花了，以后补回来就是了。过几年，水泥厂，煤矿，电子触摸屏厂和农贸大市场，建成的建成，投产的投产，缴税的缴税。财政收入逐年增长，日子就好过了。”

这天，市审计检查组一行四人来到了清水，住进了清水宾馆。袁正生急忙赶到宾馆，亲自接待审计组一行，并与张进财陪同他们吃饭。

审计组长姓胡，五十来岁，高高瘦瘦，脸色黄黄的带有黑斑，说话很客气。还有个审计师姓金，三十几岁，个子墩墩实实。

袁正生说："欢迎胡组长一行检查指导工作。"

胡组长说："例行公事，请多理解。"

张进财说："清水条件差，接待不周，请多包涵。"

胡组长说："可以了。我们是来工作的，不是来享受的。"

袁正生当着面对张进财说："审计组一行十分辛苦，接待工作要做好，保证工作、生活方便。"

私下里，袁正生对张进财交待四点："一是伙食标准要高，每餐都上酒，尽量让他们多喝，喝醉了更好。二是请他到附近风景点走走，丰富一下生活，不要天天呆在那里查帐。三是晚上活动安排好，跳舞、洗澡、按摩、打康乐球，想玩什么玩什么。四是私下里交往好，姓胡的是负责人，审计师小金是主审。这两个人是关键，找机会给这两个人意思一下。"

张进财点头称是。

张进财让财政局办公室主任负责审计组的生活，陪吃饭，陪旅游，陪娱乐。自己一有空就过来嘘寒问暖。一个星期下来，人也混熟了，审计工作也接近尾声。张进财想从侧面了解审计中发现的问题，但胡组长和金主审都守口如瓶。

结束之前，胡组长和金主审在房间里秘密撰写审计报告。报告写好后，胡组长把张进财叫了进去。对他说："张局长，有些事情我们想核实一下。"

张进财问："哪一方面的？"

胡组长说："你们的社保资金开支不很清楚。"

果然提到社保资金，张进财脸上顿时冒汗。

胡组长说："账目虽然平了，但资金往来不尽合理。有一笔是从温岭集团拨来的，这与温岭有什么关系？你把社保资金借给了温岭，温岭还给了你们？"

张进财连忙说："是这样，听说温岭集团要上市，我们想这社保资金保值增值，就打过去想圈几个钱。后来又说温岭暂时不上市，就让温岭退了回来。"

"但支出也不对呀？没有看到你们向温岭公司汇款呀。"

张进财解释说："当时想搞隐蔽一点，所以在做帐上就……"

"绕圈子，做假帐是不是？"胡组长说。

"县财政资金实在太紧张，没有办法。"

"用社保资金抄股是严重违反财经纪律。"

"我们知道错了，今后再不会做了。"

"我们需要到温岭公司查一下，做个底稿。"

"不要查了。"张进财恳求说："我们知道错了，改过来了，今后绝不再做。"

"好在你们资金追回来了，没有造成重大损失。"

"是啊，我们保住了社保资金的安全。"

胡组长又说："这事我们要向领导汇报的。"

张进财急忙说："不汇报不汇报。就在审计阶段消化算了。"

"不向领导汇报，违反审计纪律，我们要担风险的。"

"谢谢胡组长担待。"张进财将几张购物卡塞给胡组长。

胡组长不要。张进财把它丢在桌上，转身走了。

在金主审那边，张进财也同样丢了几张购物卡。说"一点小意思，表达一下心意。"

钱是不多，算是礼节。也是当时的普遍现象。

张进财走后，胡组长与金主审碰了一下头。

金主审说："温岭拨来那么多钱，十分可疑，这里面一定有问题，我看八成是社保资金被挪用了，是借钱平帐。"

胡组长说："张进财说是挪钱炒股，就依他那样说，也是违反财经纪律。"

"要不要写进审计报告？"金主审问。

胡组长想了想说："我看还是不写为妥。如果写，领导会指示我们再查，查出问题就要追究具体人；"

金主审说："如果不写，我们要承担审计不报的责任。"

胡组长说："政府挪用各项资金搞建设，其他县也存在这个问题。按理说，这是违反财经纪律的，尤其是挪用社保资金，问题更为严重。但要考虑到当前的普遍现象。只要不涉及个人的经济问题，我们只当没有发现，暂且不捅破他。支持改革，支持发展嘛！"

金主审点点头。

几天后，《审计报告》做出。张进财连忙送给袁正生。

《审计报告》说："……经审计，清水县在财政支出方面尚没有发现重大违反财经纪律的问题。但社保资金有临时挪用的现象，希望清水县财政进行一次自查自纠，严格加强管理。"

袁正生和张进财相视一笑，心中的一颗石头落了地。

结束时，县财政大宴审计组的同志，并派了一辆小汽车，把清水县土特产塞满后备箱，将每一个审计员送到家。

过了审计这道关，袁正生叫张进财把温岭集团的钱退回去，并亲自到温岭集团向赵才胜表示感谢。

七十一

财政吃紧仍然是严重问题。欠银行贷款每月要付一千多万元利息，基本建设每月要一千多万的资金投入。不仅如此，袁正生打算把县委、县政府办公大楼盖起来。那边乌山广济寺山门外道路景观带及山下商业街、停车场项目建设，初步匡算，又要七八个亿。这笔钱到哪里找？银行不会再贷，就是贷也是挤牙膏，不济事。为此，必须寻找新的财源。

袁正生想到去年在吴川考察时，看到吴川县政府办公大楼盖得宏伟壮观，他们哪来那么多的钱？看来还要到吴川去一趟，当面请教周向荣，。

袁正生打电话给周向荣，通报姓名后，袁正生说："老哥呀，我还有很多事情要请教，您有时间吗？我马上过去。"

周向荣说："老弟有何指教，我在这里恭迎！"

第二天袁正生带着邵金来、董会义赶到了吴川县。

下车一看，吴川县这几年又有大变化，城市规模扩大几倍，到处高楼林立，公路纵横，很有大城市的派头。

周向荣亲自出城来迎，将袁正生接入宾馆，住进总统套间。这可不是清水宾馆那个"总统套间"，而是真正的总统套间。面积大，装饰豪华，里面的设备一律从国外进口，房间里健身房，游泳池，棋牌室，一应俱全。使袁正生大开眼界。

周向荣还谦虚地说："不好意思，我们接待条件太差。"

袁正生说："这样的条件还差？我都打算晚上睡地板算了。"

周向荣问为什么。

袁正生说："怕弄脏了这么高级的被子啊！"

"你这样说，我到你那里怎么办？" 周向荣问。

"我们正在建设一座宾馆叫'云林山庄'。"袁正生说："下次你去我们就好接待了。"

周向荣说："这还差不多。政府应该有一所像样的宾馆。"

晚上吃饭，周向荣问："县长出门也不带个女秘书？"

董会义说："我们县长办分室没有女秘书。"

周向荣笑着责备说："这就是你们当下级的失职呀。男女搭配，干活不累，这是自然规律。县长办公室没有女秘书，那县长还能把工作做好吗？你们这是对全县人民不负责任嘛！"

袁正生说："有了女秘书，工作更做不好了。"

　　吃饭的时候来了四个美女，周向荣介绍，一个是广播电视局的播音员，一个是节目主持人，还有两个是县剧团的主要演员。

　　美女们插花坐在几个男人中间，她们十分大方，酒席上十分活跃。

　　袁正生心里想，如果周向荣去清水，请谁来陪客呢？总得有几个年轻漂亮上档次的吧？他想起了王小美。到时候只好请王小美带几个人来。

　　饭后，大家去舞厅跳了几圈舞，感觉一下吴川的夜生活。一直玩到十二点。

　　袁正生回到房间，见有个美貌女郎坐在房间里。袁正生认为走错了房间，连忙道歉。正要退出，美女说："您是袁县长吧？周县长要我晚上陪您，您满意不？"

　　袁正生楞了一下，方才醒悟，连忙说："不必了，谢谢周县长好意。"

　　美女说："不要紧的，费用已经付了。"

　　袁正生说："我不是这个意思，我是说我不需要……"

　　美女说："您要是看不上我，我给您再叫一个。"

　　"不不不，免了免了。请您自便吧。" 袁正生用手势送客。

　　美女站起来走到门边说："这可不能怪我，是您不要的啦！"

　　袁正生说："不怪你，不怪你。"

　　美女走后，袁正生心里扑扑跳了好一阵，心想："周向荣干什么？是考验我，还是接待的礼节？我岂能做这种事呢！"

　　第二天周向荣见到袁正生说："老弟呀，昨天晚上你怎么把人家打发走了，小姑娘都气哭了，说你看不上她。"

　　袁正生双手一拱说："谢谢老兄好意，我是消受不起。"

　　"钱都付了。"

　　"不是，我这人胆子小，来不了事。"

“哈哈哈哈。”周向荣大笑道：“老弟你还是那么纯洁。回去可别说我们对客人招待不周啊！”

第二天，周向荣带袁正生转了转，看了几个外商企业，然后参观了吴川县政府大楼。吴川县政府原先也在市中心，现在迁到离市中心十几公里的乡下，劈了好大一块地，挖了一个很大的人工湖，用挖湖的土堆了一座小山，取名东山，山在吴川古城的东面，故名，有东山再起之意。县政府大楼就建在小山的南面，建筑面积三四万平方米，古罗马式建筑。它背靠小山，门前建一个大广场，叫腾飞广场，广场上有各种雕塑，一百多米高的喷泉射向空中。广场前面的湖叫天鹅湖，取丑小鸭变天鹅的意思。有四条宽阔的大路，二纵二横，井字形把市政府办公区围在当中，取名政通路，人和路，百业路，俱兴路。几条又宽又直的公路一直通到老市区。路边建了许多大楼，都是银行保险和各中央企业的办公楼、营业厅。政府干部和企业职工每天由大客车接送上下班。

袁正生对吴川的发展速度赞叹不已。下午，双方进行了座谈。袁正生也介绍了清水的发展情况，招了水泥厂，神火煤矿，电子触摸屏厂，建了开发区和贸易大市场等等。

周向荣说：“老弟干得不错嘛，有几个大企业嘛。我看你们县的年财政收入也快到十个亿了吧？”

袁正生说：“没有，目前只有四五个亿。”

周向荣问为什么。袁正生说：“新企业‘两免三减’的政策还没到期。”

周向荣说：“那也快了。一旦正常收税，你们清水的日子就好过了。根据我们的经验，一个县级财政年收入达到四五个亿，就可以应付开支了，达到十多个亿，日子就好过了。”

袁正生说：“我们现在欠银行贷款将近二十亿没得还，基本建设投资又大，外债内债交迫。不瞒老哥，我现在正为钱焦头烂额哩！”

周向荣说："要想扩大建设，再多的钱也不够花的。"

袁正生说："就想请教您，这几年搞建设，钱是怎么解决的。难道银行还是不断地给你们贷款吗？你们建市政府大楼、广场，那么多的楼房，道路，要花多少钱？"

周向荣说："老弟呀，我们现在找到了一个新的生财之道。"

"什么生财之道？"

"卖地呀！卖地搞建设嘛。"

袁正生问怎么卖法。周向荣说："我们从农民那里花六万块地一亩地买过来，把集体土地变成国有土地，然后我们用六十万一亩卖给开发商，你想想，我们赚多少钱？"

"开发商会买吗？"

"当然会买，开发商在房子上加价就是了，羊毛出在羊身上嘛。"

袁正生问："你们怎么想起来的？"

周向荣说："我们一开始也没有想起来，因为这涉及到市场经济，我们政府哪有这个头脑？结果让开发商钻了大空子，把土地活生生地划拨给他们建小区，结果发现开发商一个个暴富。税务部门给他们算一笔帐，不得了。一亩地能建五千平方米的住房，每平方米建筑成本四五百元，卖出去一千多元，每平米赚五六百元，五千平米赚二三百万元，十亩地二三千万元，开发商一次拿个三五十亩地不算大，你算算他们赚多少钱？上亿啊！不行，这土地是国家的，不能让他们赚，于是我们改为有价划拨，后来就竞价拍卖。这是一笔大收入，去年我们八十多个亿的城市建设资金，就是这么来的。今年我计划卖一百二十个亿。"

"银行的钱还了？"

"银行的钱还什么？我不是说银行的钱不要还嘛。现在银行不仅不要我们还贷，还千方百计地要求我们多贷，把我们当成了摇钱树。政府、银行绑在一条船上，共同发财，共同做大。"

“怪不得你们城市建设那么好，路建得那么好。有钱嘛！——可是”袁正生又问：“你们哪有那么多的土地卖？”

“征用农民土地。”

“农民愿意吗？”

“农民有什么不愿意的？土地又不是私人财产，他们得了钱不就满意了？当然，也有的农民不愿意，那就得采取强制措施了。一旦集体土地通过转换变成了国有土地。强拆就不存在侵犯私有财产权的问题。”

“哪有那么多人买房子？”袁正生问。

“取消福利分房，城市街道拆建，逼得城市居民要买房置业；农民失去土地，也要到城里买房。”

“城里的土地也有限呀。”

“城市向乡里扩展嘛！”周向荣说：“我们把县政府迁到十几公里以外的乡里，把机关、学校，医院，工厂，直属企业单位，统统迁到乡里，把道路修通，绿化做好，大片的土地就会涨价，随着农民进城，城市扩大，地价还会进一步飙升，财富就会滚滚而来。我们只要一块块地割地卖钱就行了。这叫‘经营城市’，知道吗？“

“真是茅塞顿开呀！”袁正生叫道。

从吴川回来，袁正生立即召开政府办公会议，宣布从现在起，国有土地一律采取公开竞价的办法出让，对过去划拨的土地进行重新审查，凡理由不充分，手续不完备的停止出让，凡过去没有收取出让费的或者收取出让费过低的，按一定比例补交。或者以代建公共设施补偿。凡过去划拨、出售的土地，两年没有开工建设的，一律收回。他要求财政、审计、城建土地部门成立临时联合办公室，负责审查清理。

七十二

为了光纤电缆厂的事，袁正生再到京城。县驻京办事处主任马占前汇报说："光纤研究所那里还没有消息，可能厂址还没有定下来。据钱小霞说，领导意见还不统一，不少科研人员留念京城，有的想去上海，有领导说要照顾西部，就是西安。江东省还排不上位置。"

袁正生想到中南海警卫局副局长杨存贵，要马占前通过省驻京办事处和他联系，请他把江东清水县的要求上达中央首长。马占前上楼去了一下，回来说："潘宝中主任打电话跟对方联系了，对方回话，上达中央首长要等机会，警卫局只有局长与中央首长接触，副局长一般不允许与首长接触，中南海里制度很严，各司其职，不得越雷池一步。"

袁正生说："我们等不及。"忽然问马占前："我们没有向中央首长家里派保姆吗？"

马占前说："没有。江东籍的中央首长家里都有保姆，其他首长都是从家乡带保姆，我们派不进去。"

袁正生说："看来只有在汪清流那里下功夫了。"

当天晚上，袁正生和邵金来再次到汪清流家，汪清流见到袁正生，问："还是为了光缆厂的事吗？"

袁正生说："是呀。我们为了光缆厂，把开发区的土地准备好了，零价格出让。另外我们还将负责把厂房盖起来。"

汪清流问："你们那里的水质怎么样？"

袁正生说："我们是一类水质，从乌山下来的山水，没有污染。

"是吗？"汪清流有了一些兴趣。

袁正生请汪主任务必给江东清水县有一个发展的机会。袁正生还说："清水风景秀丽，是休闲养生的好地方。我们给汪主任在乌山风景区建一幢别墅，让您常去住住，休息休息。"

汪清流说："那倒不必。"

离开汪清流家，钱小霞送出大院外，袁正生交待说："汪主任家有什么困难要打电话给办事处马主任。"

钱小霞说："汪主任既是科学家，又是高干，工资高，又有科研经费收入，生活富裕，没有困难。"

袁正生批评说："不对。哪一个家庭没有困难？大有大的困难，小有小的困难，穷有穷的困难，富有富的困难。你不要按照低标准来衡量，要留心观察。"又问："最近，京城老百姓在生活上主要忙什么？"

钱小霞说："买大白菜，京城人每到年底就买很多大白菜，留着下雪天吃。"

袁正生问："科研所买了没有？"

钱小霞："科研所里忙得很，买大白菜的事还没有安排。"

袁正生说："这不是困难吗？科研所的科学家整天忙于科研，家庭个人的事往往顾及不到。虽然他们有后勤服务部门，但不会做得那么周全。"他对马占前说："明天你去菜市场买一汽车大白菜，卖给科研所干部职工。记住：高价买（买好的），半价卖。就说清水县驻京办从乡里收来的，便宜。大白菜不值钱，但解决了科研人员的困难，表达我们一份心意。"

马占前说："中，我一定做好。"

袁正生对钱小霞说："科研人员家里有人生病，我们要派车送到医院，帮助挂号办门诊和住院各项手续。出差买火车票、汽车票、飞机票。家庭买煤、买米，自来水管、电线修理、下水道疏通，我们办事处都要找人给办。知道谁家有困难，就给马主任打电话。"

钱小霞点点头。

袁正生对马占前说："我们办事处要打通各方面的关系，通过老乡在京城建立一个关系网，上至达官贵人，下至三教九流，以便调动各方面的资源，更好地为领导服务。"

袁正生要马占前在饭店办一桌酒，宴请一下省、市办事处的同志们。他亲自去省、市办理处去邀请。省政府办事处主任潘宝中，市政府办事处主任刘文峰应邀出席。袁正生请潘宝中把中南海警卫局副局长杨存贵请来，共叙乡情。

宴席是高档的，一万多元一桌，酒上茅台，菜上烤乳猪，请了专门给美国前总统尼克松做烤乳猪的国家级厨师。酒席宴上，大家大谈江东好地方，江东出能人，江东在京城的高级干部和高级知识分子他们都引为荣耀，通过乡情会，通过平时的联络，编制了一个联络图（即《江东省在京人员通讯录》），江东人渗入京城各个部门各个行业，有了这个联络图，办事就方便了。例如到火车站、飞机场买票，随到随买，进出都可以在贵宾室免费休息，走特殊通道。今晚的酒宴，就是在江东人开的餐馆里举行。在京城工作为家乡人民服务的，他们在家乡的家人，也会受到政府的照顾。他们回到家乡，也会得到很好的接待。

袁正生向杨存贵说了光纤厂的事，请杨存贵有机会给首长提醒一下，如果首长能向光纤研究所打个招呼，就更好了。理由就是国家在江东投资少，应该照顾平衡。潘宝中也从旁促成。杨存贵答应找机会。

宴席上宾主用江东土话，江东人的喝酒风俗习惯，大打酒肉官司，通过敬酒大战，增强了互相了解，加深了感情。宴罢大家唱歌跳舞，尽兴而归。

第二天袁正生因为县里有事，匆匆回到清水。

七十三

袁正生这次赶回清水，是解决清水县酒厂包装上市的问题。清水酒厂长期不死不活，债务缠身，如何走出困境，是当前县政府紧迫的问题。吴志伟虽然拿出了改革方案，但酒厂算是清水的大企业，必须等袁正生回来拍板。袁正生召开政府办公会议研究，做出决定：一、酒厂实行股份制，公开竞聘厂长。二、提高白酒质量，高薪聘请高级酿酒师，三、舍得花钱打广告。四、策划在股票市场上市，解决资金不足的问题。

竞聘酒厂厂长在清水县个体企业家中产生。这之前，袁正生让哥哥正清通知孙玉康，如果他有意当酒厂厂长，就做好竞选的准备，提出酒厂发展思路。考虑到孙玉康虽然能干，但文化程度不高，袁正生特派董会义去帮助，给他草拟一份竞选演讲稿。

由于孙玉康准备充分，竞选的结果，孙玉康被推选为清水酒厂厂长。大家认为，虽然孙玉康不是造酒出身，但他提出了如何提高酿酒质量，如何实行企业管理，如何做广告搞宣传等完整的思路。当酒厂厂长并不要求会酿酒，关键的是要会管理，会调动酿酒师傅和职工的积极性，会进行市场运作。

孙玉康当上厂长后，改"清水大曲"为"清水贡酒"。为了能使"清水贡酒"在证券市场上市，袁正生从财政借出两千万元给企业作为活动经费。

不久，证券公司来人审查，认为清水酒厂经营效益不佳，规模太小，不符合上市条件。县政府出面与证券公司协商。在证券公司的帮助下，把酒厂不良资产剥离，由政府注入五千万资金，购买一批新设备，形成优质资产，再选择清水二十家私营企业（包括平原酒厂），整合起来，捆绑上市，壮大规模。形成"清水贡酒集团股份公司"。同时把"清水贡酒"集团的财务账目重做，保证厂里的利润连续三年增长百分之二十以上。经过一番包装打扮，终于符合上市条件，等着排队上市了。

这天，钱国庆笑嘻嘻来到他的办公室，腋下夹着一个小黑包，包里面装了十万元现金。他坐到袁正生的办公桌对面的椅子上。

袁正生问："工程做得怎样？"

钱国庆说："工程竣工了，已经通过验收。"

"搞得挺快嘛。"

"县长交办的工程，能不抓紧吗？"钱国庆表功说："我们现在已晋升二级建筑企业，可以承建七层以下的楼房，可以建设住宅小区了。"

袁正生问："你那二级建筑企业是不是很勉强？"

钱国庆说："我虽然建筑工程不多。但我的队伍很强，我用高薪聘请的注册建造师，技术负责人，他们都很有业绩的。"

"你很重视科技人员，这很好。"袁正生说。

"现在的问题是，工程结束了，我的队伍不能闲着呀，所以还请县长给点活儿干。"

"你参加招标竞争，我们还有几个项目要上。"

钱国庆却说："听说县政府要建大楼，我想承建政府大楼。"

"什么，你还想承建政府大楼？"袁正生问："你听谁说我们要建政府大楼？"

钱国庆笑着说："这不明摆着的事吗？每个县都在建政府大楼，清水县也不会例外。"

袁正生说："就是建政府大楼，也不会让你来建，政府大楼是清水县重点工程，形象工程，要请国内一级资质大型建筑企业承建。你们没建过大工程，怎么能让你们建呢！"

钱国庆说："县长，事在人为。我公司虽然没有建造过大楼，承接过大工程，但我的建造师，技术负责人，都有建造大楼、大工程的经历和实绩。技术上没有任何问题。"

"我不否认你说的是事实，但建筑管理部门不认这个帐，他们要看你的本本（即资质证书），我也没有办法。"

"我可以请一级资质的大企业承接，中不中？"

"你请哪一个企业？"

"省第一建筑公司。"

袁正生暗暗吃惊："钱国庆能请动省一建公司代他承接工程？简直是天方夜谭。省一建公司自己也在找米下锅，能为别的公司承接工程？"他看到钱国庆那种自信的表情，心想："或许钱国庆不是吹牛。如果王小美帮助他，得到晋国云省长的关照，这事不是没有可能的。看来不可小看钱国庆，不可小看王小美，这背后还更深的关系。

袁正生不好表态，他说："这要经过县政府办公会议研究，我现在不好答复，以后再说吧。"

临走的时候，钱国庆留下腋下的黑包说："县长，感谢您的帮助。我发了财，不会忘了您。一点心意，请收下。"

袁正生严肃地说："钱国庆，你做什么？快快拿走！"

钱国庆急步离去。袁正生快步追上去，硬是把小黑包塞给了钱国庆。说："国庆，你这样做就是看不起人，你看我是贪腐的人吗？"钱国庆只好尴尬地收下。

土地开发权拍卖搞得很热火，不仅本县，本省，甚至外省的大企业都来竞争，他们资金雄厚，敢于高价接标，高接高卖，推高了房价。最终还是本县老百姓负担。由于住房需求量大，有些楼盘还未动工，楼花已经卖完。有的开发商买下土地不急于开发，或者只开发边远地段，留下中心地段，等着地价上涨。袁正生通知毕淦才："土地不能成批开发，一年开发一到两块，与其让开发商囤地，不如政府囤地。在地价持续上涨的情况下，政府可以用更高的价格拍卖，赚取土地红利。"

为了给土地拍卖的热度添火加柴，袁正生在常委会议上把建设"清水县政府大楼"的事提上了议事日程，大家一致赞成，把政府机关迁出清水老城，让出城中心黄金地段，进行商业开发。行政中心建在离旧城中心向东十公里以外的凤凰山下，背靠凤凰山，面迎孔雀湖。中间建一个大的中心广场，称为"新时代广场"。主楼建十二层，向前弯曲，作拥抱广场的姿态，主楼后面东西两幢四层高的裙楼，中间一个圆形大会堂。总的面积三万八千平方米，加上凤凰山公园，新时代广场和孔雀湖公园建设，总造价五个亿。

县政府大楼的方案得以通过，袁正生让毕淦才负责请人设计和工程招标工作。

七十四

安排好县里的工作，袁正生带着邵金来和董会义再次赶到京城，争取光缆厂的事。

到达京城，马占前汇报说："这一段时间我们给光纤研究所买白菜，送煤气罐，修理电器、水管，送人接人，我们与光纤研究所的干部职工都混熟了。他们都知道江东省清水县有个驻京办事处，能办很多事，有困难找他们去。"

袁正生表扬说："你们做得好。"又问："杨存贵（副）局长那里有消息吗？"

马占前说："杨（副）局长来电话，他跟首长说了，不知道能否起作用。"

袁正生说："只要说上话，只有好处没有坏处。"

当晚，袁正生和邵金来、董会义把从清水带来的土特产送到汪清流主任家，汪清流不在家。袁正生问光纤厂的事有没有消息。钱小霞说："快了，说元旦前定下来。"

袁正生说："明晚我还要来，关键时刻必须见他。"

当晚天气骤变，刮起了东北风，下起了鹅毛大雪。第二天一早，天地白雪皑皑，天气异常寒冷。

邵金来说："真是天不作美。"

马占前说："我们原定今天给光纤所送煤气罐，这样的大雪，送不成了。"

袁正生说："答应人家的事，就要做到风雪无阻，我今天晚上亲自去送。正好我也想见汪主任。如果今晚不送，雪后结冰，路不好走，行动就更困难了。再说住户的煤气证在你们手里，下雪天用不上煤气可是大问题。"

当天下午大家开车前往，路上堵车六个小时，一直到十点多钟才到光纤研究所门口。马占前下车跟门卫说明情况，门卫通知各家来提煤气罐。袁正生他们也帮着往各家的楼上搬。由于路滑，行动不便，效率很低。袁正生扛着一罐子煤气 往汪清流主任家，已经是夜里十二点多钟。汪清流开门看到袁正生满身是雪，问："你怎么也来送煤气罐？"

袁正生说："考虑到下雪，如果不送，明天就更不方便了。"

汪清流受了感动，他说："进屋里坐坐，暖和一下。"

袁正生说："时间不早了，把煤气罐送完，就回去了。明天再来向汪主任汇报。"

汪清流说："你不要来了，你们的要求，小霞已跟我说了，此事要在会议上决定，到时候我会帮你们说话。"

袁正生说："谢谢汪主任。"

第二天汪清流到办公室，接到中南海首长的电话，首长问："你们光缆厂地址定下来没有？"

汪清流说："没有，请首长指示。"

首长说："我看江东省国家投资较少，大项目更少，经济上不去，成了华东的锅底，你们是否可以考虑一下。"

汪清流说："我今天就传达首长指示。"

当天，汪清流召开光缆厂选址会议，他在会上说："光缆厂选址我们已经考虑了很长时间，几种方案都研究过，各有利弊。上午，中央首长来电话，要我们考虑一下江东省，因为江东省中央企业太少，要照顾平衡。虽然首长发了话，但我们是股份制企业，还要投一下票，少数服从多数，将来企业档案里有个依据。"

有人问："江东省什么地方？"

汪清流说："江东省清水县。"

"是不是为我们搞服务的那个清水县？"

"就是他们。"汪清流说："为我们做这做那，就是清水县驻京办事处，他们是盯着光缆厂来的，已经大半年了。昨天晚上冒着大雪给我们每家每户送煤气罐子的，就是江东县县长。"

"江东县县长？"大家交头接耳。

汪清流说："这个县长，为了引进企业，为发展本县经济，舍得花力气。他当县长四五年，清水引进了国内外几个大企业，经济发展很快。"

有人说："有这样的县长，他们没有理由发展不快。"

汪清流说："我相信，在这个地方办企业，环境是不会差的。"

有人问："不知道那里的土地价格多少。"

汪清流说："土地价格为零。"

大家一阵惊喜。

经过投票，百分之八十以上的股东同意在江东清水县办厂。

当天下午，钱小霞打电话让袁正生去。袁正生知道事情成了，十分欣喜。

见到汪清流，汪清流说："事情定下来了，我们不久将派人去勘察地址。你先回去准备吧。"

袁正生说："我们负责三个月内把厂房建起来。"

汪清流说："厂房有特殊要求，不要你们建，我们自己建。"

袁正生大喜，说了一些感激的话，高高兴兴地去了。

回到清水家中，詹小红告诉袁正生一个不幸的消息，父亲病重住院。袁正生急忙赶到清水医院，见母亲和正清也在那里，父亲睡在床上，鼻子插着管子，看样子病情很严重。袁正生扑到父亲身上，叫了声"大"就哭了。父亲转过头，看了看他。袁正生问哥哥，大是什么时候生病的？正清说："前天。听小红说你要回来了，就没有告诉你。"

正生问什么病，正清把他拉到门外说："大得的是胃癌，已经是晚期了，"

"医生怎么说，能不能救？"

"救不了了，癌细胞已经扩散到全身。"

"病到这个样子我都不知道。"

"大怕影响你工作，所以一直瞒着。这两年大时好时坏，实在受不了就睡两天。前天昏迷了，才送到医院。"

袁正生心里很难过。自己努力工作，指望让父亲过个好日子，可是好日子没有到来，父亲就要走了。他怪自己太粗心，一直忙啊忙的，没有时间考虑父亲的病，父亲生病也不是一日，他经常说胃痛，在家里睡着，自己怎么就不把父亲送到医院检查一下呢，如果早检查，早发现，也许有救的，想到这里他充满着自责，心里更难过了。

袁正清学校里有事，袁正生让他回去，自己在医院里陪护几天。

医院院长，主治医生，护士长听说袁正生来了，都到病房来，大家讨论了病情。

在走廊里，院长说："就我们医院的条件，我们尽力而为，用最好的药，最新的方法，维持你父亲的生命。但是我们回天无术，因为病情耽误得太长了，如果早半年来，也可能有救。"

袁正生问："怎么没有化疗？"

院长说：“你父亲坚决反对化疗。我们考虑，化疗也无济于事，因为全身都出现癌细胞，早就扩散了。”

袁明德有时糊涂，有时清醒。清醒的时候，袁正生哭着说："大，我整天忙自己的事，没有把您的病放在心上，我好后悔啊！"

袁明德说："人总是要死的。我看到你工作进步，看到你兄弟俩日子过得好，我就满意了，放心了。"又说："我们家多少代没有人做官，你做官不容易。听说你为老百姓做了那么多好事，我心里多高兴啊！我这辈子养了两个好儿子，活得值了。"

袁正生说："大，我这个儿子没有做好，没有尽到孝，我对不起您！"

一个星期后，袁明德去世了。袁正生因过于悲伤病倒了。丧事委托哥哥正清操办。袁正生没有出面，他只要求不设灵堂，不收礼。

钱国庆出来帮忙。他帮助袁正清办得井井有条，只是场面大了一些。骨灰下葬那天，从清水县到乌山，高级小轿车排成长龙，浩浩荡荡。送葬者几百人，围观者几千人。孙玉康帮助选了墓地，垒起了一个巨大的坟茔。袁正清披麻带孝接待吊唁者，他切实做到了不收礼、不办酒席。

七十五

不久，国家工信部光纤通信研究所一行二十人，由汪清流带队来到清水县，住进了清水宾馆，袁正生和林世农热情接待，考察人员看了清水开发区，看了清水铁路车站，化验了清水河水质情况，最后在开发区打下桩基，确定了工厂建设方案。工厂厂房由光缆厂专业施工队施工。

汪清流他们走后，袁正生召开政府办公会议，研究对有关人员进行奖励。决定给汪清流家保姆钱小霞十万元奖金，给驻京办事处主任马占前五万元奖金，给中南海警卫局副局长杨存贵五万元奖金。对提供韩商信息的挂职干部曹银瀚五万元奖金。给庞明照家保姆田芸芸三万元奖金。有人提出给袁正生奖励，袁正生说："要奖励的人很多。你们在家里搞建设，申报项目，都很辛苦，照理也该奖励。清水经济搞上去了，是大家的功劳，是对我们每个干部最好的奖励。"

年初，中江市召开党代会，曹守谦升任市委副书记，林世农当选市委常委，市纪委书记，风风光光地上任去了。清水县县委书记一职空缺，市委指定袁正生临时兼管党委的工作，有待于四月份县党代会选举确认。这时候在清水刮起一阵抵毁袁正生的妖风。这股妖风是何建贤，葛怀腾几个人兴起，背后有林世农指使。他们泡制了一个匿名信，信中诉说袁正生五大罪状：

一、经济上严重不清。袁正生当县长五年，花掉国家二十多亿资金，不知道是怎么花的。他以招商引资为借口，游山玩水，花天酒地。

二、招商引资金钱开路，腐蚀了干部，败坏了风气。

三、与企业厂长经理拉拉扯扯，象温岭集团主裁赵才胜，神火集团总裁卢振堂，庆丰建筑公司总经理钱国庆，清水贡酒集团公司董事长孙玉康等，关系过密，县长傍大款路人皆知。

四、拉帮结派，重用亲信，搞小圈子。象毕淦才、邵金来这类人是其得力干将，其他人则弃而不用。

五、父亲丧事大操大办，一百多辆轿车，几千人为其父送葬，所收寿礼堆积如山，寿金不计其数，影响极为恶劣。

希望上级派人严肃查处，不能让其逍遥法外。

——清水县广大干部群众

　　人民来信寄到省委书记高金龙手中，高金龙批转省纪委查处。省纪委书记吕岩看了来信，觉得来信所反映的问题似是而非，没有具体证据，又是匿名举报。联想到清水县正在考虑县委书记人选，在这当口上写县长的人民来信，情况有些微妙，于是把人民来信批转中江市纪委处理。

　　林世农接到省纪委批转的人民来信，心里犯了难。本来他是让何建贤、葛怀腾将信直接寄到省委，让省纪委来查，自己做旁观者。没想到省纪委批到他这里，这就叫他为难了。他知道袁正生没有多大的问题，何、葛二人写人民来信，目的是把袁正生当县委书记的事搅黄。现在省纪委要市纪委去查，自己刚当纪委书记就去查袁正生，一来坐实了书记与县长不和的遥传，清水人会说我林世农做人不地道；二来如果查不出问题，自己怎么下台，怎么向省里交待？林世农思前想后，只好向市委书记唐人杰汇报。

　　唐人杰看了看人民来信，皱了皱眉头。他问林世农："你认为人民来信反映的问题可信度如何？"

　　"我也不大清楚。"林世农含糊地说："袁正生与我搭班工作几年，我觉得他工作不错，我们之间配合得也很好，人民来信反映这么多的问题，我也没有想到。如果当初知道，我会提醒他注意。如果他不听，本着对组织对个人负责，我还可以向上级组织汇报。我曾经因他刚上任，为其父做六十大寿的事，提醒他注意影响。后来我也没有听到有什么反映。如果他真有问题，我作为当时的班长，负有失职的责任。我要检讨。"

　　林世农这番话把自己撇得干干净净。同时也不排除袁正生有问题的嫌疑。唐人杰问："曹守谦同志看了来信没有？"

　　林世农说："没有，袁正生当年是曹守谦的秘书，我想还是先给您看为妥。"

　　唐人杰何等聪明之人，一眼就看出了林世农的心思。他说："先放我这里，我与守谦同志通通气。"

　　林世农走后，唐人杰电话请来了曹守谦，对他说："清水县有一封人民来信寄到省委，高金龙同志批了要查。省纪委转到市纪委来了，你看看。"他把人民来信递给了坐在对面的曹守谦。

　　曹守谦看了一遍，心想，市纪委属于自己分管，林世农不把省纪委转来的信件向我汇报，直接报告了市委书记，是何居心？他一定会在唐书记面前说过什么。想到这里，曹守谦开诚布公地说："唐书记，袁正生曾是我的秘书，他到清水当县长，也是我向组织推荐的，我不避讳这件事。现在我把我的看法说出来，请您考虑。"

　　唐人杰说："没关系，你说。"

　　曹守谦说："袁正生是清水本地人，从下面提拔上来，多少有些人情恩怨。从林世农对此事的态度，也可以看出一丝端倪。现在正值清水县委书记空缺的微妙时刻，有人民来信就很不正常了。再说这是一封匿名信，反映的问题也只是推测性的。"

　　唐人杰叹口气说："人民来信也确是麻烦。但是省纪委转下来信件，有省委高书记的批示，我们也不好搁置不办，上面要报查处结果的。" 唐人杰抽出一支烟，扔给曹守谦，自己也抽一支，点着。

　　正在这时，宋建新进来谈工作，唐人杰说："你来得正好。"就把人民来信递给了宋建新。宋建新看了看，放下来信气愤地说：

　　"这封不着边际的人民来信说明了什么？当前，在改革开放、发展经济的关键时刻，我们的干部处在风口浪尖之上。要改革，要发展，就要得罪人。工作做得越多，问题越多。袁正生同志抓经济发展，抓招商引资，成绩突出，功不可没。我市如有十个袁正生，中江的经济就搞上去了。现在袁正生正主持县委工作，这个当口出现人民来信，我看是别有用心的。"

曹守谦感激地看着宋建新。唐人杰也点点头说："我们要保护我们的干部，这是我们用人的导向问题。这样吧，我让林世农同志回避一下，派监察局长陈宪才去核实一下，回来直接向我汇报。"

曹守谦走后，唐人杰又打电话给林世农说："考虑到你的难处，我让陈宪才同志去查。叫陈宪才到我办公室来一下。"

不一会儿陈宪才来了，他中等个子，四方脸，话不多，举止投足，给人以稳重的感觉。

唐人杰让他坐下，把人民来信递给他看过，对他说："这一封似是而非的匿名信，省委领导做了批示，我们不查吧，省里要报结果；查吧，没有什么根据。我们现在的工作是以经济建设为中心，一切工作要为经济建设服务，包括你们纪检监察工作。清水县这几年，经济建设飞速发展，袁正生同志做了大量的工作。当然，我们的干部在工作中难免会有这样那样的问题，因此就需要我们全面、客观地评价干部，要保护改革者，支持进取者，奖励贡献者，林世农同志刚从清水上来，他应该回避，我派你去核实一下，搞个调查报告来，我好向省委交待。这就是我们的意见，知道吧？"

陈宪才点头说："我知道了。

曹守谦回到办公室，打电话给袁正生，要他抽时间到他家来一下。袁正生知道有重要事情。下班后驱车赶到中江。

在曹守谦家里，曹守谦把人民来信的内容说了一下，对袁正生说："虽然宋市长为你说了话，唐书记也表了态，对你要保护，但究竟有没有问题，我也不放心，所以要你跟我说一下，让我心里有个底。"

袁正生首先对曹守谦的关心表示感谢。他就人民来信反映的五个问题一一作了解释。袁正生说："我是一个农村伢子，组织上培养我当了县长，是对我莫大的信任和重托。我心存感激，诚惶诚恐，一门心思要把工作做好，不辜负领导的希望，哪有一丝一毫以权谋私的念想和胆子？只是自己建功心切，求绩心强，且工作经验不足，方法欠妥，或许得罪了人，召致非议。今后我要多加注意。"

曹守谦说："既然这样，我就放心了。陈宪才去检查，唐书记一定会有交待。你不要介意，一如继往地做你的工作。"

曹守谦和袁正生谈话第二天，清水县就有人在传，市纪委监察局来人调查袁正生。按照干部群众普遍的看法，纪检监察机关调查谁，就意味着谁有问题，没有问题调查什么？一旦被调查，就意味着倒台、坐牢，哪一个当官的经得起调查？清水县干部群众一时议论纷纷。有的不平，有的惊诧，有的幸灾乐祸。

七十六

詹小红听到监察局来人的风声，急忙问袁正生是怎么回事。

袁正生说："有人写我的人民来信。"

"你有什么问题？"詹小红问。

"我的问题是将要当县委书记，人家不舒服。"

"那也不能无中生有，陷害别人。"詹小红说："你当县长，白天黑夜见不到你人影。家里事顾不上，孩子你不管，我们一分钱好处也没得到。你不说有功，反倒'犯了错误'？你是不是为你的家人，为某个女人谋取不法利益？"

"废话！"袁正生说："不做亏心事，不怕鬼叫门。相信组织。"

陈宪才带着检查组住进了清水宾馆。袁正生为了避嫌，下乡检查工作去了。

何建贤、葛怀腾听说市里来人，十分兴奋，两人聚在何建贤办公室相互庆贺。葛怀腾说："何书记，这次袁正生倒了，您当县长是板上钉钉的事，说不定还会当书记呢！"

何建贤也觉得机会来了。自从林世农担任市委常委、纪委书记，何建贤心里就燃起了希望。不想机会来得太快、太顺利了。

葛怀腾也觉自己前途看好，如果何建贤当县长或者书记，凭他和何建贤的关系，再加上有林世农的关照，当个副县长也是没有问题的。

正说着林世农给何建贤打来电话，向他透露了一些内部情况，要他配合陈宪才的工作。何建贤和葛怀腾一起去宾馆拜访陈宪才，何、陈之间过去熟悉。熟人见面也好沟通。何建贤请陈宪才吃饭。

何建贤说："老领导，您难得来清水一次，我不能不尽一下地主之谊呀！"

陈宪才说："老朋友别客气。这次我有任务在身，比较敏感，下次来清水，你们请我，我还巴不得呢。"

何建贤含意丰富地说："那也好，等你工作顺利完成，那时候我们好好请您。"

袁正生这次下乡的重点是检查农业多种经营情况。清水这几年乡镇企业发展很快，大多数背靠大企业，搞一些配套产品加工。在赚了一些钱之后，袁正生要求他们向科学技术方向发展，上规模上档次；同时要求他们反哺农业，从事农业多种经营，发展现代化农业。

过去袁正生在乡镇工作，就十分重视科学种田。这几年通过开展农业技术职业培训，培养了一批懂得科学种田，愿意献身农业现代化的有志青年。江东省农业大学是清水县政府的联系单位，袁正生经常请农大专家教授来清水讲课，从事科学研究和技术指导。为了调动农业科技人员的积极性，袁正生倡导成立"清水农业发展股份有限公司"。农科人员以技术入股，除平时进行技术指导按次支付劳务费外，年底公司获利按股分红。通过这种形式把科技人员与农民捆绑在一起，共同承担风险，共同分享红利。为了使农科人员生活方便，袁正生特地在乌山风景区盖了一幢小楼，叫"农科招待所"。专门接待农大专家教授来工作，来度假。

袁正生带着农业局长季稔年，林业局长徐满山一行一路走过去，沿途看到成片的蔬菜大棚，成片的鱼塘。大面积的果园、茶园，上规模的养牛、养羊、养猪场。清水农民已走出自给自足的经济，眼光开始瞄上了外面的市场。所有这些变化，既得力于江东省农业大学专家教授们的帮助。也得力于河东农贸和小商品大市场的拉动。

看到农村欣欣向荣的景象，袁正生这几天郁闷的心情为之一扫。他想，抛开清水工业发展的成就不算，仅就农业方面有这么好的形势，自己还有什么不高兴的呢？作为一县之长，能为家乡人民做几件实事，是人生最大的满足。袁正生想起小时候父亲讲过一个故事，说古时候有一个地主，每逢遇到不愉快的事，他就会在自家的房屋和田地四周转几圈，回来之后气就消了。他的妻子问他为什么一生气就去转圈子，他说：我祖上没有给我留下什么财产，我靠着自己的努力盖了这么大的房子，买了这么多的田地，看看这些，想想自己，应该满足了，还有什么事情值得我生气呢？袁正生此刻就是这种心情。

袁正生经过乌山，顺便到中学去看望母亲和哥嫂。自从父亲去世后，正清把母亲接到乌山镇居住，让老人换换环境，调整心情，逐步适应没有老伴的生活。袁正生在哥哥家中坐了一会儿，和母亲说了几句话就告辞出来。

袁正清送他出门，有些不安地对他说：

"市监察局来人调查你，知道不？"

正生说："知道。"

"没有问题吧？"

"我有什么问题？一不贪污，二不受贿，三不嫖娼，四不赌博，踏踏实实为老百姓做事。有人写我的人民来信，组织上只好来调查核实。"

"但愿没事就好。"

正清告诉正生："玉莲结婚了。"

"和谁？"袁正生忍不住问。

"就是和那个韩国企业经理。"

"朴义哲？"

"是他。"正清说："朴义哲看中了玉莲，追了她好几年。玉莲因为有了一段婚史，一直不肯答应，但朴义哲追着不放。前些日子玉莲到韩国见了公婆，他们就在韩国举行了婚礼。回国后，玉莲不上班了，按照韩国人的习惯，做起了专职主妇。"

袁正生一直为玉莲的婚事操心，希望她有一个好的归宿，但一旦玉莲真的结婚了，他心理又产生了说不出的酸楚。

正清又告诉正生，他大女儿小馨农大毕业了，留在学校任教。

正生说："好啊，搞农业教育和科研，做清水县与农大联系的纽带，为家乡农业做点贡献。"

正清说："她学的是水产养殖。这几天带来一个科研小组，在云林水库养殖鲟鱼。"

"养鲟鱼？这个项目好吗？"

"谁知道，我也不懂。"

"她现在在云林水库？"

"在。"

袁正生对季稔年、徐满山说："走，我们去看看。"

他们来到云林水库，见库边盖了一排平房，临水边放了十几个网箱。袁正生和季稔年下车过去，走进平房里，见几个年轻男女坐在办公室里讨论着什么，见到袁正生，小馨站了起来，把叔叔引到一边。

袁正生问："你们在商量什么？"

"讨论养鱼的事。"

"养什么鱼？"

小馨说："我们根据云林水库水质优良的条件，决定养殖意大利鲟鱼。"

"要很大一笔投资吧？"

"初步投资两千万。"

袁正生吃惊地问："投入这么多，能收回来吗？市场上鲟鱼行情怎么样，有没有进行预测？要注意风险哟！"

小馨说："叔叔放心，我们养的鲟鱼不是吃的，是取鱼身上的鱼籽，制成鱼籽酱，向国外出口。国外鱼籽酱销量大，只要品质好，不愁卖。两年就可以收回成本。"

"原来你们瞄准的是国外市场。"袁正生看到小馨那胸有成竹的样子，感到侄女已经不是上大学前的那个小丫头，她已经长大了。他们这一辈人将远远超过父辈，袁正生从他们身上看到了信心、力量和希望。

七十七

云林山庄工程即将竣工，袁正生去看了一下，白墙黑瓦，飞檐风火墙，很有徽派风格。从外表看，古朴简洁，但内部装饰却很讲究：楼梯走廊的扶手、窗棂屏风，都是木雕和砖雕镶嵌，另有古字画挂屏，精致的瓷器漆器陈设，有一种浓厚典雅的文化氛围。正符合袁正生的审美情趣。

工地负责人介绍，山庄年底即可接待客人。袁正生考虑，山庄将采取承包的方式，选好经营者。既要讲效益，又要履行好政府接待功能。

回来途中去看看广济寺建设情况。只见庙宇的基础已经打好，场地上堆着大量的木材和石料。袁正生看了看图纸，广济寺一共建六千平方米，门楼，大雄宝殿，钟鼓楼，藏经楼，两边的寮房，基础已显雏形。释圣远亲自督建，一点都不马虎。

见到袁正生，释圣远请他们到休息室休息。袁正生问有什么困难。释圣远说："想把大门改一个方向。"

袁正生问为什么。释圣远说："当年人们上山到广济寺，是沿着山边的石蹬上山的，所以寺庙大门靠着山边，门很小，朝西。进了寺庙有个院子，向左转身，才看到广济寺朝南的正门门楼。现在石磴小路和靠山边的小门已不适应大批香客进出。所以想在南面开一道大门，与寺庙门楼的朝向一致，向着山下。下面铺设三百六十级台阶，台阶下面建个停车场，停车场连着盘山公路。这样既方便香客，又显得高峻宏伟。"

袁正生觉得这个想法很好。

释圣远说："问题是山下有几户人家堵住了山门，不愿意搬迁，漫天要价。"

袁正生说："我来做工作。" 他当场把乌山乡书记黄国强和乡长陶学民叫上山来。对他们说："寺庙门前的拆迁工作就交给你们了。为了照顾农民的利益，可以在山下的商业街给他们安排门面房。拆迁补偿要给，但不可漫天要价。今后山上归寺庙管理，非寺庙人员，不得在山上居住。"

袁正生又去看了山下的商业街建设，要求加快进度，与寺庙建设进度同步，尽早开街营业。

看了南面几个乡镇，袁正生和徐满山、季稔年来到北面乡镇。青龙山乡现在今非昔比，由于温岭水泥厂进驻，乡里办起了一些水泥衍生产品加工厂，经济发展上了一个台阶。到了乡里，书记徐安平不再说去打猎，而是要求去厂里看看。袁正生重点看了耐磨材料厂和水泥预制件厂等较大的企业，其规模都不小，年产值动辙几千万，这在以前想都不敢想的。有了钱，乡政府办公楼盖起来了，书记乡长一人一辆奥迪，比袁正生的普通桑塔纳高了一个档次。

乡长王乐道说："县长，清水的经济发展了，您那辆小汽车也该换换了。如果县财政没有钱，我们乡给您买一辆。"

袁正生说："县财政再困难，买一辆高档车还是有的，只是坐惯了这辆车，不想换。"

袁正生检查了青龙山乡的农业发展情况，嘱咐他们注意支持农业科学种田，发展多种经营，用工业发展的成果反哺农业。做到两条腿走路。

河东乡那边更是气派。河东大市场已经成了省内有名的农产品和小商品大市场，不仅全县的农产品和小商品在这里交易，全国各地都有客商来购物，来销售。仅就茶叶一项，每年全国各地来进行茶叶交易的客商就达几十万人，交易量十几个亿。袁正生到水产市场一看，不仅国内各种水产品应有尽有，还专门开辟了海鲜市场，袁正生在那里竟然看到非洲的三文鱼，日本的鲍鱼，巴西的对虾等世界各地水产品。据市场管理人员介绍，每天有两架从世界各地运海鲜的飞机，在江东机场降落，供应河东市场。"

乡长裘五国介绍，承诺三年不收税费已经到期，现在开始征收税费，每年的税收收入四五千万元。袁正生说："你们一个乡的财政收入，等于五年前清水全县的财政收入。真是喜人啊！"

明宝升说："当年袁县长提出建设河东大市场，我们一时还想不通，认为咱这穷乡僻壤，搞大市场有人来吗，岂不是把钱打了水漂？现在看来决策是何等正确！"。

袁正生说：“任何事情都要赶早，手快打手慢，你比人家想得早，出手早，资源，信息，机会都朝你这里来了。形成气候，就左右了局势，这是名牌效应，经济学上是'马太效应'。”

袁正生看到河东乡的农业紧密结合农贸大市场，市场上需要什么，农民就生产什么，经济效益大大提高。袁正生非常高兴，心想，农民不傻，只要有舞台，他们也会跳出精彩的舞蹈。河东乡逐渐赶上了河西乡，街市繁荣，乡间小别墅也一幢幢地建起来了。

回到县城，袁正生顺道去了清水贡酒厂，孙玉康听说袁正生来检查工作，急忙出来迎接。多年未见，袁正生主动叫声“玉康哥”，感谢他在父亲的葬礼事情上的操劳。玉康说这是应该的，两人一笑泯恩仇。孙玉康因袁正生在煤矿赎买问题及竞选厂长两件事上帮了他的大忙，可以说是他翻身的起点，已经心存感激。再说孙玉莲已经有了好的归宿，往事就不再提了，俩人的关系和好如初。

孙玉康悄悄告诉他：“清水贡酒上市在即，现在正在登记购买原始股，一元钱一股，你最好买一点。一旦上市，就是十倍几十倍的溢价。”他说：“你买个十万八万股，转眼就是几百万。这是个发财的机会。”

“那不中啊！”袁正生说：“党政机关干部是不允许购买企业原始股的。”

孙玉康给出主意：“可以作为企业合伙人的资格购买，用你哥哥或者其他人的名字。”

袁正生说：“弄虚作假问题更严重。有些钱，企业家可以赚，党政干部是不能赚的。”

孙玉康深为惋惜。

市监察局检查组工作结束了，临行时，陈宪才找袁正生谈了一次话，把检查结论跟本人见面。检查结论认为：

一、关于人民来信反映袁正生同志挥霍国家资财，借招商引资之名游山玩水，花天酒地问题。经查，袁正生同志确因招商引资到过多个大城市，但都是住普通旅馆，吃普通工作餐，没有去过风景名胜地旅游，故来信反映与事实不符。

二、关于反映袁正生同志利用招商引资腐蚀干部。经查，证据不足，不能认定。

三、反映袁正生同志与企业家来往密切，有傍大款之嫌。经查，袁正生同志与企业家关系密切是招商引资工作的需要，属于正常工作交往，没有发现其中有金钱和其他不正当的交易行为。

四、反映袁正生同志拉帮结派的问题，经查，袁正生同志自担任县长以来，没有向党委推荐过干部，对党委使用干部也没有发表过不同意见，与职能部门接触较多属正常工作，不存在拉帮结派的问题。

五、反映袁正生同志借父亲去世之机，大操大办，借机收受贿赂的问题。经查，袁正生同志的父亲去世时，他本人因病住院，没有参加父亲的葬礼，由其哥哥袁正清操持一切。袁正清遵照弟弟袁正生的要求，做到了不收礼，不摆酒席。

至于反映一百多辆汽车上山，数字过于夸大。其中高档汽车由庆丰公司总经理钱国庆安排的，不排除受到袁正生职务的影响。此事袁正生同志应引以为诫。

看了检查结论后，袁正生心里一颗石头落了地，他对陈宪才实事求是的检查态度表示感谢，对最后一条规诫也表示诚恳接受。

七十八

　　检查组离开后，县委根据市委要求，举行全县党员大会，进行党委换届选举，市委组织部副部长曾乐义亲自坐阵。县委书记等额选举，袁正生定为党委书记候选人，体现了市委对他的肯定。大会开得十分圆满，袁正生顺利当选新一届县委书记。关于袁正生的种种传言随即烟消云散。

　　大会期间，曾乐义就下一届清水县政府领导班子的组成，征求袁正生的意见。袁正生推荐常务副县长吴志伟为县长人选，副县长王景云为常务副县长人选，城建土地局局长毕淦才、乡镇企业局局长邵金来为副县长人选。

　　曾乐义提到何建贤的安排，其用意可以考虑何建贤担任县长。袁正生想到关键时刻不能犹豫，他明确指出何建贤对经济工作不熟，又曾是自己的直接领导，担任县长不利于党委政府之间的协调配合。曾乐义表示将此意见向市委汇报。

　　不久，何建贤被调离清水，担任市民政局局长。他当县长的愿望落空了，但副处级提为正处，算是组织对他的安慰。

　　吴志伟当上县长，连他自己也没有想到。清水县人都传何建贤势在必得，而且前面有陈峰副书记调长山县当县长的先例。结果何建贤走人，县长之位落到他吴志伟的头上。他知道这是袁正生的举荐，从此与袁正生的关系深入一层，俩人配合十分默契。

　　毕淦才、邵金来当选副县长更是在他们意料之外。在县里，副处这一级很难跨越，按照一般的惯例，都是从乡镇党委书记中挑选。县直部门除了计委主任，财政局长外，其它委、办、局主任、局长，基本上没有机会。毕淦才、邵金来知道只有县委书记点将，这事才有可能，因此对袁正生心存感激。

　　干部的变动牵一发而动全身，一个干部提了，或者走了，留下了空缺必然有人替补，替补的干部原来的位子又要有人替补，这将引起一连串的蝴蝶效应，久久才能不平息。由于何建贤调出，纪委书记朱学文升任县委副书记，纪委书记一职由外来干部担任。袁正生离开县政府办公室，考虑到程青松和王丰几年来职务没有变化，按照惯例，领导人离开之前要把身边的人安排一下。于是袁正生提拔程青松为县政府办公室主任，王丰回到组织部，担任正科级分管干部的副部长（原副部长焦作林退休）。董会义带到县委办公室任主任（原县委办公室主任调人大办公室任主任）。

袁正生职务的变化，工作重心也随着变化，他现在考虑最多的问题是干部问题，也就是所谓"盘干部。"党委书记的工作就是在把握政治方向的前提下，把干部安排好，管理好，调动干部的积极性，为政治服务，为经济建设服务。政府工作交给了吴志伟，但作为一把手，大事还得管，比如大的工程决策，大的资金使用，一把手还要过问的。出了问题书记仍然有责任。

何建贤调走，葛怀腾失去了靠山，那个副县长的位子成了水中之月。他知道此后他不仅不能进步，甚至连计委主任的位子也将不保。他后悔这么多年跟了林世农、何建贤，没有紧跟袁正生。跟错了人，赌注下得不是地方，耽误了自己美好的前程。现在他才知道，袁正生地位十分牢固，不是轻易撼动的。既然斗不过袁正生，倒不如来个一百八十度的大转弯，跟定袁正生。按照他的说法，不如去"托"袁正生的"蛋"。现在虽然"托"晚了些，但晚"托"比不"托"要好。他冥思苦想，怎么改变袁正生对他的看法，有什么方法讨好袁正生，用什么办法把袁正生拿住。这里面要用鬼点子和厚脸皮，而他葛怀腾有的就是这两样东西。

清水县目前最大的工程是政府大楼建设。现在叫"清水政务中心"工程。这个工程是上届党委政府研究决定的，目前进入工程招标阶段，吴志伟亲自抓，毕淦才具体负责。省内外三十几家大型建筑企业参加投标，省一建公司也是其中之一，袁正生知道省一建是为钱国庆揽活。

从袁正生的心里，他不想让钱国庆中标，因为钱国庆的庆丰公司资质是借来的，他的工程队没有做过大的工程，能否把工程建好，他心中没有底。再则省内的企业关系盘根错节，倘若工程上出了问题，进行处罚比较困难。外省建筑企业则好处理一些。但现在他不好说破，因为他不想得罪钱国庆和王小美。再者这事由吴志伟和毕淦才管，自己犯不着插手。

可是他越不想插手，越是有人来找他，那就是王小美。王小美回家来了。回来之后就宴请袁正生，并且把吴志伟也叫上了。吴志伟刚当县长，王小美就和他接上了头。吴志伟也不想得罪省电视台主持人，况且还是晋省长的大红人。

饭局在清水宾馆贵宾厅，王小美理了短发，显得更加成熟和典雅。脸上化了谈妆，一双乌黑灵动的大眼睛顾盼生辉。钱国庆搞服务，这次没让王小丽参加。客人除了袁正生、吴志伟之外，还有宣传部长陈永发，广播电视局长杨兴朋。另外，王小美还带了三个女同事，省电视台节目主持人和摄影记者，一律是二十岁左右的妙龄女郎。饭桌上的谈资，主要是广电宣传工作加上省里领导的工作和生活趣闻。王小美知道后者是基层干部最喜欢听的，也是提高自己身份的弦外之音。几个女孩子都大方热情，能喝酒，能唱歌，能插科打诨，增添了情趣，活跃了气氛，拉近了感情。

袁正生知道王小美此次回来的目的，是为钱国庆参加清水政务中心基建招标的事。但宴会上王小美只字不提，只一个劲地要她的女同事和县领导拼酒。看来王小美在省电视台混得不错，有一帮小姐妹听她的，其能量叫人不敢小觑。

饭后自然是跳舞，这是当时的风气。这一次钱国庆靠了边，王小美先跟袁正生跳，其她三个女孩子分别拉上了吴志伟、陈永发和杨兴朋。跳了一圈后再换着跳，这也是舞场的规矩和礼貌。

王小美在跳舞时对袁正生说："钱国庆的事情请您支持一下。"

袁正生说："这事你找吴县长，我不能干预政府的工作。"

"别跟我扯！"王小美娇嗔说："吴志伟不听你的吗？"

"他听我的，我更要自觉些，也不能夺他的权呀！"

"我向你透一个底吧。"王小美说："钱国庆接这个工程，也不是他一个人。"

"背后是不是有你？"

"不是我。背后的老板是秦文革。"

"秦文革是谁？"

"你怎么不知道秦文革？他就是晋省长的儿子嘛。"

"晋省长姓晋，儿子怎么姓秦呢？"

"晋省长夫人姓秦。晋省长生这个儿子时，已经是县级领导干部了，儿子姓秦，是为了让他不受当官父亲的影响，保持低调。"

"所以省长总是在幕后？"

"你把这事办好，我不会忘记你。晋省长也不会忘记你。知道吧。"

"晋省长高攀不上，只要你不忘记我就中了。"袁正生打趣说。

"你同意啦？"王小美捏了他一把。

"和你开个玩笑吧。"袁正生说："说正经的，钱国庆要拿这个工程，要经过招标这道关，这不是谁能左右得了的。"

"这个问题我们已经考虑过了。"王小美说："招标方面没有多大问题，你只要做到心里有数，到时候让吴志伟在建筑合同上签字就是了。我们和吴志伟毕竟关系不深，有些话不好跟他说。刚才我跟你说的，不要让吴志伟知道。知道的人越少越好。"

袁正生问："秦文革是做什么工作的，开建筑公司？"

"秦文革原来在机关工作，近几年下海搞了一个建筑公司。"

"叫什么公司？"

"云海公司。"

"没听说过。"

　　"是个皮包公司，只是接工程，转包给别人，从中赚取好处。全省各个市、县的大工程，他都插手。生意做得大得很。"

　　袁正生说："小美，这事我劝你不要插手，事情久了不是好事。"

　　王小美说："我本来也很害怕。但现在想起来也不害怕了。在省里，领导子女插手工程、插手土地买卖，插手计划物资，插手银行贷款太多了，都是空手套白狼。"小美把嘴凑到袁正生的耳边说："现在是社会大分化时期，一部分人将变成资本家，成为上等人；一部分人将回归无产者，成为下等人，二十年见分晓。最后的结果是，谁掌握的财富多，谁就控制中国，就能剥削别人；而没有掌握财富的人，将来只会被别人控制，被别人剥削。"

　　"小美，你这样看我们的社会，太消极了吧。"袁正生说："我们是在共产党的领导下，是建设社会主义的。象资本主义社会那种两极分化的现象是不可能出现的。"

　　王小美没说话，是一种不屑争辩的神情。过了一会儿，她转移话题说："今天我把钱国庆冷一下。"

　　"为什么要冷他？"

　　"他犯了不可饶恕的错误。"

　　袁正生知道是指什么，说："恐怕不至于吧。"

　　"不至于？"王小美说："有人向我姐姐告发了他。他跟宾馆多名女服务员有染，我姐姐跟他大吵一场。"

　　袁正生说："对男人要宽容一点。只要他认错改正，还是好同志嘛！"

　　"我姐姐不争气，要是我，早把他踹了。"

　　"那也大可不必。他们还有一个女儿，要考虑子女的成长。钱国庆很能干，他们这个家庭正在蒸蒸日上。"

　　"不是我的关照，他蒸蒸日上个屁。"王小美说了一句粗话。

　　袁正生说："你关照也是应该的。他对你还是很敬服的。"

　　王小美一笑，这句话在某种程度上满足了王小美的虚荣心。

　　袁正生逗她说："小美，你总是钱国庆，钱国庆的，背后就不叫姐夫？"

　　王小美说："我从心里就不喜欢他。"

　　"这不是你喜欢不喜欢的事，人家就是你的姐夫。"

　　"我不认他是姐夫，我只认你是姐夫。"她笑着又捏了袁正生一把。

　　袁正生说："你又胡说，冤枉我了。那个是真姐夫，我这是假姐夫。"

　　王小美开玩笑地问："想不想当真姐夫？"

　　"谁不想？当不上呀。"袁正生故意逗她。

　　王小美再捏他一下，意味深长地说："有志者事竟成嘛！"

七十九

　　晚上十一钟，袁正生从舞场回家，詹小红和女儿已经睡了。自从当上县长以来，袁正生晚归或者不归，詹小红已经习惯了。她不能指望他做家务，不能指望他管孩子，连吃饭也不再考虑他。袁正生回家就吃，不回家就罢。这就是领导干部的家庭生活。风光自是风光，但是有得有失，有甘有苦。古人曾有"忽见陌头杨柳色，悔教夫婿觅封侯"的诗句，就是这种情愫。每次袁正生晚归，看到已经熟睡的妻子和女儿，自己难免生出一丝愧疚。詹小红虽不是那种感情细腻的女人，但也时不时地发出怨言。袁正生特别愧疚对女儿父爱的缺欠。自从女儿出生，她都很少抱过她。女儿上小学这几年，他很少接送她。他从没有看过她的课本，更谈不上检查她的作业帮助释疑解惑。相反，哥哥正清对子女的教育十分重视，他大女儿小馨，二女儿小香，上小学时他就带在身边，亲自照料她们的生活，辅导她们学习。教师的孩子成才的俱多，领导干部对子女教育的缺失，是社会的普遍现象。

袁正生洗漱后悄悄躺下，但思想一时不能平静。王小美的话在耳边萦绕。"想不想当真姐夫？""有志者事竟成。"这话是什么意思。难道王小美想撮合他和王小丽结合，让钱国庆与王小丽离婚，自己和詹小红离婚？这是不可能的，自己绝不做这种事。王小丽不比詹小红强，詹小红又没有错，我为什么要离婚？钱国庆也不会同意与王小丽离婚。但王小美的话中是否有暧昧的暗示，她想撮合他与小丽搞婚外情吗？钱国庆出轨，王小丽心存怨恨，王小美想通过这种方法报复钱国庆，同时利用王小丽，略施美人计，拉垅自己，一箭双雕，顺利拿到清水政务中心项目？以王小美敢做敢为的性格，不是没有可能的。但自己岂能做这种苟且之事，千万不能上她的圈套。

尽管王小美已向袁正生表明，钱国庆参加政务中心工程投标，有王小美本人和晋省长之子秦文革的参与。但袁正生对她的话还是半信半疑，且存着一定的戒备心理。袁正生知道，现在钱国庆他们一方面走正常程序，参加竞标，另一方面走官场路线，搬出晋省长来施压。双管齐下，势在必得。袁正生感到非常棘手的是：把工程给钱国庆，怕他搞不好；不给钱国庆，又怕得罪王小美或者晋省长。现在他唯一的想法是拖它一拖。钱国庆不是参加竞标吗？让他竞标吧。据袁正生估计，这么多省内外大企业参加竞标，钱国庆竞得的可能性极小。如果钱国庆真能竞中，算他有本事，算他有运气。到时候自己顺水推舟，做个人情算了；如果不能中标，自己也好推脱，现在静观其变。他让吴志伟全权处理政务中心建设招标的事，自己尽量少沾边，今后也有退路。

这天袁正生上班，葛怀腾已在他的办公室门前等着，这使他十分意外。葛怀腾从来不把袁正生放在眼里，袁正生当县长时，葛怀腾开会不来，出差不去，架子摆得很大。不仅如此，他还到处散布袁正生的坏话，竭力贬损他。今天他来做什么，袁正生警觉起来。他根据葛怀腾几十年在机关的表现，知道他来不会有好事。葛怀腾不会因汇报工作而来，他对工作不感兴趣，只关心他自己的职务和待遇。他今天十有八九是要官要权，达不到目的，他会死绞蛮缠，咆哮生事。当年他在曹守谦办公室闹事的情景记忆犹新。为了防止意外，他把葛怀腾让进办公室后，转身出来叫住了董会义，对他说："你现在不要离开办公室，注意我随时叫你。"董会义的办公室就在对面。袁正生想，如果葛怀腾闹事，他就让董会义把他轰出去。

回到办公室，袁正生客气地说："坐。"

葛怀腾在袁正生办公桌对面的椅子上坐下，满脸堆笑地看着袁正生，嘴里说："书记很忙，我坐一会儿，说个事情就走。"

袁正生说："说吧。"

葛怀腾压低声音说："袁书记，我告诉你一件事，那封写您的人民来信是何建贤干的。"

"哪一封人民来信？"袁正生故作不在意的样子。

"就是诬您五大问题的那封。市监察局来查的。"

"哦。"袁正生心想，葛怀腾到底不打自招，你不参与其事，怎么知道"五大问题"？于是轻描淡写地说："写就写吧，写信是他的权利。咱既没有问题，也不怕写，更不怕查。"

"是啊!您当县长清正廉洁，政绩突出，谁不知道，能怕几封人民来信吗？"葛怀腾奉承说："只是何建贤背后搞人，做人不地道。我对他有看法。"

袁正生心想："葛怀腾葫芦里又要卖什么药？一直跟着何建贤搞团团伙伙结党营私，今天怎么了？想反戈一击，戴罪立功，改换门庭了？"

葛怀腾看看袁正生的表情，没有气愤，没有恨意，坦坦荡荡，象听说一件与己无关的事，心里佩服袁正生心里藏得住事。

葛怀腾说："以前人们认为我跟何建贤关系好，其实不是，我从来都看不起他。何建贤有什么能耐？有什么德性？他哪里能跟您袁书记比。我虽然不敏，在世界上也活了几十年，谁是好人，谁是坏人，谁是君子，谁是小人，我也能分辨出来。我在清水就相信一个人，就服气一个人，那就是您袁书记。这话我敢在大街上说。"

袁正生静静地听说，欣赏他的表演，心里暗暗好笑。说："葛主任言过了。"

葛怀腾慷慨地说："不，这是我的心里话。对您袁书记的评价，再高也不过分。谁要是不服，我跟他辩论。"他撸起袖子，好像真有人跟他辩论他就豁出去似的。过了一会儿，葛怀腾深有感情地说："袁书记，我葛怀腾从此跟定了您了，这一把老骨头就交给您处置。您叫我做什么，我就做什么，你说到东，我绝不到西。"他看看袁正生似乎还没有明白，就率直地说："袁书记，说句不该说的话，当领导要有几个贴心的人，有几个两肋插刀，到时候能为您卖命的人。不谦虚地说，我葛怀腾就是这样的人，袁书记您大胆地用我，您会看到我的表现，您对我的知遇之恩，会得到应有的回报。"

葛怀腾走了。袁正生陷入深深的沉思，他想，官场上竟有这样的人，真让他大开眼界。为了升官得利，朝秦暮楚，翻云覆雨，人格都丢尽了。

董会义进来问："葛怀腾走了？"

"走了。"

"他来准没好事。我怕他要闹事。"

"你跟我想到一处。我让你不要离开，就是防他一手。以后他要闹事，你要及时赶到，把他制止住。"

"我会注意的。"

当天下午，葛怀腾打来电话："袁书记，我晚上请您吃饭，在清水宾馆贵宾厅"。袁正生一口回绝说："我晚上有事。"

葛怀腾说："袁书记，工作再忙，饭还是要吃的。我今晚请了老县长高鸿福，他老人家一般不出来，既然他来了，袁书记您得给他面子。"

"高老下次我请他，这次实在没时间。"

"不要多少时间，露个面吧，我们等您。"说着挂上电话。

袁正生十分生气，葛怀腾踩着鼻子硬上脸，为了达到目的不择手段。这种人躲他都躲不及，哪里还会吃他的饭。至于高老县长，到时间去解释一下，想必他也会理解吧。

但是没到下班时间，葛怀腾竟然带着高鸿福到办公室里来了。

原来葛怀腾打听到袁正生对高鸿福老县长十分尊敬，便想起打高鸿福这张牌，不怕请不动袁正生。在高鸿福那里，葛怀腾同样打袁正生的牌。他对高鸿福说："袁书记特意请您老吃饭，您要务必赏光啊！"

高鸿福心想，县委书记请我，我这老家伙不能不识抬举，就一口答应了。便说："袁书记上次来我家看我，现在又要请我吃饭，太客气了。"

葛怀腾说："袁书记一向敬重您老，他是不轻易请老同志吃饭的。"

高鸿福想："我也要到他办公室去一下，作个回访吧，免得人家说我倚老卖老，不懂礼节。"于是下午就到书记办公室来了。这正是葛怀腾求之不得。

这样一来，袁正生就不好再推辞了。坐了一会儿后，由葛怀腾领着，到了清水宾馆贵宾厅。

八十

到了那里，有一个美貌的女子在那里安排宴席。这女子二十五六岁，打扮十分入时，披肩长发，穿一身湖青色带花边的低胸连衣裙，淡黄色的皮肤，窈窕的身材，眼波横流，风情万种，初见时使人眼前一亮。

葛怀腾介绍说："这是我女儿婵婵。"

高鸿福和婵婵熟悉，见到说："婵婵也来了？"

婵婵调皮地说："为领导搞好服务。"

婵婵把手伸给袁正生说："袁书记，电视上天天看到您，那是影子，今天终于见到真身了。您看起来比电视上更帅气。"

袁正生知道是葛怀腾的女儿，便产生了警惕。他握了一下婵婵的绵软的小手，淡淡地说："不客气。"

葛婵婵那只小手却紧握着袁正生的手不放，撒手时，手指头还在他的手心捻一下。

高鸿福坐下来问："婵婵现在哪个单位？"

葛怀腾介绍说："她在旅游局。"

高鸿福说："婵婵很能干，搞旅游适合她。"

葛婵婵把袁正生安排主宾席，袁正生坚持要高鸿福坐，说高老年长，我是小字辈。俩人推让了几下，高鸿福坐了。袁正生坐高鸿福左边，葛怀腾坐高鸿福右边，葛婵婵坐袁正生身边。四个人坐定，婵婵要求服务员上菜。

菜上齐了，酒瓶打开，葛怀腾酌满酒，对女儿说："婵婵，我们敬二位领导、长辈的酒。"父女二人站起，四人一饮而尽。

敬过之后，葛怀腾说："婵婵，高伯伯的酒我负责，你要把袁书记陪好啊。"

婵婵老皮老脸地说："爸您放心，袁书记不喝好，我不会放过他的。"

葛怀腾一杯酒下肚，叹了一口气说："我常说，我们清水有今天，全赖两位好领导啊！"见高鸿福和袁正生不解地看着他，解释说："当年，清水县学大寨、学大庆，高书记带着全县人民战天斗地，改变了清水的山山水水。云林水库、青龙山梯田、清水河大堤不都是当年建起来的吗？还有县酒厂，县化肥厂。清水的农业、工业，都是高县长在任时打下的基础啊！"

说得高鸿福也来了兴致，他对袁正生说："当年有一句话：'当好县长，办个酒厂'。县政府要花钱，全靠酒厂交点利税。"

袁正生点点头，心想："也是。计划经济年代，产品没有竞争，酒厂生产的酒供应全县，价格自定，销路不愁，稳赚不赔。"

葛怀腾开始为袁正生摆好。他说："高县长退休这十几年，县长书记换了五六任，清水县不死不活的。要说发展，也不是没有，但比起兄弟县市，明显落后了许多。直到袁县长来，清水面貌才大有改观。招商引资，企业改革，科学种田，发展农业，办大市场，促进商贸流通。清水县从此发达了，把兄弟县市抛去老远。干部群众都看到的。老县长您说是不是？"他问高鸿福。

袁正生心想："这个葛怀腾心里不糊涂嘛，怎么轮到自己的事就……"

高鸿福说："是呀，我也听干部群众说，袁县长把建行行长赶走了，把铁路拧了个弯，把韩国人劫持过来，还在京城为人家扛煤气罐，硬是感动得人家不好意思不来办厂。"

袁正生说："我做得还很不够呢，老县长不能过奖啊！"

高鸿福说："不是过奖，这是事实。怀腾也说得一点不过。"

葛怀腾说："我从打心眼里敬佩袁书记。我想在我在任的最后几年，跟着袁书记好好干，干出点名堂出来，也好心安理得地退休，高老您说是不是？"

　　高鸿福说："怀腾说得对，是要跟着袁书记好好干，踏踏实实地干！"高鸿福把"踏踏实实"四个字加重了语气，意指葛怀腾做事不踏实的毛病。

　　葛怀腾被点了穴，脸一红。说："高老，我是铁心跟着袁书记的。高老您会看到，只要袁书记不嫌弃，我葛怀腾赴汤蹈火，在所不辞，说到哪里，做到哪里！"

　　高鸿福说："袁书记怎么会嫌弃你呢？"他转向袁正生说："怀腾有能力，会办事，只要有适当的位置，他会发挥重要作用，会成为领导的好帮手，得力干将。"

　　婵婵见话已点到位，即不失时机地提议："爸，敬酒敬酒啊！"

　　葛怀腾笑着说："婵婵，我们再敬二位领导。今天这个酒啊，喝得真痛快！"

　　葛婵婵说："我们象一家人一样。"

　　接下来高鸿福和袁正生谈了当前清水县政府的工作情况，谈了工业和农业的生产情况，以及财政收入情况。高鸿福当过县长，对这些情况都很感兴趣，也很内行。县长是一个县当家过日子的人，他们有许多共同的语言。葛怀腾有些插不上嘴，就和女儿一个劲地劝酒。

　　酒喝到一定的程度，高鸿福有点高了，想早点退出。葛怀腾说要送高老回家。袁正生也送出包厢，葛怀腾一面扶着高鸿福，一面对女儿说："婵婵，你陪袁书记再喝几杯，我送高老回去，马上就来。"

　　葛婵婵拉了一下袁正生的胳膊说："袁书记，我们再喝！"

　　袁正生说："我也喝好了，要回去了。"

　　葛婵婵说："时间还早，回去做么事？我爸马上就来。我把您放走了，我爸会骂我的。不中，怎么着您也不能走！"她拽着袁正生的袖子不松手。

　　袁正生只好退了回来。

　　回到包厢，葛婵婵进入包厢内的洗手间。几分钟出来，她脸上敷了淡淡的粉妆，脸蛋更红艳夺目了。她袅袅婷婷地坐下来，向袁正生艳然一笑，眼睛里秋波荡漾。她帮袁正生倒满杯中酒，自己也倒满杯，拿出女丈夫的气慨说："书记，我们继续喝，一醉方休。"

　　袁正生说："酒不能喝多了，我今晚还有事，要不是你爸盛情，我真没有时间参加！"

　　葛婵婵娇嗔道："书记，您又来了！有么事嘛？明天不能做吗？您要是不喝，就看不起人了。"她不无戏谑地说："您是不是认为当书记就高人一等，不食人间烟火了？官做得再大，人情还要讲的嘛！精神生活再高尚，生理需求还是要的嘛！"说完诡谲地朝袁正生一笑。

　　袁正生装作不解风情，不接她的媚眼，对她说："我们喝三杯酒，等几分钟，如果你爸不来，我要走了，真的没时间。"

　　葛婵婵说："我爸他来不来别管他，我们喝我们的。我还没喝好呢，书记不能陪我一下吗？书记不陪我，我来陪书记好啦。袁书记，是不是嫌我长得丑，不配陪您？"

　　袁正生说："你长得很美，但这与喝酒没关系，因为我不能喝了。"

　　葛婵婵说："俗话说，'美女陪宴，喝酒不醉'。有美女陪喝酒这等好事，您还不领情？喝！今天我豁出去了。"她向他举起杯。

　　袁正生心想："葛婵婵可能酒量大，想把我灌醉，让我乱性，最后被她控制。我要把持住，不能在这小小的阴沟里翻船。"他喝下一杯酒，感觉一下自己的酒量，做到心中有底，不怕葛婵婵耍花招。

　　葛婵婵轻轻松松一杯酒下肚，又给袁正生加满酒，俩人举杯对碰，再喝一杯。一连喝了三杯，葛婵婵看袁正生脸上仍没有动静，知道今天遇上劲敌。于是改变策略，与袁正生攀谈起来。

　　她对袁正生说："袁书记，我爸那点要求不算高吧？"

　　袁正生假装糊涂说："你爸有什么要求？"

　　葛婵婵微微一笑，知道对方卖关子，叹口气说："我爸也不容易呀！他在机关工作了三十多年，到如今才混个科级干部，我都替他害臊。他自己也是死要面子的人，感觉人前抬不起头来。如果他在退休前不能提个副县级，他都没心情活下去，我们一家人脸上也无光。袁书记您做个好事，把我爸提一下，让他有个好心情安度晚年。就算我求您了。"

　　袁正生心想："这个葛怀腾，为了提拔一级，自己伸手要，又让女儿来做工作，真是费尽心思。如果把心思放在工作上，凭他的资历，提个副县级不是没有可能的。可惜他的心思用歪了，力气用偏了。整天不做工作，吃吃喝喝，拉拉扯扯，捕风捉影，写人民来信，搅得机关不安宁。象这样的机关油子，如果得到提拔，干部不服气，群众有意见，助长了歪风邪气。搁下他曾伙同何建贤对我的陷害不说，仅就他现实的表现，要提拔也是不够条件的。"于是袁正生说："干部问题复杂，有很多规矩，还要看机会。"

　　葛婵婵不以为然地说："袁书记，您以为我不懂机关的规矩？我也是机关里的人，我爸也当过一把手。这干部的提拔，不都是一把手说了算吗？"

　　袁正生说："不是那么简单，看起来是一把手做决定，但在这之前，要经过民主程序，符合党的各项规定。"

　　葛婵婵说："规定是死的，人是活的。再说，规定不也是因人而设吗？"

"毋需再说下去了。"袁正生心想："这种人你无法和她讲道理。"袁正生只好说："小葛，这不是你我能说清楚的事。到此结束吧，我走了。"袁正生站了起来。

葛婵婵说："袁书记，您不想跳个舞吗？我听说您舞跳得很好。"

袁正生说："我今晚确实有事，家里人在等着我。跳舞的事以后再说。"

葛婵婵赶紧跟上一句说："好，袁书记，我记着您这句话，您欠我一场舞。"

看到袁正生离去，葛婵婵脸上飘过一丝不快。她转身回到接待大厅，对服务员说："请把这餐酒席记到县委办公室账上。"

八十一

第二天，袁正生来到办公室，吴志伟进来汇报说："政务中心工程招标工作准备得差不多了，只等开标。原来三十二家企业投标，最后只剩下十五家，撤走了十七家。"

"怎么撤走了那么多？"袁正生问。

吴志伟说："据说钱国庆私下里做了工作。钱国庆说：'政务中心工程已内定省一建公司做了，省外企业中了标也白搭。'经他这一说，人家知难而退，撤资走人了。"

"剩下这十五家企业都是省内的？"

"是省内的。"吴志伟说："据说其中十家都属于省一建下属公司。还有五家省一建打了招呼，如果中标，得让给省一建做，一建补偿中标企业一百万元酬金。实际上结果已经明朗，都是省一建做，而省一建将转给钱国庆的庆丰建筑公司。竞标只是形式了。"

袁正生大为震惊："钱国庆有这么大的神通？"

吴志伟说："是啊，我们真低估了钱国庆。"

袁正生心里明白，这不是钱国庆神通，是王小美神通，或者说是秦文革神通。秦文革的后台是他父亲晋省长。

"怎么办？"吴志伟问："我们还需要揭标吗？"

袁正生叹了一口气。他看了看吴志伟说："揭标日期定了？"

"早就定了，与招标公告一并宣布的。"

"钱国庆这样搞法是不是有问题？符合招标法吗？"袁正生想了想说："我们要让监察局过问一下好不好，不然心里不放心。"

吴志伟说："我也心中无底。这项工程投资大，影响也大。钱国庆那个小工程队，中吗？"

袁正生说："谁说不是呢？等一等吧。"

揭标日期到了，县里上下没有功静。钱国庆感到很奇怪，他找到城建土地局长盛建华，问怎么不按时揭标？盛建华说："我们没有接到通知。"

钱国庆去找吴志伟。吴志伟说："事情没有准备好。"

钱国庆问哪方面没有准备好？

吴志伟说："县委可能要研究一下。"

钱国庆知道问题出在袁正生那里。他立即打电话向王小美报告。

当天晚上，王小美从省城赶回来，请袁正生吃饭。

袁正生十分犹豫。他知道王小美请客的目的，实在不愿去。但他又不想得罪她，王小美毕竟是省电视台节目主持人，在省里有一定的影响力，清水县需要王小美帮助的地方很多。王小美与省委、省政府领导贴得近，袁正生想升官，就不能不利用这条钱。在某种意义上还需要王小美给予鼓吹。得罪了王小美，不仅失去了她的帮助，甚至在前进的路上增设了一个障碍。但王小美参与钱国庆的招标工程，以至秦文革、晋省长也参与其中，又使袁正生十分不满。行政人员，领导干部，怎么能插手经济活动呢，这不乱套了吗？但生气归生气，权衡利弊，还是去见王小美。

在清水宾馆贵宾餐厅里，王小美和钱国庆，王小丽三个人在那里等他。袁正生到达，三个人都站起来迎接。

王小美说："袁大哥，我知道您很忙。您来了我们真高兴，这说明我们之间的关系不是一般，说句高攀的话，我们就象兄弟姐妹一样，亲密无间。今天我们谁也不请，就是我们四个人，是个家庭聚会。"

钱国庆也说："对，我们是家庭聚会。"

王小美对钱国庆说："姐夫，你要把袁书记陪好。"

钱国庆说："袁书记酒量大，我要舍命陪君子了。" 说着开始倒酒。

袁正生说："我这些天酒喝得多，一直没有消，受不了，不能再喝了。"

王小美说："不会让您喝醉，但要喝足。酒逢知己千杯少嘛！"

开始大家说些闲话。酒过三巡，钱国庆开了口，说："袁书记，听说政务中心揭标要等几天，是不是？"

袁正生说："等几天。"

"有什么情况吗？"

"招标办接到人民来信，反映招标中有不正常现象。"

"什么不正常现象？"钱国庆假意问。

"三十二个竞标单位，十七个走了。有人对他们说，这次政务中心工程，已内定给某某公司做，其他公司中标也白搭。为这事，社会上反映很大。"袁正生故意敲打钱国庆。

钱国庆与王小美互相看了看。钱国庆装作吃惊的样子问："有这等事？"

袁正生说："来信还说，某个公司聘请多家公司帮助假竞标，不管谁中标，都是这一家公司做，对于帮助假竞标而中标的，给一百万元转让费。你们说，这里面没有问题吗？"

钱国庆脸一红，假叹道："怎么会这样？"

"所以招标办请监察局过问一下，看有没有问题，给群众有个说法。"

钱国庆连忙说："袁书记，您要相信我们不会做那种事。我们规规矩矩，公平竞争。"

袁正生说："监察局查过之后，没有问题，群众自然没话说。"

王小美说："袁大哥，我认为对人民来信反映的问题不要相信，有人民来信就要查，岂不是成了群众的尾巴？县招标办那几个人，办事优柔寡断，书记您要加强领导，该拍板就拍板。"

袁正生说："别急，好事不在忙中取。但程序上要尽量符合要求，不让人家讲闲话。"

王小美说："袁大哥这话讲得对。姐夫你按程序办，不要给袁大哥为难。竞得上就做，竞不上不做。我们今天家庭聚会，痛痛快快地喝酒，其他事不扯了。"

当天晚上，王小美打电话给了秦文革，告诉他："工程揭标暂停，由于受到人民来信反映，县监察局将介入调查。"

秦文革在电话里问："你没有告诉袁正生，这工程是我参与的吗？"

"没有。"王小美不想让秦文革与袁正生顶上杠，怕秦文革发火，把事情搞糟。

秦文革说："你要早点告诉他，就没有这些事了。"

王小美问怎么办。秦文革说："放心吧。我明天带我爸去清水一趟，当面找袁正生谈谈，把事情搞定。"

八十二

　　第二天一早，袁正生在办公室接到省政府办公厅的电话，告诉他：晋省长今天到清水。电话里说："晋省长是到南方休假，路过清水，这次是私人出行，不惊动市级领导，直接到清水县，住一夜就走，要求袁正生安排住云林山庄，对外保密，做好接待和安全保卫工作。"

　　袁正生分析晋国云此行的目的，说是到南方休假经过清水，事情恐不是那么回事。清水不是去南方的必经之地，他到清水必定是为政务中心工程而来的，是冲着他袁正生来的。这么说，王小美说秦文革参与政务中心工程，此话不虚。

　　既然晋国云是冲着他而来，那么在接待上就应该低调，不能张扬。他只把情况告诉了办公室主任董会义，连吴志伟也没有说。当天下午他来到云林山庄。

　　根据董会义的安排，云林山庄腾出最好的总统套间给晋省长住，在他的左右和对面，安排了随行人员房间，作护卫之势。袁正生的房间安排在楼下套间，董会义住在他隔壁。

　　天擦黑时分，两辆省城号牌轿车驶进山庄，第一辆下来的是工作人员，第二辆是晋省长和他的夫人、儿子秦文革，第三辆是清水牌的轿车，下来的是王小美、王小丽和钱国庆。袁正生心想，晋省长有可能是王小美请来的。

　　袁正生站在晋省长车门边，和下车的晋省长握手表示欢迎。晋国云是个大个子，很有大官的派头，说着江东口音的普通话。握手的时候很用力，让人感觉立马被镇服了。袁正生领着省长进宾馆的旋转门，上了电梯，直奔总统套间，坐下说些客气话，袁正生说："领导先休息一下，然后到餐厅吃饭。我去安排。"转身下到二楼餐厅。

　　二楼餐厅，董会义和山庄经理严阵以待，等着袁正生下来上菜上酒。袁正生一到，服务员便开始行动，一切都安排得井井有条。当时山庄建成时，袁正生否决了钱国庆承包山庄的要求，特地从上海锦江饭店请来经理承包经营，目的是提高接待规格和品质。经过一年多来的运营，山庄声名鹊起，成为接待上级领导和重要人物的首选宾馆。

　　不一会儿，董会义上楼把晋省长一行请了下来。袁正生在餐厅门口迎接。晋省长此时一点架子也没有，对人十分客气，尤其对袁正生，简直象哥兄老弟一般亲切。不仅紧紧地握着袁正生的手，还腾出另一只手在他的肩膀上拍了拍，他越是这样，袁正生心里越是不安。

　　看到桌上堆满了大菜名酒，晋国云说：“哎呀，这么隆重干什么？我说弄一点便饭吃了算了，麻烦你们，太不应该了。”

　　袁正生说：“晋省长难得来一趟清水，我们不能不尽点心。但是清水小地方，条件太差，接待不周，还请省长多多包涵。”

　　晋国云说：“别客气，我这人很随便的，咱们应该象家里人一样嘛。我这次来不是检查工作，不要那么正而八经的。端官架子，打着官腔，那样太累人。领导也是人，也要有朋友，有知己，要有拍肩头、吊膀子的哥们嘛。”他回头问坐在身边的王小美：“小美你说是不是？”

　　王小美说：“袁书记您不知道，晋省长是很平易近人的。这反而有更高的威信，在省里，人们都喜欢跟着晋省长。”

　　说到清水县的经济发展，晋国云夸奖清水这几年经济发展快。王小美不时地插话说：“都是袁书记当县长时的功劳。清水老百姓都夸清水出了个好县长。”

　　晋国云说：“我们为老百姓做了事，老百姓都记着，组织上也记着，领导心里是有数的。”

　　袁正生说："领导过奖了，我不过是按照党中央国务院的部署和省市领导的要求，做了点应做的工作。"

　　晋国云说："同样是贯彻党中央国务院的部署，同样在省市领导下工作，为什么有人执行得好，有人执行得不好？有的地方发展快，有的地方发展慢？事在人为嘛。清水出人才，清水出干部。我们省委省政府的干部政策是，要从经济发达的地方选干部，要选会抓经济的干部，这是用人的导向问题。"

　　王小美向袁正生挤眼睛，意思说："晋省长话里有话，就是要选拔象袁正生这样的好干部。"

　　一桌酒喝了三个小时，晋国云和王小美一唱一和，秦文革一句话没说。饭后，王小美提议到舞厅里消消食。晋国云说："你们年轻人去跳吧。正生同志跟我到房间来一下。"

　　王小美对袁正生说："我们在舞厅里等您。"然后和秦文革、钱国庆，王小丽一起去楼上舞厅。

　　未进舞厅，钱国庆对王小美说："我刚才接了个电话，清水宾馆来了重要客人，我要回去。"

　　王小美说："你去吧，姐姐留下来晚上陪我。"

　　钱国庆与秦文革打了招呼，高高兴兴地开车走了。其实这是钱国庆玩的花招，目的是甩开王小丽，到清水宾馆与情人幽会。

　　袁正生来到晋国云的房间，省长夫人为袁正生倒了茶，就进卧室休息去了。晋国云让袁正生在沙发上坐下，自己坐在对面，对袁正生说："小袁（不叫正生同志），我听说清水要建政务中心，是吗？"

　　袁正生说："是。"

　　"投资多少？"

　　"计划五个亿。"

　　晋国云说："是要建一个高档的政务中心，这也体现党委政府的形象嘛。"

又问："工程由哪个企业承建？"

"还没有最后定。"袁正生说："省内外几十家公司竞标。"

晋国云看着袁正生说："省一建公司有这个实力。我看还是省一建搞吧，肥水不流外人田嘛。你看呢？"

袁正生赶忙表态："省长说了，按省长的要求办。"

在之前，袁正生已经做好了思想准备。一旦晋省长明确提出，就毫不迟疑地表态服从。因为你不服从也得服从，胳膊拧不过大腿。与其被动服从，不如主动服从，还落得个人情。

晋国云笑了，心想，袁正生还是聪明乖巧的。便和气地说："我不过是一个建议，最后还是由你做主，你是县委书记嘛。"

袁正生点点头。

晋国云想了想问："有没有不同意见？"

袁正生说："没有，只是要过一下招标程序。"

"当然要按程序办。"晋国云认真地说："但你书记要掌控，要把关，要拍板。既要实现你的意图，又要使干部群众没有意见，社会没有负面影响，这体现你的领导艺术，领导水平和领导能力。懂吗？"

袁正生说："我懂。"

"好吧，休息去吧。"晋国云站了起来："今后有什么困难，可以直接和我联系。也可以通过王小美，你们是老乡嘛！"

袁正生说："谢谢省长。"

袁正生退了出来。他头脑里乱糟糟的。五个亿的大工程，省长只轻描淡写的几句话，就把工程给了省一建公司，实际上也就给了钱国庆。国家规定的工程招标规章不需要了。表面上按章办事，私下里领导说了算。虽然知道不对，但他敢不听吗？他没有这个胆子，他不想得罪晋省长。经验告诉他，在家里不能跟老婆顶杠，在官场不要跟领导顶杠，前者毁了家庭，后者毁了前程。现在的问题是，不经过严格的招标程序，不纠正招标中舞弊行为，将来出了问题谁负责？省长不会负这个责任，只有他袁正生负责。

　　袁正生心事重重地走进舞厅，王小美迎了上来，把他拖进舞池。王小美知道晋国云和他谈话的内容，知道袁正生此刻想着什么，也知道他精神上的压力。袁正生是个农村伢子，有传统的精忠报国、敬业为民的思想，视国家规章制度为行动圭臬，正直正派，处事谨慎，这都是他的优点；但同时他又有浓厚的立身出世的思想，有强烈的上进心，因而敬畏权贵，有攀附之心，无违抗之胆。王小美从内心对他寄予同情，但她觉得他过于谨慎了。从她在省城这几年的阅力，她希望他遇事不要过于认真，要适当变通一些。政策规章是一把尺度，但官场上的事情并不是用它裁量，领导们也不一定照着它去办的，起作用的还是潜在的规则。特别是干部任用，经济运行等方面。越是在上层，越是这样。所以他觉得袁正生应该随官入俗，不要把自己的仕途路子堵死。省长已经发话，按照省长的要求办。有什么问题，省长自然给你担责任，说不定通过这件事获得省长的好感，攀上省长这棵大树，打开广阔的仕途前程，何乐而不为？王小美现在要做的是消除袁正生的思想顾虑，把压力当做机遇。有时候她真想帮助他一把，毕竟她对他是抱有好感的。

　　舞曲低回，灯光闪烁，人们在这种环境中暂时忘记了工作的重负，生活的压力和思想的烦恼，心情也轻松了许多。王小美与袁正生随着舞曲挪步旋转，在忽明忽暗中相拥相扶，王小美的法国香水味笼罩在他们的周围。

　　袁正生突然问王小美："晋省长是你请来的吧？"

　　王小美没有及时回答，停了一会儿她才说："不是。"

　　"谁请的？"

　　"是他儿子。"

　　袁正生没有作声。

王小美说："你应该明白这里面的利益关系。"

袁正生说："领导干部插手经济工作，领导的家人参与经济活动，这叫下面的人怎么工作？"

王小美说："这并不希奇，领导也是人，他们也要生活，他们也爱金钱，特别是他们的子女。晋省长并不是做得过份的一个。"

过了一会儿，王小美问："你答应晋省长了？"

袁正生说："我能说'不'吗？"

"这就对了。"王小美肯定说："你既然在官场上混，就应该遵照官场的潜规则。这条路只有前进，没有回头。"

"这里面是有风险的。" 袁正生叹道。

"任何事情都有风险，风险大收获也大。你不想赌一把吗？我可以帮助你。"她捏了捏他的胳膊。

"王小美的口气真不小。"袁正生心想："我堂堂的一个县委书记，现在竟然需要这个昔日小丫头的 '帮助'，这难道就是她所说的潜规则？"他感觉王小美与晋省长及其儿子秦文革的关系确实不一般。

八十三

袁正生与王小美跳了两圈，休息的时候经王小美的介绍，与秦文革一起说话。秦文革身材不高，长得稍胖，脸上白皮嫩肉，是那种养尊处优的公子哥儿类型。他对袁正生说："你们这个山庄不错，比省城的大宾馆档次不低些。将来有空我会多来住住。"

袁正生说："欢迎多来，我们将竭诚服务。"

秦文革说："中江市那个中江饭店不行，不仅硬件不行，服务水平也不行，员工也没有这里的漂亮。"

袁正生说："我们的服务员是我们清水本地的姑娘小伙，经过上海锦江饭店严格的挑选培训。"

秦文革说："全省上档次的宾馆四五家，你们云林山庄算一个，县一级的也就算你们了。"又说："我眼睛很毒，一看宾馆档次不行，我根本不住。中江市我都很少去，宋建新没本事，连一个宾馆都搞不好。他邀我爸到中江，我爸就推说工作忙。不是忙，是不想受那份罪。"

袁正生心想："秦文革可能夸大其词，目的是显示他们父子身份的高贵。夸夸其谈，言不及义，这是衙内们的普遍习气。官二代血统或许高贵，但智商情商并不见长。无怪晋省长要为儿子谋划后路。"

舞曲响起，王小美与秦文革跳舞，王小丽来请袁正生。王小丽的舞步尽管比以前熟练一些，但仍然水平不高。她不懂复杂的舞步，只能跳两步四步，进进退退，略加旋转。但王小丽步伐轻柔，随着舞伴的引带，倒也十分和谐，如行云流水。王小丽柔软的小手被袁正生握在手里，使他想起余卫红的那双手，余卫红的小手征服了汪奇功，王小丽的小手抚慰着钱国庆，如果当年他娶了王小丽？这双小手将会摩挲在自己的身上。想到这里生理上突起反应，他骂自己可耻。

一曲终了，王小美又来邀袁正生。王小丽去陪秦文革。袁正生发现钱国庆不在，便问王小美。小美告诉他，钱国庆接到一个电话，回清水去了。

袁正生问："他为啥不带小丽？"

王小美说："我叫姐姐留下来陪我。"

"他晚上还会来吗？"

"他怎么会来？他宾馆里有的是姘头。"

"那你为啥不让小丽回去？"

"我姐姐回去有什么用？男人要是偷情，怎么也看不住。随他算了。"过了一会儿王小美说："现在我们只有把钱国庆的钱袋子攥住。"

"小丽能控制住钱国庆？"袁正生表示怀疑。

"我姐姐老实，软弱，她控制不了他。"王小美说："钱由我和我妈管。"

袁正生说："钱国庆人还是不错的，有点小出轨也属正常，他当宾馆经理，诱惑太多，是不是。"

王小美说："也是。退一步想，女人也不要太认真，只要能维持家庭就行。我见过的男人，大都是这个德性。"

"是不是说我？"袁正生故意责问。

王小美笑着捏了他一下。

跳了一会儿，王小美突然问袁正生："袁大哥，想不想当真姐夫？"

"当真姐夫？"袁正生笑着问："什么意思？"

王小美捏了他一下，又把头靠近说："今晚成全你。"

袁正生立刻领会到王小美的意思，但他还是不敢相信，王小美多次提到"当真姐夫"的事，难道钱国庆不在这里，王小美想为他和王小丽安排一个幽会吗？他知道王小美对钱国庆不喜欢，钱国庆又因与宾馆服务员传出姘闻，王小美更对他强烈不满。王小美历来看重袁正生，常说他不能成为她的姐夫而遗憾。眼下王小美又因为政务中心工程有求于他，在这个时候她为他与王小丽搞一次幽会，正是一举双得。既能抓住袁正生，又报复了钱国庆。

王小美曾不同意小丽嫁给钱国庆，无奈事由母亲做主，小丽只能顺从。王小美不止一次地对姐姐说袁正生对她仍有情意。当小丽夫妻遇到矛盾时，小美总是说袁正生比钱国庆强。虽然不能撺掇小丽与钱国庆分手，但亦可以鼓励小丽与袁正生亲近。为了得到政务中心工程，王小美一方面通过晋国云对袁正生施加压力，另一方面做小丽的工作，让她主动拉近与袁正生的关系。她对小丽说："姐姐，政务中心工程五个多亿，我们只要接下来，按照百分之二十的利润率，就能赚上亿元，虽然秦文革得大头，我们也能得到几千万。袁正生为我们帮了这么大的忙，也不要我们一分钱，我们难道不给他一点回报吗？再说，你俩都是有情有意，本来该是一家人，现在钱国庆对你不忠，你还值得为他守着那份贞洁吗？初时遭到王小丽的反对。但毕竟五个亿大工程钱景诱人，加之对钱国庆婚外情的怨恨，王小丽终于默许了。

但是袁正生能做这样的事吗？虽然与王小丽有那么一点情意，但钱国庆和他也是好朋友，他不能做对不起朋友的事。

舞会结束了，秦文革和王小丽已经走了。王小美送袁正生回到房间。在客厅的沙发上坐了一会儿，王小美起身告辞。袁正生送她到门口，王小美神神秘秘地在他肩上捏了一把说："好好休息，明天早上我来接姐夫。"

袁正生笑着说："你酒喝多了？胡扯八道的。"

袁正生关上门，在客厅里脱了衣服，来到卫生间，上了厕所，洗了一把澡，然后进了房间，灯也不开，径直钻进了被窝。

突然，他发现被窝里躺着一个人。他大吃一惊，连忙起身打开电灯，看见床头一团长发，一张圆圆的面孔上有一双白净的手捂着，分明是一个女人。开始他以为是詹小红来了，故意给他一个意外惊喜，但随即排除这个想法，詹小红不是那种浪漫的女人。继而他以为是宾馆安排的性工作者，有些高档宾馆对贵宾常有这样的安排。云林山庄是清水县的宾馆，经理岂敢为县长安排这事？就是安排，也会事先征得本人同意。那么这个女人是谁？他想到王小丽。不错，正是王小丽。此时王小丽正害羞地把头缩进了被窝。

"小丽，怎么是你？是小美叫你来的？"袁正生窘急地说："——真胡闹！我怎么能做这样的事！" 过了一会儿，他又用和缓的语气说："小丽，我们情同兄妹，虽然我对你有感情，但也不能有非份之想；同样，也不能做对不起钱国庆的事，毕竟我们是朋友。"

王小丽原以为袁正生一直对她有觊觎之心，此番行动是王小美和袁正生说好了的。未想到袁正生说这样的话，大出王小丽意外，一时无所适从，走也不是，睡也不是。她心里直骂小美的荒唐，又骂自己的愚蠢。她羞惭交迸，轻轻地啜泣起来。

此时袁正生已穿好衣服，回到客厅，在那里等着王小丽离开。王小丽穿着睡衣从房间里走了出来（她来时洗过澡只穿睡衣），红着脸低着头，说一声："书记，对不起！"

王小丽前去开门。使她意外的是，门怎么也打不开。袁正生上来，也同样打不开。袁正生找钥匙，钥匙不见了。分明是王小美拿了钥匙，从外面把门锁着了。

此时两人都束手无策。袁正生想到其他办法，比如打电话给山庄服务台，让他们来人开门。但这样做势必事情暴露，闹得满城风雨；只有打电话给王小美，让她来开门。电话打出去，一直忙音，手机打过去，对方关机。此时已经是午夜一点多钟了。

怎么办，两人靠在门边，沉默着。

袁正生看看王小丽娇小的身材，低着头，可怜兮兮的样子，顿时产生了怜爱之心。他想，王小丽还是有情的，不然她不会来；王小美也是好心肠，并不想害他。她们不完全受利益的驱使。即使没有政务中心工程，他与王家姐妹这种斩不断理还乱的关系，发生这种事情也是有情可原。政务中心工程晋国云省长已经发了话，不让钱国庆做，也得钱国庆做，已是改变不了的，这一点王小美很清楚，并不需要给他实施美人计。她们安排这个幽会，多半是出于友情，出于男女私情。政务中心工程只是一个催化剂。

在婚姻之外，要不要有男女私情，这一点谁也说不清楚。如果可以有，那么不能以破坏双方家庭为准则。王小丽对家庭看得很重，要不是王小美的撺掇，她不会做出这种事来；在袁正生自己，也不会背叛詹小红。

愿意将自己的姐姐推进朋友的怀抱，袁正生应该感谢王小美这分情意；同样，愿意以身相许的王小丽，袁正生也要珍视她的这分感情。袁正生问自己，断然拒绝王家姐妹俩的好意，是否有点不近人情？再说自己今后在仕途上少不了王小美和晋省长的帮助，如果敬酒不吃，将来自己与王家姐妹的关系处境尴尬，王小美、晋省长这条线要中断，与自己仕途不利，政务中心工程的好事也白做了。人生就象下棋，一着不慎，着着被动。盛情不容违逆，恭敬不如从命。他看看站在身边不知所措的王小丽，心想，能忍心让她穿着单薄的睡衣在门边站立一夜吗？算了，就接受她吧。于是他爱怜地把王小丽搂进怀里。王小丽趁势把袁正生紧紧地拥抱，头埋进了他的胸膛。

袁正生在她的耳边说："小丽，我内心是爱你的。"

王小丽泪水狂奔，她说："正生，我本来是你的人，我早就想给你了。我愿意和你在一起。"

俩人一阵狂吻。袁正生把她抱了起来，进了房间，放到床上，盖上被子，自己也钻进了被窝，与王小丽相拥而卧了。

八十四

第二天早上，王小美来开门，大声说："姐姐，姐夫，休息得好吗？"

袁正生笑着说："你想害咱们啊！"

王小美说："我一片好心，你们还不感谢月老？"

袁正生说："感谢感谢！"

王小美看到姐姐脸红扑扑，正在铺床叠被，一个主妇的样子，知道一切顺利，心里十分高兴。

王小丽略微理了理头发，就随王小美回房间洗漱去了。王小美临走时说："晋省长早饭后要回省城。"

袁正生说："我马上到餐厅陪省长吃早饭。"

袁正生一面洗漱，一面回味与王小丽的一夜的缠绻。王小丽的外貌虽不出众，但在床上却是个尤物。她身体雪白无暇，柔软如绵，象一只猫似的偎依在他怀里。她那柔嫩的小手抚摩着他的身体，使他通体舒畅，兴奋难持，真是绝妙的享受。一夜间他们数次缠绵，王小丽配合默契，水乳交融。事过之后，她总是伏在他的胸脯上，两只温柔的富有弹性的乳房抵贴在他的胸前，一只小手握着他那个东西，进入甜甜的梦乡，发出细细的酣声，令人怜爱不已。他与她在一起，尽管勉力有加，消耗不菲，却不觉疲劳，反觉神清气爽，精力旺盛。

送走了晋省长，袁正生回到清水，他打电话对吴志伟，指示政务中心工程招标的事不要查了，按计划揭标。钱国庆毫无悬念地中了标。

到了年底，组织部长刘建国这天来到袁正生办公室，送来一张《干部任免意见表》。清水县委有一段时间没有研究干部了。上一次研究干部，是袁正生刚当县委书记的时候，因为工作需要，只做少量的调整，算起来也快一年了。现在各单位都在问这事。袁正生让刘建国把《意见表》放这儿，他有空看一看。

提拔干部本来是件好事，也是县委书记的权力所在。袁正生当上县委书记，干部问题成了他的重要工作。表面上看起来书记权力很大，全县干部，人人热望，个个关心。但这项工作也是得罪人的事情，被提拔的干部心里高兴，一段时间心存感激，但没被提拔的干部就会失望甚至不满。特别是被处分的干部，降职降级，就要得罪人。

　　一般情况下，县委每个季度研究一次干部问题，小范围的调整。大的变动一般都在年底或者年初。先由各单位上报拟提拔、调动、处分的干部名单，交由县委组织部进行考察考核，然后拿出意见，到常委会议上研究。正科级干部，则先由书记办公会议通气，然后再进常委会。这次组织部长拿出了十五个名单，袁正生决定开一次书记办公会议，所谓书记是指县委书记和两个副书记，他们是袁正生、吴志伟和朱学文（组织部长列席）。书记们的意见统一了，事情也就定了。

　　葛怀腾这几天坐立不安，备了厚礼到袁正生家，袁正生向小区门卫打了招呼，晚上一律不接待客人，有事到办公室里谈。葛怀腾直闯办公室，放下了五万元的小包，袁正生发现后将它退了回去，带话说："如果再送钱，就交给纪委了。"

　　偏偏在这当儿，葛怀腾又摊上了一件麻烦事。这天上午，有一个五十来岁的农村妇女闯进葛怀腾办公室，指着鼻子大骂葛怀腾流氓，并与他撕扯起来。机关人员上前把两人拉开，那位妇女又去县纪委告状。干部们议论纷纷，不知出了什么事。原来葛怀腾二十几年前在农村搞工作队，住在一个生产队长的家里，那位妇女就是生产队长的妻子，当年长得十分漂亮。葛怀腾对此垂涎三尺。但由于生产队长看得紧，组织上对干部生活作风管得严，加之这位妇女恪守妇道，葛怀腾虽多次挑逗，一直未能得手。二十年后，这位妇女的儿子长大，专科学校毕业，失业在家。那位妇女知道葛怀腾在县里做了大官，想通过他为儿子谋个工作，于是带了一些土特产来找葛怀腾。葛怀腾见当年心仪之人找上门来，不禁喜出望外，满口答应，说她儿子的事包在他身上。那妇女一听大喜，感觉真是遇上了好人（过去一直认为他不是好人）。葛怀腾表示对土特产不感兴趣，只想和对方亲近一下，满足当年的一点念想。妇女听后先是一怔，经过片刻犹豫，最终还是为了儿子，答应了葛怀腾的无理要求，俩人就在办公室里行了苟且之事。这之后那位妇女又来了几次，葛怀腾每次都用甜言蜜语和空洞的许诺让对方为他献身。眼看儿子工作无望，那位妇女终于感觉受了欺骗和伤害，气愤愤地来找葛怀腾算帐，把这件事情抖落出来。纪委介入调查，由于林世农的庇护，葛怀腾只受到警告处分。

事情出了之后，葛怀腾好些天没到办公室上班，也没有找袁正生麻烦。但他心念着干部调整的事，便让他的女儿葛婵婵上阵，几次请袁正生跳舞，都被袁正生推辞了。

这天，袁正生在办公室接到曹慧电话，她哭着说："袁大哥，我爸出了车祸。"

袁正生大吃一惊，问："怎么样？"

曹慧说："人已被送到市医院，现在昏迷不醒。"

袁正生立即赶到市人民医院，来到曹守谦的干部病房，只见病房里来了许多人，都是来看望和了解情况的。其中有市委办公室主任，市委组织部长等人。曹守谦夫人谢敏之哭红了眼坐在走廊里，曹慧，曹聪也在流眼泪，曹守谦在抢救室。袁正生安慰了谢阿姨几句，把曹慧拉到一边问情况。

曹慧说他父亲在省里开会回来，高速公路上，前面一辆货车突然停车，司机躲避不及，撞了上去，父亲坐在前排，没有系安全带，头撞到前面的挡板上，当场昏了过去，直到现在没有醒过来。

袁正生问检查结果怎样，曹慧说："颅骨破裂，伤及脑组织。医生说很难活过来，就是醒过来，也多半是个植物人。"说到这里，曹慧绝望地啼哭。

袁正生安慰她说："也可能不那么严重，但愿你爸能挺过来。"虽然这么说，他心里也很难过。不管曹守谦是死是残，袁正生唯一的靠山从此不复存在。

　　袁正生问司机怎样。曹慧说司机因为系了安全带，身上虽多处骨折，但没有生命危险，正在医院里救治。

　　当天晚上，袁正生在中江饭店住下，他买了三份盒饭带到医院。曹慧一家因悲痛过度，没有食欲，盒饭搁在那里。曹守谦手术后转入重症监护室，医院不让别人进去，袁正生陪着曹慧一家，直到夜里十二点才回宾馆。

　　第二天早上五点，天还没有亮，曹慧打来电话，说她父亲去世了。袁正生立即赶到医院，看到曹守谦已躺在太平间，身上盖着白布，面色苍白。谢敏之和儿女在哭泣，袁正生看到这凄惨的场景，禁不住流下了眼泪，为曹守谦也为自己。

　　几天后，中江市殡仪馆举行了隆重的追掉大会，市各大班子领导，各县市党政一把手，市直各单位一把手，曹守谦生前友好参加了追悼会，省委组织部也来一位副部长。追掉会由市长宋建新主持，市委书记唐人杰致悼词。

　　悼词高度评价了曹守谦的一生：忠于党，忠于人民，坚持原则，实事求是，工作敬业，作风朴实，谦虚谨慎，廉洁自律，为人正直，团结同志，为党和人民的事业贡献了毕生的精力，号召广大干部群众向曹守谦同志学习。

　　遗体告别之后，袁正生走到曹慧面前对她说："事情已经出了，无法挽回。你要节制悲痛，照顾好母亲。以后有什么事情，就打电话给我。"曹慧感激地点点头。

<h2 style="text-align:center">八十五</h2>

　　袁正生回到清水，接到段道立打来电话，说要到清水来玩，袁正生表示欢迎。当天下午段道立开车赶到，又带了一个年轻貌美的女郎，与上次带来的不是同一个人。袁正生心想，怪不得段

道立不想在省政府工作。铁道部门条条管理，上面管到看不到，下面看到管不到，故干部自由度很大，当然出问题也很多。

袁正生带段道立到了云林山庄住下，陪他吃晚饭，饭后跳舞。

在舞厅包厢里喝茶的时候，段道立告诉袁正生："听说贾巨会双规了。"

袁正生暗暗吃惊，问："可知道有什么问题？"

段道立说："贾巨会一向谨慎，从不收礼，尚不知道哪里出了问题。"

袁正生心想："当年送贾巨会一套房子，是否因这件事东窗事发？要是这样就害了贾巨会。"他抽个空走出舞厅，给邵金来打了个电话，把段道立的话告诉他，要求他立即赶到京城，带上购买房子的票据证件，收回那套房子，作为驻京办事处办公用房。袁正生强调说："这套房子不是送给贾巨会的，只是借给他暂住。"邵金来心领神会，第二天一早坐火车赶往京城。

跳舞的时候，袁正生意外地遇到葛婵婵。葛婵婵打扮得十分时髦性感，她穿着一件绿色的薄如蝉翼的吊带裙，双肩和半个胸脯露在外面。透过披风，能清楚地看到她的红色的胸罩。她风情万种地走到袁正生面前，一声娇唤：

"袁书记，请您跳舞。"

袁正生问："你何时来的？"

"我搞旅游，常陪客人来。"

袁正生告诉她："我今天是省里来人。"

葛婵婵说："袁书记您欠我一场舞。"

"今晚不是还你吗？"

"不是！"葛婵婵娇嗔地说："今晚您是陪客人。我要您专门陪我跳一场。"

袁正生不理她的茬。

葛婵婵用手摇摇袁正生胳膊说："是不是，书记？"

袁正生说："我怎么会专门陪一个女孩子跳舞呢？"

葛婵婵说："书记真是太拘谨。你看，你的那位省里的客人，不仅带着女孩子跳舞，还带着她旅游呢！"

袁正生说："别人的事我管不了。"

葛婵婵意味深长地说："象你们这些领导干部，该潇洒的时候要潇洒，该风流的时候要风流，不然机会失去了，想潇洒想风流也没有了。花开堪折真须折，莫待无花空折枝。当官不会当一辈子，是不是？"

舞曲回荡，灯火明灭，葛婵婵的身体越靠越近，两颗突出的乳峰有意无意地触摩着袁正生的胸脯。葛婵婵的乳房既大又坚挺，挑战似的指向对方，每当侧身旋转时，袁正生的手腕总免不了与乳峰相擦。这个时候，袁正生只好把手臂离得远些，但葛婵婵却总是把身体贴上来。袁正生知道葛婵婵不怀好意，为了她父亲的那个副县级，她什么手段都会用出来，所以对她保持着高度的警惕。舞会中间黑灯三分钟，葛婵婵一把抱住了他。袁正生急忙挣脱葛婵婵的拥抱，严肃地说："不能这样，葛婵婵，越过界线了。"

葛婵婵咯咯笑着说："看把你吓的。"

舞曲终了，袁正生退出了舞场，到包厢里去会段道立。葛婵婵无趣地离开了。

政务中心工程开工仪式搞得十分隆重，县委县政府四大班子领导全部到场剪彩，钱国庆作为企业代表参加。秦文革也来了，但他在随行人员中，不露面，多数人亦不知秦文革是谁。大家共同挥锹给政府大楼的奠基石填土。事过，王小美电话给袁正生表示感谢。

几天后邵金来从京城回来向袁正生汇报，交待他的事情已经办妥。他到京城后，得知贾巨会确已双规，重要的问题是房子问题，贾巨会经不得审讯，承认受贿一套房子。邵金来及时赶到，声称要收回房子。纪委的同志找邵金来谈话，问明房子的来龙去脉。邵金来说房子不是行贿，而是交给贾巨会代管，现在收回给驻京办事处使用。邵金来出示了房产证，上面明明白白写着此房属于清水县政府。因房屋不在贾巨会名下，不好定论为受贿所得。纪委只好把贾巨会放了，作为无偿占用有关单位的房产，给予批评教育，免去了他的牢狱之灾。

林世农担任市纪委书记后第一次回清水县检查工作。清水县纪委书记蒋百元打电话给袁正生，袁正生立即赶到宾馆见面。酒宴上，县四大班子主要领导全部参加。大家谈笑风生，气氛十分热烈。林世农带了两个随行人员，七个人喝了六瓶五粮液。至十一点，大家尽兴而散。

林世农留住袁正生，他拍着他的肩膀说："袁老弟，我有一件事拜托你。"

袁正生问："什么事，老领导尽管指示。"

林世农把袁正生带到他的房间，让他坐下来，亲自给袁正生倒了一杯水说："听说清水干部有一个大的调整，是吗？"

袁正生说："是局部调整。"

林世农问："这次能不能把葛怀腾考虑一下？"

袁正生感到很为难，他知道林世农要为葛怀腾说话。干脆先把话抛出来，封林世农的口。他说："葛怀腾嘛，是打算调整一下，他在计委工作不合适。" 意思是葛怀腾不作为提拔考虑，而是工作调动。

但是林世农却不好打发，他直截了当地说："调整是可以的，你们有没有考虑给他上一个台阶？"

袁正生啧了一下嘴说："林书记，此事不大好弄。况且他又出了那档子事（指与农妇不正当的男女关系），影响很不好。"

林世农说："葛怀腾是有些缺点，但他主流是好的。工作三十多年，人也快退休了。给他享受一个待遇，好对他有个交待。"

"就怕常委会通不过。"

"做工作嘛。" 林世农说："关键是你一把手要拿主导意见，民主还要有集中嘛。县委班子还不是你说了算？"

袁正生反问："领导，您说葛怀腾怎么安排？"

林世农笑了笑说："办法多得很，还要我说嘛？"

"象他这种情况，我真想不出好办法。"

"如果他当不了副县长，就让他去当人大副主任吧。"林世农很干脆。

"这是要经过选举的。"袁正生说。

"老弟呀，你是真不懂还是假不懂？关键是你要把葛怀腾放进候选人名单中，县委拿出倾向性意见，给代表们做工作，强调选举体现党委的意图。"

"现在要求进行差额选举。"

"这不很简单。找一个资历浅，知名度低的干部陪选，代表们心中有了数，岂有选不上的道理？"看看袁正生仍没有表态，他加重语气说："老弟呀，你当县委书记，我没找你办过一件事吧？现在只找你这件事，你办一下，给我一个面子吧。"

袁正生无奈，只好说："我们县委研究一下。"

林世农见袁正生没有肯定的答复，心里窝着不快，沉下脸来说："我不管你怎么研究，这事就交给你了。你看着办吧！"

第二天早上，袁正生来陪林世农吃早饭。林世农不说话，气氛沉闷。饭后林世农要回中江，袁正生送他到楼下。林世农不让送，但袁正生坚持要送。下了楼，到了停车场，袁正生意外地发现葛婵婵坐在车上。她坐在后排，见袁正生过来，把头向后靠了靠，脸侧过去。袁正生看不到她的脸，但从女人的穿着和那两颗坚挺的乳房来看，非葛婵婵莫属。

研究干部的县委常委会议召开在即，一些干部纷纷活动，有的向组织部打听，有的找借口跟领导拉关系。不仅仅是葛怀腾，凡是自己想提拔或者认为该提拔的，都在活动。袁正生觉得应该提前召开会议，尽快把事情定下来，免得节外生枝夜长梦多。这段时间，袁正生给住宅小区的警卫打了招呼，一律不准让外人进入小区。

常委会议晚上九点钟召开，常委们被秘密通知。晚饭后该打牌的打牌，该喝酒的喝酒，该跳舞的跳舞，九点钟集合，就象解放前的地下工作者。会议一直开到夜里两点多钟才告结束，县政府食堂留两个炊事员值班待命，十二点钟送来热气腾腾的夜餐——每人一碗盖浇面。

会议研究的结果：张进财为副县长人选，孔祥水为政协副主席人选，王文森为教育局局长（原任副局长）。周志平为教育局主任科员（兼副局长）。李世刚为宣传部副主任科员（即将退休），韩秀娟为劳动局副局长兼职业学校校长（以上人员官升一级）。刘志民、王丰皆为乡党委书记人选（属于重用），葛怀腾任政协外事委员会主任（属于平调）。

在研究葛怀腾任职的问题上，大家讨论的时间最长。袁正生把林世农提议葛怀腾为副县长或人大副主任候选人的意见说了，听听大家的意见，但遭到常委们的强烈反对。

本来，林世农私下里和袁正生说的话是不宜在会议上说的，但袁正生知道，如果由自己提出葛怀腾为副县长或人大副主任人选，势必给大家造成书记任用干部不讲原则的印象。再者如果葛怀腾得不到提拔，林世农的意见在会议上提都没提，林世农知道后一定会更加生气。想来想去还是和盘托出，既让大家了解自己的压力，又看看大家有什么反应。如果常委们考虑到市委领导的意见，反对不太激烈，提拔葛怀腾的事得以通过，袁正生就顺水推舟，不想因此事得罪了林世农。

吴志伟说："葛怀腾担任计委主任以来，做了什么事？他整天泡病在家，说他有病，但凡有酒席他一次不缺。计委的事情，都是章炳前在做。他不仅不做事，还起着坏作用，看不惯这个，看不惯那个，到处告状，写人民来信，搅得人心不安。这样的人如果提拔，是闹而优则仕，助长了不正之风。"

朱学文也认为提拔葛怀腾不妥，他说："我在纪检委工作时，收到不少反映葛怀腾的人民来信。到下面吃拿卡要，收受贿赂，情妇好几个，生活作风一塌糊涂。"

刘建国说："葛怀腾与农妇发生不正当的关系，影响很坏，提拔他不是时候。"

最后常委们一致意见，葛怀腾调到政协工作，建议担任外事委员会主任，待政协会议确认。这属于平级安排，权力小了，等于靠了边。袁正生知道葛怀腾一定很有意见，林世农一定不满，此举不仅得罪了葛怀腾，也得罪了林世农。但是作为县委书记，要考虑大局，如果不弘扬正气，抑制坏风，将来人心不服，工作就不好做。这是职责所在，只能如此。以后有机会再给林世农解释吧。

干部调整的文件还没有下，消息很快在全县传开。葛怀腾听说自己调到政协，气愤不已，他带着女儿到中江去找林世农。林世农听了也很生气。他留葛怀腾父女在饭店吃了一顿饭，还叫来了何建贤。饭桌上，林世农发狠说："别看袁正生神气，我总有一天会把他投进牢里去。"

葛怀腾说："他早就该坐大牢了。当县长这么多年经济上没问题？他和企业打交道就那么干干净净，我就不相信。"

何建贤说："过去袁正生靠曹守谦，现在曹守谦死了，他的靠山没有了，看他还能神气几天。"

葛怀腾临走的时候，林世农要他多写人民来信，说："直接向省委书记那里寄。不管是真是假，人民来信总会在领导心目中造成不好的印象。一旦领导有批示，我们就去查他。就是没问题，也会查出他的问题，我们纪委干部这点本事还是有的。"

葛怀腾说："现在我就用真名实姓举报他，我怕他个毬？"

八十六

这天袁正生在办公室，葛婵婵突然闯了进来。她凶神恶煞地指责袁正生说："姓袁的，你把我爸调走了，他有什么问题？"

袁正生说："我没说你爸有问题呀。调动工作不是正常的吗？"

葛婵婵说："我爸在家里吃了老鼠药，你说怎么办？"

袁正生想："来讹诈我？"便问："你爸吃老鼠药你不抢救，跑到这里来干什么？"

葛婵婵说："就是你害的！你要负责，你要偿命！"

袁正生看她来胡闹，便转身出门叫人。葛婵婵堵住了他，突然她把自己的上衣撕破，露出大半个乳房，然后双手死命地揪住袁正生的衣领，一面大声叫唤："你耍流氓！你县委书记耍流氓！"

县委办主任董会义等人闻声跑过来，大家设法来劝葛婵婵，拨她的手，但葛婵婵死抓不放，一面大哭大闹，瘫到在地上。袁正生弯着腰解葛婵婵的手，这只手解开了，那只手又抓上了。同时用脚乱踢乱蹬，腾出手来打袁正生的耳光。董会义只得叫来两个身体强壮的女同志来解救，经过一番搏斗，终于把葛婵婵拉开。葛婵婵大声叫道："袁正生，你耍流氓，占我的便宜，别想逍遥法外。我告诉你，总一天我会把你送进大牢。"

葛婵婵走后，袁正生脸色铁青，气得受不了。

董会义检讨说："这事怪我们没注意，让她闯了进来。"

袁正生说："这种人为了发泄对他父亲调动的不满，不顾廉耻到了极点。"

董会义说："谁不知道葛婵婵这头货？她闹她的，没人会相信她的话。袁书记别把她放到心上。"

袁正生担心葛婵婵会到詹小红单位去闹，便打个电话给周志平，让他注意着。果然葛婵婵闹到教育局去了。由于周志平派了两个女干部把在门口，葛婵婵上不了楼，在楼下大叫大嚷一阵，走了。

下班后，周志平为了让袁正生消消气，请他去吃饭。又打电话给詹小红，詹小红生着气，带着女儿回了娘家。

周志平在家里招待袁正生，岳父万士明参加，万敏下厨。说到葛婵婵及其父亲葛怀腾，周志平说："葛婵婵谁不知道她的德性，她的话没人相信，不必在意。"

袁正生说："葛怀腾这样的干部，是机关里的毒瘤，他竟然从一般干部混到正科级，真是笑话。是我们这种只进不出，只升不降，好坏不分的僵死的干部制度生成的怪胎。这样的干部还想提拔，在我手里是白日做梦。拼着县委书记不当，也不会让他得逞。"

万士明说："葛怀腾虽然不干实事，但他钻营有术，会拉关系，先是攀上了林世农、后又结交何建贤，物以类聚，人以群分，都是混日子不干实事的主儿。林世农好色，何建贤爱财，葛怀腾财色兼收。葛怀腾虽然人人嫌他，但历任领导都不敢得罪他，有时还给他一点甜头安抚一下。因为得罪了这种人会有麻烦，他天天写你人民来信，天天和你捣蛋，就是不把你搞倒，也让你不得安生。你开不了他，降不了他，他就象一砣屎沾到你的身上。"

袁正生说："我将实行干部末位淘汰制，让干部的选票把他淘汰，让他无话可说。这正是上面对公务员的最新要求。"

万士明连忙说："你千万别，那样葛怀腾会和你拼命，会带着家人找你要饭吃，叫你日夜不安，走投无路。你得不到法律保护，也得不到领导支持，只能落得个两败俱伤。国家人事制度改革虽有了这个规定，但在当前的大环境下是实行不了的。"

袁正生想到葛婵婵口出狂言，要把他送进大牢。心想："这一定是林世农的话。林世农失了面子，要报复他，这是有可能的。他想，我一不违纪，二不违法，林世农虽然是纪委书记，岂奈我何？"

万士明说："当官是有风险的，权力越大，风险越大，所以我让志平不要当局长，搞搞业务，不得罪人，平平安安。"

万敏进来插嘴说："表叔提拔那么的干部，做那么多好事，人家不感激他吗？"

万士明说："俗话说，一百个朋友抵不上一个仇人。你提拔的干部一时会感谢你，过后也就淡忘了，甚至认为他应当得到提拔，你提拔得还不够快。或者你提拔他一次，下次没提他，他就会恨你了。提拔干部是得不到朋友的，官场只有利益没有朋友，你在位的时候是朋友，退位了就不是朋友——当然也有例外，所谓滴水之恩，涌泉相报，那不是普遍规律。但是你得罪一个人，你在位时是仇人，退位时还是仇人。"

袁正生问："表哥您说，象葛怀腾这种情况应该怎么处理？"

万士明说："你要是事先跟我说一声，我会教给你一个字：'拖'。你不想提拔他，也不要得罪他，把他拖一下，拖他几年，他要退休了，或者你调走了，他找谁去？"

"这么说，我对此事处理急躁了些？"

"是的。"

"可是常委们都是一致意见。"

"常委们当然放得开，想啥说啥。有后果他们不担责任。担责任的是你，你要掂量嘛。"

袁正生觉得表哥的话虽不无道理，但过于世故。如果遇事怕得罪人，能干成事吗？能把清水县的干部队伍带好吗？"

这时有人打电话来说："袁书记，葛婵婵在你家小区闹事。"

袁正生急忙问："詹小红和我女儿怎么样？"

那人说："詹小红和孩子都不在家，葛婵婵见不到人，就砸你家窗子。"

听说詹小红母女没有受到伤害，他心里定了下来。于是他打电话给公安局长，要他派人去处理一下。

不一会儿，刑警队长殷全打来电话说："袁书记，我们把葛婵婵抓起来了，拘留她六个小时，让她赔偿损失。您放心吧。"

袁正生谢了殷全，这才放下心来。

葛婵婵大闹书记办公室的事成了全县最大的新闻。

袁正生下班回家，詹小红恶语相向："你干的好事。全县人都知道了。"

"我干了什么事？"

"你没干什么事，人家怎么会找你，为什么把我们家窗子砸了？"

"葛婵婵因为他爸爸工作调动，没有升官，到我办公室闹，我能因为她闹就迁就她吗？"

"她爸爸名声是不好。但你要不是和葛婵婵不清楚，她敢到你办公室闹？"

"这种人什么事干不出来？我要和她有事，怎么不提拔她爸爸？"

"谁知道你们是什么关系？"

袁正生十分懊恼。詹小红从来不体谅他，总是给他受伤的伤口上撒把盐。

当天晚上，詹小红黑着脸不让袁正生上床，她抱起一床被絮扔到沙发上。为了息事宁人，袁正生也只好屈就。他想，睡沙发上也没什么了不起，与其面对詹小红的又硬又冷的脊背，倒不如睡沙发上舒坦些，至少不会互相干扰。于是夫妻分床，自此开始。

八十七

　　这天王小美从省城打来电话，询问清水的情况，并且告诉他一个使人震惊的消息，葛怀腾实名举报他违纪违法，信件直接寄给省委书记高金龙。高书记十分重视，批转省纪委处理，省纪委批转市纪委立案检查。市纪委检查组已秘密前往清水。随后王小美说："不过你放心，晋省长会保你过关的。"

　　这不啻扔了个重磅炸弹，使袁正生头晕了好一阵。刚刚因为人民来信调查过他，事实已经澄清，怎么人民来信又来了？当前的现实是，党和政府鼓励人民群众通过人民来信反映问题。但对反映情况不实的，却一般不予追究，除非造成严重后果才会引起重视。即使追究，也是轻描淡写。这就促成了人民来信不负责任的乱发，给诬陷诽谤他人的坏人有机可趁，严重干扰了被举报人的正常工作，侵害其人身权利，造成精神上的负担和伤害。

　　虽然王小美给了他安慰，但袁正生心里仍感觉不安，不知道人民来信又编排了什么。但他心里清楚，自从进入官场，父亲就告戒他当好老百姓的官，办好老百姓的事，行得正，坐得稳，不要丢了祖宗的脸，不让人们背后戳脊梁骨。他是这样做了。他和企业打交道这么多年，经济上泾渭分明。除了少量的烟酒和正常开会普发的纪念品之外，送给他个人的钱财，他一律拒收，连节日期间人家送的购物卡也上交给了纪委。可谓事事严格，处处小心。他有什么问题让人家说呢？但是他不能低估人民来信在领导心中造成的负面影响。为此他只好向王小美寻求帮助，请她在晋省长那里多说好话。

　　正值中江市人代会召开前夕，此次人代会，袁正生有望成为副市长候选人，葛怀腾的这封人民来信，正是选择了这个关键时刻。袁正生心里十分懊恼，在调查组检查期间，他又不好找领导为自己辩解，更不能透露出想当副市长的心思。这又是令人窒息的日子。

袁正生只好和王小美联系。王小美通过她的大学同学关系，终于拿到了葛怀腾举报信的复印件，王小美把这个复印件半夜里秘密电传给了袁正生。袁正生看到葛怀腾的举报信上面赫然写着三条罪状：

一、收受企业巨额贿赂，在清水县城关购买三套住房，两套临街店面房。价值两百多万。

二、作风败坏，流氓成性，多次在云林山庄嫖娼被抓。在办公室光天化日之下强奸葛婵婵未遂。

三、横蛮霸道，拉帮结派，打击报复提意见的干部，干部群众敢怒不敢言。

袁正生心里有了底。葛怀腾的来信举报无中生有，妄加罪名，毫无根据，只要检查组实事求是，总会得出葛怀腾诬告的结论，起码也是"证据不足"。但是来检查的人怎么掌握，领导怎么交待，无从揣测。袁正生心里还是不踏实。

市纪委检察组进驻了清水宾馆，在清水工作了半个月。先找葛怀腾谈了话，然后经过企业调查，县房产管理局调查，云林山庄调查，结束后赶在中江市人代会召开之前，向市委汇报。

袁正生接到通知参加会议，但会议上没有安排袁正生发言，而是安排了长山县委书记江海洋发言。这是因为市委在袁正生问题未做结论之前的一种谨慎态度。袁正生心里直打鼓，在会场上抬不起头，见到领导尽量回避，在会议上保持低调。

会议期间，市委书记唐人杰和市长宋建新听取了市检查组的汇报，检查的结论是：

一、 关于袁正生收受贿赂，在清水街上购买三套住房和两套店面房的事，查无此事。

二、关于在云林山庄嫖娼被抓一事，云林乡派出所及县公安局未见记录。

三、关于打击报复干部，拉帮结派，干部群众没有这方面的反映。

在调查中，干部群众对袁正生评价很高，认为他清正廉洁，作风正派，工作政绩突出。葛怀腾多次写人民来信，与他个人的目的没有达到，心生怨恨有关。

唐人杰说："看来人民来信反映不实，不能影响我们对干部的使用。"

宋建新干脆说："这是诬告。清水是一面旗帜，袁正生是有功之臣。"

会后，唐人杰将市委的意见电话里给高金龙书记作了汇报。省委答复，人民来信不影响对干部的使用，同意袁正生作为中江市副市长人选。

王小美从晋国云渠道得到这个信息，及时打电话告诉了袁正生。袁正生听后一颗悬着的心才放了下来，转忧为喜。

中江市人代会顺利结束，袁正生当选为中江市常务副市长，进入常委。清水县干部群众扬眉吐气。葛怀腾觉得袁正生后台太硬很难撼动。好在袁正生离开了清水县，与葛怀腾不再发生关系了。

袁正生离开清水县。虽然职务提升，但心情并不舒畅，有一种失落的感觉。清水是自己的家乡，自己在这里当家几年，打下了发展的基础，做了应做的工作，也培养了一批干部。实指望离开之后，清水将成为自己的根据地，大后方。但是事情并不如想象。袁正生向组织上推荐吴志伟为书记，毕淦才为县长，但结果吴志伟调到外县当书记，毕淦才升任中江市矿产资源局局长。清水的书记县长都从外地调来，两个人都与袁正生不熟。江山易主，已经不是他的清水县了。

　　袁正生当上常务副市长后，把董会义调到市政府办公室担任副主任。不久，清水政务中心建成，县委县政府机关迁入新址办公。为了看看政府大楼，袁正生第一次到清水县检查工作。清水县书记、县长以主人翁的身份迎接袁正生，领着他视察了整个大楼。袁正生感慨万千，豪华的办公楼，舒适的办公条件，都统归新主人享用，大楼里没有他的一间办公室，他被新主人带着，大门警卫才放他进来，只在会议室里坐一会儿。俗话说："铁打的衙门流水的官。""前人栽树后人乘凉"，官场就是这么无情。

　　袁正生在书记县长的陪同下，到清水县各企业视察。许多企业是在他的支持和帮助下建立起来，看到他们在旧主人面前客客气气，新主人面前唯唯诺诺，心里也很有感触。袁正生工作几年，清水产生了几个亿万富翁，数十个千万富翁，几百个百万富翁，而袁正生自己仍然两袖清风，没有钱赡养母亲，还惹了一身麻烦。但自己当官一场，为清水乡亲父老做了应做的事，为袁氏家族在清水县争了光，也是十分欣慰的。

　　在中江工作，袁正生抽空去看望曹守谦的遗孀谢敏之。谢敏之对他说："老曹走了，没有把子女安排好。曹慧在银行工作，现在银行企业化改革，曹慧由一个行政干部，变成了普通职工。本来曹慧不想当官，做一个办事员挺好，但现在工资改革，领导拿年薪制，职工拿绩效工资。近几个月，曹慧只拿了四百元保底工资（以前拿一千三百多元），生活费也不够，余下的要等季终的效益，效益好那个月拿六百元，效益差时，只拿四五百元，亏损就没有了。曹慧单位的行长，年薪三十万，工资待遇相差几十倍，而且工作稳定，旱涝保收；职工工作却不稳定，干得不好，随时可以辞退。曹慧气得哭了一场。她脾气又不好，不会和领导处关系，我真替她今后的前途担心。她想调到党政机关去，他爸爸不在了，又找不到人，有什么办法？"

袁正生十分同情，他说：“我初来中江，情况还不清楚。今后如果有机会，我会帮助曹慧想想办法。”

谢敏之谢了。说：“曹慧要知道你来了，不知多么高兴，她在家里就是念叨袁大哥是个好人。”

袁正生心想：不管多么困难，曹慧的事还是要帮的。曹守谦有恩在先，曹慧有情在后，他不能置之不管。

为了熟悉情况，袁正生把中江市所属各个县市跑了一遍，市直机关也走访了一遍。这天他来到老单位共青团市委，团市委书记张永祥是从县里提拔上来的。见团市委老领导来了，要请吃饭。袁正生说，我来几个月，其他单位请我，我一个没答应，团市委是我的老单位，我就从命一次。”

吃饭时，袁正生有意问团市委编制情况，是否满员。张永祥说：“团市委编制紧，人满了。”

袁正生说：“人员要流动一下，一潭死水没活力。”

张永祥说：“谁说不是，我们想相隔一段时间派出一个，调进一个，把人盘活了。”

袁正生说：“你打个报告，我给你们做做工作。”

张永祥表示感谢。

几天后，张永祥向组织部打了个报告，要求派出（即提拔）一名干部，得到组织部批准。不久又向人事局打了报告，要求调进一名干部。

袁正生及时提出把曹慧调进团市委。

张永祥有些为难，他说：“曹慧现在是企业职工身份，进入公务员队伍很困难，不仅要改变身份，而且增加了市直机关公务员编制。人事局不会同意，除非市长特批。”

袁正生说：“我先跟你说一下，你心里有个数。宋市长和人事局那边我来做工作。曹慧也曾是行政干部身分，只是现在银行改革，成了企业职工。她不适应，想回到公务员队伍中来。再说，她父亲曹守谦同志是市里的老领导，他的子女要照顾一下。”

张永祥说："只要市长同意，人事局放行，我这里没有话说。"

八十八

袁正生利用和宋建新谈工作时，将曹慧要求调到机关的事向宋建新说了。宋建新知道袁正生与曹守谦的关系，便给了袁正生一个面子。袁正生又和人事局局长说了，并把这一情况反馈给张永祥。不久曹慧顺利调到团市委工作。

这天晚上，曹慧到袁正生住处表示感谢。袁正生说："感谢什么？当年你爸把我调到团市委，才使我有了今天，况且我们俩人又是知心朋友，能不帮忙吗？"

曹慧说："我爸提拔的干部多了，现在我找他们，他们谁也不愿意出头。人在人情在。只有你袁大哥没有变。"

袁正生说："咱们是什么关系，一家人似的，不必客气。"

袁正生问及曹慧的生活情况，曹慧说："还凑合。孩子已经两岁了，丈夫高超整天忙于教学，家庭生活倒很平静。"

袁正生说："这就很好了。我还怕你会欺负高超呢。"

"你是说我的脾气不好？"

"不，是说你的个性强。"

曹慧笑了说："还不是一样。其实袁大哥，自从生了孩子之后，我的脾气改了好多。生孩子，养孩子，把我的脾气消磨掉一大半。我现在什么都不想，有个安定的工作，搞好家庭，把孩子养大，尽了当妻子当母亲的职责就是了。"

袁正生说："你这样说，你袁大哥就放心了。"

曹慧一把抱住袁正生，吻了一下说"你真是我的好哥哥。"

　　当天晚上，曹慧说："今晚我不走了，陪陪袁大哥"。

　　袁正生说："不必不必，你回去休息吧。"

　　曹慧说："高超出差去了，我把孩子送到妈那里。我们几年没有在一起了，我以为你官越做越大，心可能变了，所以不去打扰你，如今看来你没有变，还是以前那个袁大哥。我一定要陪你一宿，感谢你的帮助。"

　　袁正生说："别说感谢，说感谢就见外了。"

　　"那就讲感情吧，我们谈谈心嘛。"

　　"讲感情可以。"袁正生说。

　　当天晚上，两人重温旧梦，俗话说"久别胜新婚。"袁正生与曹慧一别三年，如今相聚，既有旧的回味，又有新的感触。曹慧已不象以前那么疯狂，她显得成熟理性多了。以前他们每在一起，她总是毫无节制，要把他榨干吸尽，以至于他穷于应付，十分疲惫。现在她做到了尽兴而足，适可而止。多数时间他们相拥而卧，说说话儿。曹慧自从生了孩子之后，性情有了很大的改变，再没有说需要一个丈夫一个情人的话。袁正生也希望她做个贤妻良母。曹慧收了心，袁正生也放心了。

　　袁正生在中江工作一年后，唐人杰升任副省长，宋建新转任市委书记，市长一职竞争激烈。主要是副书记汪奇功和常务副市长袁正生。

　　在省委常委会议上，书记高金龙主张由汪奇功任市长，理由是汪奇功担任副书记多年，由三把手升任二把手理所当然；省长晋国云则主张由袁正生任市长。他认为袁正生抓经济工作政绩突出，应该大胆选拔任用。俩人说的都有道理，常委会形成两种意见。本来高金龙是一把手，一般情况下由他说了算。但因为他刚到江东省工作不久，人事还不太熟悉。晋国云在本省工作时间较长，对干部颇多了解，晋国云坚持自己的意见，高金龙也不好坚持已见。最后认定了袁正生为代市长，不久当选市长。汪奇功则调到其他市当代市长，待选市长。

　　这次常委会晋国云的意见占了上风，却成了书记与省长的矛盾根源。高金龙觉得晋国云过于强势，有损于自己的权威，心里窝着不快。盘算暂时让晋国云占据上风，今后再和他慢慢计较。正是这个矛盾，给袁正生带来了灾难性后果。

　　这天晚上十一点多钟，袁正生刚刚回宿舍洗漱好准备睡觉时，突然有人敲门。开门一看，王小美站在门前。袁正生感到十分意外，也十分惊喜。他把王小美让进屋内，请她坐下，为她泡了茶。见王小美脸上没有往常那种喜兴的表情，只是冷冷地坐到椅子上，呆呆地看着他。袁正生预感到气氛异常，王小美有重要的话要说。

　　"是不是又有人写了我人民来信？"他想。

　　突然王小美大叫一声"袁大哥！"禁不住双泪横流。

　　"么事？"袁正生十分震惊。他放下茶杯，看到王小美好象坐不住的样子，就去扶她。王小美站起身来一把抱住袁正生，把头伏在他的胸前，失声痛哭起来。

　　袁正生连忙问："出了么事？"

　　王小美说："晋省长进去了。"

　　"晋省长进去了？"袁正生也惊呆了，觉得平空一声霹雳，眼前一黑，也似乎站立不住。

　　两人相互扶着到沙发上坐下。王小美抹一下眼泪说："晋省长被双规了，据说因为受贿，有好几千万，命能不能保住，就难说了。"

　　袁正生立刻意识到王小美的处境，问："你没有事吧？"

　　王小美说："我也脱不了干系。袁大哥，我今天偷偷来见你，可能是我们最后一次见面了。"说着又呜呜哭起来了。

“别胡思乱想！”袁正生安慰她：“他是他，你是你，没有事的。”虽然这样说，但他还是为王小美担心，王小美究竟与晋省长是什么关系，经济上有没有瓜葛，他不好问也不想问。与此同时，他也想到自己，并没有与晋省长有经济上的交往，政务中心工程是按程序办的。至于自己当市长的事，晋省长出了力，那是用干部的问题，与经济无关。

当天晚上，王小美没有走，她在卫生间洗了一把澡，只穿内衣钻进了袁正生的被窝。她说：“袁大哥，我在临走之前想到你，我心里是爱你的，我今晚向你表明我对你的感情。”

袁正生说：“小美，你今晚心情不好，不能做傻事，等你心情平静下来再说吧。我也爱你，但是不能害了你。”

王小美说：“袁大哥，爱就爱吧，没有时间了，我今晚在这里，说不定明天就进去了。这是最后的机会，是最后的道别。”

袁正生说：“不要太悲观，你会没有事的。”一面伴着她睡下。

王小美翻身抱住袁正生，在他的耳边说：“袁大哥，你是我的真爱。我姐姐听了我妈的话，失去了和你的好姻缘。我这么多年，也没有遇到一个使我满意的。如果不是想到你有幸福的家庭，我真想把你从詹小红身边夺过来。但是，我从中江调到省里，混迹在官场中，想洁身自好也不成，没有资格与詹小红争了。”

俩人脱净了衣服相拥而卧。王小美泪水滢滢地向袁正生敞开了胸怀。一旦两人肌肤相接，王小美便劲地把他抱住，疯狂地发作起来。她两手的指甲似乎要扣进他背上的肉里去。动作的力度和频率象是把满腔的爱和恨统统发泄出来。当感觉他火山喷涌之时，王小美失声痛哭起来。

袁正生不安地问：“小美，没伤着你吧？”

　　王小美哭着说："袁大哥，人生幸福的时光多么短暂。　如果我们永远相拥，血肉不分，那该多好啊！可是现在，知道这些已经迟了。"说着又呜呜地哭了起来。

　　袁正生说："小美，不要太悲观了。不管遇到什么情况，你要坚强面对，你还年轻，生活的路还很长。"

　　王小美不哭了，她陷入了沉思默想之中。袁正生欲从她身上下来，但王小美不让，她双手把他的身体箍着，让他的东西留她的里面。他们就这样停一会儿，做一会儿，再停一会儿，再做一会儿，夹杂着王小美的啼哭和叹息，一直到天明。

　　王小美告诉袁正生说："我调到省里工作，是晋省长看中了我，帮的忙。晋国云一直缠着我不放。后来为了摆脱他的纠缠，我就和秦文革谈起了恋爱。秦文革是个典型的小衙内，不学无术，但他知道利用他爸的权势捞钱。我对秦文革是不满意的，但因为他是省长的儿子，又有势又有钱，就委身屈就了。现在晋国云已经被抓，秦文革在逃，我也暂离省城，不敢回家，就到你这里来了。但我不会连累你，我明天就回省城，象你说的，坚强面对。我知道逃是逃不了的。"

　　早晨，王小美怕被人发现，没有吃早饭就走了（袁正生在市政府食堂吃饭）。

　　当天晚上，袁正生听到消息："秦文革、王小美均被控制"。

八十九

　　这几天，中江市正在筹办"中江国际梅花节"。几年前中江市委市政府做出决定：把梅花作为中江市的市花。市政府曾在市中心各个公园的绿地、山坡、湖边栽种了大量的梅花，每当二三月份，梅花盛开，红霞一片，蔚为壮观。为了扩大中江市的影响，推进梅花景胜旅游，以花会友，以花招商，以花强市。市委市政府定于三月五日举办第一届国际梅花节，当晚举行文艺晚会。事前把街道两边的建筑物粉刷干净，市容市貌焕然一新。市政府中心广场，搭起了彩门和戏台，各街道，公园，挂起了彩灯。家家门前有花坛，户户窗台上有绿叶。市委邀请省领导和兄弟市领导作为嘉宾参加，聘请大陆港台名伶前来演出助兴，特别重要的是请中央电视台著名节目主持人主持，晚会现场将向国内外直播。届时由中江市委书记主持，市长讲话。这是在全国人民面前，甚至在海外华人面前露脸的好机会，所以宋建新、袁正生都十分重视，十分卖力。市政府慷慨投资两千万，每张戏票从两百元到四百元不等，按任务分发给了各企业，各县市和市直各行政事业单位购买。确保现场观众达到四万人以上。

　　这是一个大的工程，准备工作一切顺利，但最为焦心的是两件事，一是省四大班子领导能否全部出席，这是晚会的规格问题，也是市委书记和市长的面子问题；二是中央电视台节目主持人和著名演员能否如约到场，这是晚会的影响力问题。麻烦就在这两件事上。俗话说："做客不知请客难"，在这节骨眼上，省长晋国云出了事，书记高金龙心情不好推说没空参加，其他班子领导也推说有事。这给宋建新、袁正生当头一盆冷水。再就是著名演员因为出场费问题迟迟不到。如果没有著名演员，晚会将大为逊色，怎么向全国乃至全世界转播？说好了国内大牌演员唱一首歌四十万，港台名星出场费一百万，临上台前又提出加价。还要免缴税收，免费食宿，警车迎送，飞机票报销等等一系列问题。中江市从未办过这样的晚会，正是大姑娘上轿第一次，许多方面不是准备不足，就是估计不足。宋建新、袁正生一合计，既然已经骑到老虎背上下不来了，各级领导、各地各方都在看着我们，只好咬咬牙一概应诺，砸锅卖铁也要把晚会办好。政府花钱（其实是老百姓花钱），为领导宣传，在全国全世界人民面前露脸，特别是在中央和省领导面前露脸，如此风光的事，人生能有几次？人家都这么干，为什么我们不能干？袁正生想到王小美的话"只干不宣传是傻干，只宣传不干是假干，边干边宣传才是真干。"

演员们也洞知其中奥妙，政府的钱好赚，掐住政府官员出风头、要面子、花老百姓的钱不心疼的这个要穴，乐得漫天要价。国外、境外演员纷纷到国内走穴，大把大把地搂钱。当年各地都争着办晚会，演员主持人供不应求，价码一抬再抬。有的演员一夜赶演几场，在天上飞来飞去。特大牌演员为了赶场方便，甚至买了私人飞机。演员们知道，这是捞钱的黄金时期，几百年难遇，过了这个村就没有那个店了。

说官员花百姓的钱不心疼，也不尽然。袁正生虽然付了钱，但还是心疼不已，恨得咬牙切齿，没心情看演出，心里想的满是钱钱钱。他毕竟是农民出身，知道挣钱不易。一点一滴都是工人农民和科技人员的血汗。

梅花节晚会举行那天，宋建新和袁正生都化了妆，穿着毛料西服，打着红色为主的斜纹彩色领带，在灯光的映衬下，格外英俊帅气。由于在摄影镜头下，人的脸向宽度扩展，就更显得他们阔额方腮，很有大官的派头。

袁正生在讲话中声音洪亮，抑扬顿挫，加上扩音器的共鸣，大有风扫山河，气吞万里之势。袁正生强调中江人要发扬梅花精神："敢为人先，斗霜傲雪，奋发有为，繁荣强盛"。他提出把中江市建成"创新之市，繁荣之市，和谐之市。"讲话描绘了中江市未来发展的宏伟蓝图。他用大量的排比句，增加了讲话的文学色彩。这是奋进的宣言书，是催人上阵的战鼓。几万听众受到极大的感染和鼓舞。不时发出雷鸣般的掌声。加上他的普通话里，不时带出清水乌山土音，使听众联想他的乡土出身，更增添了亲切感。袁正生只讲了十分钟，语言显短，句句警策，意义深远，使人不感觉官腔冗调。这是袁正生亲自捉笔，精心打磨，自然不同凡响。袁正生大出风头，好评如潮。

但是谁能知道，就在袁正生讲完话向观众鞠躬退出之时，戏台的后面，有三个身穿警服的人在那里等他。其中一人是殷全（此时他是中江市刑警队队长）。他客气地对袁正生说："袁市长，省里来人找您了解一个情况。"

"什么情况？"袁正生奇怪地问。

"这里不便说，我们找个地方吧。"殷全上前把袁正生的胳膊挽着。这种过份的殷勤使袁正生很不习惯，他摆了摆胳膊。但他突然发现，殷全的双手用力抓牢了它。与此同时，另一名警察也迅速抓牢了他的另一只胳膊。他头脑里嗡地一响——他被控制了。

晋国云出事第二天，葛怀腾就赶到中江去见林世农。在林世农的办公室，葛怀腾兴奋地问林世农："听说晋国云被抓起来了？"

林世农点头说："刚得到消息，你怎么知道这么快？"

葛怀腾说："昨天晚上，我女儿看到钱国庆神情很不好，他和王小丽在宾馆办公室里翻什么东西。后来我听说晋国云出事，就联想到他们与晋国云关系不一般。钱国庆承包清水政务中心工程，有晋国云儿子秦文革参与，王小美牵的线（葛怀腾真是包打听）。他们之间有着不可告人的勾当。钱国庆在毁灭罪证。"

林世农想了想问："你是说晋国云的案子牵涉到清水？"

"错不了。"

"那不是要牵涉到袁正生？"

"对！我就是为这个来的。"葛怀腾激动地说："钱国庆与袁正生关系密切，钱国庆承包政务中心工程，得力于袁正生的帮助。晋国云到过清水，在云林山庄面见袁正生，他们之间有利益交易，是一条滕上的瓜，这里面有大问题。"

林世农击掌说："好，这一下袁正生跑不了了。你把何建贤叫来，咱们找一个好说话的地方。"

葛怀腾说："我去安排。"说着喜颠颠地去了。

林世农在办公室里转悠了一刻，嘴里说："袁正生，你这次要栽到我的手里。我一定把你投进牢里去！"

在中江饭店一个僻静的小包厢里，林世农、何建贤和葛怀腾三颗脑袋撞到一起。

葛怀腾说："袁正生与晋国云关系极不正常。晋国云插手清水县政务中心建设，他的儿子秦文革和准儿媳王小美占有股份，这个工程能赚上亿，靠袁正生帮助得手的。袁正生与王小美关系特殊，他们之间不可能没有金钱交易。"

何建贤兴奋地说："袁正生之所以当市长，与晋国云力荐有关系，晋国云是他的后台。晋国云一倒，拔出萝卜带出泥，袁正生也跑不了。"

林世农说："我们现在要主动出击。如果晋国云的案子涉及不到袁正生，或者说袁正生没有经济方面问题，那时候我们再告他就不中了。现在我们要趁晋国云刚刚双规，案情不清时，把袁正生告上去，让袁正生与晋国云案件捆绑到一起，这样就可以名正言顺地调查袁正生。一旦立了案，袁正生就掌握到我们手里。到时候有罪无罪在于我们说了。我有把握把他投进大牢。"

接着三个人商量怎样状告袁正生。林世农要求这次不要老调重弹，要有新内容，重点是往晋国云身上靠。他嘱咐这封人民来信还是葛怀腾写，要求直接寄给省委书记高金龙。问题往大里说，大到有震撼力，引起省委领导的重视，批示下面严查。纪检监察部门就有了尚方宝剑，师出有名。"

葛怀腾初步拟定三条：

一、袁正生与晋国云互相勾结，把清水政务中心五个亿的工程，给了晋国云的儿子秦文革，秦文革转手给了钱国庆——一个没有资质，没做过高层建筑的小公司承建。秦文革、钱国庆得了上亿元好处。钱国庆甩手给了袁正生两千万。

二、袁正生当几年县长，挥霍清水财政二十几个亿，用于行贿买官。清水县欠银行贷款十几个亿无力偿还。他为大搞形象工程，建设政务中心；为吃喝玩乐方便，建设云林山庄；为了烧香拜佛，建设乌山广济寺；为升官扬名，办梅花节。现在清水的水受污染，空气受污染，好端端的清水变成了浑水、臭水。老百姓怨声载道，他拍拍屁股到中江当市长。

三、袁正生生活腐化，在清水有十几个情妇。情妇们经常为争风吃醋大闹县委办公室。袁正生采取MBA企业管理方式管理情妇。不仅如此，他风流成性，到处沾花惹草。老百姓说：'清水县稍微漂亮一点的女干部，女企业家，他都不会放过。

何建贤一看连声叫好，说："老葛，想不到你还是很有才的。"这话无意中透出另外一种意思："你老葛既然这么有才，为什么工作上总不上心？把心思用歪了？"

葛怀腾听出弦外之音，红了一下脸。

林世农说："想得不错。但还要加几点：第一条后面加上，'晋国云有五百万元赃款藏在袁正生家里。'"

何建贤看看林世农，心想："这根据从何而来？"

林世农告诉他："有了这一条，我们就有理由抄他的家，至于有没有，那是别外一回事。或许能抄出其他问题来呢。"

葛怀腾连声说"高！还是领导水平高。"

林世农说："第三条后面要写'十二个情妇'，并且加上情妇的姓名、单位。显得有真实感。"

何建贤问："为什么写十二个，不写十一个或者十三个？"

林世农说："金陵十二钗。这让领导有联想，好记忆嘛。"

葛怀腾说："妙！还是领导想得妙。"

何建贤又问："情妇的名单怎么加？加上谁？"

　　林世农说："凡是机关能够看得上眼的年轻女性，写十二个名字搁上去。"

　　何建贤问："如果她们不是情妇，人家状告诬陷，追究名誉伤害怎么办？"

　　林世农一笑："这个名单只给领导看，目的是引起领导的重视。至于下来有没有，那是另外一回事，没有就没有嘛。名单是保密的，藏在档案柜里，谁来追究名誉伤害？女人们自己都不知道，她们还会往自己脸上抹屎，问：'那情妇名单上有没有我'吗？"

　　葛怀腾击掌说："还是领导高明，我算彻底服了。我马上就拟十二个名单，这很容易。"

九十

　　省委书记高金龙为着晋国云的案件心情很不好。高金龙与晋国云有矛盾，晋国云出事使他称心解气。但他作为江东省的省委书记，省长出事于他也不光彩，至少有个失察失职的问题。既然事情已经出了，他要利用这个案件把江东省的党风政风抓一抓，把干部队伍整顿一下，把与晋国云亲近的干部打下去。一方面表示他的反腐决心，另一方面也显明他与此案无关，不怕受牵连。他指示省纪委监察局密切配合中纪委监察部，对晋国云案一查到底，无论涉及到什么人都不要放过。

　　晋国云的案件是他的宝贝儿子秦文革闹出来的。秦文革得到清水政务中心一个多亿元资金后，立刻通过地下钱庄转往国外。正好遇上国家安全局和国家银监局打击地下钱庄，打击洗黑钱行动。这一亿元巨额资金引起了两个部门的注意。经过检查发现是晋国云的儿子秦文革所为。秦文革哪来这么多钱？于是再查，就查到了晋国云，查到了清水政务中心工程。与此同时，国家安全局还掌握了晋国云大量的受贿问题。晋国云在各家银行有二十几张存折，共有资金两千多万。安全局把案件交到中纪委。中纪委暗中派人核实，最后请示中央领导批准，对晋国云实行双规。

正在这个时候，葛怀腾反映袁正生问题的人民来信寄到高金龙书记手里。反映袁正生问题的人民来信，高金龙收到过多次，每次都是批转到市一级去办。这次来信反映了一些新的问题，而且与晋国云案件有牵连，这不能不引起他的高度重视。高金龙曾因晋国云力荐袁正生当市长，在常委会议上否定了自己的意见，一直心中不快。这次发现晋国云与袁正生经济上有勾结，说明他们本来就是结党营私。晋国云是个腐败分子，袁正生也好不到哪里去。对这样的干部不可姑息养奸。于是他打电话叫来了省纪委书记吕岩，要求他把袁正生作为晋国云案件的组成部分，进行严肃查处，一查到底。

吕岩对省委书记交办的袁正生案件十分重视，也十分积极。因为这几年江东省纪委在反腐败问题上工作一直被动，几年没有逮到"大老虎"。政绩明显逊于其他省纪委。纪委就是办案的，办不了大案要你纪委做什么？有人提出这样的质疑，难道江东省就没有大的腐败案件？中纪委领导多次在会议上不点名的批评某些省纪委，至今没有办过大案。言外之意，纪委是否怕得罪人，或者与腐败分子同流合污了。这次晋国云案件的出现，是省纪委的一个意外收获。当然这个案子是国家安全局发现，中纪委亲自查办的。严格地说还不算江东省纪委的功劳。如果袁正生案件落实，那才算省纪委办的案件，毫无疑问记到省纪委的功劳簿上。袁正生属于正厅级干部，查处了袁正生，江东省纪委的案卷报表上，就填补了查处厅级干部犯罪的一个空白。这样，他吕岩就可以向上级纪委交差，起码面子上也好看多了。

回到办公室，吕岩打电话给中江市纪委书记林世农，让他来省纪委汇报。林世农到了之后，吕岩又叫省纪委检查一室主任黄先声参加，三个人在一起研究。

黄先声是一个四十几岁的纪检干部。他高高的个子，黑黑的长脸，两只眼睛很乌很亮，是一个特别精明，善于权谋，城府很深的人。由于他的年龄优势和工作岗位的重要，有消息说他是下届省纪委副书记的不二人选。他自己也信心十足，决心在担任副书记之前切切实实地办一个大案，搞一个漂亮的收官。

林世农在汇报中把葛怀腾炮制的人民来信内容大体复述了一遍，渲染了一番。他认为袁正生与晋国云的关系极不正常，有重大经济犯罪的嫌疑。省纪委书记当然相信市纪委书记的话，这就为林世农陷害袁正生成为可能。林世农建议立即对袁正生实行双规，防止袁正生逃跑或者与其他人串供。如果不实行双规，干部群众不敢反映情况，袁正生的问题揭不开。

林世农走后，吕岩带着黄先声向高金龙书记汇报。黄先声在汇报中依照林世农的说法，夸大了袁正生问题的严重性。汇报特别提到袁正生与晋国云关系极不正常，据人民来信反映，袁正生在政务中心工程中有数千万元的好处，家中藏有晋国云交其代管的巨额现金。加上说袁正生乱搞男女关系等问题，高金龙听后十分震怒，认为袁正生品德恶劣，腐败透顶，是一只与晋国云狼狈为奸的十分贪婪的大老虎。于是提笔批示：

"立刻双规袁正生，查清问题，把这个腐败分子绳之以法。"

吕岩和黄先声领了指示，回到纪委办公室，进一步研究了案情。

吕岩对黄先声说："高书记已经明确指示，我们要当作大案来抓。这事由你来牵头，迅速组成办案小组到中江市去。并请中江市纪委监察局派干部协助。"

黄先声精神振奋，表示坚决完成任务。

　　临行时，吕岩意味深长地说："先声同志，这是你最后一次亲自办案了，我们等着你的好消息。如果这次漂漂亮亮地办好一个正厅级干部的腐败案件，会进一步加深高书记对你的印象。你晋升省纪委副书记的事就水到渠成了。"

　　黄先声说："谢谢吕书记! 先声绝不辜负领导的培养和希望。"

　　黄先声带领省纪委检查组一行六人来到中江，首先由林世农带着，拜访了市委书记宋建新。黄先声把反应袁正生的人民来信给宋建新看后，说明了来意。要求中江市纪委监察局抽人配合，建议成立案件领导小组，由黄先声为组长，纪委书记林世农和副书记、监察局长陈宪才任副组长。宋建新同意这个方案。但对反映袁正生的问题心存疑窦。

　　宋建新想："袁正生与晋国云有没有利益来往我们不知道，但从他对袁正生的了解，他不可能有么大的胆子收受两千万的贿赂。据他所知，政务中心工程是吴志伟负责，按照招标程序给省一建公司做的。接标单位转手给了庆丰建筑公司，从中赚了差价，这也是建筑行业常有的事，没有听说袁正生从中捞取好处。再就是挥霍二十几个亿的问题，都是为了建设，他个人并没有乱花钱，这已多次查过。环境污染问题，清水的企业污染不算重，空气是好的，河流基本是清的，并不象人民来信说的那么严重。至于建设云林山庄、乌山广济寺，都是为了发展旅游，也不能说错。举办梅花节是市委决定的，不是他个人的问题。至于袁正生乱搞男女关系，有十二个情妇之类，是可以查清楚的。所以宋建新不主张对袁正生实行"双规"。但黄先声求功心切，声称这是省委高书记的批示，他不能不执行。这样一说，宋建新也就不好坚持。宋建新知道，一旦"双规"，问题就复杂了。

　　黄先声、林世农走后，为了慎重起见，宋建新特地叫来了监察局长陈宪才。宋建新问："宪才同志，前几次人民来信反映正生同志的问题，都是你亲自调查的，现在又反映了一些新的问题，你认为正生同志有那么多的问题吗？"

陈宪才说："我认为正生同志不会的。据我所知，正生同志是一个清正廉洁为人谨慎的干部。他不想占公家的便宜，也不会乱花公家一分钱。他到外地出差，总是住低档宾馆，吃简单的工作餐。他和企业打交道，合乎政策规定立刻办，从不拖泥带水。从没有人反映他为难企业，索贿受贿的事。这样的人怎么会腐败呢？"

宋建新说："省纪委检查组长黄先声同志决定对正生同志进行双规，世龙同志也赞成，你以为这妥当吗？"

陈宪才明确说："我认为不妥当。"

宋建新说："现在省委书记高金龙同志指示严查，我们也不好说什么。你参加案件检查，要本着实事求是精神，是什么问题就是什么问题，要对一个领导干部负责。"

陈宪才说："我会注意的。"

九十一

袁正生被殷全推进一个屋子里，袁正生问殷全："殷队长，为什么抓我？我有什么问题？"

殷全说："市长，我们是奉命行事，这是省纪委的决定。"

"省纪委的决定？省纪委凭什么？"

"不知道。"殷全说着把铁门从外面锁上。

不一会儿，殷全又复进来。这次他带来三个人，其中一人穿着军装，二十来岁，一脸的稚气。

穿军装的站在他面前，突然狂暴地对他说："袁正生，你可知罪？"

袁正生说："我不知道有什么罪，你们为什么抓我？"

不料那个穿军装的上来当胸给了袁正生一拳。这一拳打得很重，袁正生一下子跌靠在墙上。

袁正生愤怒地斥问："为什么打人？"

"就要打你这种腐败分子。"说着又上前抡起胳膊，"拍、拍"给袁正生左右两记耳光。袁正生两腮立刻流下鲜血。

"老实点！"穿军装的年轻人说："到这里还不老实交待，我们有办法对付你。有苦给你吃！"

袁正生知道年轻人是受人指使，他压住愤怒，尽力平静地说："同志，文明执法，你知道吗？"

"跟你这种人谈不上文明。别以为当过市长，在我这里你是囚犯，你就是我手中的一只蚂蚁，想怎么捏你，就怎么捏你。打死你也不要偿命，就象打死一条狗！"

袁正生知道和这种人无话可谈，只好沉默，他想："事情终会清楚，证明我是无罪的。"

接下来，审讯组对袁正生进行长时间的审讯。他们把袁正生押到审讯室，让他坐在一把椅子上，隔着铁槛栏，外面坐着三个人，中间一个是主审，两边是助理。主审四十来岁，黑黑的脸，壮实的身子，有一双与脸不相称的小眼睛。他说话的时候眼睛是笑嬉嬉的，眯成很小一道缝，有时候干脆把眼睛闭了，懒得睁开。审讯开始，他先问了一下袁正生的姓名，职务和住址之后，微笑地说：

"袁正生，你应该知道你违犯了党纪国法，罪孽深重。现在的出路是老交待你的罪行。只要和我们很好的配合，把你做的事讲出来，相信组织，相信法律会给你宽大处理的。如果你不肯交待，跟我们对抗，将会得到从重处罚，对你没有好处。知道吗？"

袁正生说："我自己的情况我很清楚，我没有犯罪，我是清白的。我父亲经常教诲我，一定要做个老百姓希望的好官，为老百姓多做好事，让老百姓过上好日子，不要贪财贪色，不要以权谋私，不让老百姓背后戳脊梁骨，要为袁氏祖宗争光。我从来不搞腐败。"

"不要废话！"主审不悦道："你只说你的罪行，不要评功摆好。你是清白的？清白的人怎么到这里来了？"

"这是误解，或者有人害我。"袁正生说。

"老实点！"主审说："你的问题你是自己说出来，还是要我们点出来？如果你自己主动说出来，你的问题就不大，马上放你出去；如果让我们给你点出来，你的问题就大了，性质就变了，你将受到法律严惩。"

袁正生说："我自己不知道有什么罪，还是你们点出来吧。"

"看来你是不见棺材不掉泪。"主审员闭上眼睛严厉地说："你的问题我们全部掌握，现在只看你的态度。如果你硬是不说，是要吃苦头的。"

袁正生不出声。

静默了一会儿，主审说："好吧，你想一想吧。"于是起身离开。其他人也随之出去。

当天晚上十二点钟之后，进来两个人，其中一人对袁正生说："想好了没有？交待吧。我们随时作记录。"

袁正生说："我没有什么交待的，我是冤枉的，请你们查一下。"

那个说话的人说："你不要死硬，到这里你是硬不过去的。我们有办法对付你。到时候你吃了苦，不得不说，何苦呢？"

看着袁正生不出声，两个人打开铁栅栏，来到袁正生身边。袁正生以为他们要对他用采用什么刑罚，然而没有。他们只用绳子把他的上身紧紧地捆在椅背上，让他丝毫不得动弹。

接着他们走出去，关好栅栏，"扑"地打开一只两百瓦的大灯泡。大灯照在他的面前，让他睁不开眼。他闭上眼睛，但仍然感受到强烈的光芒照射，使他感到异常的烦躁和不安。那两个人坐在外面的阴影里，对袁正生说："什么时候想说就说，说好了就让你休息。不说就坐着，我们陪着你。我们有的是时间。"

袁正生人坐着，心里还在想："究竟哪个地方出了问题，为什么组织上对我这样？他想到人民来信，一定是葛怀腾又在写他的来信，前两次人民来信列举的'几个问题'，不是都查清了吗？怎么又来了，又有新的问题了？他真弄不清。他知道晋国云被抓，王小美被抓，可能牵涉到自己，但自己并没有做出格的事，并没有以权谋私捞取好处。难道晋国云是腐败分子，我袁正生也是腐败分子？组织上究竟掌握了什么？为什么不向我点明？葛怀腾之所以一再猖狂，是有林世农、何建贤支持他，他们串通一气，欲致我于死地。林世农现在是纪委书记，他要是害我，是有手段的，组织上相信他，不会相信我，又不允许我申辩、解释，这是什么办案的路子。这么草率地对待一个多年培养起来的并为地方经济发展做过贡献的领导干部吗？"他想不通。

开始，袁正生没有瞌睡，头脑在飞快地旋转，想着许多事。但是到了天亮之前（他不知道时间过了多久，白天还是黑夜），他终于困了，瞌睡来了，他的头垂了下来，虽然捆绑在椅子上极不舒服，但他还是睡着了。突然，一盆冷水劈头盖脸地泼下来。他一惊，醒了。甩了甩头上的冷水。虽然是春天，但深夜还很凉，水更凉，他打了一个寒颤。睡意全无。

"不许睡觉！"栅栏外面有人叫道，袁正生一看，还是那个满脸稚气的小战士。

他感觉身上很冷，过了一会儿他说："我很冷。"

"知道冷了？知道冷就要交待罪行，不把罪行交待清楚，别想暖和。"

袁正生无语，心想，过去看过电影上面，地下党员被鬼子或国民党抓去用刑的场面，自己今天遭遇到了。他百冤难辨，欲哭无泪。

又过了几个小时，尽管寒冷和饥饿，袁正生的困劲又上来了，这次瞌睡以排山倒海之势压了过来，袁正生顿时失去知觉，身体瘫了下去。这时候他才明白为什么把他牢牢地捆在椅背上，是为了不让他滑下。此时他就象剔了骨的死狗，挂在绳子上。

"扑"又是一盆冷水。袁正生打了一个寒战，睁开了沉重眼皮，那个小战士的身影在眼前晃动。过一会儿他又睡着了。

"扑"再是一盆冷水。

袁正生身上湿透了，他打着喷嚏，口水和鼻涕齐下。但是还挡不住瞌睡的重压。几天下来，袁正生精神崩溃了，他神志不清，出现幻觉，说着胡话，情绪波动很大，一会儿恐惧，象在悬岩上遭人追杀；一会儿悲恸，象在大难中遇到了爹娘。一会儿沮丧，脑袋想撞击什么，急于一死了之，直致最后昏迷，出现休克。

审讯组急忙将他送到医院抢救。

就在对袁正生审讯的这几天，省纪委检查组分三个工作小组分头行动，对人民来信反映的问题逐项进行调查。

首先调查政务中心招标与袁正生的关系，找了吴志伟的钱国庆等人。吴志伟证实，袁正生并没有干涉政务中心工程招标，社会上一度传说省一建公司为庆丰公司竞标的事，袁正生还很不放心，要求监察部门参与调查。钱国庆也证实袁正生没有在工程招标当中得到好处。

为了调查袁正生与企业有没有利益交往，清水县几个大企业法人都被招来谈话。温岭集团董事长赵才胜说："袁正生一身正气。和企业打交道，符合规定的立刻办，不存在管卡压推拖欠的情况，我们不需要向他行贿。"他还说："我们做企业的，和各类领导干部打交道，有私心想捞好处的，几句话就能听出弦外之音，袁正生不存在这个问题。"

神火集团董事长卢振堂说："袁正生对我们煤矿支持帮助很大，但他从来不要回报。我曾经给他送了十万元，遭他拒收。"

清水贡酒集团董事长孙玉康说："袁正生帮助我们企业包装上市，让我们企业发展壮大，让我们个人也发了财，造就了一个个千万富翁，百万富翁。但我们请他参个股，或者买点原始股，他坚决不干。"

在调查袁正生拥有房产的情况，调查组查阅了房产局房屋产权档案，证实袁正生只有一套住房(原教育局分配，后参加房改购买)以外，没有第二套房子，城市沿街也没有商用门店房。

检查组找到土地局和城市拆迁办公室进行了解。城建土地局长盛建华说："袁正生搞土地开发，为政府赚钱，从不为了自己。很多人打听政府开发的信息，事先买土地，建房屋，从拆迁中捞取好处。但我们土地局了解，我县领导干部中，唯有袁正生没占一分土地，没有建一间房子，连他的父母、哥哥都没有。他是清水县唯一没有在土地开发中得到好处的人。

关于袁正生是否有十二个情妇，经查纯属子虚乌有。

九十二

派出的调查组一个个回来汇报，都说没有发现袁正生经济上违纪问题和生活作风问题。省检查组组长黄先声十分着急，担心查不出问题，就要释放袁正生，还要承认抓错，向他赔礼道歉。

如果是这种结果，他怎么向高金龙书记交待？当时在高书记办公室，他汇报说袁正生有重大经济问题，是一只大老虎，有证有据，言之凿凿。现在一查不是那么回事，高书记会对他怎么看？书记会说他对情况掌握不明，办事说话不够严谨，严重一点，是误导了领导的决策，甚至有欺骗领导之嫌。从此高书记对他的信任度将大打折扣，他的政治前途还有吗？省纪委副书记的位子还有他的份吗？他后悔当时轻信了林世农的话，相信了人民来信，也怨自己求功心切，以至于陷入了被动。事已至此，他不能埋怨林世农，只能和林世农共同想办法补救。现在两人坐在一条船上。只有把袁正生的犯罪问题坐实，才可以向高金龙书记交差。

黄先声不相信一个当了十年的领导干部一点问题没有。现在唯一的办法是借口晋国云有五百万元现金藏在袁正生处，突然去抄袁正生的家和办公室，或许会有新的发现，使案件出现转机。

检查组在袁正生家里反复搜查之后，终于有了一点小小的收获：查到了十几瓶品牌不一的白酒，和十几条香烟。阳台上还有几个花盆，几个假山石。

在袁正生的市长办公室，查到了办公桌上几件纪念品，如温岭集团公司青龙山水泥厂建厂一周年发的铜镇纸，煤矿建厂一周年发的煤矸石雕刻，清水贡酒厂送来的文房四宝，还有几幅县书画院画家送来的书画作品。都属于普赠性的纪念品和宣传品，值不了多少钱。

黄先声将以上物件作为战利品，全部搬到了检查组住处。

最后检查组通过银行，调查了袁正生和詹小红名下的存款。一共二十来万。

该检查的都检查到了，工作接近尾声。黄先声及时召开了检查组汇报会和案件分析会，要求大家对袁正生的案件发表意见，在对待上述问题的定性上，检查组内部发生了激烈的争论。

　　事情到了关键时刻，林世农从幕后跳到前台。他认为："虽然袁正生在政务中心工程上没有发现问题，也没有查到袁正生窝藏晋国云的大量现金，但从袁正生和詹小红的存款，他家里和办公室查抄的礼品来看，仍然可以认定袁正生是一个贪官，他的问题相当严重，完全够得上追究刑事责任。"

　　林世农说："首先，袁正生家庭存款二十万，明显收支不符，他们夫妻俩从四十几元的月工资逐渐涨到一千来元，总共加起来，除掉生活必需开支，怎么会存二十多万。这个帐只要算一下就会明白，至少有十万元收入来历不明。其二，他家里十多瓶高档白酒，十几条高档香烟，价值亦有几万元，明摆着受贿所得。其三，他家阳台上的名贵花草，奇石，我想不会是买来的，估计也有几万。其四，他办公室里的纪念品，字画，少说也值好几万。林世农认为，袁正生经济受贿不下二十万元。"

　　经林世农这样说，黄先声一颗悬着的心放下了，他舒了一口气。

　　陈宪才对此提出异议，他说："袁正生家存款二十多万算什么希奇？你和我家里没有二十万吗？正生同志当领导干部，很少在家里吃饭，他爱人詹小红总是在娘家吃，家庭一切大的开支都是她父母支付，这钱就省下来了。再说，这几年清水经济发展了，机关的奖金也多了，这难道不是事实吗？仅仅算工资收入，这是不对的。其二，领导干部也要有人情交往，也有七亲八眷，哪个家里没有几瓶酒，几条香烟，只要不是拿出来卖钱谋利，自己吃，自己喝，算什么问题？其三，咱们住在山区，养盘花，种棵草，玩个盆景，搬几块石头，既是山区的特产，又是山区人的爱好，也是受贿？要是这样算，我家里比袁正生家里多得多。其四，办公室的那几张字画，是我县本土画家为了宣传清水文化的需要，赠送给各位领导的，哪个领导办公室没有？这些东西没有拿回家，是公共财产，能算受贿吗？现在情况已经明了，人民来信反映的问题根本不存在，袁正生同志是个廉洁的干部。我们应该立刻释放他，向他赔礼道歉。通过这件事也可以向干部群众表明，真正廉洁的干部是经得起检查的。"

林世农对陈宪才大为不满，他质问陈宪才："你说抄出来的这些东西不算问题？他如果不是领导干部，家里有这些东西吗？"

陈宪才说："如果这些东西是问题，那我们都有问题。"

林世农生气说："宪才同志，我们在讨论袁正生的案件，你不要把其他人扯进去。"说完他看着黄先声。

黄先声说："宪才同志，我们办案是手术刀，不是割草机，不必人人过关。"

黄先声虽然觉得陈宪才说得不无道理，但事关自己的政绩和前途，他还是倾向于把袁正生事情弄大，最低要求也要把他弄到牢里去。会后他与林世农关起门来反复研究，形成一致意见：袁正生家中存款二十万，其中十万元属于财产来源不明；烟酒、花草、奇石作价五万元；纪念品、字画作价五万，合计二十万元。建议判刑十年。经向吕岩书记汇报同意后，案件移交省检察院。

袁正生经过抢救挽回了生命，接着发高烧四十三度，再次处于生命垂危之际。经过几天的输液，他脱离了危险，但仍处于昏昏沉沉的状态。在医院的病床上，袁正生忘记了自己在什么地方，甚至忘记了这几十年的历程。他觉得睡在当年教育局的宿舍里，自己从乡下救灾回来，感冒发烧，睡在床上。孙玉莲来看他，端来了一碗面条。他想坐起来吃，但是他动不了。他感觉孙玉莲坐在床边，心里好舒慰。有孙玉莲在身边，他什么也不怕，一切都会好的。他嘴里喃喃地说："玉莲，我们回家吧。回到乌山，回到袁家村。那才是我们该呆的地方，才是我们的家。"看守人员知道他在说胡话，仍然认真地记录，想从中找到一点线索。

　　袁正生经过十多天的治疗，身体有所恢复，能下地行走了。看守人员把他押回拘留所。这一次他们不再折磨他了。他们知道再折磨也没有用，从他身上确实搞不出什么东西，只等检查组定案。

　　袁正生被双规，被抄家，吓坏了詹小红，她哭着回了家，向父亲说："爸，你看正生，当官没有给家里带来一点好处，反而带来这么大的灾祸。"

　　詹友光也很着急，但无能为力，他说："正生明显是冤枉的。现在我们和正生见不了面，通不了话，许多真情我们不了解。只凭检查组说。我们要请一个律师，去了解情况，为正生辩护。"

　　詹龙光花了十万元，请了一个叫吴益仑的律师，五十几岁，精通法律法规，也很会说话。吴益仑收了钱之后答应为袁正生辩护。

　　几天之后吴益仑回来说："袁市长问题不大，谣传在政务中心工程中受贿两千万元，不实。最终只落实二十万元。"

　　"二十万！"詹小红一听几乎晕倒："正生哪来的受贿二十万，我一分钱也没见到呀！"

　　吴益仑走后，詹小红扑倒床上大哭。她说："正生要双开（开除党籍，开除公职），要坐牢，将来没有了工资收入，没有养老保险、医疗保险，这往后的日子怎么过呀！"

　　詹友光很纳闷："正生怎么会受贿二十万，这二十万怎么算的？钱在什么地方。是不是正生经不住逼供乱说的？"

　　詹小红母亲拉长了苦脸说："正生只知道做事，历来不知道与领导搞好关系，不知道与纪检、检察机关搞好关系。平时不烧香，遇事谁来帮他？没有问题也会搞成问题。我说农村人，脑袋就是个棒锤。小红嫁给他，能有好结果吗？"

　　省检察院对袁正生案件进行了复查，省法院进行了审理，认为对袁正生问题的定性十分勉强，与省纪委检查组长黄先声发生了意见分歧。黄先声认为：袁正生案件是晋国云案件的组成部分，影响很大，应从重考虑；同时又是省委高金龙书记亲自定性的案子。如果不把袁正生定罪判刑，无法向省委交待，向社会交待。由于黄先声的力争，最后参考律师吴益仑提供的辩护，形成了最后意见：排除家庭存款、烟酒、和办公室字画等因素，认定假山石五万元为受贿。陈宪才提出反对意见，说在山区，石头是不值钱的。但林世农说，送礼的人是以值钱的心态送的。黄先声支持林世农的意见。石头的价格有很大的伸缩性，便于定案。受贿名称定为"雅贿"。袁正生被判刑五年。

本来，法院的意见，刑期五年的经济案件可以执行缓刑。但黄先声代表省纪委坚持要判袁正生实刑。他想，如果袁正生执行缓刑，他会到处喊冤，那将导致不可预测的后果，整个定案有可能被推翻。黄先声亮出省委书记高金龙的批示，法院最终采纳了黄先声代表省纪委的意见。

九十三

袁正生被送到劳改农场服刑。面对坐牢的现实，他简直不相信这是真的，认为这是奇耻大冤。当他再次上诉被驳回后，愤而以死抗争，用玻璃割腕自杀，被人及时发现，救了过来。

法庭开庭那天，到了许多旁听者，人们都想了解这位赫赫有名的市长，究竟犯了什么罪，怎么被打进大牢。当宣布五万元"雅贿"时，旁听席上一片嘘声。有人说十年的县长市长，五万元违纪，还是几个不值钱的石头，简直是个笑话，应该算是廉政典型了。于是"中江市查出了个廉政典型"的话不翼而飞。警察开始对袁正生严声呵斥，当法庭宣布他的"罪行"后，一些警察态度大变，有人竟然拍拍袁正生的肩膀表示敬佩和同情。那位曾经打过袁正生一拳和几个耳光的年轻战士，当面向袁正生道歉，说了声"对不起!"

林世农、何建贤、葛怀腾的目的终于达到，他们举杯同庆。在宣判袁正生那天，葛怀腾喝了不少酒，还买了许多鞭炮在清水大街上燃放。一时街上交通堵塞，市面混乱。葛怀腾高兴得手舞蹈。声称："袁正生是我把他送进大牢的。"

袁正生到达劳改农场后，收到詹小红寄来一封信，展开一看，是一份《离婚协议书》。对于袁正生被判刑，詹小红知道是冤枉的，但她不能容忍袁正生有十二个情人，虽然案件调查后否认了这项指控，但詹小红就是不听。女人在这方面宁可信其有，不可信其无。再说有一个坐过牢的丈夫，也让她在清水县抬不起头来。詹友光劝女儿不要离婚，但詹小红离意已决，况且得到母亲的支持。袁正生长叹一声："夫妻本是同林鸟，大难来时各自飞。"他只好在协议书上签了字，了断了这段婚姻。

虽然他与詹小红不怎么贴心，但毕竟共同生活了十几年，一旦离婚，袁正生顿时有了孤单的感觉，觉得自己真是家破人亡了。

一年后，他又承受到另一个打击。哥哥正清来探望时告诉他，母亲去世了。母亲因为正生坐牢，精神受到打击，一病不起，前些天走了。正清安葬好母亲才来告诉他。袁正生悲痛万份，他觉得对不起母亲，没有为母亲养老送终，反而在母亲晚年为他担惊受怕，这是他最大的不孝。他内疚和痛苦无法形容，万念俱灰了。

袁正清还告诉他，孙玉莲托他带来了十万元钱，要他在监狱里买点吃的，保养好身子。或者花点钱上下打点打点，争取早点出来。袁正生虽然很受感动，但他不想要孙玉莲的钱，坚持要哥哥带回去。袁正清说："带回去做么事。这是玉莲的一片心。她现在很有钱，这十万块钱在她来说不算什么，就放你这儿用吧。"

袁正生坐了三年牢。这天正在野外劳动，那位五十多岁，满脸络腮胡子的监狱长走过来把他叫到一边，对他说："袁正生，根据你的表现，我们认为你服刑态度端正，思想有很大的进步，决定给你减刑两年，让你提前出狱。"

"提前出狱？"袁正生一时不敢相信这是真的，根据他的盘算，他还有两年，七百多个日子。现在让他出狱，虽是意外的惊喜，但他的心理上还需要调整一下，他楞楞地站在那里。

监狱长说："你收拾一下，明天就可以离开了。"

袁正生转身回到室内，他坐在床上发了一会呆，终于觉得这是真的，自己可以自由了。

当天晚上，袁正生让狱警给他买来几个菜，还买了两瓶酒。请监狱长和两个狱警喝了一次告别酒。

喝酒的时候，袁正生问监狱长："为什么让我提前出狱？"

监狱长说："老弟呀，说句实在话，我们知道你根本没有罪，是受冤枉的。不知道哪个环节出了问题，判了你五年刑。你为清水县经济发展做了那么大的贡献，清水人都说你是个好干部，说你冤枉。我们也觉得把你关在这里没有必要，就让你早点儿出去。"

听了监狱长的话，知道老百姓对他的评价，袁正生的心中有了一些慰藉。但顷刻，一腔委屈和辛酸涌上心头，眼泪夺框而出。他说："谢谢你们的好意。"

沉默了一刻，袁正生说："可是，我出去做什么呢？ 到哪里去呢？工作没有了，老婆没有了，家没有了。倒不如在监狱里了此残生。"

监狱长说："你还年轻，还有很长的路要走。"

袁正生说："一个刑余之人，哪里有路可走呢？"

喝过酒后，他回牢房睡了。

这一夜特别长，他思潮翻滚，一点儿也睡不着。越是睡不着，时间就过得越慢，往事一幕幕在脑海里闪过，赶也赶不走。入狱时的遭遇，九死一生；出狱后的生活，茫然无绪。一直快到天亮，他才昏昏入睡。

他梦见他离开了监狱，一个人在大海边行走，天很高，路很远，海边崖石峭立，远处岩岸绵延，海浪拍打着礁石，海风吹扫着沙滩。天色阴沉，乌云翻滚，海边寂无一人，只有海鸟在上下翻飞，发出空旷而凄厉的叫声。他走了很远，不知道自己要去何方，目的地在哪里。他只是机械地迈着双腿。

远处海边的礁石上，有一个人坐在那里，脸向着大海观望，那身形好象是个年轻的女子，穿着一件白色的外衣，坐在那里一动不动，海风吹拂着她的头发，象一面黑色的三角旗飞扬。袁正生感到奇怪，天气不好，风这么大，海边没有一个人，这个人来这里做什么？但同时他也自嘲，我也是一个人，来这里做什么？或许那个人和自己有一样的遭遇，一样的命运。

他朝那个女人走去，待到约五十米的地方，那个女人突然回头，定定地看着他。他顿时惊呆了：她是孙玉莲。

"玉莲，你怎么在这里？"他朝她飞奔而去。

孙玉莲站了起来，深情地说："我在等你呀！"

"等我？你怎么知道我今天出狱？怎么知道我要来这里？"

"是我的心告诉我的，我的心一直跟随着你。"孙玉莲眼波闪烁地说。还是那个年轻美丽又有点调皮的孙玉莲。

"我的心也一直跟随着你。"袁正生一下子看到了亲人，眼泪就流下来了。他颤动着嘴唇说："玉莲，这么多年，我一直想你。我想得好苦啊！"

"正生哥，我也一直想你。"孙玉莲说："我们到一起吧，时代变了，再没有什么使我们分开了。"

"是啊，我们能够到一起了。再没有什么使我们分开了！去他的城乡差别，去他的身份、户口，我们不要了，我们自由了。"

俩人紧紧地拥抱在一起，泪水交流，很久很久。

孙玉莲说："正生哥，我们走吧。"

"走，到哪里去？"

"想到哪儿到哪儿。"孙玉莲说。

"你不是和别人结婚了吗？" 袁正生想起来问。

孙玉莲笑了："没有哇。我那是骗你，我没有结婚，我一直在等你哪！"

"是吗？那太好了。"袁正生喜出望外："我也离婚了，没有阻碍了。我们走，想到哪儿到哪儿！"

"走!让我们的心给我们带路。"孙玉莲说。

"对，让我们的心给我们带路。"

"把心掏出来交给对方。"孙玉莲说。

"好，把心掏出来交给对方。"袁正生毫不犹豫地解开上衣，用手把一颗鲜红的心掏出来，递给孙玉莲。

孙玉莲也把心掏出来，递给袁正生。

俩人把火一样的红心捧着，大步朝前方走去。

他们来到海边。

袁正生说："我听人说，俩个相爱的人在海边淹死，他们会变成岩石，永不会分离。"他问孙玉莲："你愿意变成岩石吗？"

"怎么不愿意？只要我们永远不分离。"

"我也愿意。"袁正生说："让我们变成岩石吧，我们永远在一起，直到海枯石烂。"

于是他们高举着红心，向大海走去。海浪漫过他们的脚，漫过他们的腰，漫过他们的肩，漫过他们的头。他们感觉浑身通透的舒服，沁人心脾的凉快，一切尘世的焦虑和烦恼都被海水冲洗得干干净净。浪花从孙玉莲身上拂过，象一袭透明的婚纱。海水里他们紧紧地拥抱在一起。袁正生渐渐感觉，孙玉莲的身体变硬，变粗糙了，他用手按一按，铁石一样坚硬；而他自己也同样变成了一个礁石，一动不能动。

海水退潮了，两个连接在一起的礁石露出了水面，海鸟在上面落下。一只海鸟用它的喙在他们的头上啄了几下，把袁正生从梦中啄醒了。

九十四

早晨，袁正生提着包裹出了监狱大门，外面阳光灿烂，绿树如荫，花草茂盛。他这才知道时至仲春。由于提前出狱，他没有告诉家人。大门前，许多接人的亲属朋友站在那里，有的开来了宝马轿车，有的手里捧着鲜花，有的买了鞭炮。随着一个个出狱者的出现，爆发出一阵阵欢呼，一阵阵掌声和一阵阵鞭炮的爆响。人们相互拥抱，夹杂着笑声和哭声。袁正生孑然一身，从人群边上蹓了出去。人们好奇地打量着他留着犯人标志的光头。好在这地方僻远，没有人认识他。

袁正生在门边的小摊上买了一顶鸭嘴帽戴在头上，跨上了出租车。司机问他到哪里，他想了想说："到清水。"他想先去看看女儿，告诉她，爸爸出狱了。不管怎么说，女儿还是自己的。别人不认他，女儿不会不认，就是女儿不认，他也要认女儿。

在清水下车，眼前是高楼林立的清水市区，街道宽阔，纵横交错，立交桥、高架桥盘旋在空中，巨大的广告牌拨地而起，白天里一些门楼上还亮着霓红灯。清水一派大都市的景象，大都市的繁华。这一切得益于温岭集团、神火公司、时代光纤公司、大禹触摸屏厂等一系列国内外大企业的进驻，在他们的带动下清水民营企业蓬勃发展，带动了河东大市场的兴盛。从市中心到凤凰山下的市（现在叫清水市）政府办公区，一路上大楼望不到头。眼前的情景使他既熟悉又陌生。但这一切已与他无关了。

他来到女儿在读的清水中学，站在门前一直等到中午放学，看到女儿从学校里出来，他喊一声"兰兰"。

兰兰回头一看，一时惊呆了，当看到面前是爸爸之后，她扑了过来，抱着爸爸的头哭了。

袁正生一时情绪失控，泪水潸然而下。

有顷，兰兰说："爸，回家吧。"

"不。"袁正生摇摇头："你妈跟我离婚了。"

兰兰说："我要妈妈跟您复婚。"

袁正生摇摇头："不用了，我到袁家村去。"

"到袁家村做什么？"

"看守爷爷奶奶的坟。"

兰兰一时不懂爸爸的意思。

袁正生说："你回家吧，下午还要上学。"

"我去告诉妈妈。" 兰兰说。

"不要。我看到你就中了。去吧，我走了。"

袁正生转身离去。兰兰看着爸爸身影在街上的人群中消失。

袁正生朝汽车站走去。来到往日的汽车站，却发现汽车站不见了，代替它的是一幢商业大楼。袁正生问一个行人，那行人告诉他，清水市现有两个汽车站，南站和北站。问他到哪一个车站，袁正生想了想说南站。这时一个熟悉的女性身影从眼前飘过，那是王小丽。袁正生问路的时候，王小丽显然看到他了，但她低着头从旁边闪了过去。袁正生虽不觉得意外，但也难免泛起世态炎凉之感，再次提醒他正视眼下的身份。

袁正生来到汽车南站，买了一张到乌山的车票。这趟车从清水到云林乡，途经乌山，每半个小时一班，所以车站里滞留的人不多，也就十来个人吧。袁正生感觉有人认出了他，但没有人和他打招呼，只是避着他，窃窃私议。袁正生不管这些，象一个普通的旅客那样检票上车。道路很宽，双向四车道。车行不到半个小时，乌山站到了。袁正生下车叫辆出租车，直奔袁家村。

袁家村已不是以前那个袁家村，村子里多数人家都建起了小别墅。两层或三层楼房。一条平整的水泥路穿村而过。他到了自家屋前，父母那两间破屋已经不见了踪影。只有一圈竹篱笆尚能辨出屋基地所在。哥哥的那三间屋还在，但换了砖墙，盖了新瓦。哥哥把父母的那块屋基，辟成一块菜地。

袁正清正好在家，见到弟弟他惊喜交集。问："几时出来的。"

"今天刚出来。"

"没到城里看女儿？"

"去了。"

"可见着小红？"

"没有，不需要见她了。"

正清表示理解。

正生问："嫂嫂呢？"

"她在乌山。"正清说："我们现在住乌山镇多，回来住得少。去年花十万元买了一辆轿车，路修好了，来回方便。"

正生说："城乡都大变样了。"

正清说："清水的发展，不是靠你招商引资带来的吗？你看人家长山县，虽然也有发展，但比起清水差多了。"

正生摇摇头："别提他了。"

正清问："正生，你回来打算怎么办？要不要找个工作？"

"现在还没想那么多，呆一段时间再说。"

"你就在这里休息。"正清说："这个房子让你住。家里有粮食，有蔬菜，鸡蛋、咸肉都有，你自己做着吃。"

袁正生要哥哥带他去看看父母的坟茔。正清在村里小店买了一些草纸和鞭炮。俩人向乌山上爬去。到了山腰，在一个大土堆前，袁正生见到父亲袁明德的名字的墓碑，就扑倒在坟前人哭起来。袁正生说："大、妈，儿子不孝，没有给父母争气，儿子对不起你们。"

正清也流了泪，劝了正生几句。

他们把纸钱烧了，又放了鞭炮。然后下山来。鞭炮声引起了乡亲们的注意，人们相互议论："正生出来了。"

路上，袁正生想起昨晚做的梦，便问哥哥："玉莲怎么样？"正清说："玉莲生了一男一女两个小孩。大的男孩六岁（虚龄，下同），小的女孩也四岁了。明天她和她丈夫到韩国去，因为孩子要在韩国上学，她不得不去。她将在韩国生活，很少回来了。你大嫂和我还要去江东机场送他们哩！"

袁正生听到这里，心里五味杂陈，他祝福孙玉莲，但又为自己悲伤。

第二天．袁正清和孙玉荷到江东机场送孙玉莲去了，袁正生睡在哥哥家里，翻来覆去地睡不着。他想到二十年前离开袁家村时，心中充满着出世的豪情和美好的憧憬。那时他有家（父母健在），有爱人（孙玉莲），有工作（在教育局）。现在都没有了，二十年的奋斗不仅没有所获，而且失去了一切。究竟哪里出了问题，我做错了什么？为工作敬了业，为老百姓尽了力，不贪不腐，遵纪守法，一点毛病也没有，怎么就落得这般田地？他冥思苦想，最后找着了——那就是他抛弃了孙玉莲，为了升官，攀附权贵，做人失德，行为失节，遭到了报应，带来了悲剧的命运。他为此深深地自责。

此刻，他十分想见孙玉莲，又不好意思去找她，他想当面向她忏悔，但又深知此举多余。他知道孙玉莲一走，或许永远见不到她了。反正自己睡不着，不如去看看，偷偷看一下也好啊。于是他迅速起身，穿好衣服，吃点东西，叫了一辆出租车，飞速向江东机场而去。

他赶到江东机场，前往韩国首尔的班机即将起飞，旅客们纷纷从检票口进入。袁正生赶到那里，已经停止检票。他透过宽大的玻璃窗，看到孙玉莲和她的丈夫朴义哲拖着行李箱向登机电梯走去，他们的两个小孩，一个男孩由保姆牵着，一个女孩由保姆抱着（一个韩国保姆，一个中国保姆），在长廊里缓缓向前走去。孙玉莲穿着洁白带蓝色镶边的旗袍，衬托着她高挑的身材和优美的曲线。头发烫成波浪，高高地绾在头顶，插着白玉簪饰，耳垂上挂着墨绿的玉坠，项上金项链闪闪发光。洁白的颈项和双肩，如同象牙一般发着光泽，一副高贵典雅、养尊处优的贵妇人神态，一个真正的女神。她同她的丈夫互挽胳膊，登上了长长的电梯，渐渐消失了。

九十五

袁正生从机场出来，神情恍惚，跌跌撞撞地来到出租车边。上了车，司机载着他寻着来路驶向乌山。

袁正生有一种莫名其妙的感觉，过去他抛弃了孙玉莲，现在他被孙玉莲抛弃了。不仅如此，他感觉被整个社会抛弃了。他忽然觉得在这个世界上他成了多余的人，眼前一片茫然，不知道自己要做什么，不知道自己要去何处。天地虽大没有他的立足之地。他觉得生命对他来说已经没有意义了，他是离开这个世界的时候了。当出租车经过云林水库时，他突然叫停，然后下车，迷迷惑惑地朝着水库走去。

司机见他不回头，急忙从后追上来喊："喂，坐车的，你到哪里去！"

袁正生挥挥手说："你走吧，我不坐车了。"

司机说："你还没有付车钱呢！"

　　袁正生从口袋里掏出钱包，朝山下扔了过去。

　　司机拾到了钱包，见里面几张百元大钞，奇怪地看着他走远了。

　　袁正生来到云林水库，他对自己说："这地方很好。天是蓝的，山是绿的，水是清的。如果有人发现我死了，会把我埋在这水库边。我会看到青山绿水，我会看到山下的清水城。如果没有人发现我，我就永远在水中与鱼为伴，融化在清水里。云林水库是清水河的源头，我会随着河水流向清水城，流向中江市，流向外面的世界。"

　　他往山下望去，天色向晚，远处，清水街上华灯齐放，象一个美丽的脸庞展开着笑容。高速公路，高架桥，清水河景观带，一串串的灯光，象项链一样缠绕着清水古城，缠绕着凤凰山。清水太美了，清水的未来会更美的，但清水已不需要他袁正生了，他与这个生机勃勃的环境格格不入，他是个多余的人。

　　"走吧，是时候了。"他怀着这种心情向湖中间走去。迅速沉没于碧波之中……

　　不知道什么时候袁正生醒了，他只感觉头脑昏昏沉沉。有几只蜡烛的微光闪闪忽忽，影影幢幢。他睁开眼睛，映入他眼帘的是几个面目狰狞的魔鬼向他怒目而视。他记得自己是投湖而死的，那一刻非常难受，肺都要炸了。后来他昏了过去，睡了一觉，不知什么时候，他到了这里。他想：这该是阴曹地府了，这几个魔鬼是受阎王派遣来抓他的。既然自己找死，寻上门来，那么既来之则安之，听凭阎王的发落吧。即使阎王判刑再重，魔鬼虐害再深，他也会甘心承受，因为他知道这是他的报应。他希望在阴曹地府经过磨难，赎去罪愆，洗去污垢，获得一个干净的灵魂。从此重新做鬼，重新做人。

　　他睡在那里，看着魔鬼们用可怕的眼睛盯着他，那眼睛具有强烈的穿透力，能看透人的灵魂里一切肮脏的东西，能把它们揪出来晒到光天化日之下。但是魔鬼们并没有采取行动，大概是时辰未到的缘故。既然他甘心受罚，也就不惧怕什么了。他转了一下头，看见魔鬼们的身后站着十八罗汉。再看到大殿之上，高坐着如来佛祖。佛祖的左边坐着大肚子弥勒佛，右边站着观世音菩萨，佛祖表情庄重，弥勒佛笑容可掬。观世音面目慈善，虽然大殿上光线昏暗，但他还是看得清楚。他忽然意识到，这不是阴曹地府，这是人间的寺庙。

这时他听到一个熟悉的声音："阿弥陀佛，你终于醒来了！"

袁正生转头一看，身边站着释圣远和尚。这一刻他才知道，他睡在乌山广济寺的大雄宝殿内。释圣远和尚双手合一，连连额首，他的光头在烛光下闪亮，身上袈裟飘逸，手上的佛珠滚动。

"大师，我怎么在这里？"袁正生欲起身，被释圣远按住。

"不要动，且休息。"释圣远说："说起来也是有缘。昨天晚上，我和徒弟云游来，路过云林水库，老远就看到一个人向湖中走去。我知道不妙，立刻派徒弟下湖救人。您当时喝了不少水，处于昏迷之中，我徒弟把您背到本寺，给您换了衣服，让您躺下休息。这时候我才发现，原来是本寺的老施主。阿弥陀佛，您为何走此绝路呢？"

袁正生叹口气说："大师，您救了我，我本该感激不尽；但是您不让我离开这个世界，却不是我的心愿。"

释圣远说："我看您的印堂之上，俗缘未尽，还不是走的时候。"

袁正生说："我现在一切皆空，连灵魂也空了，只剩下一具躯壳，留在这个尘世上又有什么用处呢？"

释圣远说："既然佛祖让我们来救您，既然您的俗缘未尽，就是有用处的。世上一草一木，哪个没有用处呢？阿弥陀佛，佛祖自有安排。我辈只是遵从佛祖的安排便了。谈什么有用没用呢？"

袁正生说："就是佛祖留我在世上，我的心灵还是不得安宁，因为我有罪孽，有愧疚，有失落，有怨恨，有痛苦，佛祖能给我开释吗？"

释圣远想了想说："施主，明天我给您做一个法事，你在佛祖面前把心里的话说出来，您会得到佛祖的教诲的。"

袁正生说："请大师给我安排。"

第二天上午，释圣远方丈为袁正生做法事。乌山广济寺，七七四十九个和尚穿着袈裟，齐聚大雄宝殿，面对如来佛祖，低首而立。每个和尚手里拿木鱼和敲木。袁正生跪在大殿正中一个蒲团上，双手合一，向着佛祖参拜。释圣远方丈将手中的木鱼敲了三下，众和尚将木鱼一起敲起，随着木鱼声的节奏，众和尚齐声唱起了"大悲咒"。一时呜呜咽咽，似诉似叹，如哭如歌，歌声充满大殿，萦绕梁宇，透过门窗，飘向空中。释圣远方丈一边唱着，一边口中念念有词，象在吟诵，又象在祈祷。袁正生在这种歌声的感应下，想起了他的半生经历，二十年沉浮，千般感慨，万般辛酸，揉合在一起，化作盈眶的热泪倾泄而下。

释圣远方丈说："施主，佛祖在看着您，大慈大悲的弥勒佛和观世音在看着您。他们会为您开释一切，您有什么心结，尽可能向佛祖倾诉吧。让佛祖为您做主。"

众和尚停止了敲击，大殿里异常安静，微风不透，空气凝固，连自己的心脏的跳动声都能听到。

袁正生抹了一下眼泪，缓缓地说："尊敬的佛祖，大慈大悲的主宰。袁正生出身在个农民家庭，从小受苦受难，六七岁遇到灾荒，挣扎在死亡线上。八岁读书，每天一个红薯果腹，几次饿昏在课堂。父母拖着病体，以微薄的劳动收入，支撑着我们兄弟两个读书。我努力学习，读完大学。指望得以报答父母之恩，但是人微力薄，心愿难成。于是不择手段，谋取官位，逐求富贵。我抛弃了糟糠女友，当了县官的女婿，从此步入仕途；后又与市官之女成奸，得以再蹈高位；为了构筑自己升官的阶梯，又与省官的情人勾搭，至使官位一升再升。实指望从此高官厚禄，光宗耀祖。不料大厦倾倒，身陷囹圄。五年刑期，三年牢狱，几番生死，年过四十，二十年扑腾，又回到起点。可是父母已去，大恩未报；爱情离弃，覆水难收。虽有故乡，但无立足之地；虽有殘躯，却无遮雨之所。朋友离我而去，世人如避瘟疫。自念罪孽深重，始于抛弃女友，弃情失德，自遭天遣，因果不差。如今只想一死了之，接受阎王的审判，甘受地狱之酷刑，得以赎去罪孽，洗去大耻，来世做一个好人。不料被人救起，功亏一篑，现在我虽有生命，但心如死灰，虽有躯壳，但身无灵魂。何去何从，不知所之。还望佛祖明示。"

释圣远方丈看着佛像，一动不动，象定了神一样，众和尚宁神定息，约模五六分钟后，圣远大师像在梦中清醒了一样，对袁正生说："施主，我刚才已得到佛祖的明示。——可喜可贺，佛祖原谅您了。"

袁正生急切问："大师，您说说，佛祖怎么原谅我的？"

释圣远说："你出身寒贫，历经苦难，心里蓄着渴望富贵和进取精神，这是好事；可惜你做过了头。你丢掉了人生最美好的东西，依凭的是一条不正当的路径。虽然一时有效，譬如爬着竹笋上天，终会笋断身坠。您的罪孽，失在"情损德亏"，它有您自身的问题，更有社会的问题。您能在佛堂上忏悔罪过，将一切归罪于自己，说明您良心未泯，可以救赎。您丢失的东西不会回来了，心灵的痛苦将会伴随着您的一生，这就是惩罚；您在仕途中为百姓做了许多好事，也会得到回报。从今往后，只要初心归正，多做善事，您还会有一个好的结果。佛祖将赐福于您。"

九十六

离开了乌山广济寺，袁正生的心情好多了。看到眼前的山山水水，也不象昨天那样阴沉灰暗，终于有了些颜色和生气。他想，先回袁家村吧，把父母亲丢下的几亩田地接过来，做个地地道道的农民，终老乡梓。我本是农民出身，泥土里长大，现在回到原地，从头开始，就当过去的一切没有发生过，人生重活一次，有什么想不通放不下的呢。

他正走着，迎面一辆奔驰轿车从他身边驶过。突然，那车在他的身后掉了个头，又驶了过来，绕到他前面，在路边停了下来。袁正生感到奇怪，只见车上下来两个人，前面是周志平，后面是吴川县县长周向荣，使他大感意外。

周向荣迎上来握着袁正生的手说："袁老弟，您怎么在这里？我找了您两天了！"

周志平说："表叔，您提前出来了，也不告诉我们。昨天有人在公共汽车站看到您。清水人都传您出来了。周总找您不到，要我来带路，我们到袁家村，您不在，估计您到乌山广济寺，就和周总寻来了。"

"周总？"袁正生看了看周向荣说："您不是当县长吗，怎么成了周总？找我有么事呢？"

周向荣说："上车吧，回去再说。"拉着袁正生上了他的奔驰。

车子开到云林山庄，进了餐厅，要了酒菜，宾主坐定。

周向荣说："袁老弟，我在报纸上看到您进去的消息，就知道您是受了晋国云案件的牵连，是冤枉的。但是并不奇怪，象您这样廉洁奉公蒙冤受屈的人大有人在，真正的腐败分子还在台上，当然他们也不保险。"

袁正生叹了一口气，问周向荣："怎么成了'周总'"。

周向荣说："我不当县长了，办了几个私立学校，成立一个教育集团公司，自任总经理。我来找您，是想请您给我当一个完全中学的校长。"他看看袁正生说："我给您三十万年薪，外加效益奖励，您看怎么样？如果您没有其他打算，就帮着我干吧。"

这真是绝路逢生，袁正生问："我是刑余之人，您不介意吗？"

周向荣说："我们是老朋友，我还不知道您吗？您是师范大学毕业，教育部门出身，当过县长市长，具备管理才能；而且您为人实在，处事谨慎稳重，正是我所需要的。我的摊子越闹越大，正需要得力的人为我打理啊！"

袁正生感激地说："谢谢周总的信任。只要您不嫌弃，就跟着您了。"

"好！"周向荣举杯说："为我们的合作成功，干杯！"

当晚，他们在云林山庄住下。饭后，周向荣建议去舞厅潇洒。他们在舞厅坐了一会儿，周志平见袁正生没有玩的心情。就说："到我家坐坐吧。"

袁正生同意了，他们向周向荣打了招呼。周向荣吩咐司机送一下。

奔驰车三十分钟就到了清水市。周志平打电话给万敏，万敏正在娘家，万士明知道了说："到我这里来。"

到了万士明家，大家一块儿喝茶说起了往事。

万士明问袁正生见到詹小红没有，袁正生说："没有。离婚了就不打扰她了。"

万士明问可见着女儿。袁正生点点头。

周志平告诉他："钱国庆被关了三个月，三千万财产被划走了。清水宾馆没有被没收，还留给他们。钱国庆、王小丽现在大门不出，宾馆交由张士莉打理。王小美和秦文革各判刑两年，财产充公，出狱后不知去向，有人说他们出国了。晋国云被判无期徒刑。"

晚上十一点钟，袁正生回到云林山庄，来到周向荣房间。周向荣刚从舞厅回来，洗了澡还没有睡下。俩人在沙发上坐下喝茶。袁正生说："想不到交上您这个朋友，还得到了寄托，后半生就靠您了。"

周向荣说："袁老弟别客气，我的事业也要有人帮助，我帮助您，也是您帮助我。您是人才难得，我是很欣赏的。"

袁正生问周向荣何以县长不当，当起了总经理。周向荣摇摇手说："不想当官了，当官风险太大。上面压你，下面攻你。你官做越大，权力越大，受到的忌恨就越深；你成绩越多，贡献越多，犯错误的几率就越高。你想贪腐，总有一天会声败名裂；你不贪腐，终日为他人做嫁衣裳，你培养了一个个百万富翁，千万富翁，到头来你自己一无所有。"

周向荣说："要说廉政，我自以为很廉政，但在当前状况下，我不能做到彻底的廉政。如果彻底廉政，我就没有朋友，经济不能发展，什么事也做不成。既然不能做到彻底廉政，随时都有被查坐牢的可能。你可记得当年我送你的一句话，'说你错你就错，不说你错你不错'。有人腐败没有事，因为没有人说他错；有人不腐败却有事，因为有人说他错。瞎子打架，逮到你就是你，你不服气不行。"

袁正生想到自己这一路走来：为了招商引资，扔"炸药包"，买房子送贾巨会；为了土地招标，到新疆买土地，用沙漠换熟地；为了清水酒厂上市，花两千万元攻关，做假帐包装；为了形象工程，投资五个亿建政务中心，挥霍两千多万搞国际梅花节；欠银行贷款二十多亿不还，挪用八千万社保资金搞建设。种种出格的举动，严格地说难道不都是问题吗？当时上级鼓励大胆试，大胆闯，默许"跑省跑部，金钱开路"，没人说你错，你就不错，但是事过境迁，按照党纪国法追究你，你也跑不了。判你五年十年，都不冤枉。恰恰是有问题的不是问题，不是问题的却是问题，几个烂石头把我打进大牢。有鉴于此，仅仅纠结眼前的冤屈，就没有意义了。

周向荣说："要想过得安稳，一种办法是不当官，不做大事，庸庸碌碌，安贫乐道一辈子，就象周志平。我就欣赏周志平（后来搞教育，我与周志平有联系，熟悉了，知道您是他表叔，所以通过他来找您），您当年提他当局长，他不当。当个正科级副局长，没有多大权，所以没有人求，也没有人恨，一辈了可保平安无事；另一种办法是随波逐流，人家大腐败我小腐败，大错不犯，小错不断，人家吃菜我喝汤，跟在别人后面捞点小实惠。这两者我们都做不到。"

袁正生想起了万士明曾劝告他"遇事悠着点"，但自己总是想干一番大事，争功竞位。自己和林世农、何建贤、葛怀腾的矛盾。也因为自己进步快了，招致忌恨；手中有权，没有满足他们的要求，招致报复。林世农、何建贤庸庸碌碌，大错不犯，小错不断，捞钱，睡女人，一样不少，却平平稳稳，步步上升；葛怀腾不干正事，混迹官场，但他会攀附权贵，不仅被容忍，而且还一路被提拔。自己如果听了林世农的话，答应了葛怀腾的要求，甚至对葛婵婵的献身全单照收，结局就不是这个样子了。但是自己能和这些社会丑陋现象同流合污吗，自己对党对人民事业的责任心能允许那样做吗？

袁正生说："周总，您说的不错，让我醍醐灌顶，获益匪浅。但是您还没有说，您是怎么当老总的。"

周向荣说："我已经说了一半。我当时当县长，为了发展经济，招商引资，搞城市建设，触动了不少人的利益，我为了升官也走了不少歪道，引起不少人的忌恨（记住我的话：在官场上升得快的人，在经济上发财快的人，都是有原罪的），我就想离开这个是非之地。正好我们县有一所老的中学，领导班子不团结，亏损严重。那时候正好提倡私人办学，我就主动提出不当县长，承包中学。许多人看中我这个县长位置，巴不得我马上辞职。我承包中学后，提出私人办校，得到县委批准。我贷款五千万，把学校买下来，用学校的收益归还贷款，一分钱不花，二十年后这座学校就是我的了（实际上不要二十年）。现在我用这种方法吃下了十几所学校。事业做大了，需要人才，就找您来了。"

第二天一早，他们在云林山庄吃过早饭，准备动身。周志平开一辆轿车赶过来送行。他带来了两个人，使袁正生十分意外，她们是韩秀娟和蓉蓉。

韩秀娟说："袁老弟，听说您要跟周总到南方去，我送您一个礼物。"说话时眼睛看着蓉蓉。

蓉蓉说："袁叔叔，我跟您一起去。"

蓉蓉已经长成一个秀气的大姑娘了，但性格还是那样大大咧咧，纯真爽直，真有几分孙玉莲的影子。

袁正生说："我怎么能带你去呢？你长大了，应该有你的生活。"

蓉蓉撒娇说："我的生活就是跟着您！"

韩秀娟说："蓉蓉母亲去世后，她在保姆培训班毕业，派她出去她不走，留下来给我当保姆。这几年我们在一起生活，现在她想跟您走，我也支持。您带她走吧，让她照顾您的生活。蓉蓉是个好姑娘哩！"

袁正生为难地说："她是个好姑娘，我相信；但她是个大姑娘了，我带着她算么事？"

蓉蓉突然红着脸说："我给您当马马不中吗？"

袁正生一时不敢相信自己的耳朵。

韩秀娟提醒说："听见了吗？蓉蓉要给你当马马。"

袁正生说："不中啊！你这么年轻，我已经老了。"

蓉蓉任性地说："您不老。我说您不老，就不老！"

韩秀娟说："带上她吧，蓉蓉很懂事，很能干，会体贴人。我不会害您的。"

周向荣看到蓉蓉要跟袁正生走，也觉得小姑娘不错。就说："上车吧。"

蓉蓉钻进车里。

袁正生对韩秀娟说："谢谢您，大姐。"他又与周志平告别，然后上了车，和蓉蓉并排坐到车的后座。蓉蓉将头幸福地靠在袁正生的肩上。这个痴情的姑娘，从少年起，她就认定袁正生是她一生的依靠。

轿车上了高速公路，飞速向南方奔驰。车窗外的清水大地在旋转，在后退，在消逝。袁正生心中默念："我走了，清水再见，乌山再见，袁家村再见。"虽然前途未卜。但他已下定决心，不管走到哪里，不管际遇如何，他都要努力奋斗，不能虚度后半生。有蓉蓉在身边，他增添了生活的责任感，也体会到了生存的意义。此刻，他的耳边响起一支熟悉的歌声：

我是戈壁滩上的流沙，

任狂风吹到海角天涯……